Aquel día

BLANKA LIPIŃSKA

Aquel día

Traducción de
Ester Rabasco Macías
y Bogumiła Wyrzykowska

Grijalbo

Título original: *Ten dzień*
Primera edición: junio de 2021

© 2018, Blanka Lipińska
© 2021, Penguin Random House Grupo Editorial, S. A. U.
Travessera de Gràcia, 47-49. 08021 Barcelona
© 2021, Penguin Random House Grupo Editorial USA, LLC
8950 SW 74th Court, Suite 2010
Miami, FL 33156

Diseño de la cubierta: Adaptación de la cubierta original de Edipresse Polska (Magdalena Zawadzka) /
Penguin Random House Grupo Editorial
Fotografía de la cubierta: Ania Szuber y Michał Czajka
© 2021, Ester Rabasco Macías y Bogumiła Wyrzykowska, por la traducción

Impreso en México - *Printed in Mexico*

ISBN: 978-1-64473-393-6

Compuesto en Fotoletra

21 22 23 24   10 9 8 7 6 5 4 3 2 1

El yate estaba atracado en el puerto de Fiumicino. La mujer que había contratado como doble de Mi Reina seguía a bordo conmigo. Su tarea era simple: quedarse allí.

—Mete a Laura en el coche y tráemela —le dije por teléfono a Domenico, que estaba en Roma.

—Gracias a Dios… — Júnior suspiró—. Esto empezaba a ser insoportable. —Le oí cerrar la puerta tras él—. No sé si quieres saberlo, pero ha preguntado por ti.

—No vengas con ella —le dije pasando por alto sus palabras—. Nos veremos en Venecia.

—¿No me vas a preguntar qué ha dicho? —Domenico no se rendía. Escuché el tono alegre de su voz.

—¿Me interesa? —pregunté muy serio, aunque en mi interior, como un niño, sentía curiosidad por saber de qué habían hablado.

—Te echa de menos. —Al oír esa breve declaración, sentí un nudo en el estómago—. Al menos, eso creo.

—Asegúrate de que salga lo antes posible. —Colgué y miré al mar.

De nuevo, esa mujer hacía que sintiese miedo. Aquella

sensación era tan desconocida para mí que no había sido capaz de identificarla ni de detenerla.

Despedí a la chica que se hacía pasar por Laura, pero le ordené que no se alejara demasiado. No sabía si volvería a necesitarla. Según Matos, Flavio había vuelto a la isla con las zarpas heridas por los disparos, pero no había pasado nada más, como si nunca se hubiera producido aquella situación en el Nostro. La poca información que me había transmitido aquel ungido no me dejó contento, así que envié a mi gente y me confirmaron todo lo que ya había descubierto.

A la hora del almuerzo me reuní por videoconferencia con varias personas de Estados Unidos. Debía asegurarme de que asistirían al Festival de Cine de Venecia. Necesitaba encontrarme con ellos cara a cara y, además, tenía que ocuparme en persona de pedir un nuevo cargamento de armas que pretendía vender en Oriente Próximo.

—¿Don Torricelli? —preguntó Fabio asomando la cabeza por mi cabina; le hice un gesto con la mano y colgué la llamada—. La señora Biel está a bordo.

—Vamos a zarpar —anuncié, y me levanté.

Salí a la cubierta superior a esperarla. Cuando vi a mi chica vestida como una adolescente, apreté los puños y los dientes. «Unos pantalones demasiado cortos y una camiseta microscópica no es lo más adecuado para acompañar a un capo de la familia siciliana», pensé.

—¿Qué demonios llevas puesto? Pareces una... —Al ver en su mano una botella de champán casi vacía, me abstuve de terminar la frase. La muchacha se dio la vuelta, casi chocó conmigo, rebotó en mi pecho y cayó en el sofá. Volvía a estar borracha.

—Parezco lo que me da la gana, no es asunto tuyo —balbució mientras agitaba las manos haciéndome reír—. Te marchaste sin decir ni mu y me tratas como a una marioneta con la que te diviertes cuando tienes ganas. —Me apuntó con el dedo mientras intentaba levantarse del sofá de una manera torpe pero encantadora—. Hoy la marioneta quiere divertirse sola.

Se tambaleó en dirección a popa y por el camino perdió las sandalias de plataforma.

—Laura… —empecé riéndome, porque no podía aguantar más—. Laura, ¡maldita sea! —Mi risa se convirtió en un gruñido cuando vi que se acercaba peligrosamente al borde del yate. La seguí y grité—: ¡Detente! ¡Detente!

No sé si no me escuchó o no me oyó. De repente resbaló y la botella se le escurrió de la mano; ella, incapaz de mantener el equilibrio, cayó al agua.

—¡Mierda!

Eché a correr. Me quité los zapatos de un tirón y salté al agua. Afortunadamente, el *Titán* avanzaba con lentitud y la chica había caído por uno de los costados. Unos minutos después, estaba en mis brazos.

Por suerte, Fabio vio el incidente y, después de detener el yate, nos lanzó un salvavidas atado a una cuerda y nos subió a bordo. La chica no respiraba.

Empecé a reanimarla. Las sucesivas compresiones y el boca a boca no ayudaban en absoluto.

—¡Respira, joder!

Estaba desesperado. La estrujaba cada vez más, introduciéndole el aire en los pulmones con exasperación.

—¡Respira! —grité en inglés, pensando que así podría entenderme. En ese momento cogió una bocanada de aire y empezó a vomitar.

9

Le acaricié la cara y miré sus ojos semiconscientes que se esforzaban por mirarme. La tomé en brazos y me dirigí al camarote.

—¿Debo llamar a un médico? —gritó Fabio.

—Sí, manda a un helicóptero a buscarlo.

Necesitaba llevar a Laura abajo, quedarme a solas con ella y asegurarme de que estaba a salvo. La puse en la cama y miré su pálido rostro mientras intentaba confirmar que estaba bien.

—¿Qué ha ocurrido? —preguntó en voz baja.

Sentí que estaba a punto de desmayarme. Me retumbaba la cabeza y el corazón me latía desenfrenado. Me arrodillé junto a ella en el suelo e intenté calmarme.

—Te caíste por la borda. Gracias a Dios, no íbamos muy rápido y caíste de lado. Pero eso no cambia el hecho de que casi te ahogas. —Massimo se arrodilló junto a la cama—. Joder, Laura, me entran ganas de matarte, pero al mismo tiempo doy gracias al cielo por que sigas viva.

Laura me tocó suavemente la mejilla con los dedos y la alzó para que tuviera que mirarla.

—¿Me salvaste tú?

—Menos mal que estaba cerca. No quiero ni pensar en lo que te podría haber ocurrido. ¿Por qué eres tan desobediente y cabezota? —El miedo que sentí al decirlo era nuevo. Jamás me había preocupado tanto por nadie.

—Me gustaría ducharme —dijo.

Al oírla, casi me parto de risa. Había faltado poco para que se ahogara y solo pensaba en que estaba empapada de agua salada. No daba crédito. Pero en ese momento no tenía fuerza ni ánimo para cuestionarle nada; quería tenerla cerca, abrazarla y protegerla del mundo entero. No podía dejar de pensar en lo que habría pasado si no hubiera estado cerca o si el barco hubiera ido más rápido...

Me ofrecí a bañarla y, como no protestó, fui a abrir el grifo del baño y volví para ayudarla a desvestirse. Estaba concentrado, no pensé en lo que estaba a punto de ver. Al instante me di cuenta de que estaba acostada, desnuda delante de mí. Para mi sorpresa, no me impresionó. Ante todo, estaba viva.

La cogí en brazos y me metí en el agua caliente. Cuando su espalda se apoyó en mi pecho, acurruqué mi cabeza en su cabello. Estaba enfadado, asustado, pero... me sentía muy agradecido. No quería conversaciones, peleas, ni mucho menos discusiones. Me embriagaba con su presencia. Ella, ajena a todo, apretaba su mejilla contra mí. No se daba cuenta de que todo lo que había sucedido hasta ese momento lo había provocado ella. Poco a poco, iba comprendiendo que toda mi vida iba a cambiar. Mis negocios ya no serían fáciles, porque mis enemigos sabían que tenía un punto débil: esa pequeña criatura que se acurrucaba en mis brazos. No estaba listo para eso; nadie podía prepararnos para lo que nos deparara el destino.

Lavé cada parte de su cuerpo despacio y en silencio; para sorpresa de Laura, no tuve erección alguna ni intenté tocarla de un modo mínimamente cercano al erotismo.

La sequé, la acosté y la besé en la frente con dulzura. Antes de que yo pudiera decir nada, se había quedado dormida. Le tomé el pulso, temiendo que hubiera vuelto a desvanecerse. Por suerte, era regular. Me quedé observándola un rato y, al instante, oí el helicóptero. Me extrañó, pero recordé que estábamos cerca de la orilla.

Después de leer el parte y examinar a Laura dormida, el

doctor no encontró nada que hiciera peligrar su vida. Le agradecí la visita y volví a mi camarote. Era una noche cálida y tranquila. Necesitaba esa calma. Me metí una raya de coca y me senté en el *jacuzzi* lleno de agua caliente con una copa de mi bebida favorita. Despedí al personal y ordené que se quedaran en sus zonas de servicio mientras yo disfrutaba de la soledad. No me apetecía pensar en nada más que en la calma que, al menos de forma aparente, se había apoderado de mí. Un rato después, Laura apareció en la oscuridad con un gran albornoz blanco. Caminaba por cubierta y miraba a su alrededor. Me sentí feliz al verla. Si se había levantado, debía sentirse mejor.

—¿Has descansado? —pregunté. Al oírme, la muchacha se sobresaltó—. Veo que te encuentras mejor. ¿Quieres unirte a mí?

Se lo pensó un momento mientras me miraba. No parecía luchar con su mente, y supe que su albornoz estaba a punto de caer al suelo.

Se sentó desnuda delante de mí, así que disfruté de su imagen y del sabor de mi exquisita bebida. Me mantuve en silencio, mirando su rostro hermoso, pero algo cansado. Llevaba el pelo suelto y tenía los labios un poco hinchados. De repente me sorprendió al cambiar de sitio. Se sentó en mis rodillas y se pegó muy fuerte a mí, lo que provocó que mi polla reaccionara en un segundo. Cuando me agarró el labio inferior con los dientes, me sentí perdido. Luego empezó a moverse sobre mí, apretujándose con su coño cada vez más. No sabía qué pretendía, pero no me apetecía participar en su juego. No ese día. No después de casi haberla perdido.

Su lengua se deslizó por mi boca, e instintivamente la agarré de las nalgas.

—Te he echado de menos —susurró ella.

Esa corta confesión me dejó petrificado. Todo mi cuerpo se puso rígido y me asusté mucho, sin entender por qué reaccionaba así. La aparté para mirarla a la cara. Hablaba en serio. No quería que sintiera mi debilidad, no estaba listo para descubrirme de ese modo, sobre todo porque ni yo mismo entendía qué me estaba pasando.

—¿Así es como demuestras tu añoranza, nena? Porque si pretendes expresar de este modo tu gratitud por salvarte la vida, has elegido la peor de las opciones. No lo haré contigo hasta que no estés segura de que quieres hacerlo.

Quería que se alejara de mí lo antes posible y que desapareciera aquella sensación de incomodidad. Me echó una mirada dolida, y mi sentimiento, en vez de desaparecer, creció. «¿Qué mierda está pasando?», pensé. En ese momento saltó del *jacuzzi*, se puso el albornoz y se fue corriendo por la cubierta.

—¿Qué demonios haces, idiota? —me reñí al levantarme—. Consigues lo que querías y… ¿lo rechazas? —murmuré mientras iba tras sus huellas mojadas.

El corazón me latía muy rápido e, instintivamente, supe qué podría pasar si daba con ella. La vi entrar en mi camarote y sonreí al pensar que no podía ser casualidad. Entré tras ella y la vi de espaldas, tratando de encontrar el interruptor en la oscuridad. De repente, la habitación se inundó de luz y la vi ir de un lado a otro. Di un portazo y, con ese ruido, la dejé inmóvil. Sabía que era yo. Apagué la luz y me acerqué a ella. Con un solo movimiento, le desaté el albornoz y este cayó al suelo. Esperé con paciencia. Quería asegurarme de que yo también sabía lo que iba a hacer, aunque por primera vez en mi vida no tenía ni idea. Empecé a besarla y ella me respondió con un beso apasionado.

La tomé en brazos y la llevé a la cama. Estaba acostada delante de mí y la pálida luz de las lámparas iluminaba su perfecto cuerpo. Por mi parte, esperaba una señal.

Y llegó: la muchacha cruzó los brazos detrás de la cabeza y me sonrió, como si me invitara a metérsela.

—Sabes que si esta vez empezamos, no podré parar, ¿verdad? Si sobrepasamos cierto límite, quieras o no te voy a follar.

—Pues fóllame.

Se sentó en la cama sin dejar de mirarme con sus gigantescos ojos.

—Ya eres mía, y te voy a retener para siempre —le dije en italiano, apretando los dientes, a escasos centímetros de ella.

Sus pupilas se oscurecieron de un modo poco corriente. Parecía que el deseo estaba a punto de hacer saltar por los aires su pequeño cuerpo. Sin cortarse un pelo, me agarró por las nalgas y me atrajo hacia ella.

Sonreí. Sabía que ardía en deseos de probarme.

—Coge mi cabeza y dame el castigo que he elegido.

Por un instante, esas palabras me dejaron sin aliento. La mujer que debía ser la futura madre de mis hijos se comportaba como una puta. No podía creer que quisiera entregarse a mí de esa manera. Su perfección me encantaba y me aterrorizaba a la vez.

—¿Me estás pidiendo que te trate como a una puta? ¿Es eso lo que quieres?

—Sí, don Massimo.

Su susurro y su sumisión despertaron un auténtico demonio en mí. Sentí que todos mis músculos se tensaban y que me embargaba una sensación familiar de calma y control. Cuando me pidió que fuera yo, desaparecieron todas aquellas emociones. Se la metí en la boca lento y seguro, y estuve a punto de correrme cuando ella clavó su mirada en mí. Sentí mi polla en su garganta, así que ataqué con más fuerza para disfrutar de aquella opresión que tanto me gustaba. Me fascinaba. Cuando Laura se la metió entera, me sentí orgulloso de ella. Empecé a mover las caderas para ver cuánto podía soportar. Era increíble. Aceptaba todo lo que le daba.

—Si en algún momento deja de gustarte, dímelo, pero de forma que yo sepa que no es para hacerme rabiar.

Sin embargo, no opuso resistencia. Se entregó a mí por completo.

—Lo mismo te digo —dijo ella cuando se la saqué de la garganta durante un segundo.

Cuando su boca la ciñó de nuevo, aumentó el ritmo. Vi que disfrutaba; era promiscua, y estaba claro que quería demostrarme algo. Me estaba follando su garganta, y ella pedía más. Ese pensamiento me llevaba al borde del placer. Intenté ralentizar sus movimientos, pero no sirvió de nada.

Noté que se acercaba el orgasmo, pero no quería que llegase ya. «Ni ahora ni tan rápido», pensé. La aparté con cierta violencia y, respirando, traté de controlar la eyaculación. Laura sonreía de un modo triunfal. Aquello era demasiado para mí. La lancé contra el colchón y la puse boca abajo. No podía mirarla, no durante la primera vez. No quería acabar en un segundo, y sabía que ese sería el final si su cara reflejaba placer.

Le metí dos dedos y me alegré al descubrir que se humedecían del todo. Ella gemía y se retorcía debajo de mí, y perdí la cabeza por segunda vez. Cogí mi miembro y poco a poco se lo metí por su estrecha raja. Estaba caliente, mojada, y me pertenecía. Sentí cada centímetro de su interior hambriento de sexo. Llegué hasta el fondo y oprimí su cuerpo contra el mío con fuerza. Me quedé inmóvil; quería saciarme de aquel momento. Luego le saqué la polla y se la volví a clavar con más fuerza mientras mi amada reina gemía más impaciente cada vez. Quería que la follara y necesitaba sentirlo con intensidad. Cuando mi cuerpo se desprendió de ella, mis caderas se prepararon para atacar. La follé tan fuerte como pude, y aun así sentí que todavía quería más. Gritaba, pero después era incapaz de coger aire. Bajé la velocidad para alzar sus caderas; deseaba ver mi posesión en toda su gloria. Cuando curvó la espalda, vi un hermoso agujero oscuro y no pude reprimirme: me lamí el pulgar y empecé a acariciar su estrecho ano.

—Don... —gimió indecisa, pero no retrocedió ni un ápice. Me reí.

—Tranquila, nena. A eso también llegaremos, pero no hoy.

No se resistió, y me alegré de que no me viera, porque mi cara mostraba una amplia sonrisa. A mi amada reina le gustaba el sexo anal... Era perfecta.

Respiré hondo y la agarré por las caderas; se la clavé más hondo una y otra vez. La follé con todas mis fuerzas, sin piedad. Inclinado, comencé a restregar su clítoris con mis dedos y sentí que ella se contraía. Metió la cara en la almohada y gritó algo incomprensible. Se la empujé aún más fuerte y sentí que la satisfacción crecía en ella. Lo único que no podía soportar era no ver su rostro. Quería ver su orgasmo, ver en sus pupilas el alivio que le estaba dando. La puse de espaldas, la abracé con fuerza y volví a follarla como si fuera una puta. Luego sentí que se apretujaba rítmicamente alrededor de mi cuerpo. Sus ojos se nublaron. Su boca estaba totalmente abierta, pero no emitía sonido alguno. Se corrió durante mucho rato, y su coño casi acabó estrujando mi polla. De repente, su cuerpo se relajó y se hundió en el colchón. Ralenticé el ritmo y la cogí por las flácidas muñecas mientras seguía moviendo mis caderas con suavidad. Estaba agotada. Le puse los brazos por detrás de la cabeza y se los sujeté. Sabía que lo que estaba a punto de hacerle provocaría que se resistiera.

—Córrete sobre mi vientre, por favor... Quiero verlo... —jadeó medio inconsciente.

—No —dije con una sonrisa, y empecé a follarla de nuevo. Y exploté.

Sentí las olas de mi esperma inundándola por dentro.

Era un día perfecto para concebir, como si el universo entero deseara que se quedara embarazada. Luchaba e intentaba apartarme, pero era demasiado menuda para resistirse a mi fuerza. Cuando acabé, caí sobre ella ardiente y sudoroso.

—¿Qué demonios pretendes, Massimo? —gritó—. Sabes de sobra que no tomo la píldora.

Ella seguía forcejeando, tratando de apartarme, pero yo no podía ocultar mi satisfacción.

—Píldoras tal vez no —dije—. Es difícil confiar en ellas. Llevas un implante anticonceptivo, mira. —Le indiqué el lugar con el dedo.

El transmisor que le había puesto no era muy diferente del implante anticonceptivo que llevaba Anna. Por eso sabía que ella se lo tragaría.

—El primer día hice que te lo pusieran mientras dormías. No quería arriesgarme. Dura tres años, pero puedes quitártelo cuando pase uno. —Me resultaba difícil dejar de sonreír al pensar que quizá mi propio hijo empezara a crecer en su interior aquel día.

—¿Podrías quitarte de encima? —gruñó rabiosa, pero la ignoré.

—Me temo que de momento no será posible, nena. Me resultaría difícil follarte a distancia. —Le aparté el pelo de la frente—. Cuando vi tu rostro por primera vez no te deseé; la visión que tuve me asustó. Pero, con el tiempo, cuando los retratos estuvieron por todas partes, empecé a percibir cada detalle de tu alma. Te pareces tanto a mí, Laura.

Si estaba capacitado para el amor, en ese momento me enamoré de la mujer que estaba debajo de mí. La miré y casi noté físicamente cómo algo se transformaba en mí.

—La primera noche estuve contemplándote hasta que amaneció. Notaba tu aroma, el calor de tu cuerpo, estabas viva, existías, dormías a mi lado. No fui capaz de separarme de ti en todo el día, porque irracionalmente temía que no estuvieras cuando regresara.

No sabía por qué le estaba contando todo eso, pero sentía una necesidad imperiosa de que ella lo supiera todo sobre mí. Mi voz desprendía temor.

Por una parte, quería que me temiera. Por otra, que supiera toda la verdad sobre mí.

1

Varios días más tarde o tal vez muchos
(no sé cuántos, dejé de contarlos)

Se hizo un silencio enorme y me di cuenta de lo que acababa de decir. Entorné los párpados. Una vez más, mi menudo entendimiento solo quería pensar, pero le ordenó a mi boca que emitiera un sonido.

—Repítelo —dijo con voz calmada, levantándome la barbilla.

Lo miré y noté que los ojos se me llenaban de lágrimas.

—Estoy embarazada, Massimo, vamos a tener un bebé.

Black me miró con los ojos muy abiertos y, al instante, se dejó caer en el suelo y se arrodilló delante de mí. Me levantó la camisa y empezó a besarme el vientre con dulzura, murmurando algo en italiano. No sabía lo que pasaba, pero cuando le cogí la cara, noté que las lágrimas corrían por sus mejillas. Aquel hombre poderoso, fuerte y peligroso estaba arrodillado ante mí y lloraba. Al verlo, no fui capaz de reprimirme y, minutos después, también yo rompí a llorar. Nos quedamos un rato quietos, lo que nos dio el tiempo necesario para digerir nuestras emociones.

Black se puso de pie y me dio un cálido y largo beso en la boca.

—Te compraré un tanque —dijo—. Y, si es necesario, cavaré un búnker. Prometo protegeros, aunque tenga que pagar por ello con mi cabeza.

Dijo «protegeros», a los dos. Aquella palabra me conmovió tanto que volví a echarme a llorar.

—Oye, nena, basta de lágrimas.

Me sequé las mejillas con la mano.

—Son de felicidad —balbucí camino del baño—. Vuelvo enseguida.

Cuando regresé, estaba sentado en la cama con el mismo bóxer. Se levantó, se acercó a mí y me besó en la frente.

—Voy a ducharme, y tú no vas a ninguna parte.

Me acosté, apreté la cara contra la almohada y analicé lo que acababa de suceder. No esperaba que Black pudiera llorar, y mucho menos de felicidad. Minutos después, se abrió la puerta del baño y se detuvo allí, desnudo y chorreando agua. Se acercó sin prisas, como si me diera tiempo para disfrutar de la imagen, y se acostó a mi lado.

—¿Desde cuándo lo sabes? —preguntó.

—Me enteré el lunes por casualidad, después de hacerme una analítica.

—¿Por qué no me lo dijiste enseguida?

—No quería contártelo antes del viaje. Además, tenía que digerirlo.

—¿Lo sabe Olga?

—Sí, y también tu hermano.

Massimo frunció el ceño y se dio la vuelta.

—¿Por qué no me dijiste que tú y Domenico sois familia? —le pregunté.

Se mordió los labios mientras pensaba en la respuesta:

—Quería que tuvieras un amigo, alguien cercano en quien pudieras confiar. Si hubieras sabido que era mi hermano, te habrías mostrado más reservada. Domenico sabe cuánto significas para mí, y no se me ocurría nadie mejor para que cuidase de ti durante mi ausencia.

Era lógico, así que no sentí ira ni resentimiento por no haberlo sabido antes.

—Entonces ¿vamos a cancelar la boda? —pregunté volviéndome hacia él.

Massimo se puso de lado y se pegó a mí con el cuerpo desnudo.

—¿Bromeas? El niño debe tener una familia. Y, como mínimo, la forman tres personas. ¿Recuerdas?

Tras decir aquellas palabras, empezó a besarme con delicadeza.

—¿Qué dijo el doctor? ¿Le preguntaste si podíamos…?

Me reí y le metí la lengua hasta el fondo de la garganta. Gimió y atacó mi boca con más fuerza.

—Mmm… Entiendo que sí —jadeó, apartándose de mí un segundo—. Seré delicado, te lo prometo.

Estiró la mano hacia la mesilla, apagó el televisor con el mando y la habitación quedó completamente a oscuras.

Arrancó el edredón y lo tiró de la cama. Luego, poco a poco, metió las manos bajo mi camisón y me lo quitó por la cabeza. Sus dedos recorrieron mi cuerpo con total libertad. Me acarició la cara y el cuello, cogió mis pechos y comenzó a frotármelos de forma rítmica. Al instante se inclinó y los prendió entre sus labios, los mordió y empezó a chupármelos. Tuve un sentimiento extraño: era como si estuviera impregnada de puro deleite; nunca había sentido un placer igual. Massimo no tenía prisa con las caricias, quería disfrutar de cada parte de mi cuerpo. Sus labios pasaban de un pezón a otro; luego volvía a mi boca y me besaba con pasión. Sentí cómo se le iba hinchando la polla. En cada movimiento, se restregaba contra mí. Un rato después estaba tan impaciente, excitada y ansiosa, que tomé la iniciativa. Lo quería ya, enseguida, inmediatamente. Me levanté un poco, pero cuando Black se dio cuenta de lo que pretendía, me cogió con firmeza por los hombros.

—Ven a mí —susurré retorciéndome de excitación debajo de él.

En ese momento me di cuenta de que sonreía triunfante; sabía lo mucho que lo deseaba.

—Nena, solo acabo de empezar...

Sus labios se deslizaron despacio por mi cuerpo; empezó por el cuello, pasó por los pechos y el vientre, y, finalmente, llegó adonde debería haber estado desde hacía mucho rato. Me besó y lamió a través del encaje de las bragas para calentar mi sediento coño; luego, sin prisa, me las quitó y las tiró al suelo. Consciente de lo que iba a suceder, abrí bien las piernas. Mis caderas empezaron a moverse suave y rítmicamente sobre la sábana de satén. Cuando sentí su aliento entre las piernas, volvió a sumergirme una ola de deseo. Massimo metió despacio su lengua y gimió en voz alta.

—Estás tan mojada, Laura... —Suspiró—. No sé si es por el embarazo o porque me has echado mucho de menos.

—Calla, Massimo —dije, y le apreté la cabeza contra mi húmedo coño—. Házmelo bien.

El tono imperioso de mi voz fue como meterle el dedo en el ojo. Me cogió por los muslos y me arrastró hasta el centro de la cama, me colocó una almohada bajo la espalda y se sentó en el edredón que había tirado antes. Mi respiración se aceleró. Sabía que daba igual lo que fuese a hacer: no iba a aguantar mucho.

Me introdujo dos dedos y suavemente, con el pulgar, empezó a dibujar círculos sobre mi clítoris. Tensé los músculos de modo involuntario y empecé a gemir de placer. Luego giró la mano y el dedo cedió su lugar a la lengua.

—Ayúdame un poco, nena.

Sabía qué me estaba pidiendo. Deslicé las manos hacia abajo y le abrí mi coño, dándole acceso a zonas más sensibles. Cuando su lengua empezó a sacudir acompasadamente mi clítoris, sentí que no podría soportarlo mucho más y que explotaría. Sus dedos dentro de mí se aceleraron y la presión aumentó. Ya no podía contener aquel orgasmo que ascendía como una violenta ola desde que había empezado a tocarme. Me corrí durante mucho rato y grité, hasta que por fin caí sin fuerzas sobre la almohada.

—Una vez más —susurró sin apartar los labios de mi coño—. Últimamente te he descuidado mucho, cariño.

Pensé que bromeaba, aunque era evidente que no.

Sus dedos volvieron a entrar en mí, y su pulgar, que antes había estado jugando con mi clítoris, empezó a restregar mi entrada trasera con suavidad. De modo instintivo, apreté las nalgas. No, no estaba bromeando.

—Vamos, relájate, cariño.

Hice lo que me pedía con docilidad. Sabía que disfrutaría. Cuando por fin su dedo se introdujo en mí con suavidad, sentí que se acercaba otro orgasmo. Massimo sabía manejar mi cuerpo para que hiciera lo que él deseaba con exactitud. Empezó a sacudir rápida y rítmicamente mis dos entradas con sus dedos, mientras su lengua y sus labios estrujaban mi clítoris con fuerza. Casi al instante me inundó la ola de otro orgasmo; después le siguió otra, y otra más. Cuando llegué al punto en que el placer daba paso al dolor, le clavé las uñas en el cuello. Me quedé sin aliento. Volví a caer sobre la almohada, jadeando con fuerza.

Black me dio la vuelta para colocar todo mi cuerpo en la cama, y me levantó las piernas hasta casi por detrás de la cabeza; luego se arrodilló delante de mí con su miembro duro.

—Si te duele, dímelo —musitó al penetrarme con un rápido movimiento.

Su gorda e hinchada polla empezó a moverse dentro de mí, desgarrando mi centro. Cuando llegó al fondo, detuvo sus caderas, como esperando mi reacción.

—Fóllame, don Massimo —dije, y le cogí la cabeza.

No tuve que repetírselo; su cuerpo se movía como una ametralladora. Me folló duro y rápido, como más nos gustaba a los dos. Al instante me colocó boca abajo y me puso plana, volvió a deslizar su miembro dentro de mí y comenzó un loco esprint. Sentí que estaba cerca de correrse, pero no acababa de decidir cuándo y cómo quería hacerlo. En un momento dado, me la sacó y me puso boca arriba. Encontró el mando a distancia y encendió la luz de la sala de estar, para que hubiera un ligero resplandor en el dormitorio. Con las rodillas, me separó los muslos y, sin apartar la vista de mi cara, penetró lentamente en mi húmedo coño. Se inclinó y se pegó a mí, de modo que su boca quedó a pocos centímetros de la mía. Vi que los ojos de Black se transformaban y que, de repente, le anegaba un poderoso placer. Sus caderas empezaron a clavarse en mí con todas sus fuerzas y su espalda se inundó de un sudor frío. Se corrió durante mucho rato sin apartar la mirada. Fue la imagen más sexy de toda mi vida.

—No quiere salir de ti —dijo respirando con dificultad.

Me reí y le pasé la mano por el pelo.

—Estás aplastando a nuestra hija.

Massimo me agarró con fuerza y nos dimos la vuelta, de modo que acabé encima. Estiró la mano por la cama y tiró del edredón hasta cubrirme la espalda.

—¿Hija? —preguntó sorprendido, acariciándome la cabeza.

—Prefiero que sea niña. Pero como conozco mi suerte, lo más probable es que sea niño. Si entonces sigue los pasos de su padre, me moriré de preocupación por él.

Black soltó una carcajada y acurrucó su cabeza en mi cuello.

—Hará lo que quiera. Y lo único que haré yo será darle todo con cuanto sueñe.

—Tendremos que hablar sobre cómo educar al bebé, pero ahora no es el momento.

Massimo no respondió. Me abrazó fuerte y me ordenó con tono autoritario:

—Duerme.

No sé cuántas horas llegué a dormir. Abrí los ojos y cogí el teléfono.

—¡Joder! ¡¿Otra vez?! Son las doce… Es enfermizo dormir tanto.

Me puse de costado para buscar a Black, pero su lado de la cama estaba vacío. ¿Por qué no me sorprendió? Me quedé un rato tumbada, despabilándome poco a poco, y luego me levanté y fui a arreglarme. Desde que Massimo había vuelto, quería estar más resplandeciente cada día, pero, por supuesto, al estilo «¡Oh, si no he hecho nada! ¡Me despierto así de bonita!». Me pinté un poco los ojos y me peiné el cabello que me habían cortado fantásticamente el día anterior. Saqué del fondo del armario unos vaqueros cortos y un jersey claro que me dejaba un hombro al descubierto, y me puse unas botas EMU beis. Mientras pudiera exhibir mi cuerpo e hiciera buen tiempo, sin ser excesivamente caluroso, me vestiría como me gustaba.

Iba caminando por el pasillo cuando me encontré con Domenico.

—¡Ah, hola! ¿Has visto a Olga?

—Acaba de levantarse. He pedido el desayuno, aunque ya es hora de almorzar.

—¿Y Massimo?

—Salió temprano esta mañana. Debe de estar a punto de llegar. ¿Cómo te encuentras?

Me apoyé en una de las puertas de madera y sonreí juguetona.

—Oh, maravillosa… divinamente… bien…

Domenico levantó la mano e hizo un gesto expresivo.

—Bla, bla, bla. Mi hermano también estaba de muy buen humor. Pero te pregunto si no te duele nada. Siguiendo las instrucciones de tu médico, te he pedido otra cita con un ginecólogo y un cardiólogo, por lo que tendrás que ir a la clínica a las tres de la tarde.

—Gracias, Domenico —contesté dirigiéndome hacia el jardín.

El día era cálido y, de vez en cuando, el sol asomaba tras las nubes. Olga estaba en una mesa enorme, leyendo el periódico. Me dirigí hacia ella, la besé en la cabeza y me senté en un sillón.

—Hola, perra... —dijo mirándome desde detrás de sus gafas de sol—. ¿Por qué estás tan feliz? ¿Te han recetado las mismas pastillas cojonudas que a mí? Me han hecho flipar en colores. No hace ni media hora que he vuelto en mí. ¿No tendrá más ese doctorcito vuestro?

—Me han dado algo mucho mejor —anuncié sonriendo y arqueando las cejas.

Olga se quitó las gafas, dejó el periódico y clavó los ojos detrás de mí.

—Muy bien, hay moros en la costa. Massimo ha vuelto.

Me giré y me di cuenta de que Black aparecía por la puerta y se dirigía hacia nosotras. Al verlo, me dio un sofocón: pantalones de tela gris y un jersey marengo, bajo el cual asomaba el cuello de una camisa blanca. Llevaba una mano en el bolsillo y la otra a un lado de la cabeza, porque estaba hablando por el teléfono. Su imagen era fascinante, divina; sobre todo, era mío.

Olga se lo quedó mirando atentamente cuando se detuvo a hablar junto al jardín, mirando hacia el mar.

—Este sí que sabe echar un polvo —espetó sacudiendo la cabeza.

Alcé la taza de té sin apartar la mirada de él.

—¿Preguntas o afirmas?

—Te miro y lo sé. Además, un tipo así es garantía de satisfacción.

Me alegré de que volviera a estar de buen humor y no mencionara lo sucedido el día anterior. También yo traté de no pensar en ello, para no ponerme paranoica.

Black terminó de hablar y se acercó a la mesa con cara de póquer.

—Gracias por venir, Olga.

—Gracias a ti por la invitación, don Massimo. Es muy amable por tu parte aceptar mi presencia aquí en este día tan importante para Laura.

Al oír sus palabras, Massimo hizo una mueca, y, por debajo de la mesa, le di una fuerte patada a Olga.

—Pero ¿por qué me das una patada, Laura? —preguntó sorprendida—. Después de todo, es un honor que tus padres, por ejemplo, no van a tener.

Tomó aire, como si fuera a continuar, pero supongo que recordó que no debía alterarme y se calló.

—¿Cómo están mis chicas? —dijo de repente Massimo, inclinándose hacia mí, dándome un beso en el vientre y luego en los labios.

Aquello desconcertó a Olga.

—¿Se lo has dicho? —preguntó en polaco—. Creía que acababa de llegar.

—Se lo he dicho. Volvió anoche.

—Ah, claro, entonces ya sé a qué se debe tu buen humor matutino. Para calmarte, nada como un buen polvo mientras estás colocada. —Movió la cabeza y volvió a sumergirse en la lectura.

Massimo se sentó en el extremo de la mesa y se volvió hacia mí.

—¿A qué hora tenemos cita con el doctor?

—¿Qué quieres decir con «tenemos»?

—Te acompaño.

—Bueno, es que no sé si quiero. —Hice una mueca al imaginármelo en la consulta del ginecólogo—. Mi doctor es un hombre. Desearía que siguiera vivo. ¿Sabes cómo examinan?

Al oírlo, Olga resopló por detrás del periódico y levantó la mano como gesto de disculpa.

—Si lo ha elegido Domenico, seguro que es el mejor y el más profesional. Además, si no quieres que esté, puedo salir de la consulta durante la exploración.

—No, se hace tras una mampara. Creo que te lo pasarás muy bien… —dijo Olga.

—Si quieres otra patada, solo tienes que pedírmela —regañé a Olga en polaco.

—¿Podéis hablar en inglés? —dijo Black cabreado—. Cuando habláis en polaco, me da la sensación de que os burláis de mí.

La aparición de Domenico relajó aquel ambiente cada vez más tenso. Cogió un sillón y se sentó a la mesa.

—Olga, necesito tu ayuda —dijo—. ¿Me acompañarías a un sitio?

Me sorprendieron sus palabras y me dirigí a Júnior:

—¿Me he perdido algo?

—Por desgracia, ya lo sabes todo —respondió Olga—. Claro que iré, cuando nuestros pichoncitos vayan al médico. De todos modos, no tengo otra cosa que hacer.

—Hermano —dijo Domenico dirigiéndose a Black—, ¿ya te puedo felicitar de manera oficial?

La mirada de Massimo se relajó y una leve sonrisa iluminó su cara.

Domenico se le acercó y, sacudiendo la cabeza, le espetó unas frases en italiano. Luego se abrazaron y se dieron palmadas en la espalda. Esa imagen era nueva para mí, conmovedora en extremo. Black, satisfecho, se sentó y tomó un sorbo de café.

—Tengo algo para ti, nena —dijo, y puso una cajita negra encima de la mesa—. Espero que este te traiga más suerte.

Lo miré sorprendida. Cogí el regalo, lo abrí y me apoyé

estupefacta en el respaldo. Olga se asomó por encima de mi hombro y chasqueó con la lengua.

—Un Bentley. ¡Genial! ¿No tienes más cajas como esta?

Miré sucesivamente la llave y a Massimo.

—Primero, preferiría que no tuvieras coche y que fueras con chófer a todas partes. Pero no puedo dejar que tengas paranoias; además, me he informado sobre el caso y no creo que estés en peligro.

—¿Perdón? ¿Qué quieres decir con «informado»?

—Esta mañana me he reunido con mi colaborador de la policía y he visto las grabaciones de la autopista. En el coche que colisionó con vosotras solo iba una persona. No han podido identificarla con la cinta, así que les han dejado acceder a las grabaciones del *spa*. Allí tampoco se ve nada, ya que el hombre llevaba gorro y capucha. Pero su caótica forma de actuar me ha permitido excluir a ciertas personas del círculo de sospechosos. Además, quien trató de embestiros no tenía ni idea de cómo hacerlo; si hubiera sido un profesional, no estaríais hoy aquí sentadas. Por tanto, o fue una coincidencia o una acción ajena a la familia.

—¡Qué suerte que se te cruzara un perdedor! —dijo Olga alzando las manos al cielo—. Pues a mí no me tranquiliza. Al final tendré que marcharme y dejarla aquí contigo. Espero que no se le caiga ni un pelo de la cabeza; de lo contrario, tus hordas no podrán ayudarte cuando te ponga las manos encima.

Massimo no ocultaba su diversión, y Domenico, claramente confundido, miraba a mi pitbull con piel de mujer.

—¿Lo ves, Massimo? Seguramente, este temperamento es un rasgo nacional.

Besé a Olga y le acaricié la cabeza mientras me reía.

La mesa rebosaba delicias, así que los cuatro nos pusimos a comer. A diferencia de otros días, me sentía con un hambre voraz y no notaba problemas de estómago.

—Bien, señores —dije apartando el tenedor—, contadme algo sobre vuestra fraternidad. ¿Fue divertido fingir la relación jefe-subordinado?

Se miraron como si quisieran decidir quién empezaría.

—No es del todo falsa —indicó Domenico—. Massimo, como cabeza de familia, es mi jefe, aunque sobre todo es mi hermano, porque la familia es lo más importante; pero también es «Don», por lo que merece otro respeto, no solo el que se le tiene a un familiar. —Apoyó los codos en la mesa y se inclinó un poco—. Además, nos enteramos de que éramos hermanos hace unos años; para ser precisos, tras la muerte de nuestro padre.

—Cuando me dispararon, necesitaba sangre —dijo Black—. Las pruebas mostraron muchas similitudes genéticas. Más tarde, cuando me recuperé, empezamos a investigar y resultó que éramos medio hermanos. La madre de Domenico es hermana de mi madre, y tenemos el mismo padre.

—Espera, no lo entiendo… —interrumpió Olga—. ¿Tu padre se tiraba a dos hermanas?

Ambos gesticularon y adoptaron una expresión similar.

—Coloquialmente hablando —masculló Massimo—, sí. Es justo lo que pasó.

En la mesa reinó un silencio muy elocuente.

—¿Quieres saber algo más, Laura? —preguntó Black sin apartar los ojos de Olga.

—Ya que estamos en familia… —dije—, ¿podríamos escoger un nombre para el bebé?

—¡Henryk! —exclamó Olga—. Es un nombre fabuloso y poderoso, de la realeza.

Domenico frunció el entrecejo y tanto él como su hermano intentaron pronunciar ese nombre.

—No, no es buena idea —negué—. Además, sigo convencida de que será niña.

Tres segundos después se desató tal debate que empecé a arrepentirme de haber cambiado de tema. Olga gritaba y Massimo rebatía sus argumentos con calma, poniendo cara de póquer. De hecho, la menos necesaria allí era yo. Al mirarlos, me di cuenta de que, hasta que Olga no estuviera segura de que yo estaba a salvo y era feliz, no cejaría en su guerra con Black; seguiría provocándolo y controlándolo.

Me levanté del sillón y la besé en la cabeza.

—Te quiero, Olga.

De repente, todos se callaron. Me acerqué a Massimo y le di un largo y apasionado beso en los labios.

—Te queremos —dije—. Y ahora me voy al médico, que llego tarde.

Cogí la cajita negra y abandoné la mesa.

Mi prometido se disculpó y se levantó despacio del sillón. Me siguió, me alcanzó y me abrazó.

—¿Sabes dónde está el coche, cariño, o ibas a caer en ello más tarde?

Le di un codazo riéndome. Me llevó a una zona del jardín en la que nunca había estado, pues se encontraba detrás de la casa. Como no había sol ni mar, no había tenido necesidad de ir allí.

Cuando llegamos, vi un enorme edificio de una planta que parecía estar incrustado en la roca. Se abrió una puerta y descubrí sorprendida que el garaje, más bien la nave del complejo, estaba en el interior de la montaña. Había docenas de coches. Aluciné. «¿Quién necesita tantos coches?», me dije.

—¿Los usas todos?

—Como mínimo, los he utilizado una vez. Mi padre era un gran apasionado. Los coleccionaba.

Para mi alegría, vi un par de motocicletas apoyadas en la pared y me dirigí a ellas.

—¡Oh, querido! —dije acariciando la Suzuki de Hayabusa—. ¡Motor de cuatro cilindros, caja de cambios de seis velocidades y con esfuerzo de torsión! —gemí—. ¿Sabes que su nombre es una palabra japonesa que se refiere al animal más rápido del mundo, es decir, al halcón peregrino? Es maravillosa.

Massimo estaba junto a mí, sorprendido de oírme.

—¡Olvídalo! —gruñó, y tiró de mi mano hacia la salida—. Nunca, y lo digo en serio, Laura, nunca te subirás a una moto.

Furiosa, me zafé de su mano y me detuve en seco.

—¡No me vas a decir qué mierda puedo hacer y qué no!

Black se dio la vuelta y me cogió la cara entre las manos.

—Estás embarazada, llevas a mi bebé y, cuando nazca, serás la madre de mi bebé —dijo enfatizando la palabra «mi» las dos veces, mirándome fijamente—. No me arriesgaré a perderte o a perderos, así que perdóname, pero te voy a decir lo que tienes que hacer. —Apuntó con el dedo a las motos que estaban junto a la pared—. Hoy mismo desaparecerán de esta casa. Y no se trata de tus habilidades o de tu prudencia, sino de que no puedes controlar lo que pasa en la carretera.

En realidad, tenía razón. No me gustaba admitirlo, pero aún no había pensado en que ya no podía limitarme a vivir para mí.

Mientras miraba sus fríos y enojados ojos, me acaricié el

vientre. Ese gesto lo apaciguó; me cogió las manos y me las apretó, apoyando su frente en la mía. Ni siquiera tuve que decirle que lo entendía. Él sabía lo que yo sentía y pensaba.

—Laura, no seas cabezota por el hecho de serlo. Deja que te cuide. Vamos.

En el garaje, delante de una de las puertas, había aparcado un Bentley continental negro. El poderoso coche de dos puertas no se parecía en nada al soporífero Porche que me había regalado semanas antes.

—Dijiste que no tendría un coche deportivo.

—He cambiado de opinión. Además, voy a poner un control parental en tu llave.

Estaba un poco confundida y lo miré con incredulidad.

—Bromeas, ¿verdad?

Black sonrió y mostró sus blancos dientes.

—Por supuesto, el Bentley no tiene esa función. —Divertido, enarcó las cejas—. Pero es un coche muy seguro y rápido. Tras consultarlo, lo he elegido para ti. Es más elegante y más fácil de manejar que un Porche, y tiene mucho espacio en el interior, por lo que cabrá tu barriguita. ¿Te gusta?

—Me gusta la Hayabusa —dije, y fruncí el labio inferior.

Black me lanzó una mirada de advertencia y abrió la puerta desde el lado del conductor. Me extrañó que me dejara conducir… Entré despacio en el coche. Por dentro era de un color miel-avellana muy bonito, elegante, sencillo y sofisticado. Los asientos y parte de las puertas estaban cubiertos de cuero acolchado, y el salpicadero estaba decorado con madera. Me sorprendió descubrir que era enorme, de cuatro plazas. Cuando me fijé en el interior, aturdida por los detalles, Massimo se subió al coche por el lado del copiloto.

—No está mal, ¿verdad? —preguntó.

—Bueno, pasable... —respondí con ironía.

De camino a la clínica, Black me explicó el funcionamiento del coche, que no era muy complicado, y en veinte minutos me convertí en una experta.

Ya en la consulta, Massimo se mostró tranquilo y atento. Escuchó al médico, le planteó preguntas razonables y, durante la exploración, salió para que me sintiese cómoda. Como pensaba, el accidente del día anterior no había afectado a mi salud ni a la del bebé. El cardiólogo también confirmó que no me pasaba nada y que mi corazón estaba bien. Me recetó un medicamento que solo debía tomar si me encontraba mal.

Dos horas más tarde estábamos de vuelta a casa. Le pedí a Black que condujera, pues las visitas eran muy estresantes para mí y prefería no arriesgarme.

—Luca —dijo de repente, mirando a la carretera—. Quiero que nuestro hijo se llame como mi abuelo. Era un gran sabio siciliano, te habría caído bien. Un hombre poco corriente, galante e inteligente que, con sus ideas, se adelantó a su época. Gracias a él, mi padre me envió a la universidad y me dejó estudiar en lugar de enseñarme a correr con un arma.

Mientras me repetía mentalmente el nombre que acababa de oír, pensé que, en realidad, no tenía nada en contra de él. Solo me importaba que el niño estuviera sano y creciera con normalidad.

—Será una niña, ya lo verás.

Los labios de Massimo esbozaron una tímida sonrisa, y puso una mano en mi rodilla.

—En ese caso, Eleonora Klara, como mi madre y la tuya.

—¿Y yo puedo decir algo?

—No, lo pondré en su certificado de nacimiento mientras te recuperas del parto.

Lo miré y le di un puñetazo en el hombro.

—¿Qué? —Se rio—. Es una tradición. —Comenzó a masajear el lugar donde lo había golpeado—. En la familia decide el padrino. Y ya he tomado la decisión.

—¿Y sabes qué tradición tenemos en Polonia? Castramos al marido después del primer hijo para que no se le pase por la cabeza la infidelidad, pues ya tiene descendiente.

—Por lo que dices, si la primera es niña, seguiré usando mi miembro un tiempo.

—Massimo, eres insoportable —le acusé sacudiendo la cabeza.

Íbamos por la autopista no demasiado rápido. Disfrutaba de las maravillosas vistas del fascinante Etna, del que brotaba sin cesar una columna de humo. De repente sonó el teléfono de Massimo, que se conectó al manos libres del coche. Black suspiró y me miró.

—Tengo que responder a la llamada y hablar un rato con Mario.

Su *consigliere* nos molestaba de vez en cuando, pero sabía lo importante que era y no me importaba. Moví la mano para indicarle que cogiera la llamada.

Me encantaba cuando hablaba italiano; era muy sexy, me excitaba. Sin embargo, minutos después empecé a aburrirme y se me ocurrió una idea un tanto sucia.

Puse la mano en el muslo de Massimo y la dirigí despacio a su entrepierna. A través de los pantalones, empecé a acariciarlo con suavidad. Black parecía no responder a mis movimientos, así que decidí dar un paso más. Le desabro-

36

ché la cremallera y me alegró descubrir que no llevaba ropa interior. Gemí, me lamí la boca y extraje su miembro por el agujero de los pantalones.

Black miró abajo y luego a mí, pero continuó con la conversación. Entendí aquella falsa indiferencia como un desafío, así que me quité el cinturón de seguridad y volví a abrocharlo para que el alarmante pitido no interfiriera en la conversación. Massimo cambió al carril derecho y redujo aún más la velocidad. Agarró el volante con la mano izquierda y apoyó la derecha en el asiento del copiloto, para hacerme sitio. Me incliné, metí su miembro en mi boca y empecé a chupárselo intensamente. Black respiró hondo, como si suspirara, así que me separé un momento y me levanté para susurrarle al oído:

—Me quedaré callada y tú también debes estarlo. No me hagas caso.

Lo besé en la mejilla y volví a jugar con su pene. En mi boca empezó a ponerse más y más duro; noté que, como respuesta a mis caricias, cada vez le costaba más seguir hablando. Lo hice rápido y con habilidad, sirviéndome de una mano. Segundo después, sentí la mano de Massimo en mi cabeza, presionándome para metérmela más hondo. Quería que se corriera; nunca había chupado a nadie tan bien y con tanto esmero. Sus caderas temblaban y su respiración era cada vez más acelerada. Me daba igual que alguien pudiera vernos; yo estaba muy caliente y quería que disfrutara. Poco después le oí lanzar un «*Ciao*» y pulsar el botón rojo de la pantalla. De repente, el coche se desvió y se detuvo a un lado de la carretera. Se desabrochó el cinturón y sus manos me agarraron del pelo con firmeza. Adentró el miembro hasta mi garganta, gimiendo fuerte y empujando sus caderas hacia arriba.

—Te estás portando como una puta —masculló—. Mi puta.

Me excitaba cuando era vulgar y me encantaba su lado oscuro, una verdadera ventaja en la cama. Empecé a excitarme, apretando con ansia mis labios alrededor de su miembro, dejando que tratara mi cara como un juguete. Cuando sintió una presión más intensa, empezó a gemir más fuerte y una ola de esperma me inundó la garganta. Fluyó y tragué con placer cada gota. Cuando terminó, le lamí el miembro hasta dejárselo limpio, se lo volví a meter en los pantalones y le subí la cremallera. Me apoyé en el asiento, me limpié la boca con los dedos y me lamí los labios, como si acabara de comer un bocado exquisito.

—¿Nos vamos? —le pregunté torciendo la cabeza hacia él.

Massimo seguía sentado con los ojos cerrados y la cabeza apoyada en el asiento. Al instante se volvió hacia mí, atravesándome con una mirada lujuriosa.

—¿Ha sido un castigo o un premio? —preguntó.

—Un capricho. Me aburría y quería chupártela.

Sonrió y enarcó las cejas, como con incredulidad, pero luego se incorporó a la autopista con presteza.

—Eres mi ideal —dijo pisando el acelerador y zigzagueando entre los coches—. A veces me llevas al límite, pero ya no puedo imaginarme con otra persona.

—Perfecto, porque vamos a seguir juntos medio siglo más.

2

Justo cuando llegamos a la mansión, el coche en el que iban Domenico y Olga aparcó a nuestro lado. Mi amiga bajó sospechosamente contenta; era evidente que estaba emocionada por algo. Massimo abrió la puerta y los cuatro nos quedamos en la entrada.

—Te has ensuciado con algo —dijo Olga señalando la entrepierna de Black.

Al mirar hacia donde ella indicaba, vi un pequeño punto brillante.

—Hemos comido helado —le expliqué con cara de tonta.

Olga se rio y, al pasar junto a mí, comentó divertida:

—Mmm, creo que solo tú.

Enarqué las cejas, asintiendo con la cabeza en un gesto de triunfo, y la seguí. Después llegamos a la habitación y las dos nos dejamos caer en la cama.

—Tengo ganas de joder… —dijo Olga con una honestidad desarmante—. Cuando miro a Domenico, no puedo soportarlo más. Es tan galante y… —se interrumpió, buscando la palabra adecuada—, tan… italiano. Creo que le gusta lamer el coño. Y su culo pequeño…, me gustan esos culitos…

Reflexioné sobre lo que estaba diciendo y pensé que nunca había visto a Domenico de ese modo.

—Qué sé yo… Para mí, no tiene pinta de ser de los que le gusta… Pero si hay alguna semejanza fraterna entre ellos, seguro que quedarías complacida.

Moví la cabeza con convicción, mientras ella intentaba acomodarse.

—¡No ayudas, ¿sabes?! —gritó. Se levantó de golpe y, como una niña pequeña, empezó a saltar sobre el colchón—. No es divertido verte tan satisfecha y follada. Yo también necesito un poco de atención, por decirlo de algún modo.

—Recuerda, el vibrador es el mejor amigo de una mujer.

Dejó de saltar y se sentó sobre las rodillas.

—¿Crees que se me ocurrió meter uno en la maleta? ¡Mierda! Pensaba que aquí intentarían cortarte la cabeza con un hacha y, la verdad, no pensé que necesitaría una polla de goma para luchar por tu vida.

—Y mira tú por dónde: ni asesinato ni pene de silicona —respondí desafiante.

Olga estaba sentada, concentrada buscando una solución. Al instante tuvo una revelación y su cara resplandeció ante ese iluminado pensamiento. Llena de curiosidad por sus nuevas y sucias ideas, me enderecé y me apoyé en el reposacabezas de la cama.

—¿Sabes qué, Laura?

—A ver, genio, te escucho.

—Esta noche es la despedida de soltera, así que podríamos salir… Ya sabes, divertirnos, bailar… ¿Qué te parece?

—Oh, así mañana seré una novia sobria, soñolienta, con la cara hinchada y, además, embarazada. Gracias, pero no.

Resignada, se dejó caer a mi lado.

—Oh, pues yo creí que iba a follar fuera.

En ese momento se abrió la puerta de la habitación y apareció Massimo.

—¿Te has cambiado de pantalones? —le preguntó Olga sonriendo picarona—. Malos recuerdos, ya lo sé. El helado puede arruinarte la vida.

Le di un empujón, me levanté y me acerqué a Black; ella siguió allí tumbada, mirándolo de forma provocativa. Deseaba que volviera a enzarzarse con ella, pero Massimo ya sabía que no tenía sentido y pasó de Olga. Lo besé en la mejilla para agradecerle su sabiduría y compostura. Sin quitarle los ojos de encima, él dijo:

—Me caes bien, Olga. Tienes un curioso sentido del humor. —Se calló y su mirada se cruzó con la mía—. Recoged vuestras cosas, zarpamos en una hora. —Luego me besó en la frente y desapareció por el pasillo.

—¿Vamos a navegar? —preguntó Olga con gesto atónito.

—No me mires así. Estoy tan sorprendida como tú.

—Vale, pero ¿qué? ¿Vamos a remar o a nadar? ¿Qué se supone que debo ponerme, un traje de surf y unas aletas?

Saqué el teléfono y marqué el número de Domenico, pero no conseguí que me dijera nada, excepto que no íbamos a cenar en casa. Se libró de mí con la excusa de una reunión y me colgó.

«Qué descarado», pensé. Volví con Olga. Decidimos que, como no sabíamos nada y era mi despedida de soltera, nos arreglaríamos; es decir, lo normal de un viernes noche.

Veinte minutos más tarde, en mi vestidor, ya estábamos casi seguras de lo que queríamos ponernos. Sabía que a Massimo le gustaba que fuera elegante, así que fui a lo seguro y elegí un Chanel. Aquel vestido gris, más que un diseño, era una corta maraña de tela. Envolvía suave y sensualmente mi cuerpo, aquí y allá, cubriéndolo y revelándolo al mismo tiempo. Sabía que íbamos a ir en barco, pero eso no impidió que me pusiera zapatos lacados de tacón alto y punta fina. Le añadí un brazalete Hermes ancho, del color de los zapatos, y me vi como una futura mamá impresionante, todavía delgada.

Olga, en cambio, apostó por su estilo de prostituta sofisticada y se puso una colorida túnica de seda de Dolce & Gabbana que apenas le cubría el culo. En realidad, debería haberse puesto unos pantalones cortos debajo, pero quién iba a pensar en eso… Como calzábamos el mismo número, descubrió un auténtico paraíso en mi armario. Diez minutos después, escogió unos zapatos de tacón alto y un bolso a juego.

—¡Joder! —gritó mirando el reloj—. Tenemos quince minutos. —Al instante de pánico le siguió otro de reflexión—. Bueno, en realidad, ¿por qué me va a decir cuánto tiempo tenemos? Cuando estemos listas, bajamos.

Me eché a reír y la arrastré al baño. El maquillaje y el peinado nos tomaron más tiempo de lo previsto, pero nos las apañamos muy rápido. Los ojos fuertemente perfilados con la raya negra y el lápiz labial rojo fueron la combinación perfecta para mi imagen de aquel día, el de una correcta y elegante futura esposa.

Al salir del baño, descubrí horrorizada a Domenico en la habitación. Llevaba un aspecto elegante y refinado, incluso más de lo habitual. Vestía un traje negro y una camisa oscura; de repente empezó a recordarme a su hermano. Su cabello peinado con todo cuidado hacia atrás revelaba su rostro juvenil y resaltaba sus carnosos labios.

En un momento dado, sentí que alguien jadeaba detrás de mí. Olga se acercó a mi oído y me susurró en nuestra lengua materna:

—¡Joder! ¿Ves eso? No podré reprimirme y acabaré arrodillándome delante de él.

Júnior nos miró divertido sin disimular y, tras quedarnos inmóviles otro segundo, dijo mostrando los dientes:

—Quería ver cómo ibais y si habría posibilidad de salir antes de la boda.

Cogí a Olga de la mano, quien apenas podía mantenerse en pie de lo nerviosa que estaba, y fingiendo no haberme inmutado, me dirigí a las escaleras. En el jardín nos quitamos los zapatos y, con ellos en la mano, fuimos hacia el muelle.

Cuando vi el casco gris del *Titán* en el horizonte, me sofoqué al recordar mi primera noche con Massimo. Me detuve, y Olga, distraída, se dio de bruces contra mi espalda.

—¿Qué pasa, Laura? —preguntó nerviosa, mirándome a la cara.

—Fue allí —dije señalando el yate—. Allí empezó todo.

Me sentí abrumada. Mi corazón latía desenfrenado y solo pensaba en estar junto a Black cuanto antes.

—Las damas primero. —Domenico señaló una pequeña escalera de acceso a la lancha y me tendió la mano.

Nos acomodamos en los asientos blancos y, poco después, ya estábamos cruzando el mar a toda velocidad, hacia el monumental barco. El joven italiano y Olga se lanzaban miraditas todo el tiempo, con interés mal disimulado, mientras yo pensaba en aquella noche. Sin darme cuenta, me metí el dedo en la boca y, al instante, sentí que una ola de calor me recorría el cuerpo. Lo deseaba. No lo veía, no lo olía, no lo tocaba, pero me puse tan caliente con el recuerdo que creí que iba a explotar.

—Basta, Laura —dijo Olga—. Ya veo por dónde vas con ese dedito. Ni siquiera tengo que preguntarte en qué estás pensando.

Sonreí sacudiendo los hombros y apoyé las manos contra el blanco cuero del asiento. La lancha iba acercándose a uno de los costados del yate, mientras me preguntaba por qué me había puesto aquellos estúpidos zapatos. Si no hubiera sido por ellos, podría haber saltado a bordo para correr hacia Black.

Domenico bajó primero y nos ayudó a salir de la embarcación. Alcé los ojos y vi a Massimo de pie, en lo alto de las escaleras. Tenía un aspecto muy seductor: llevaba un traje gris de una fila de botones y una camisa blanca desabrochada. Lo deseaba tanto que me habría impresionado igual si hubiera ido vestido de payaso. Sin embargo, decidí actuar con elegancia y no inmutarme, así que me dirigí hacia él con paso lento, sin apartar la vista de mi fascinante hombre. Cuando me acerqué, me tendió la mano y me acompañó a la mesa sin mediar palabra. Poco después, Olga y Domenico se sentaron con nosotros.

El camarero nos sirvió vino y, al cabo de unos minutos, ellos tres se sumergieron en la conversación sobre la ceremonia del día siguiente. En cambio, yo andaba perdida en asuntos más prosaicos: pensaba en el sexo. Intenté dominar mi mente, pero no me sirvió de nada. «¿Qué me pasa?», me repetía, intentando adaptarme a aquella situación. Un rato después me sentía muy molesta e irritada. No apartaba la vista de ninguno de ellos cada vez que decían algo, me esforzaba en poner la expresión más inteligente del mundo, pero no se me daba bien fingir. Solo se me ocurrían mil y una ideas para llevarme a Black de la mesa. Pensé que podía simular cierto malestar, pero él se asustaría y no habría sexo. También imaginé una salida que llamara su atención, pero seguramente Olga se le adelantaría, saldría corriendo tras de mí y mi plan acabaría mal. «Bueno, donde hay riesgo, también hay diversión», pensé.

—Massimo, ¿podemos hablar? —le pregunté levantándome de la mesa, y me dirigí hacia las escaleras de la cubierta inferior.

Black se puso en pie despacio y me siguió. Confundí las direcciones y, como siempre, me perdí mirando de un lado a otro por aquel embrollo de puertas.

—Creo que sé lo que buscas —dijo echándome una mirada glacial.

Me adelantó y, tras avanzar unos pasos, abrió una puerta. Cuando la crucé, la cerró y echó el cerrojo. Respiré hondo, recordando una situación similar de unas semanas atrás.

—¿Qué quieres, Laura? Porque no creo que quieras hablar.

Entré en la sala, me apoyé en la mesa con las manos, me levanté un poco el vestido corto y le lancé una mirada lujuriosa. Massimo se me acercó lentamente y observó muy serio lo que yo estaba haciendo.

—¡Quiero que me folles, ahora! Rápido y duro, necesito sentirte dentro de mí.

Black se me acercó por detrás, me cogió del cuello y me puso boca abajo sobre la mesa. Deslizó la mano por mi nuca mientras apretaba con fuerza.

—Abre la boca —me ordenó, y me metió dos dedos.

Cuando estuvieron lo suficientemente húmedos, los puso

bajo el encaje de mis bragas y me frotó la entrada del coño un par de veces. «¡Qué alivio!», pensé. Desde que había visto el *Titán*, necesitaba sentir su tacto. Me arqueé, empiné firmes las nalgas y esperé a que me penetrara.

—Dame una mano —dijo mientras jugaba con sus dedos dentro de mí.

Le di la mano y le oí desabrocharse la cremallera. Segundos después, sentí en mis dedos lo que más quería. Su polla se hinchaba como si exigiera caricias y Black solo esperaba a estar listo.

—Ya, basta —sentenció, y me apartó las bragas a un lado.

Sentí cómo me penetraba y todo mi cuerpo se relajó. Me cogió por las caderas y empezó a follarme a un ritmo loco. Lo hacía como un autómata, respirando fuerte y susurrando algo en italiano. A los dos minutos, tal vez tres, llegó el primer orgasmo, tras lo cual me corrí dos veces más. Cuando supuso que ya tenía suficiente y que mi cuerpo se había relajado, salió de mí.

—Arrodíllate —me susurró cogiéndose la polla con la mano.

Me levanté despacio de la mesa y caí de rodillas delante de él. Sin reparo, me la metió en la boca seca, me dio un empellón y me estrujó la lengua. Se corrió intensamente, sin emitir sonido alguno, y luego, exhausto, apoyó las manos en la mesa.

—¿Contenta? —preguntó cuando me limpié la boca.

Sin disimular mi alegría, asentí con la cabeza y cerré los ojos. Me preguntaba si siempre sería así, si me pondría así de cachonda el resto de mi vida y si siempre le tendría tantas ganas.

Cuando se recuperó, se abrochó la cremallera y se sentó en el sillón delante de mí. Volví la cabeza y le dije sonriendo:

—¿Sabías que fue aquí donde me quedé embarazada?

Estuvo un instante en silencio, clavando en mí su seria mirada.

—Creo que sí; al menos, es lo que quería.

Me di la vuelta y miré al techo. Claro, en realidad todo era siempre como él quería, así que no debía extrañarme que hubiera sucedido, ya que él así lo había querido.

Al cabo de un momento, me levanté y me alisé el vestido. Black seguía sentado, sin quitarme ojo.

—¿Nos vamos? —le pregunté.

Se levantó y se dirigió a la salida sin mediar palabra.

Había empezado a ponerse el sol. Domenico y Olga se las apañaban muy bien sin nosotros.

—¡Joder! —oí que decía Olga—. ¡Laura, mira! ¡Delfines!

El yate navegaba lento y aquellos asombrosos mamíferos saltaban en el agua junto a él. Me quité los zapatos y me acerqué a la barandilla. Serían una docena, nadaban jugando y saltando uno tras otro. Massimo me abrazó por los hombros y me besó en la nuca. Me sentí como una niña a quien acababan de enseñarle un truco de magia.

—Sé que una despedida de soltera incluye un estriptis y una borrachera con las amigas en un pub, pero espero que esto compense, al menos un poco, lo que te has perdido hoy.

Me di la vuelta y, sorprendida, lo miré a los ojos.

—¿Lo que me he perdido? Navegar en un yate de casi cien metros de largo, con personal de servicio, excelente comida y tú a mi lado... ¿A eso le llamas «perderse algo»?

Lo observaba con incredulidad y, como mis palabras no

parecieron impresionarlo, le di un largo y profundo beso en los labios.

—Además, nada me haría disfrutar tanto como tú hace diez minutos. Ni el alcohol, ni las amigas, ni un estríper.

Me dirigió una mirada divertida e interrogante, como si estuviera esperando bombos y platillos en su honor. Sin embargo, decidí parar ahí porque sabía que el ego de Massimo ya estaba bastante arriba. Volví el rostro hacia el agua y observé embelesada aquellas increíbles carreras de los delfines contra el *Titán*. Después de un rato, otra cosa llamó mi atención.

Domenico y Olga parecían claramente interesados el uno por el otro. Me volví hacia Black un poco preocupada:

—Cariño, explícame qué relación hay entre Emi y Domenico. Son pareja, ¿verdad?

Don Massimo se apoyó en la barandilla y dibujó en su cara una sonrisa pícara.

—¿Pareja? —Confundido, se pasó la mano por el pelo—. No diría tanto... No, no es una relación... Pero si lo llaman así en tu país... —Se interrumpió, se rio y añadió—: Respeto tu cultura y tus hábitos conservadores.

Hice una mueca y me quedé pensando qué habría querido decir. Finalmente, le pregunté sin rodeos:

—Entonces ¿qué les une?

—¿Cómo que qué les une? Es simple, nena: el sexo. Solo les unen las ganas de echar un polvo. —Volvió a reírse y me rodeó con el brazo—. No me irás a decir que creías que era amor, ¿verdad?

Pensé en lo que estaba diciendo, y de repente me estremecí. Esperaba que fuera una relación seria y que Olga estuviera a salvo durante su estancia allí. Por desgracia para ella, y para mí, Massimo me dio a entender que era diferente. Me quedé mirando a Olga mientras bailaba una lenta con Domenico y cómo ella influía en su comportamiento. Sabía que lo llevaba en la sangre, por lo que él y su cuerpo reaccionaban con intensidad a todo lo que ella hiciera. Ella lo deseaba, y cuando Olga quería algo, me recordaba un poco a don Massimo. Simplemente, tenía que conseguirlo. Recordé nuestra última conversación antes de partir y supe cómo terminaría aquella noche.

—Massimo —me dirigí a Black—. ¿Cabe la posibilidad de que no se acuesten?

—¿Si mi hermano quiere...? —Clavó sus penetrantes ojos en mí—. Más bien no. Cariño, son adultos, toman decisiones conscientes de lo que hacen, y no creo que sea asunto nuestro.

«Bueno, nuestro no —pensé—. Pero no creo que sepas lo que implica que Olga quiera conquistar a alguien.»

La voz de mi amiga me sacó de mis pensamientos:

—Laura, quiero nadar.

—¡Estás muy colgada! —espeté en polaco—. Además, ¿qué estás maquinando? ¿Quieres meterte en lo mismo que yo?

Olga se quedó boquiabierta, se detuvo y me clavó una mirada inquisitiva.

—Ya veo qué estás haciendo. Que quieras follártelo es una cosa, pero que te lo tomes como un desafío es otra muy distinta.

Olga soltó una carcajada y me abrazó.

—Laura, cariño, me lo voy a tirar de todas formas. Y deja de preocuparte por todo el mundo.

Sacudí la cabeza y la miré a los ojos. Sabía lo que hacía

y sus acciones eran deliberadas. «Bueno —rumié—, no es la primera vez que la dejo hacer estupideces que primero la satisfacen y luego la hacen llorar.» Olga no solía sufrir por un amor frustrado, sino más bien por perder algo que no hubiera disfrutado plenamente.

—¿Un postre? —preguntó Domenico señalando hacia la mesa.

—¡Vaya fiesta más plasta...! —soltó Olga dirigiéndose a él.

—Como debe ser con unos padres.... —dije sacándole la lengua.

Volvimos a sentarnos los cuatro y casi me abalancé sobre el esponjoso postre de frambuesa que acababan de servir. Tras comerme tres porciones, me sentí satisfecha y llena desde un punto de vista gastronómico.

Júnior sacó una pequeña bolsa de los pantalones y la arrojó sobre la mesa.

—Laura, a ti no te invito, pero es una despedida de soltera, así que...

Miré la bolsita de plástico llena de polvo blanco y me fijé en Massimo. Sabía lo que era aquello y recordaba lo que había sucedido la última vez que la cocaína apareció en nuestra relación. Pero también sabía que quitárselo no serviría de nada, porque, al fin y al cabo, haría lo que le diera la gana.

Domenico se levantó de la mesa y volvió un instante después con un pequeño espejo en el que esparció el contenido de la bolsa; luego comenzó a dividirla en unas rayas cortas. Me incliné hacia Black y arrimé la boca a su oreja.

—Recuerda, Massimo: si optas por entretenerte con esto, no podrás hacerme el amor. Y no lo digo porque quiera chantajearte, sino porque la droga penetraría a través del esperma en mi cuerpo, donde está creciendo tu hijo.

Después de pronunciar estas palabras, me enderecé y tomé un sorbo de vino sin alcohol que, por cierto, estaba estupendo y sabía como el normal.

Black dudó un instante y, cuando el joven italiano le pasó el polvo, lo rechazó con la mano, lo cual sorprendió a Domenico. Intercambiaron algunas frases en italiano y me fijé en la mirada impasible de Massimo. Después de la última frase, los dos prorrumpieron en carcajadas. No supe qué les había hecho reír, pero lo importante era que Massimo se había negado. Olga no fue tan asertiva y, antes de inclinarse sobre la mesa, dijo:

—«¡Fuego!», gritó Napoleón —y se metió dos rayas.

Se apartó del espejo, se frotó la punta de la nariz y asintió con satisfacción. Me quedó claro que aquella fiesta ya no era para mí, y no quería ver qué pasaría después.

—Estoy cansada —dije mirando a Black—. ¿Pasamos la noche en el barco o nos vamos a casa?

Me acarició la mejilla y me besó en la frente.

—Vamos, te llevaré a la cama.

Olga puso mala cara y le hizo una señal al camarero para que le sirviera champán.

—Eres una aburrida, Laura —dijo haciendo un gesto de descontento.

Me volví hacia ella y le mostré el dedo medio.

—Estoy embarazada, Olga.

Massimo me llevó al camarote y cerró la puerta. Aunque no me apetecía tener sexo, me estremecí al ver aquella habitación, sobre todo al oír el ruido de la cerradura. Colgó su chaqueta, se acercó a mí y me desabrochó el vestido. Dejó que se deslizara hasta el suelo, se arrodilló y me quitó los zapatos con cuidado. Con la mano, alcanzó la percha del baño y al instante me cubrió con un albornoz suave y oscuro. Sabía que no quería hacer el amor y también que de aquella manera me estaba demostrando su amor y respeto.

Nos duchamos y, media hora después, estábamos acostados, abrazados en la cama.

—¿No te aburres conmigo? —pregunté mientras le acariciaba el pecho—. Seguro que tu vida era más interesante antes de que yo apareciera.

Massimo se mantuvo en silencio. Levanté la cabeza para mirarlo. A pesar de que la habitación estaba totalmente a oscuras, noté que sonreía.

—Bueno…, yo no lo llamaría aburrimiento. Además, Laura, recuerda que todo lo he hecho absolutamente consciente. ¿Olvidas que sigues secuestrada? —Me besó en la parte superior de la cabeza, enredó los dedos en mi pelo y me atrajo con fuerza—. Si lo que quieres saber es si me gustaría volver a la vida que llevaba antes de ti, la respuesta es no.

—Una mujer para toda la vida… ¿Estás seguro?

Black se puso de lado y me estrujó aún más.

—¿Crees que es mejor tirarse a varias chicas en una noche y despertar solo en la cama por la mañana? Hace tiempo que ganar dinero dejó de entretenerme, así que todo lo que me queda es fortalecer mi familia. —Suspiró—. Verás, he levantado todo esto y he vivido como si cada día tuviera que empezar de nuevo, sin tener a nadie por quien hacerlo. Cada noche, diferentes tipas; a veces fiestas, drogas y resacas después. Puede sonar genial, pero ¿durante cuánto tiempo? Cuando te pones a pensar si no sería bueno acabar con todo, aparece la pregunta: ¿para qué cambiar si no sabes si vale la pena ni tienes a nadie por quién hacerlo? —Volvió a suspirar—. Después del balazo, cambié. Fue como si hubiera recibido un objetivo muy diferente al de la existencia.

—No entiendo muy bien tu mundo —susurré, y le besé en la oreja.

—Me sorprendería lo contrario, nena —respondió—. Por desgracia, quieras o no, con el tiempo todo cambiará. Sabrás más y más sobre lo que hago y sobre cómo trabajamos, pero no lo suficiente como para que represente una amenaza para ti. —Sus dedos acariciaban mi espalda—. Además, no podrás hablar con nadie sobre ciertas situaciones, pero, para quedarme tranquilo, te diré cuáles son. Existe algo llamado *omertà*, un código de honor de la mafia siciliana que prohíbe hablar sobre las acciones y personas que cumplen órdenes. Mientras la respetemos, la familia será fuerte e inquebrantable.

—¿Y qué papel tiene Domenico en la familia?

Massimo se rio y se volvió de espaldas.

—¿De verdad quieres hablar de esto la noche antes de nuestra boda?

—¿Puede haber mejor momento? —refunfuñé algo molesta.

—Está bien, cariño. —Me estrujó satisfecho bajo su axila—. Júnior es un capo, es decir... ¿Cómo te lo digo...? —Hizo una pausa cavilando—. Dirige a un grupo de personas que tienen, digamos, diferentes tareas...

—¿Como, por ejemplo, salvarme...?

—Por ejemplo. También tienen cometidos menos caballerosos, pero no llegarás a conocerlos si no es necesario. En general, gana dinero y vigila clubes o restaurantes.

Me quedé pensando en lo lejos que estaba Domenico de

la descripción que Black acababa de darme. Para mí era un compañero, casi un amigo, que me apoyaba y elegía mi ropa. Antes hubiera pensado que era gay y no el peligroso líder de un grupo.

—Entonces ¿Domenico no es bueno?

Massimo soltó una carcajada y no pudo dejar de reír durante un buen rato.

—¿Que es qué? ¿Que si no es bueno? —Finalmente farfulló—: Cariño, somos la mafia siciliana, todos somos malos. —Se rio—. Si me preguntas si es peligroso, sí. Mi hermano es un hombre muy peligroso e imprevisible. Sabe ser despiadado y firme; por eso cumple esa función. En muchas situaciones le he confiado mi vida, y ahora también le confío la tuya. Sé que siempre realiza sus tareas con la mayor dedicación y esmero posibles.

—Pues yo pensaba que era gay.

Black se echó a reír como un loco y encendió la luz.

—Cariño, te estás pasando de la raya. Te adoro, pero si no dejo de reírme, no podré dormir. —Se dejó caer sobre la almohada y acurrucó la cabeza entre mis manos—. Dios mío, ¿Domenico gay? Creo que ha fingido ser demasiado bueno delante de ti. Sí, le encanta la moda y entiende de ella, pero a la mayoría de los italianos les apasiona. ¿Cómo se te pudo pasar por la cabeza?

Hice una mueca y fruncí el labio inferior.

—En Polonia no hay muchos tíos que sepan de trapitos. Quiero decir, no muchos heteros. —Me di la vuelta y me apoyé en su pecho, perdiéndome en sus ojos negros—. Massimo, no le hará nada a Olga, ¿verdad?

Black tragó saliva, clavó en mí su mirada serena y seria, y arrugó un poco el ceño.

—Nena, es peligroso para la gente que amenaza a su familia. En cuanto a las mujeres, como habrás visto en las últimas semanas, os trata como a un tesoro que hay que proteger y no como a enemigos que hay que destruir. —Me miró en busca de comprensión—. En el peor de los casos, se la follará de tal modo que mañana no podrá moverse, eso es todo. Ahora cierra los ojos y duerme.

Me besó en la frente y apagó la luz.

No sé cuánto tiempo dormí, pero me desperté muy ansiosa. Estiré el brazo, palpé el otro lado de la cama y me di cuenta de que Massimo respiraba con calma. La habitación seguía a oscuras, así que me levanté y me puse el albornoz, que estaba en el suelo; Black ni siquiera se inmutó. Estaba muerta de miedo y muy excitada; la alegría se mezclaba con el horror. Un poco más tarde me di cuenta de que solo estaba nerviosa por la celebración de aquel día, y que lo que sentía era puro estrés. Giré el pomo de la puerta y salí del dormitorio. Sabía que no volvería a dormirme, así que fui a ver el mar en vez de quedarme dando vueltas en la cama. Me dirigí hacia las escaleras descalza y en albornoz; cuando empecé a subir los escalones, oí unos gemidos procedentes de la cubierta superior. «¿Aún sigue la fiesta?», pensé, y me encaminé en dirección a las voces. En un momento dado me quedé petrificada, pero enseguida reculé hasta la esquina y apoyé la espalda contra la pared.

—Joder, no me lo creo —murmuré sacudiendo la cabeza.

Me asomé para asegurarme de que veía lo que me parecía que era. Olga estaba tumbada de espaldas en la mesa donde habíamos cenado esa noche, y Domenico, de pie frente a ella, se la estaba tirando. Ambos iban desnudos, drogados y excitados al máximo. Aunque la imagen me pareció repugnante, me quedé tan asombrada que no podía apartar la mirada de ellos. Tuve que admitir que Júnior estaba en excelente forma y que, a pesar de mi disgusto, al día siguiente Olga sería la mujer más feliz del mundo.

De repente, alguien me cubrió la boca con la mano.

—Silencio —susurró Massimo detrás de mí y retiró la mano—. Laura, ¿te gusta lo que ves?

Al principio me asusté, pero al oír su susurro, me calmé y me sentí avergonzada. Escondida detrás de la pared, volví la cara hacia él.

—Yo… —tartamudeé—, solo quería mirar el mar… No podía dormir… y me topé con esto… —Abrí los brazos.

—¿Y te quedas ahí parada, para ver cómo follan? ¿Eso te va, Laura?

Abrí mucho los ojos y, cuando intenté recobrar el aliento para decir algo, Massimo me empujó contra la pared y me besó con fuerza sin dejarme hablar. Sus manos se colaron por debajo de mi albornoz y comenzaron a recorrer mi cuerpo desnudo. Detrás de la pared, los gritos y gemidos eran cada vez más fuertes, y ya no sabía si aquella situación me estaba excitando o estresando. En algún momento lo empujé.

—¡Joder, Massimo! —mascullé, y me dirigí hacia las escaleras.

Él vino detrás de mí, riéndose; al cabo de unos minutos, volvía a acostarme en la cama.

—He pedido que te trajeran leche caliente —comentó mientras ponía una taza a mi lado—. Nena, ¿qué te pasa? ¿Estás bien? ¿Te duele algo?

—Estoy nerviosa por la boda —dije mientras tomaba un sorbo—. Y encima eso. —Levanté el dedo señalando hacia la cubierta superior—. ¿No te parecen motivos suficientes para estar preocupada?

Black me miró e hizo un gesto como si quisiera decir algo, pero siguió callado.

—¿Massimo...? —pregunté confusa—. ¿Qué pasa?

Seguía sin decir nada. Se pasó los dedos por el pelo, se acercó a mí, se deslizó bajo el edredón y puso su cabeza entre mis piernas después de apartar el encaje de mis bragas. Aferró su lengua a mi coño y empezó a acariciarlo, pero yo estaba tan confundida que no presté atención a lo que estaba haciéndome.

—¡Deja eso! —grité—. ¡Primero dime qué pasa!

Retiré el edredón y forcejeé un poco; luego me crucé de brazos y lo miré enfadada. No interrumpió lo que había empezado, pero tenía los ojos fijos en los míos. De repente me quitó las bragas y me abrió las piernas. Luego me agarró por los tobillos y los tiró hacia sí con fuerza para deslizarme hasta la mitad del colchón. Me di por vencida y ya no pude seguir mostrándome indiferente al placer que me hacía sentir. Me deleitaba con cada movimiento de su lengua.

—Vamos a celebrar la boda —murmuró apartando un poco su boca de mí.

Al principio no entendí el significado de sus palabras, pero segundos después comprendí de qué se trataba. Más enfadada aún, traté de levantarme, pero me agarró por los muslos, me empujó de vuelta al colchón y me acarició con la lengua aún más fuerte y rápido. Cuando metió los dedos en mis dos agujeros, casi perdí la cabeza y me rendí por completo a lo que estaba haciéndome. Después de correrme, ascendió y entró en mí, sujetando mis muñecas con fuerza.

—Para doscientas personas —susurró empezando a menear sus caderas—. Se suponía que Olga te lo iba a decir mañana para que no te pusieras nerviosa. Será más una reunión de negocios que una boda, pero debe celebrarse.

Ya no me importaba lo que decía, pues aún no había captado el sentido de sus palabras. Su pene se agitaba dentro de mí y eso no me ayudaba a concentrarme.

—Será preciosa —dijo Black—. Olga y Domenico se han ocupado de todos los detalles. Dice que serás feliz.

Cuando terminó la frase, se quedó inmóvil y me escudriñó con la mirada. No quería hablar; desde luego, no en ese momento, así que lo agarré por las nalgas y lo arrastré hacia mí.

—Me alegro de que estés de acuerdo. —Sonrió mientras me mordía el labio inferior—. Y ahora, en lugar de hablar, deja que te folle.

3

Cuando desperté, el sol entraba en la habitación a través de las persianas subidas. Cogí el teléfono y, al ver la hora que era, protesté. Eran las diez en punto. La boda estaba prevista para las cuatro de la tarde; aún me quedaba mucho tiempo. Como siempre, Massimo se había ido sin dejar rastro, así que me puse el albornoz que estaba en el sillón y subí a la cubierta superior.

Olga estaba sentada a la mesa, que estaba abarrotada de comida, y buscaba algo en el móvil. Me senté junto a ella y alcancé una taza de té.

—Creo que voy a vomitar... —dije tras tomar un sorbo.

—¿Vuelves a tener náuseas? ¡Pobrecita!

—Sí, un poco, sobre todo cuando pienso que estoy comiendo en la mesa en la que follaste anoche.

Olga soltó una carcajada y dejó el teléfono encima de la mesa.

—Entonces no te bañes en el *jacuzzi*, no te montes en el escúter ni te sientes en el sofá del salón principal.

—¡No tienes remedio! —dije sacudiendo la cabeza.

—Es verdad —afirmó triunfante—. Y tenías razón, lo

llevan en los genes. Nunca me habían follado tan bien. Supongo que el aire de aquí les da esa forma de joder. ¡Y esa gran polla! ¡Alucino!

—¡Ya está bien, Olga! De verdad que voy a vomitar.

De repente apareció Domenico. Iba mucho menos formal que de costumbre, con unos pantalones deportivos y una camiseta negra. El pelo le caía descuidadamente sobre la cara, como si se hubiera levantado de la cama tres minutos antes. Se sirvió café y se puso las gafas de sol.

—A las doce tenéis peluquería, luego maquillaje y a las tres te recojo de la mansión. El vestido está en tu cuarto; Emi vendrá a las dos y media para vestirte. Mi cabeza está a punto de estallar por la resaca, así que dejad que me recupere.

Después de esas palabras, sacó una bolsita de plástico, vertió polvo blanco en un plato, lo dispuso en dos líneas y lo esnifó. Se apoyó en la silla, cruzó los brazos detrás de la cabeza y dijo:

—¡Ya me siento mejor!

Allí estaba, mirándolos y preguntándome cómo era posible que ambos se mostraran tanta indiferencia, como si la noche anterior no hubiera pasado nada. Ella volvía a centrarse en el móvil y él intentaba recuperarse.

—Bueno, ¿y cuándo ibais a contarme lo de la boda?

Olga puso los ojos en blanco y abrió los brazos de par en par buscando la ayuda del joven italiano, mientras él la señalaba con el dedo, como si se estuviera defendiendo de ella.

—Iba a decírtelo Olga. Y que ella se haya demorado no es por mi culpa.

—¿Y desde cuándo lo sabes? —ataqué, volviéndome hacia él.

—Desde que accediste a casarte con el Don de la familia, pero…

Levanté un dedo, le hice una señal para que se callara y escondí la cara entre las manos.

—Cariño, te va a encantar, ya lo verás —dijo Olga acariciándome la cabeza—. Será una boda de cuento de hadas, con flores, palomas, farolillos. Tal y como deseabas.

—Mmm… Y gánsteres, armas, mafia y coca. ¡Vamos, sí! ¡La ceremonia ideal!

En ese instante, Domenico levantó su plato como para hacer un brindis y esnifó otra raya.

—No te preocupes por nada —dijo mientras se frotaba la nariz—. En la iglesia no estarán todos, solo asistirán los capos de familia y los socios más cercanos. Además, la Madonna della Rocca es una iglesia pequeña, caben pocos, así que no te estreses. Ahora come algo.

Miré la mesa e hice una mueca al ver la comida. Estaba tan nerviosa que mi estómago parecía más un nudo que un saco sin fondo.

—¿Dónde está Massimo? —pregunté.

—Tenía cosas que hacer. Os veréis en la iglesia. Entre nosotros, creo que está muerto de miedo. —Domenico enarcó alegremente las cejas y una irónica sonrisa se dibujó en su cara—. Lleva despierto desde las seis; lo sé porque todavía no me había acostado y hemos estado un rato hablando. Luego ha ido a tierra.

Una hora más tarde, me encontraba en mi habitación, mirando la funda de mi vestido. «Hoy me caso», pensé. Cogí el teléfono y marqué el número de mi madre. Me entraron ganas de llorar porque sabía que aquello no estaba bien. Después de sonar un par de veces, escuché su voz al aparato. Me preguntó cómo estaba y cómo me iba en el trabajo; en lugar de decirle la verdad, mentí como una condenada. Solo fui sincera cuando me preguntó qué tal nos iba a Black y a mí. «¡Fenomenal, mamá!», dije. Luego me contó cómo iban las cosas en casa y lo adicto al trabajo que era mi padre. En realidad, no saqué nada nuevo de aquella conversación, pero la necesitaba. Terminamos casi a las doce. En cuanto colgué, Olga entró en el dormitorio.

—¡No me digas que ni siquiera te has duchado! —gritó abriendo los ojos como platos.

Me dejé caer de rodillas con el móvil en las manos y me eché a llorar.

—Olga, no quiero… —sollocé—. Mi madre debería estar aquí, mi padre tendría que llevarme al altar y mi hermano debería ser el testigo de mi boda. ¡Joder, esto no está bien! —grité y me abracé a sus piernas—. ¡Larguémonos, Olga! Cojamos el coche y desaparezcamos por un tiempo.

Olga se quedó inmóvil, con las cejas enarcadas por la sorpresa, mirándome con desaprobación mientras me retorcía en el suelo.

—No me jodas y levántate —dijo muy seria—. Tienes un ataque de pánico, respira. Vamos, tómate una ducha porque dentro de nada llegará un equipo entero para los preparativos.

No obedecí sus órdenes, sino que, histérica, me mantuve agarrada a ella.

—Laura —me dijo con dulzura mientras se sentaba a mi lado—. Lo amas, ¿verdad? La boda es inevitable. Además, solo es un papel, debes quitártelo de encima. Cuando te despiertes mañana, no habrá ninguna diferencia. Pasaremos por esto juntas. En otras circunstancias te consolaría con una megaborrachera, pero en tu estado no es aconsejable. Consuélate pensando que beberé por ti.

A pesar de sus tiernas palabras, seguí tumbada, sollozando y repitiendo una y otra vez que quería escapar de allí y que no necesitaba a nadie para hacerlo.

—¡Me estás poniendo de mala hostia, Laura! —gritó.

Me sujetó la pierna, me agarró del tobillo y me llevó a rastras hasta el cuarto de baño. Traté de escapar, pero era más fuerte que yo. Me metió en la ducha y, sin importarle que fuera vestida, abrió el grifo del agua fría. Me levanté a toda velocidad, ardiendo en deseos de asesinarla.

—Ya que estás ahí, dúchate. Mientras, te conseguiré esa mierda tuya sin alcohol, a ver si conseguimos engañar a tu mente. —Hizo un gesto con la mano y salió del cuarto de baño.

Cuando terminé de ducharme, me sequé, me envolví la cabeza con una toalla y me puse el albornoz. Me sentía mejor; de repente, mis miedos desaparecieron. Cuando entré en el dormitorio, me quedé estupefacta. Mi habitación se había convertido en un salón de belleza. Había dos espacios para sentarse, uno al lado del otro, y delante de ellos, espejos, luces, kilos de cosméticos, cientos de cepillos, secadores de pelo, rizadores y unas diez personas que se pusieron firmes en cuanto aparecí.

—Vamos, siéntate y toma un trago —dijo Olga señalando una butaca que había junto a ella.

Eran más de las dos cuando me levanté de allí. Nunca me había cansado tanto de estar sentada. Mi peinado, más bien corto, se había convertido en un impresionante moño meticulosamente fijado con un kilo de pelo postizo. Para que la diferencia no fuera tan exagerada, el moño descansaba en la parte inferior de mi cabeza, como una pelota bien formada, y el resto de mi cabello, alisado hacia atrás, dejaba mi cara al descubierto. El peinado era elegante, modesto y con estilo. Ideal para la ocasión. «Domenico ha traído a unos grandes maquilladores», pensé. Habían hecho un buen trabajo. Los ojos estaban muy enfatizados con predominio del marrón, y los labios lucían delicadamente perfilados por el rosa empolvado. Me veía fresca y radiante, y unas gruesas pestañas postizas remataban mi look. Mi cara resaltaba con perfección gracias a una capa de base de un centímetro de grosor, con maquillaje de camuflaje y rubor, lo que hacía que no me pareciera a mí misma, o que me viera diferente a mi versión de diario.

Sin embargo, me fascinó lo que reflejaba el espejo y no podía dejar de mirarme. Jamás había tenido un aspecto tan espléndido como en aquel momento. Ni siquiera la estilización que lucí para el Festival de Venecia podía competir con aquello.

Mientras me recreaba conmigo misma, Emi irrumpió en la habitación y Olga se quedó inmóvil, fingiendo buscar algo en el teléfono.

Nos saludó con un beso en la mejilla y sacó el vestido de la funda.

—Muy bien, chicas, comencemos —dijo mientras cogía la percha.

Tras unos segundos peleándome con la cremallera, descubrí que el vestido había encogido o que yo había engordado. Aun así, conseguimos abrochar lo que debía abrocharse y Emi pudo ocuparse del velo.

Poco antes de las tres, estábamos listas. Sentí que mi corazón se aceleraba, y con él mi respiración.

Olga estaba a mi lado y me cogió de la mano. Vi que tenía ganas de llorar, pero, consciente de su bello maquillaje, no se permitió el lujo de dejar caer unas lágrimas.

—He preparado tus cosas para la noche de bodas. La bolsa está junto a la puerta del baño. Llevas cosméticos y ropa interior.

—Mete también la bolsita rosa que está en el cajón, al lado de la cama, por favor.

Olga sacó lo que le pedí.

—¡Por el amor de Dios! ¿Para qué necesitas un vibrador en tu noche de bodas? —me espetó divertida—. ¿Tenéis algún problema?

Me di la vuelta hacia ella y enarqué las cejas.

—Es justo porque no tenemos ninguno. He preparado un pequeño espectáculo con motivo de la boda.

—¡Estás jodida! ¡Eres una pervertida! Por eso somos amigas desde hace años. Me he dejado el lápiz de labios en la habitación. Ahora vuelvo.

Segundos después de que desapareciera, oí un grito que provenía de abajo.

—¡No puedes hacer esto, joder! ¡Trae mala suerte!

Me di la vuelta y vi a mi fascinante prometido a unos metros de distancia. Al contemplarme, se quedó de piedra, pero traté de mantener la calma. Nos quedamos atónitos mirándonos. Un instante después, Massimo reaccionó y se acercó a mí.

—¡Joder, me importan una mierda las tradiciones y las supersticiones! —dijo apartándome el velo—. No podía aguantar más. Tenía que verte.

Rara vez maldecía Massimo, solo en la cama o cuando estaba realmente enfadado.

—Tengo miedo —susurré mirándolo a los ojos.

Me cogió la cara entre las manos y me besó los labios con dulzura; luego se alejó de mí y me miró son serenidad.

—Estoy contigo, nena —dijo en voz baja—. Eres tan hermosa… Pareces un ángel… —Cerró los ojos y apoyó su frente contra la mía—. Quiero que seas toda para mí lo más pronto posible. Te quiero, Laura.

Me encantaba que me lo dijera. Una alegría indescriptible se apoderó de mí. Aquel hombre duro, inhumano y despiadado me mostraba ternura. Quería que aquel momento durara por siempre, no tener que ir a ninguna parte ni ver a nadie y estar solos él y yo.

Las voces de Domenico y Olga nos llegaban desde abajo, pero ninguno de los dos se atrevió a entrar e interrumpirnos. Black abrió los ojos y volvió a besarme en la boca con dulzura.

—Es la hora, nena, te esperaré. Date prisa.

Se dirigió hacia las escaleras y desapareció en unos segundos. Mientras se iba, lo miré embelesada. Llevaba un magnífico esmoquin azul marino, camisa blanca y pajarita del color de la chaqueta. En la solapa lucía unas delicadas flores del color de mi vestido. Parecía un modelo recién sacado de un pase de Armani.

Oí los pasos de Olga subiendo las escaleras y al instante ya estaba a mi lado arreglándome el velo.

—Joder, este vestido ha debido de idearlo un diablo. —Intentaba colocárselo bien inclinándose hacia los lados de un modo gracioso—. No puedo caminar con él ni por casualidad y ya no digamos bajar las escaleras. ¿Estás lista?

Asentí con la cabeza y la cogí de la mano con fuerza.

La iglesia de la Madonna della Rocca está en uno de los lugares más altos de Taormina. Es un imponente edificio del siglo XII, restaurado en 1640, que se eleva de modo pintoresco sobre la ciudad. Varias docenas de metros más abajo hay un castillo histórico. En la parte inferior brilla un mar de color zafiro.

Bajé del coche y vi una alfombra blanca que conducía a la entrada, flanqueada por refinados adornos de flores; en medio de todo aquello solo desentonaban los hombres de traje negro que vigilaban la entrada.

La iglesia es una de las atracciones de la ciudad y la visitan muchos turistas que son lo suficientemente perseverantes como para subir los cientos de escalones que conducen a la cima.

—Tengo que entrar, te espero dentro. Te quiero —susurró Olga y me abrazó fuerte.

Me quedé allí de pie, confundida, en el inicio del camino alfombrado. Me costaba coger aire. Domenico se acercó a mí y colocó mi mano bajo su brazo.

—Sé que no debería ocupar este lugar, Laura, pero es un gran honor para mí.

Empecé a mover los pies nerviosa y a contonearme como si sufriera el baile de san Vito.

—¿A qué esperamos? —le pregunté impaciente.

De repente comenzó a sonar la música. Una voz femenina e increíblemente hermosa empezó a cantar el *Ave María*.

—A esto. —Enarcó las cejas y sonrió—. Vamos.

Tiró de mí con delicadeza hacia la entrada y nos pusimos a caminar; mi velo, extraordinariamente largo, arrastraba detrás de mí. Varias docenas de fortuitos espectadores me aplaudieron desde las escaleras, cercadas por los guardias de seguridad. Estaba nerviosa y tranquila a la vez, feliz y aterrorizada. Cuanto más cerca estaba de la entrada, más fuerte latía mi corazón. Al final cruzamos el umbral y la canción sonó aún más fuerte, penetrando por cada poro de mi piel. Al verme, la gente que estaba en la iglesia se quedó petrificada, pero yo solo miraba en una dirección. Junto al altar, vuelto hacia mí con una sonrisa radiante, estaba mi deslumbrante y futuro esposo. Domenico me acompañó hasta él y se sentó junto a Olga.

Cuando me acerqué, Massimo me cogió la mano, la besó con dulzura y me la apretó con firmeza al cogerle del brazo. El sacerdote empezó y traté de concentrarme en cualquier cosa que no fuera Massimo. Era mío, y en unos minutos íbamos a sellar nuestra unión para siempre.

La ceremonia fue muy rápida y, para facilitarla, se celebró en inglés. En realidad, no recuerdo mucho, ya que estaba tan nerviosa que me pasé el rato rezando con fervor para que terminara cuanto antes.

Después fuimos a la capilla a firmar los documentos; en ese momento, al dirigirme hacia allí, me fijé en el interior. Los invitados apenas cabían en los bancos y el negro predominante sugería más un funeral que una boda. Si alguien me hubiera pedido que me imaginara una boda de la mafia, me habría venido esa estampa a la mente. Hombres con rostros que revelaban su carácter nos miraban con indiferencia y susurraban entre ellos, mientras sus aburridas y emperifolladas consortes ponían los ojos en blanco y, cada dos por tres, miraban sus móviles.

Las formalidades nos llevaron más tiempo del esperado y, al salir, me sorprendió descubrir que no quedaba nadie.

Me detuve delante de la entrada, mirando hacia el mar y

la ciudad, mientras los turistas que se apiñaban en las escaleras trataban de tomarme fotos. Los seguratas fueron eficaces y lo impidieron, aunque en realidad no me importaba.

Empecé a dar vueltas al anillo de platino entre mis dedos; encajaba a la perfección con el de compromiso.

—¿Le molesta, señora de Torricelli? —me preguntó Massimo abrazándome por la cintura.

Sonreí y lo miré.

—No me lo puedo creer.

Black se inclinó y me besó larga, profunda y apasionadamente. Esa imagen despertó el entusiasmo de los espectadores; en ese momento empezaron a silbar y a aplaudir, pero nosotros, absortos, los ignoramos. Cuando terminamos, me tomó de la mano y me llevó por la alfombra en dirección al coche, que estaba aparcado al final del sendero. Saludé al público y desaparecimos. Por fin podrían visitar la iglesia.

Entré en el coche con gran dificultad y tomé asiento. Como las calles son estrechas, no íbamos en limusina, sino en un Mercedes SLS AMG blanco de dos plazas, cuya silueta era más ostentosa que la de todas las limusinas del mundo juntas.

Massimo se sentó al volante y encendió el motor.

—Ahora viene lo más difícil —dijo conduciendo—. Laura, quiero que, por una vez, seas complaciente y no cuestiones mis decisiones o lo que hago o digo. ¿Podrás hacerlo una sola noche por mí?

Lo miré sorprendida, sin saber a qué se refería.

—¿Estás diciendo que no sé comportarme? —pregunté molesta.

—Estoy diciendo que no sabes comportarte con según quién y que no he tenido tiempo de enseñarte. Cariño, es un tema de negocios y del concepto de familia, no de nosotros. Muchos de los padrinos son mafiosos ortodoxos. Viven en realidades un poco diferentes respecto al papel de la mujer. Inconscientemente, puedes ofenderlos o faltarme al respeto y, de esa manera, quebrantar mi autoridad —dijo con calma, cogiéndome de la rodilla—. La ventaja es que la mayoría de ellos no hablan inglés, pero son muy observadores, así que ten cuidado con lo que haces.

—Llevamos veinte minutos casados ¡y ya intentas domarme! —protesté indignada.

Massimo suspiró y golpeó el volante con ira.

—¡De eso estoy hablando! —gritó—. Yo he dicho una palabra y tú, diez.

Estaba enfadada, con la mirada fija en el parabrisas, preguntándome de qué me estaba hablando. Ya estaba harta de aquella fiesta que aún no había empezado.

—Aceptaré el papel de brazalete, pero con una condición.

—¿Brazalete? —se sorprendió.

—Sí, Massimo, brazalete. Es un accesorio sin importancia que se usa sin propósito alguno. Básicamente, no tiene más función que la de tener presencia y decorar tu muñeca. Seré un adorno durante un día si, a cambio, me das poder durante otro día.

Black se apoyó en el reposacabezas del asiento y miró indiferente hacia delante.

—Si no estuvieras embarazada, me detendría y te daría unos azotes en las nalgas. Y luego haría lo que ya hice una vez con tu culito. —Se dio la vuelta y me miró enfadado—. Dado tu estado, me limitaré a la negociación verbal, así que te daré una hora de poder.

—Un día. —No me di por vencida.

—No te pases, nena. Una hora y, además, por la noche. Tengo miedo de lo que se te pueda ocurrir durante el día.

Me quedé pensando, tramando un plan diabólico en mi cabeza.

—Bien, Massimo, una hora de noche, pero no tendrás derecho a objetar nada.

Sabía que aprovecharía aquellos sesenta minutos al máximo y podía ver que, después de reflexionar, ni siquiera quería darme eso, pero era demasiado tarde.

—Así que brazalete —gruñó—. Bueno, sé educada y escucha a tu marido.

Seguimos unos minutos más en coche y nos detuvimos frente a un hotel histórico, cuya entrada bloqueaban dos SUV y una docena de guardaespaldas con traje negro.

—¿Qué pasa aquí? —pregunté mirando a los lados.

Massimo se rio y frunció el ceño.

—Nuestra boda.

Desconcertada por aquella estampa, sentí que el estómago se me subía a la garganta: docenas de hombres armados, coches que parecían pequeños tanques y yo en medio de todo aquello. Apoyé la cabeza contra el asiento y cerré los ojos tratando de regular mi respiración.

—Cálmate —me dijo; luego asió mi muñeca para tomarme el pulso y miró su reloj—. Tu corazón se ha vuelto loco, nena. ¿Qué te pasa? ¿Quieres una pastilla?

Negué con la cabeza y volví mi rostro hacia él.

—Don Massimo, ¿y para qué todo esto?

Black seguía mirando serio su reloj, contando los latidos de mi corazón.

—Están los capos de prácticamente todas las familias

sicilianas, además de mis clientes del continente y de Estados Unidos. Te aseguro que a muchos les gustaría entrar aquí y tomar fotos, y ya no digamos a la policía. Pensé que ya te habías acostumbrado a la protección.

Después de oírle, intenté calmarme, pero aquella gran cantidad de personas armadas me asustó, casi me paralizó. Por mi cabeza pasaron muchas ideas relacionadas con un posible atentado contra mi vida o la de Massimo.

—Lo estoy, pero ¿por qué tantos?

—Piensa que todos han venido con el mismo número de guardias que nos protegen cada día a nosotros. A la fuerza tiene que haber docenas de ellos. —Me dio una palmadita en la mano—. No estás en peligro, si es lo que te preocupa. No aquí, y no mientras yo esté cerca.

Se llevó mi mano a los labios y me escrutó con la mirada.

—¿Lista?

No estaba lista ni tenía ganas de bajar del coche, estaba muerta de miedo y quería llorar. Pero sabía que no podía zafarme ni huir de todo aquello, así que, segundos más tarde, asentí con la cabeza.

Black salió, me abrió la puerta y me ayudó a bajar del coche. Nos dirigimos a la entrada y deseé que la tierra me tragara o, al menos, cubrirme con el velo para esconderme tras él y volverme invisible.

Cuando entramos en el salón, se produjo un estruendoso aplauso acompañado de vítores. Massimo se detuvo y, con cara de palo, hizo un gesto con la mano para saludar a los invitados. Se mostraba seguro, con las piernas ligeramente separadas, con una mano rodeándome la cintura y la otra en el bolsillo del pantalón. Un hombre del servicio de sala le dio un micrófono y, a continuación, Massimo comenzó un maravilloso discurso en italiano. No me importaba no entender ni una palabra, porque Black, con una desenvoltura nada forzada, hizo que me flojearan las rodillas. Al cabo de unos minutos terminó, devolvió el micrófono y me dirigió hacia la mesa que estaba al final de la sala, donde, con gran alivio, mis ojos se toparon con Olga.

En cuanto me acomodé en mi asiento, Domenico se acercó a mí y me susurró:

—Tu vino sin alcohol está a la derecha. El camarero sabe que solo bebes de ese, así que puedes estar tranquila.

—Domenico, estaré tranquila cuando me acueste y termine este espectáculo.

Olga se me acercó y, muy divertida, empezó a hablar en polaco:

—¡Joder! ¿Ves lo que yo veo, Laura? Es una especie de reunión de mafiosos y de prostitutas. No he visto a ningún tipo normal. El tío de la derecha tiene unos doscientos años y la fulana a la que le está manoseando la rodilla seguro que es más joven que nosotras… —Olga hizo un gesto de repulsión—. Es asqueroso incluso para mí. Y ese tipo moreno que está a dos mesas de nosotras…

Me encantaba Olga, su forma de ser y la facilidad con la que me calmaba y entretenía. Sin prestar atención a nadie, solté una carcajada. Al oírme, Massimo volvió la cabeza hacia mí y me arrojó una mirada inerte llena de reprensión. Le sonreí del modo más superficial que pude y me giré de nuevo hacia Olga.

—Pero resulta que hay otra fulana allí, al final —seguía cotorreando—; parece un ángel de Victoria's Secret. Y, ¿sabes?, me gusta.

Miré hacia la mesa que me indicó. Al fondo de la sala,

con un precioso vestido de encaje negro, estaba Anna, la mujer que había intentado quitarme a Massimo.

—¿Qué hace aquí esa perra? —refunfuñé apretando los puños—. Olga, ¿recuerdas que te conté que Massimo desapareció cuando estábamos en el Lido? —Ella asintió con la cabeza—. Bueno, esa es la puta que tuvo la culpa de que casi lo mataran.

Mientras lo soltaba, sentí que una ola de rabia crecía en mi cuerpo. Me puse de pie, levanté el intrincado armazón de mi vestido y me dirigí hacia ella. No quería que aquella puta estuviera en mi boda y no me importaba cómo había llegado hasta allí. Si hubiera tenido un arma, le habría disparado. Todos aquellos días de sufrimiento, lágrimas y dudas acerca de los sentimientos de Black habían sido por su culpa.

Sentí los ojos de todos los invitados sobre mí, pero no me importó porque era mi día y mi boda. Mientras me acercaba a la mesa, ardiendo en deseos de venganza, alguien me cogió de la mano, me arrastró y pasamos de largo. Volví la cabeza y vi a mi marido, que me llevaba a la pista de baile.

—El vals —susurró, e hizo una señal a la orquesta antes de que sonaran los aplausos.

No quería bailar en aquel momento, porque me moría de ganas de cometer un asesinato, pero Massimo me agarró tan fuerte que no tuve oportunidad de escapar. Cuando sonaron los primeros compases de la música, mis pies empezaron a bailar.

—¿Se puede saber qué estás tramando? —masculló Black mientras fluía por la pista conmigo entre sus brazos.

Volví a dibujar una sonrisa en mi rostro y corregí mi postura.

—¿Que qué estoy tramando? —refunfuñé—. Será mejor que me digas qué hace aquí esa perra.

La tensión se había vuelto tan espesa y agresiva que casi podía cortarse con un cuchillo. En lugar de un vals, deberíamos haber bailado un pasodoble o un tango.

—Laura, es un negocio. La tregua entre nuestras familias es esencial para que tú no corras peligro y la familia siga funcionando. Yo tampoco me alegro de verla, pero te recuerdo que me has prometido algo en el coche. —Terminó su frase y me inclinó tanto que casi me golpeé la cabeza contra el suelo.

Se desató una tormenta de aplausos y Massimo, sin prestar atención a nada, rozó dulcemente mi cuello con sus labios y, tras hacerme girar en una vuelta, me atrajo hacia él.

—Estoy embarazada y me he puesto de mala hostia... —masculle—. No esperes que sea capaz de controlar mis emociones.

—Si necesitas relajarte, cuenta conmigo.

—Necesito un arma para matar a esa bastarda.

El rostro de Massimo se iluminó con una sonrisa. Terminó el baile con un maravilloso, largo y profundo beso.

—Sabía que tenías temperamento siciliano —dijo con orgullo—. Nuestro hijo será un maravilloso Torricelli.

—¡Será niña! —protesté por enésima vez.

Tras algunas reverencias, volvimos a nuestros asientos e ignoramos por completo la mirada de Anna. Me senté junto a Olga y vacié una copa de vino de un trago, como si aquello fuera a ayudarme, aunque no llevara alcohol.

—Si quieres, le arranco un par de dientes —dijo Olga jugando con un tenedor—. Al menos puedo sacarle un ojo.

Me reí y clavé el cuchillo en la carne que el camarero acababa de servirme.

—Tranqui, Olga, puedo manejarlo, pero no hoy. Se lo prometí a Black.

Me llevé un trozo de comida a la boca y sentí náuseas. Me lo tragué, tratando de controlar las arcadas, que iban en aumento.

—¿Qué pasa, Laura? —se inquietó Olga, y me cogió de la mano.

—Voy a vomitar —dije con toda naturalidad, y me levanté.

Massimo me siguió, pero Olga hizo que volviera a sentarse y vino detrás de mí.

«Odio estar embarazada», pensé mientras me limpiaba la boca y tiraba de la cadena. Estaba harta de vómitos y náuseas, y además creía que solo le daban a una por la mañana. Abrí la puerta y salí del baño.

Olga estaba apoyada contra la pared y me miró divertida.

—Estaba buena la carnecita, ¿eh? —dijo burlándose mientras me lavaba las manos.

—Vete a freír espárragos, no tiene nada de gracioso. —Alcé la vista y vi mi reflejo: estaba pálida y mi maquillaje se había corrido un poco—. ¿Llevas retoque?

—En mi bolso. Espera, te lo traeré —dijo, y salió.

En la esquina de aquel hermoso baño de mármol había un gran sillón blanco. Me senté allí y esperé a Olga. Poco después, la puerta se abrió y, al levantar los ojos, vi a Anna.

—¡Qué descarada eres…! —gruñí mirándola. Se detuvo delante del espejo, ignorándome por completo—. Primero me asustas, luego tratas de matar a mi esposo y encima te dedicas a extorsionar para que te inviten a nuestra boda. Deja de humillarte.

Me levanté y fui hacia ella. Estaba inmóvil, con su impasible mirada clavada en mi reflejo.

Yo estaba tranquila y serena, como deseaba Massimo. Mantuve el resto de mi dignidad, aunque en el fondo tenía ganas de golpearle la cabeza contra el lavabo.

—¿Crees que has ganado? —preguntó ella.

Me eché a reír y, en ese momento, Olga apareció por la puerta.

—No he ganado nada porque no había nadie con quién o contra qué luchar. Y espero que hayas disfrutado del atracón, así que adiós.

Olga abrió la puerta y le indicó su dirección con un amplio gesto.

—Volveremos a vernos —dijo Anna; cerró el bolso y se dirigió hacia el salón.

—¡Esperemos que no sea antes de tu funeral, perra! —grité levantando la barbilla.

Se dio la vuelta, me miró con frialdad y desapareció por el pasillo.

Cuando se fue, me dejé caer en el sillón y escondí la cara entre las manos. Olga se me acercó, me dio una palmadita en la espalda y dijo:

—Oh, veo que vas asimilando sus hábitos de gánster. Ese «que no sea antes de tu funeral» ha estado muy bien.

—Hay que tenerle miedo, Olga. Volverá a jodernos con otra cosa, ya lo verás. —Suspiré—. Acuérdate de lo que te digo.

En aquel momento, la puerta del baño se abrió con ímpetu y Domenico irrumpió con un guardaespaldas. Los miramos con sorpresa.

—Y tú, siciliano, ¿te has hecho la picha un lío con las puertas? —preguntó Olga alzando una ceja.

Ambos hombres mostraban preocupación y, además, era evidente que habían corrido, como indicaba su respiración acelerada. Miraron nerviosos a su alrededor y, al no ver nada interesante, se disculparon con un gesto de cabeza y salieron.

Me abracé los hombros y bajé la cabeza.

—¿Y si, además de transmisores, también llevo una cámara en algún sitio?

No podía creer que Massimo hubiera abierto sobre mí un auténtico paraguas de control. No sabía si habían venido a rescatarme a mí o a ella, y cómo diablos se habían enterado de que la situación podía requerir que interviniesen. Al cabo de un rato, sin encontrar una explicación lógica, me acerqué a mi amiga y me arreglé el maquillaje. Quería verme radiante y fresca de nuevo.

Volví a la sala y me senté junto a mi marido.

—¿Todo bien, nena?

—Creo que al bebé no le gusta el vino sin alcohol —dije sin venir a cuento.

—Si te encuentras mejor, me gustaría presentarte a algunas personas. Vamos.

Avanzamos entre las mesas, dando la bienvenida a varios caballeros tristes. Así llamábamos Olga y yo a los tipos con jeta de mafiosos que tiraba de espaldas. Los delataban las cicatrices, las suturas y, a veces, una mirada vacía y fría. Además, no era difícil reconocerlos, porque a casi todos los acompañaban uno o dos guardaespaldas. Me mostré agradable y dulce, tal y como Black deseaba. Ellos, a su vez, me demostraban de forma ostentosa que les importaba una mierda.

No me gustaba que me ignoraran de ese modo, pues sa-

78

bía que era más inteligente que el setenta por ciento de ellos. Los superaba de largo en conocimientos y buenos modales. Sentía una creciente admiración por Massimo, que sobresalía entre ellos tanto en fuerza como en inteligencia, aunque fuera más joven que la mayoría. Estaba claro que lo respetaban, lo escuchaban y buscaban su atención.

De repente, alguien me agarró por la cintura, me giró y me besó fuerte en los labios. Empujé al tipo que se había atrevido a tocarme y levanté la mano para darle una bofetada. Cuando se apartó, mi mano quedó suspendida en el aire y, por un momento, se me detuvo el corazón.

—¡Hola, cuñada! ¡Oh, eres muy bonita!

Delante de mí había un hombre idéntico a Massimo. Retrocedí y me apoyé en el pecho de Black.

—¿Qué coño pasa aquí? —pregunté aterrorizada.

Sin embargo, el clon de mi marido no había desaparecido. Para mi desesperación, tenían casi la misma cara y constitución, incluso su corte de pelo era similar. Confundida, fui incapaz de pronunciar palabra.

—Laura, te presento a mi hermano Adriano —dijo Massimo.

El hombre alargó su mano hacia mí, pero retrocedí y apreté aún más fuerte la espalda contra mi marido.

—Tu gemelo. Oh, joder… —susurré.

Adriano rompió a reír, me cogió la mano y me la besó con dulzura.

—No se puede negar.

Me volví hacia Black y, horrorizada, miré su cara y la comparé con la de Adriano. Eran casi como dos gotas de agua. Incluso el timbre de sus voces era idéntico.

—Me voy a desmayar —dije tambaleándome.

Don Massimo le dijo dos frases en italiano a su gemelo y me llevó hacia una puerta que había al final de la sala. Entramos en un cuarto con balcón que parecía una oficina. Había estanterías con libros, un viejo escritorio de roble y un gran sofá. Me dejé caer sobre los blandos cojines, y él se arrodilló delante de mí.

—Es aterrador… —refunfuñé—. Es jodidamente aterrador, Massimo. ¿Cuándo ibas a decirme que tienes un hermano gemelo?

Black frunció el ceño y se pasó la mano por el pelo.

—Pensé que no aparecería. Llevaba mucho tiempo sin venir a Sicilia. Vive en Inglaterra.

—No has respondido a mi pregunta. ¡Me he casado contigo, soy tu esposa, maldita sea! —grité levantándome—. Te voy a dar un hijo, ¿y ni así eres capaz de ser honesto?

Se oyó el ruido de la puerta al cerrarse.

—¿Un hijo? —preguntó una voz familiar—. Mi hermano será padre. ¡Bravo!

Adriano, sonriendo con total tranquilidad, venía hacia nosotros. Al verlo de nuevo, volví a sentir que me desmayaba. Parecía Black y se movía como él; avanzaba con decisión y poderío. Se acercó a su hermano, que seguía arrodillado, y lo besó en la cabeza.

—Así que has cumplido todos tus deseos, Massimo —dijo sirviéndose una bebida ambarina que había sobre una mesa, junto al sofá—. La has conquistado y has engendrado un descendiente. Tu padre se estará revolviendo en la tumba.

Black se volvió hacia él y, furioso, le espetó unas palabras que no entendí.

—Que yo sepa, Laura no habla italiano —dijo Adriano—. Hagamos que se sienta cómoda y pasemos al inglés.

Massimo ardía de rabia, apretando las mandíbulas rítmicamente.

—Verás, querida cuñada, en nuestra cultura no se ve nada bien casarse con alguien de fuera de Sicilia. Mi padre tenía otros planes para su hijo favorito.

—¡Ya basta! —gritó Black mirando a su hermano—. Respeta a mi esposa y respeta este día.

Adriano levantó las manos en señal de rendición y, mientras se dirigía hacia la puerta, me regaló una sonrisa angelical.

—Lo siento, don Massimo —respondió con ironía, inclinando ostentosamente la cabeza—. Nos vemos, Laura. —Se despidió y se fue.

Cuando desapareció, salí a la terraza y apoyé las manos en la barandilla. Un momento después, Massimo apareció a mi lado furioso.

—Cuando éramos pequeños, Adriano creía que yo era el favorito de mi padre, así que empezó a competir conmigo para ganarse su cariño. La diferencia entre nosotros era que yo no quería ser el capo de la familia y él sí. Era una prioridad para él. Después de que mi padre muriera, me eligieron para ser padrino, y no puede perdonármelo. Mario, mi *consigliere*, era la mano derecha de mi padre y fue él quien me nombró capo. Entonces Adriano dejó la isla y anunció que no volvería jamás. Lleva muchos años sin venir, así que pensé que hablarte de él no servía de nada.

—Entonces ¿qué hace aquí? —pregunté sorprendida.

—Eso es lo que quiero averiguar.

Decidí que no tenía sentido desquitarme con él ni continuar aquella conversación en ese momento.

—Volvamos con los invitados —dije, y le cogí de la mano.

Black levantó mi mano, la besó con dulzura y se dirigió hacia la salida.

Cuando me senté a la mesa, Massimo se inclinó y rozó mi oreja con sus labios.

—Ahora tengo que reunirme con algunas personas. Te dejo con Olga; si pasa algo, avisa a Domenico.

Tras decir estas palabras, se alejó, y varios hombres se levantaron de sus mesas y le siguieron.

De nuevo, me sentí angustiada. Empecé a pensar en Adriano, en Massimo, en mi bebé y en Anna, que resplandecía entre los invitados. La voz de mi amiga me arrancó de aquella absurda vorágine de pensamientos.

—Tenía ganas de follar, así que me he llevado a Domenico arriba —dijo Olga, y se sentó junto a mí—. Nos hemos tomado dos o tres rayas de coca, pero creo que los italianos la mezclan con algo, porque mientras bajaba he tenido la alucinación del siglo. Me ha parecido ver a Massimo y, acto seguido, me he topado con él. No debería haberme extrañado, pero iba de traje y, justo antes, lo había visto con el esmoquin azul marino. —Se repantingó contra el respaldo de la silla y tomó un sorbo de vino—. Creo que voy a dejar de doparme.

—No ha sido una alucinación —gruñí triste—. Son dos.

Olga hizo una mueca y se inclinó hacia mí como si no me hubiera oído bien.

—¿Qué?

—Son gemelos —le expliqué, y clavé la mirada en Adriano, que venía hacia nosotras—. El que viene no es Massimo, es su hermano.

Olga no pudo ocultar su sorpresa y se quedó mirando fijamente al guapo italiano con la boca abierta.

—¡Alucino! —dijo ella.

—Laura, ¿quién es tu adorable compañera con cara de boba? —preguntó Adriano; se sentó con nosotras y le tendió la mano a mi amiga—. Si todas las polacas son tan bellas como vosotras, creo que me equivoqué de país al emigrar.

—Creo que me tomas el pelo, maldita sea —murmuró Olga en polaco, y le estrechó la mano.

Agotada por aquella situación, me apoyé en la silla y vi que Adriano le acariciaba la mano con satisfacción.

—Por desgracia, no. Y espero que no estés pensando en lo que creo que estás pensando.

—¡Alucino! —repitió Olga mientras le acariciaba la cara—. Son idénticos, joder.

A Adriano le divirtió su reacción y, aunque no entendía ni una palabra, sabía de qué estábamos hablando.

—Laura, esto va en serio... Es real...

—Joder, claro que lo es. Te digo que son gemelos.

Olga, confundida, se separó de él, se enderezó y lo observó.

—¿Me lo puedo follar? —preguntó con una honestidad desarmante mientras seguía sonriendo.

No podía dar crédito a sus palabras, aunque no me sorprendió que quisiera tirárselo. Levanté y cogí el borde del vestido para recogerlo un poco. Aquello ya era demasiado para mí.

—Me volveré loca en un minuto, te lo juro. Tendré que resetear mis ideas —le dije, y me fui.

Salí por una puerta y giré a la derecha; luego miré a mi alrededor y vi una pequeña entrada. Me dirigí hacia ella, la crucé y aparecí en un jardín con impresionantes vistas al mar. Estaba oscureciendo y el sol iluminaba Sicilia con un resplandor apenas visible. Me senté en un banco, deseando estar sola, y me pregunté si en un futuro habría más sorpresas que me dejarían boquiabierta o quizá me hirieran cuando las supiera. Quería llamar a mi madre... Soñaba con que estuviera allí conmigo. Me protegería de toda aquella gente y del mundo entero. Se me llenaron los ojos de lágrimas; no podía dejar de pensar en cómo sobrevivirían mis padres a la noticia de la boda. Me quedé sentada, con la mirada perdida al frente hasta que oscureció por completo y se encendieron los pequeños faroles del jardín. Recordé la noche de mi secuestro. «Dios —pensé—, no hace tanto tiempo, y ya han cambiado tantas cosas...»

—Te vas a resfriar —dijo Domenico. Me cubrió con su chaqueta y se sentó a mi lado—. ¿Qué te pasa?

Suspiré y volví la cabeza hacia él.

—¿Por qué no me dijiste que tenía un hermano? Y encima gemelo.

Domenico se encogió de hombros y sacó un paquete blanco de su bolsillo. Vertió un poco del contenido en la mano, esnifó por un orificio de la nariz y luego por el otro.

—Una vez te dije que hay cosas de las que tenéis que hablar vosotros, y yo... Bueno, permíteme que no me meta. —Se levantó y lamió los restos de droga del dorso de la mano—. Massimo me ha dicho que te busque y que te lleve con él.

Miré con disgusto lo que estaba haciendo, sin ocultar los sentimientos que me despertaba.

—Te follas a mi amiga —dije levantándome—. No voy a meterme, pero tampoco dejaré que acabe en un callejón sin salida.

Domenico estaba de pie, con la cabeza baja, y rascaba el suelo con la punta del zapato.

—No he planeado esto —murmuró—, pero no puedo remediarlo... Ella me gusta.

Solté una carcajada y le di una palmadita en la espalda.

—No solo a ti. Pero no estaba hablando del sexo, sino de la cocaína. Ten cuidado con eso, porque ella cae fácilmente en las tentaciones.

Domenico me llevó por los pasillos hasta la planta superior, zona que no estaba reservada para la celebración. Se detuvo delante de unas puertas batientes y las empujó. Los pesados portones de madera se abrieron. Una gran mesa, casi redonda, apareció ante mis ojos y vi a Massimo sentado en la presidencia. La fiesta que se estaba celebrando allí no se detuvo cuando crucé el umbral; solo Black levantó los ojos y me lanzó una mirada fría y muerta. Miré alrededor. Algunos hombres manoseaban a un par de jóvenes semidesnudas y el resto esnifaban polvo blanco de la mesa. Pasé lentamente junto a ellos y caminé hacia mi marido con orgullo y clase. Arrastraba el velo, lo que me daba un aire más altivo de lo normal. Di un rodeo, me detuve a la espalda de Massimo y puse las manos sobre sus hombros. Mi hombre se enderezó y me cogió el dedo donde llevaba el anillo de bodas.

—*Signora* Torricelli —me dijo uno de los invitados—, ¿por qué no se une a nosotros?

Señaló una mesa cuya superficie estaba dividida en rayas, igual que un paso de cebra. Me tomé unos segundos para pensar en la respuesta y elegí la única correcta:

—Don Massimo me prohíbe este tipo de entretenimiento, y yo respeto a mi marido.

Black seguía cogido de mi mano y en ese momento me la apretó. Supe que mi respuesta había sido la más oportuna.

—Pero deseo que ustedes lo pasen muy bien, caballeros —dije, y sonreí con encanto.

Un guardaespaldas me acercó una silla y me senté al lado de mi esposo mientras, impasible, seguí observando. Sin embargo, mi tranquilidad era una pose, pues temblaba por dentro al ver lo que estaba sucediendo en aquella sala. Unos viejos asquerosos metían mano a mujeres, se drogaban y hablaban de cosas de las que yo no tenía ni idea. ¿Por qué demonios me quería allí? Ese pensamiento empezó a martirizarme de forma obsesiva. ¿Quería mostrarles mi lealtad hacia él o me estaba presentando su mundo? No tenía nada que ver con lo que había visto en *El padrino*; en la película había reglas, algún código, clase al menos. En aquel lugar no había nada de todo eso.

Minutos después, el camarero me sirvió vino. Massimo lo llamó con un gesto y le preguntó algo de modo que yo no lo oyera; luego asintió con la cabeza y me dejó beber. En aquel momento me sentí como un brazalete: innecesaria y decorativa.

—Me gustaría irme —susurré a Massimo al oído—. Estoy cansada y lo que veo hace que me entren ganas de vomitar.

Alejé mis labios de su oreja y dibujé otra sonrisa forzada. Black tragó saliva y le hizo una señal al hombre que estaba sentado detrás de él. Este sacó el teléfono y, minutos más tarde, Domenico volvía a entrar en la sala. Cuando me levanté para despedirme, oí una voz familiar:

—Aunque con retraso…, ¡mi más sincera enhorabuena, queridos!

Me di la vuelta y vi acercarse a Monika y a Karol, a quienes los demás estaban saludando. Muy contenta de verlos allí, los besé.

—Don Massimo no me dijo que vendríais.

Monika me miró y volvió a abrazarme.

—Estás resplandeciente, Laura. El embarazo te sienta bien —dijo en su lengua materna, guiñándome el ojo.

No supe cómo había llegado a saberlo, pero me alegró que Massimo no se lo ocultara a todo el mundo. Ella me cogió de la mano y tiró de mí hacia la salida.

—Este no es lugar para ti —sentenció sacándome de la sala.

Ya en el pasillo, Domenico se acercó a nosotras y me dio una llave.

—Tu apartamento está al final. —Con el dedo, señaló la puerta del fondo—. La bolsa con tus cosas está en la sala de estar, al lado de la mesa donde he pedido que te sirvan tu vino. Si quieres comer algo, dímelo y haré que te lo traigan.

Le di una palmadita en la espalda y le besé en la mejilla agradecida; luego cogí a Monika de la mano y me dirigí a la habitación.

—¡Por favor, dile a Olga dónde estoy! —grité a Júnior antes de que desapareciera.

Cuando entramos en la sala, me quité los zapatos y los lancé contra la pared. Monika tomó la botella de vino, la abrió y sirvió en las copas.

—No lleva alcohol —dije encogiéndome de hombros.

Me miró sorprendida y tomó un sorbo.

—No está mal, pero creo que lo prefiero con alcohol. Voy a llamar para que me traigan algo.

Veinte minutos más tarde, Olga se nos unió un poco colocada y las tres nos pusimos a hablar de lo miserable que era ese mundo. La esposa de Karol nos contó qué había significado para ella vivir en aquel ambiente durante años, qué estaba permitido y qué no debía hacerse bajo ninguna circunstancia. Además, nos dijo cuáles eran las costumbres en celebraciones como esa y hasta qué punto debía cambiar mi forma de pensar acerca de la importancia de la mujer en la familia. Obviamente, Olga se cuestionaba todo aquello más de lo debido, pero al final se dio por vencida y aceptó la situación. Habían pasado más de dos horas y seguíamos hablando sentadas en la alfombra.

En ese momento se abrió la puerta de la sala de estar y apareció Massimo. Iba sin chaqueta y llevaba el cuello de la camisa abierto. Iluminado por la pálida luz de las velas que habíamos dispuesto por la habitación, tenía un aspecto mágico.

—¿Me disculpáis un momento? —preguntó.

Ambas, algo confundidas, se levantaron y, haciendo muecas a su espalda, salieron de la habitación.

Black cerró la puerta tras ellas, se me acercó lentamente y se sentó delante de mí. Extendió una mano y me tocó los labios con los dedos; luego los llevó hasta mi mejilla y los fue deslizando hacia abajo hasta tocar el encaje del vestido. Le observé mientras su mano recorría mi cuerpo.

—Adriano, ¿qué coño estás haciendo? —le solté con rabia, y me aparté de él hasta que mi espalda tocó la pared.

—¿Cómo sabías que era yo?

—Tu hermano pone otra cara cuando me toca.

—Ah, sí. Olvidé que le pone caliente la inocencia de los encajes. De todos modos, al principio no me ha salido tan mal...

Oí el ruido de la puerta al abrirse y, al mirar hacia allí, supe que mi marido acababa de entrar. Encendió la luz y, cuando se dio cuenta de lo que estaba pasando, se quedó de piedra. Después, sus ojos se encendieron de ira. Nos miró a los dos apretando los puños. Me puse de pie y me crucé de brazos.

—Caballeros, debo pediros algo... —espeté tan tranquilamente como pude—. No juguéis conmigo al juego de «¿Reconoces al gemelo?» porque solo puedo diferenciaros cuando estáis juntos. No hay nada que hacer, no soy tan inteligente como debería.

Estaba enfadada, así que me acerqué a la puerta, pero cuando estaba a punto de agarrar el pomo, las manos de Massimo me cogieron por la cintura y me detuvieron.

—Quédate —dijo mientras me soltaba—. Adriano, quiero hablar contigo por la mañana. Ahora deja que me ocupe de mi mujer.

El atractivo clon se dirigió hacia la puerta, pero antes de salir de la sala me besó en la frente. Miré con rabia a Massimo, preguntándome cómo podría distinguirlos.

Black se acercó a la mesa y se sirvió un vaso de la jarra que había encima, tomó un sorbo y se quitó la chaqueta.

—Creo que con el tiempo llegarás a diferenciarnos a primera vista, no solo cuando nos veas juntos.

—Joder, Massimo, ¿y si me equivoco? Es obvio que tu hermano cuenta con ello y que está comprobando hasta qué punto te conozco.

Tomó otro sorbo y me miró fijamente.

—Es muy de su estilo —asintió con la cabeza—, pero no creo que se pase de la raya. Para tu tranquilidad, te diré que no eres la única que tiene este problema. Solo nuestra madre podía diferenciarnos con facilidad. Sí, cuando estamos juntos es más fácil, pero con el tiempo te darás cuenta de que somos diferentes.

—Me temo que solo podré estar segura al cien por cien si te veo desnudo. Conozco cada cicatriz de tu cuerpo.

Mientras lo decía, me acerqué a él. Le acaricié el pecho y deslicé las manos hasta la cremallera, esperando su reacción; no calculé bien. Molesta, lo agarré por la entrepierna con demasiada fuerza, pero él solo se mordió los labios y se quedó inmóvil, con cara de piedra, clavando su mirada muerta en mí. Por un lado, su reacción me resultó muy molesta, pero, por otro, sabía que era una farsa y que me estaba provocando para que me enfrentara al desafío.

«Bueno, si es así...», pensé. Le quité el vaso de la mano y lo dejé sobre la mesa. Puse la mano en su torso y lo empujé con suavidad hacia atrás hasta que se apoyó en la pared. Me arrodillé delante de él y, sin apartar mis ojos de los suyos, empecé a bajarle la cremallera.

—¿Me he portado bien hoy, don Massimo?

—Sí —respondió, y la helada expresión de su rostro fue transformándose en un ardiente deseo.

—Entonces ¿merezco mi recompensa?

Divertido, asintió con la cabeza y me acarició las mejillas.

Le subí el puño de la camisa y miré la hora en su reloj. Eran las dos y media.

—Demos la «salida» y a las tres y media volverás a ser libre —susurré mientras le quitaba los pantalones de un tirón.

De repente dejó de sonreír y mostró curiosidad unida a una especie de horror que trató de ocultar.

—Mañana tenemos que levantarnos temprano; nos vamos. ¿Estás segura de que quieres cumplir con el contrato ahora mismo?

Me eché a reír con malicia, le quité los calzoncillos y su

hermosa polla quedó colgando justo delante de mi boca. Me lamí los labios y la rocé con la nariz.

—En toda mi vida no he estado más segura. Solo quiero establecer algunas reglas antes de empezar... —respondí mientras besaba su abultado miembro—. Puedo hacer lo que quiera durante una hora, ¿no? Siempre y cuando no amenace mi vida o la tuya, ¿verdad?

Estaba allí, algo aturdido por mi comportamiento, observándome con los ojos entornados.

—¿Debo asustarme, Laura?

—Si quieres, puedes hacerlo. Responde: ¿sí o no?

—Haz lo que te apetezca, pero recuerda que la hora acabará dentro de sesenta minutos y que las consecuencias seguirán ahí.

Sonreí al escuchar aquellas palabras y empecé a chupar su polla tiesa de una forma dura y brutal. No quería mamársela, así que, minutos después, cuando sentí que estaba disfrutando demasiado, dejé de chupársela.

Me levanté y me planté delante de él. Le agarré la cara con las manos y le empujé la lengua hasta el fondo de la garganta, mordiéndole los labios de vez en cuando. Las manos de Black subieron hasta mis nalgas, pero yo, de un golpe, las aparté y dejé que colgaran flácidas de nuevo.

—No me toques... —gruñí, y volví a besarle—, a menos que te lo diga.

Sabía que el mayor castigo para él era sufrir impotencia y adaptarse a una situación en la que no podía influir. Le desaté la pajarita despacio, le desabroché la camisa y se la deslicé por los hombros para que cayera al suelo. Estaba desnudo ante mí, con los brazos colgando y los ojos ardiendo de lujuria. Lo cogí de la mano y lo conduje hacia un sillón de época.

—Muévelo y ponlo delante de la mesa —dije señalando el lugar donde debía colocarlo—. Luego, siéntate.

Mientras instalaba su propia tribuna, me acerqué al equipaje que Olga me había preparado y saqué la bolsita rosa. Volví con Massimo y dejé sobre la mesa a mi amiguito de goma.

—Desabróchame el vestido —le ordené colocándome de espaldas a él—. ¿Hasta qué punto me deseas, don Massimo? —le pregunté mientras la ropa caía, desvelando mi lencería de encaje.

—Mucho —susurró.

Cuando el vestido de diseño quedó en el suelo, me di la vuelta hacia él y, sin prisas, me quité una media y luego la otra. Me arrodillé delante de él y volví a chuparle el miembro. Sentí cómo se hinchaba más y más con cada movimiento, y su sabor era cada vez más intenso y claro. Me lo saqué de la boca y busqué la fina tela que me acababa de quitar de las piernas. Le até una media en cada muñeca, rodeé los brazos del sillón con ellas y, al final, hice un fuerte nudo. Luego me levanté y me senté en la mesa mirándolo. Parecía tranquilo, pero sabía que estaba ardiendo por dentro.

—Ve mirando la hora —le ordené señalando el reloj, y tiré sobre la mesa una de las almohadas del sofá.

Me quité las bragas y me abrí de piernas de frente. Cogí a mi amiguito Pink, pulsé el botón, y este comenzó a vibrar y a girar. Apoyé los pies en el tablero de la mesa, me acosté de espaldas en la superficie y apoyé la cabeza en la almohada. Esa posición me permitía ver la expresión de su cara. Massimo ardía y sus mandíbulas se contraían rítmicamente.

—Cuando me desates, me vengaré… —masculló.

Ignoré su amenaza y me metí el tridente sin saltarme ningún orificio. Conocía mi cuerpo y sabía que no tardaría en satisfacerme. Me lo metí fuerte y brutal, gimiendo y retorciéndome bajo su tacto. Black no me quitaba los ojos de encima, y de vez en cuando lanzaba algunas palabras en italiano casi sin hacer ruido.

El primer orgasmo me vino pasados unos diez segundos, y a este le siguió otro, y luego otro más. Grité con fuerza mientras apretaba los pies contra el tablero, hasta que sentí que mi cuerpo se había librado de toda la tensión. Me quedé un rato quieta, extraje el tridente y me senté en la mesa con las piernas colgando.

Mirando a Massimo a los ojos, lamí de un modo vulgar el resto de los jugos que quedaban en el vibrador y lo dejé sobre la mesa.

—Desátame.

Bajé, me incliné un poco y miré la hora.

—Dentro de treinta y dos minutos, cariño.

—¡Ahora mismo, Laura!

Lo observé con una sonrisa burlona, resoplé e ignoré su ira.

Massimo sacudió una mano con tanta fuerza que uno de los brazos del sillón al que estaba atado crujió de forma ruidosa, sugiriendo que estaba a punto de romperse.

Su violenta reacción me asustó, así que hice lo que me acababa de pedir. Cuando tuvo las manos libres, se levantó enérgicamente, me cogió por el cuello y me puso en la mesa de nuevo.

—No vuelvas a burlarte de mí —dijo, y entró con firmeza en mi húmedo interior. Me llevó hasta el borde y me abrió las piernas a los lados, me agarró de las caderas y empezó a follarme. Vi su furia, pero aquello me excitaba. Levanté la mano, le di una bofetada y luego otro orgasmo inundó mi cuerpo. Me arqueé y clavé las manos en la madera.

—¡Más fuerte! —grité mientras me corría.

Segundos después, noté que su cuerpo sudaba a chorros y se corrió al mismo tiempo que yo mientras gritaba con fuerza. Cayó entre mis pechos; sus labios rozaron mis pezones con delicadeza a la vez que su duro pene seguía pulsando en mi interior.

Traté de tomar aire para apaciguar mi respiración.

—Si crees que he acabado, te equivocas —susurró, y me mordió el pezón con fuerza.

Gemí de dolor y le aparté la cabeza. Me agarró por las muñecas y las apretó contra la mesa. Colgaba sobre mí y me atravesaba con la mirada llena de locura. No le tenía miedo; me gustaba provocarlo porque sabía que no me haría daño.

—Yo ya he terminado, así que no cuentes con que vuelva a correrme. —Sonreí con ironía.

Cuando dije aquella frase y vi la reacción de sus ojos, supe que acababa de cometer un error.

Me arrancó de la mesa de un solo movimiento, me volvió de espaldas y apoyó mi vientre contra la madera empapada de sudor. Me agarró las muñecas y, con una mano, me las sujetó a la espalda para que no pudiera moverme.

El líquido blanco y pegajoso fluía despacio por mis muslos, y comenzó a restregarlo de un modo perezoso por mi clítoris. Estaba hinchado y muy sensible; cada vez que me tocaba era tan intenso que al instante me entraban más ganas. Relajé el cuerpo y dejé de tensarme; sin embargo, él no aflojó su mano. Se agachó y recogió la media con la que le había atado antes. Me anudó las manos con ella y, cuando terminó, se arrodilló detrás de mí y, tras separar mis nalgas, me empezó a lamer el otro agujero.

—No quiero —susurré con la cara encima de la mesa, y traté de liberarme, aunque solo era un juego para animarlo a que me la metiera por el ano.

—Confía en mí, nena —espetó sin detenerse.

Al levantarse, cogió a mi amiguito Pink, pulsó el botón y escuché el familiar sonido de la vibración. Me lo metió lentamente en el coño mojado, jugando con él de vez en cuando, mientras me acariciaba el ano con el dedo y lo preparaba para su polla gorda. Cada vez tenía más y más ganas de que me la metiera.

Cuando su pulgar penetró por fin en mi entrada trasera, gemí y abrí aún más las piernas, permitiendo en silencio que hiciera lo que quería. Massimo conocía todo mi cuerpo y sus reacciones, sabía hasta dónde podía llegar, y cuándo yo tenía ganas de algo y cuándo no. Sacó el dedo y, con un movimiento suave pero firme, me ensartó en él.

Maldije en voz alta, sorprendida por la intensidad de las sensaciones que me estaba produciendo. Nunca lo había hecho. No fue doloroso, solo asombrosa y profundamente excitante desde el punto de vista mental y físico. Tras unos instantes de sensuales movimientos de cadera, las de Massimo se aceleraron y lamenté no verle la cara.

—Me encanta tu orificio pequeño y prieto… —Jadeó—. Y me vuelve loco que te comportes como una puta.

Me ponía cachonda que fuera vulgar. Solo lo hacía en la cama, cuando daba rienda suelta a sus emociones. Cuando empecé a correrme, todo mi cuerpo se tensó, y el rechinar de mis dientes solo confirmó el estado al que podía llegar. Black me sacó el vibrador con un movimiento rápido y su mano empezó a dibujar círculos en mi clítoris. Llegué al clímax de un modo tan intenso que acabé mareándome y temí perder el conocimiento.

—¿Adónde vamos? —le pregunté medio viva, acurrucada bajo su hombro en una enorme cama llena de almohadas.

Black jugaba con mi pelo y de vez en cuando me besaba en la cabeza.

—¿Cómo es que unas veces tienes el pelo corto y otras, largo? No entiendo por qué las mujeres se hacen eso.

Le cogí la mano y levanté los ojos para verlo.

—No cambies de tema, Massimo.

Se rio, me besó en la nariz y se volvió de modo que acabó cubriéndome con todo el cuerpo.

—Soy capaz de follar contigo sin parar, me pones terriblemente cachondo, nena.

Molesta por que no me hubiera respondido, intenté quitármelo de encima, pero pesaba demasiado. Dejé de forcejear y suspiré en voz alta hinchando el labio inferior.

—Por ahora me he quedado satisfecha —dije—. Después de lo que me has hecho sobre la mesa y luego en el baño y en la terraza, creo que tengo de sobra hasta el final del embarazo.

Soltó una carcajada y me liberó tras ponerse de nuevo de espaldas. Me encantaba cuando se mostraba feliz; rara vez se comportaba así, pues delante de terceros no se lo permitía. Por otro lado, adoraba su moderación e indiferencia, me impresionaba su paz interior y su capacidad de control. En él vivían dos almas: una que yo conocía, un cálido ángel, dulce y protector, y otra que la gente temía, un frío y despiadado mafioso para quien la muerte humana no era una aberración. Acurrucada en él, recordé lo que había sucedido aquellos tres meses. Visto con retrospectiva, nuestra historia me pareció una aventura increíblemente excitante, cuyos sucesivos hilos temáticos tal vez iría descubriendo durante los siguientes cincuenta años. Ya había olvidado lo que sentí al ser su prisionera y el miedo que me provocaba aquel hombre tan atractivo. «El típico síndrome de Estocolmo», pensé.

Semiinconsciente y adormecida, sentí que alguien levantaba mi cuerpo y lo cubría con una manta. Tenía tanto sueño que no podía abrir los ojos. Gemí en silencio y unos labios cálidos me besaron la frente.

—Duerme, cariño, soy yo.

El acento me resultó conocido y me quedé dormida.

Cuando abrí los ojos, Black seguía a mi lado. Sus piernas y manos entrelazadas con las mías bloqueaban mis movimientos. Un extraño ruido no muy alto vibraba alrededor, como un motor o un secador de pelo. Me fui despertando poco a poco y, cuando recuperé la consciencia, salté de la cama horrorizada. Mi reacción despertó a Massimo, que salió de la cama tan agitado como yo.

—¡Estamos volando! —grité sintiendo que se me salía el corazón del pecho.

Black se acercó a mí y me abrazó. Me acarició la espalda y el pelo, y me apretó contra sí.

—Nena, estoy aquí, pero, si quieres, te doy un medicamento para que duermas durante todo el viaje.

Por un instante consideré sus palabras y pensé que aquello sería lo más lógico.

4

Las dos semanas siguientes fueron las mejores que he vivido en toda mi vida. El Caribe me pareció el lugar más bello del mundo: nadamos entre delfines, comimos platos exquisitos, visitamos todo el archipiélago en un catamarán y, sobre todo, fuimos inseparables. Al principio me preocupaba lo de estar todo el tiempo con él, porque hasta entonces nunca nos habíamos prestado mutua atención durante tantas horas seguidas. Por lo general, en las relaciones que había tenido, evitaba estar con mi pareja las veinticuatro horas del día, porque en un momento dado me empezaba a irritar su presencia y me sentía acorralada, pero aquella vez fue diferente. Anhelaba cada instante con Massimo y, a cada minuto, lo deseaba más y más.

Cuando terminó nuestra luna de miel, me puse triste, pero al enterarme de que Olga seguía en Sicilia desde el día de nuestra boda, me alegré y tranquilicé. Sin embargo, aquello me sorprendió bastante y empecé a preguntarme qué había hecho allí tanto tiempo sin mí.

Paulo nos recogió en el aeropuerto y nos llevó a la mansión. Al entrar, me extrañó darme cuenta de que había añorado aquel lugar más de lo que esperaba. Bajamos del coche; Massimo le preguntó algo al guardaespaldas y me llevó al jardín. Cruzamos el umbral y nos quedamos estupefactos. Domenico estaba en uno de los sillones con Olga en su regazo, que lo besaba de un modo tierno. De lo concentrados que estaban, ni siquiera se percataron de nuestra presencia: él le acariciaba la espalda y le rozaba la nariz con la suya, y ella fingía sentirse avergonzada. No entendí lo que estaba viendo, así que decidí llamar su atención para averiguar lo antes posible qué estaba pasando. Apreté la mano de Black y nos acercamos a ellos. Mi taconeo los devolvió a la realidad, y unos pasos después repararon en nuestra presencia.

—¡Laura! —exclamó Olga y saltó del sillón.

Me abrazó y me apretujó fuerte. Cuando me separé de ella, cogí su cara con las manos y la miré con curiosidad.

—¿Qué pasa, Olga? —le pregunté en voz baja en nuestra lengua materna—. ¿Qué haces aquí?

Se encogió de hombros, frunció los labios y siguió callada. Massimo se acercó a ella, la besó en la mejilla para saludarla y se dirigió hacia su hermano. Seguí mirándola, buscando respuestas a mis preguntas.

—Estoy jodidamente enamorada, Laura —dijo mi amiga mientras se sentaba en el césped—. No puedo evitar que Domenico me ponga cachonda.

Dejé el bolso en el suelo de piedra y me dejé caer a su lado. El verano había terminado en Sicilia y, aunque seguía haciendo buen tiempo, ya podíamos irnos olvidando del calor. La hierba estaba húmeda y el suelo caliente, pero los días ya no eran cálidos. Acaricié aquella verde alfombra, pensando en qué decirle, cuando la sombra de Black cubrió el cielo sobre mí.

—No te sientes en el césped —ordenó poniendo una almohada debajo de mí y lanzándole otra a Olga—. Tengo que trabajar unas horas; me llevo a Domenico.

Lo miré oculta tras mis gafas de sol y me costó creer lo rápido que podía cambiar. En aquel instante, mi maravilloso marido volvía a ser un mafioso altivo, frío y poderoso. Pero si hubiera tenido la oportunidad de estar a solas con él, se habría vuelto cálido y tierno. Permaneció allí un momento, como si quisiera darme la oportunidad de recrearme en él, luego me besó en la frente y desapareció. Júnior se despidió con la mano y lo siguió.

—¿Y por qué estamos sentadas en la hierba? —Hice una mueca de sorpresa.

—Pues la verdad es que no lo sé. Ven a la mesa, come algo y aprovecho para contarte lo que pasó. ¡Te vas a morir!

Me terminé el tercer cruasán mientras mi amiga me miraba con cariño.

—Veo que ya han quedado atrás tus días de vómitos —constató.

—Vale, no me jodas, venga, cuenta… —Sin apartar los ojos de ella, di un sorbo a la taza de leche caliente.

Olga apoyó la cabeza en las manos y me observó a través de los dedos. Esa mirada no presagiaba nada bueno.

—Aquella noche, cuando salimos de la sala de estar, me topé con Massimo. Creo que le cogió un buen cabreo cuando le dije que él acababa de echarnos de allí. Adivinó que era una de las jugarretas de su hermano. Por poco le revienta el cráneo allí mismo, así que se fue corriendo a verte. No quise meterme y me fui a buscar a Domenico, pero antes de encontrarlo hice una parada en uno de los apartamentos donde tenían la mejor cocaína del mundo. —En aquel momento se golpeó la frente contra la mesa y se quedó quieta—. Laura, lo siento. —Alzó unos ojos culpables y arrepentidos y, sin mediar palabra, me lanzó una mirada tan dolorosa que casi me detuvo el corazón.

Me quedé quieta esperando a que continuara, pero ella seguía mirándome. Me apoyé en el respaldo y tomé otro sorbo de leche.

—Olga, recuerda que poco de lo que hagas puede sorprenderme, así que ¡al grano! ¡Cuéntame!

Mi amiga volvió a apoyar la frente en la mesa y suspiró con dificultad.

—Me vas a matar por lo que hice, pero te enterarás de todos modos, así que te lo diré. Me quedé en esa habitación esnifando con dos tipos de la mafia que me pillaron por el pasillo. Creo que eran de Holanda. Entonces Adriano entró en la habitación. Sabía que era él y no Massimo porque llevaban trajes diferentes, así que lo reconocí. Les dijo algo a los hombres que estaban conmigo y estos se fueron y cerraron la puerta. Luego se levantó, se acercó a mí, me agarró por los hombros y me sentó sobre la mesa. Laura, ¡es fuerte como un caballo! —gritó Olga, y volvió a dar con la frente en la madera—. Cuando me puso sobre aquella mesa, me sofoqué como nunca y supe que, si quería algo de mí, no podría resistirme.

—Olga, ¿estás segura de que quieres seguir? —pregunté frotándome los ojos.

Se quedó inmóvil, reflexionó sobre lo que acababa de decirle y comenzó a darse golpecitos acompasados contra la mesa.

—Me folló, Laura, pero yo estaba dopada y borracha. No me mires así —se quejó ante mis ojos de desaprobación—. Te casaste con su clon tres meses después de conocerlo y lo hiciste sobria.

Sacudí la cabeza y aparté el vaso.

—¿Y qué tiene que ver eso con la repentina explosión de amor por Domenico?

—Al día siguiente, cuando te fuiste, me desperté y volví en mí. Quería salir de aquella habitación, pero no podía. El hijo de puta de Adriano primero me metió aquella mierda y luego me jodió como un trapo. Porque resulta que los tipos con los que me había estado divirtiendo eran sus hombres, las drogas eran suyas y el hecho de que yo estuviera allí tampoco era casualidad. Y mientras ardía de furia por dentro, Adriano entró en la habitación y quiso repetir lo de la noche anterior. Estaba tan cabreada que le di una hostia tan fuerte en la cara que casi pierde los dientes. Y ese fue mi error, porque no es como tu Massimo; este lo devuelve.

En aquel momento me levanté de la silla porque sentí que, si no me movía, explotaría.

—Olga, ¿qué mierda pasó? —gruñí; la agarré por los hombros y la sacudí.

Entonces se le abrió el jersey y vi unos enormes cardenales en sus hombros.

Muy nerviosa, me puse a desnudarla y a examinarla.

—¡Maldita sea! ¿Qué es esto, Olga?

—Basta. —Volvió a ponerse el jersey—. Ya no me duele; ni te lo habría dicho, pero lo habrías descubierto, así que no tiene sentido ocultártelo. El gilipollas me maltrató un poco, pero le pagué con la misma moneda, y le di dos veces en el cráneo, una con una lámpara y otra con una botella. Y aquí viene la respuesta a tu pregunta: Domenico, que me había estado buscando toda la noche, puso fin a mi pesadilla al irrumpir en el apartamento. Se pelearon y el clon perdió. Sorprendente, ¿verdad? —Sonrió satisfecha—. Domenico practica artes marciales desde los nueve años, así que Adriano debería estar feliz de seguir vivo. Después de darle la paliza, me cogió en brazos, como un caballero, me sacó de allí y me llevó al médico. Y me cuidó. De repente dejó de ser solo una polla con piernas. —Se encogió de hombros y dirigió los ojos a los dedos con los que estaba jugando.

No podía dar crédito a aquella historia ni a lo que el hermano de mi marido era capaz de hacer. De inmediato, un pensamiento me vino a la cabeza: ¿sabía Massimo lo que estaba pasando en Sicilia y, si era así, por qué no me había dicho nada? Me levanté de la mesa y me dirigí a la casa, intentando digerir la amargura de mi odio hacia Adriano. Quería matarlo y me preguntaba si Black me dejaría hacerlo. Sentía el corazón latiéndome en las sienes y, aunque sabía que no debía enfurecerme por el bebé, no podía evitar mi ira.

—Espérame aquí —le dije a Olga al marcharme.

Entré en el vestíbulo y fui por el pasillo; sabía que Black estaba en la biblioteca. Siempre que trabajaba o se reunía con alguien importante, lo hacía allí. Era la estancia más segura e insonorizada de la casa. Entré después de abrir la puerta de golpe. Tomé aire para ponerme a chillar, pero me quedé allí con la boca abierta. Massimo y Adriano estaban de pie, junto a la gran chimenea. Cegada por la ira, no tenía ni idea de quién era quién, pero sabía que uno estaba a punto de tener un serio problema. Me dirigí a ellos pasando junto a las pesadas estanterías de libros.

—¡Massimo! —grité observándolos con atención.

—¿Sí, nena? —preguntó el hombre que estaba más cerca de la pared.

Aquellas palabras me bastaban para saber cuál era el objeto de mi odio. Sin pensármelo, me acerqué a Adriano, le di un puñetazo en la cara y volví a levantar el puño para hacerlo de nuevo.

—Me lo merezco, vale —dijo limpiándose el labio.

Me sorprendió tanto que reaccionara así que bajé las manos como gesto de rendición. No entendía la situación, ni tampoco lo que sucedía en aquel momento.

—¡No eres más que basura! —grité.

Sentí que las manos de Massimo me rodeaban, y me abracé a su poderoso cuerpo. Quería seguir gritando, pero me dio la vuelta y ahogó mi grito con un beso. Cuando sentí su ternura, me di por vencida y solo el ruido de la puerta al cerrarse me arrancó del ritmo tranquilizador de su lengua.

—No te enfades, nena, tengo la situación bajo control.

Aquellas palabras me sacaron de quicio.

—Y cuando ese cerdo se dedicó a maltratar a mi amiga, ¿también lo tenías bajo control? ¿Qué está haciendo en casa? —Me cabreé del todo—. Ella está aquí. Yo estoy aquí. Tu bebé está aquí, en mí. Y este, ¿adónde ha ido ahora, joder?

—Escucha, Laura, a mi hermano le cuesta dominarse —dijo Massimo en voz baja mientras se sentaba en el sofá—. Cuando va dopado es imprevisible, por eso en nuestra boda lo tuve vigilado. Pero mi gente no se mete en la vida sexual de la familia, así que en algún momento se retiraron. Nadie podía saber que la cosa acabaría así.

—Bueno, pero parece que Domenico pudo... —me indigné plantada ante él de brazos cruzados.

—Adriano es inofensivo mientras esté limpio. Hablé con Olga de toda la situación, le pedí que me perdonara y, aunque sé que no cambiará nada, seguiré pidiéndoselo. Sé que, cuando me mira, lo ve a él. Adriano no vive en la mansión; lo he hecho venir, pero se ha instalado en un apartamento en Palermo. No quiero que te sientas amenazada, querida. Hoy se irá de la isla. Tiene un avión reservado para las cinco de la tarde.

Se levantó, me abrazó intensamente y me besó en la frente. Alcé los ojos y le ofrecí una mirada llena de sufrimiento y tristeza.

—¿Cómo pudiste no decirme lo que le había pasado a mi amiga?

Black suspiró con fuerza y apretó mi cabeza contra su pecho.

—No habría cambiado nada, solo habría arruinado nuestras vacaciones —respondió—. Sabía que te pondrías nerviosa y, tan lejos de ella, temía que te asustaras. Decidí que sería mejor así. Además, ella opinaba lo mismo que yo.

Al ser consciente de que la impotencia que hubiera sentido habría sido una carga demasiado pesada, admití en silencio que tenía razón.

—Olga —dije cuando me senté junto a ella en el sofá blanco—. ¿Cómo estás?

Mi amiga se giró hacia mí y me miró inquisitiva.

—Bien. ¿Por qué se supone que debería estar mal?

—Joder, no sé cómo se siente alguien después de una violación.

Olga se rio y se echó en el sofá.

—¿Después de qué…? ¿Después de qué violación, Laura? Quiero decir, no me violó, solo…, por así decirlo…, me ablandó con la droga. No era una píldora para la violación, era MDMA, así que lo recuerdo todo. Pero admito que tenía ganas de tirármelo. Bueno, tal vez tuviera más que ganas, pero yo no llamaría violación a un buen polvo común y corriente.

Estaba tan confundida que no fui capaz de seguirle el hilo, y creo que era evidente.

—Laura, mira. Massimo es casi idéntico. ¿Te imaginas no querer irte a la cama con él? Hablamos del aspecto puramente físico. Es «mercancía caliente», admítelo. Tiene un cuerpo divino y una polla maravillosa. Con su hermano pasa lo mismo, y estoy segura de que, si no fuera un maldito hijo de puta y tú no estuvieras con su gemelo, intentaría quedármelo. ¿Sabes lo que quiero decir?

Estaba sentada, mirando los árboles que tenía delante; eran tan bonitos y parecidos…, perfectos. Todo a mi alrededor parecía ideal y armonioso. La casa, los coches, el jardín, mi vida al lado de un tío guapísimo. Pero siempre tenía algún problema…, ya no sabía qué quería de verdad.

—¿Y Domenico?

Olga gimió, se tumbó de espaldas y empezó a dar patadas como si fuera una niña pequeña.

—Es mi príncipe en un caballo blanco, pero cuando se baja de él, me folla como un bárbaro. En serio, estoy enamorada. —Se encogió de hombros—. Nunca pensé que llegaría a decirlo, pero la forma en que me cuidó, lo galante que fue conmigo, oh… Me impresiona lo mucho que sabe. ¿Sabías que estudió Historia del Arte? ¿Has visto sus cuadros? Pinta tan bien que llegué a dudar de que fueran unas meras impresiones. Son unos cuadros maravillosos. Y ahora imagínate: durante las últimas dos semanas me he dormido y me he despertado junto a él, por las tardes hemos paseado en barca o hemos caminado por la playa, y al volver me he dedicado a mirarlo mientras pintaba. ¡Laura! —Se puso de rodillas y me abrazó—. Te embarcaste en la aventura de tu vida, y, por casualidad, me la has ofrecido a mí también. Sé que sueno irracional y que esto no tiene pies ni cabeza, pero creo que lo amo.

La miraba y no podía creer lo que estaba escuchando. Conocía muy bien a Olga y sabía que a veces era incapaz de pensar. Pero lo que decía era tan poco propio de ella que parecía un sinsentido, sobre todo, después de haber pasado tan solo dos semanas.

—Cariño, me alegro muchísimo —le concedí sin estar convencida del todo—. Por favor, no te emociones tanto con todo esto. Nunca has amado a nadie y, créeme, no hay nada peor que la desilusión. Es mejor no tener expectativas y, en todo caso, sorprenderse al final; al menos es mejor que sufrir después porque las cosas no son como quieres que sean.

Se separó de mí y su cara me mostró un gesto de descontento.

—De todos modos, a la mierda con todo —dije encogiéndome de hombros—. Será lo que tenga que ser. Vamos dentro, que empieza a refrescar.

Al entrar, vi a Domenico correteando por las habitaciones. Cuando me vio, se quedó pasmado y dio un paso atrás para quedarse en el pasillo. Olga lo besó en la mejilla y siguió adelante, pero yo me detuve y le miré a sus ojos castaños.

—Gracias, Domenico —le susurré y lo abracé.

Él me dio un fuerte abrazo y una palmadita en la espalda.

—No hay de qué, Laura. Massimo quiere verte. Vamos.

Antes de que Domenico me llevase con él, le grité a Olga que volvería enseguida.

Black estaba sentado delante del gran escritorio de madera, inclinado sobre el ordenador. Cuando la puerta se cerró tras de mí, levantó sus fríos ojos y se apoyó en el reposacabezas de la silla.

—Tengo un pequeño problema, cariño —empezó impasible—. He estado ausente demasiado tiempo y se me han acumulado varias cosas. Me espera una reunión difícil en la que no quiero que participes. También sé que echabas de menos a Olga y pensé que ambas deberíais salir y pasar dos o tres días juntas. A unos kilómetros de aquí hay un hotel del que soy copropietario, y os he reservado un apartamento. Tienen *spa*, una clínica moderna, excelente cocina y, sobre todo, silencio y tranquilidad. Saldréis hoy y yo me reuniré con vosotras lo antes posible. Luego iremos a París. Creo que dentro de tres días podremos vernos.

Me quedé observándolo y pensé dónde se había metido mi amado esposo, el que había estado conmigo durante las últimas dos semanas.

—¿Puedo decir algo al respecto? —le pregunté mientras me apoyaba en el tablero del escritorio.

Massimo daba vueltas a un bolígrafo entre las manos y me miraba impasible.

—Por supuesto. Puedes elegir a los guardaespaldas que os acompañarán.

—Me importa una mierda elegirlos o no —refunfuñé mientras me dirigía hacia la puerta.

Antes de llegar a ella, sentí un cálido aliento en el cuello y unas fuertes manos en las caderas. Black me volvió hacia él y me apoyó con tanta fuerza contra la madera que el pomo se me clavó en la columna. Su mano tocó con suavidad mi parte más sensible por encima de los pantalones y sus labios recorrieron los míos sin prisa.

—Antes de que te vayas, Laura —susurró apartándose un momento—, te follaré en este escritorio. Será rápido y brutal, como te gusta. —En ese momento, me alzó en volandas y me sentó en la mesa—. Desde la noche de bodas, me atraen los muebles de madera.

Lo hizo de forma brutal, cierto, pero no demasiado rápido y sí más de una vez.

A Massimo le encantaba el sexo, y también a cada parte de su cuerpo. Era un amante insaciable y perfecto. Lo que más me gustaba era que no solo tomaba, sino que daba. Todo él ofrecía a su pareja la sensación de que era la mejor del mundo en la cama, que le hacía perder la cabeza y que cada movimiento de ella era perfecto, igual que la propia mujer. No sé hasta qué punto todo aquello era cierto o me lo parecía, pero con él me sentía como una superestrella del porno. No tenía inhibiciones ni límites, podía hacer lo que quisiera conmigo, y yo seguía deseando más. Es increíble lo diferentes que son los hombres y de qué forma tan distinta pueden influir en las mujeres. Nunca fui fácil ni predispuesta, pues mi madre me educó de manera que no me sentía muy apegada a la época ni a las costumbres actuales. Podía hacer cualquier cosa con mi chico, pero nunca había sido tan abierta con nadie. Su desenvoltura y el hecho de que él supiera mantenerme a distancia hacían enloquecer cada centímetro de mi ser, y su tono imperativo me predisponía a obedecer incluso las órdenes más extrañas. Además de amarlo con locura, lo adoraba, y lo admiraba como persona.

—Coge tus cosas, Olga —dije al entrar en su habitación, por desgracia, sin llamar.

Me quedé de piedra al ver lo que vi, aunque tampoco puedo decir que no lo hubiera visto antes. Olga estaba desnuda, apoyada contra la pared, y Domenico, con los pantalones bajados, la follaba de pie. Cuando entré, él, supongo que avergonzado, metió la cabeza entre el pelo de Olga y esperó en silencio a que saliera. Olga, en cambio, volvió despacio su cara hacia mí y me soltó riendo:

—En cuanto Domenico termine de follarme, me encargaré de ello. Y ahora deja de mirar y vete a la mierda.

Hice un gesto de despedida con una expresión extraña y me dirigí hacia la puerta, pero antes de cerrarla tras de mí, grité desde el pasillo:

—¡Domenico, tienes un culo muy bonito!

Me senté delante de mi vestidor, suspiré profundamente y miré las maletas que acabábamos de traer del Caribe, que seguían sin deshacer. No había vuelto del todo y ya me obligaba a irme a otra parte. Me acosté sobre la suave alfombra y crucé los brazos detrás de la cabeza. Pensé en cuánto echaba de menos las chorradas que había perdido... Tumbarme en la cama los fines de semana para ver la programación matutina por televisión, aburrirme en chándal bajo una manta, con un libro en la mano y los auriculares puestos... Podía pasarme días enteros sin peinarme, ser un trol y estar por estar. Con Massimo era imposible por varias razones. Sobre todo, no quería que me viera convertida en un ogro sin lavar y con el pelo hecho un asco. Además, siempre me arrastraba a alguna parte, así que no podía estar segura de dónde me despertaría al día siguiente o de quién me vigilaría. Y el hecho de estar con un hombre así hacía que no quisiera desentonar demasiado con él. Una vez más, inspiré y me acerqué a la primera maleta.

Una hora después ya estaba lista, con las maletas hechas, duchada y vestida con unas mallas marrones y sexis. El embarazo aún no se me notaba y el único síntoma eran mis senos, que estaban creciéndome a un ritmo alarmante. Su tamaño remataba mi figura a la perfección: seguía disfrutando de un cuerpo delgado y atlético y, además, de unas nuevas tetas que me encantaban. Apretujé los pies en mis adoradas botas beis de Givenchy, elegí un bolso de Prada que combinaba y un claro y grueso jersey con un hombro al descubierto.

Cuando tiré de la maleta hacia las escaleras, una Olga más bien espachurrada salió de la habitación.

—Acabas de llegar. ¿Adónde coño vas otra vez? —se sorprendió, y se dejó caer en un escalón—. Me duele el culo y estoy sudada.

—Me encanta tu confesión. ¿Has hecho las maletas, Olga?

—He estado ocupada. ¿Adónde vamos? Espero que no te importe que pregunte, porque no sé qué llevarme.

—Nos vamos unos días a un hotel que está al pie del Etna, solo tú y yo. Iremos al *spa*, comeremos y practicaremos yoga. También podemos hacer una excursión a una galería, ya que la pintura de Domenico te ha vuelto tan espiritual, y veremos el volcán en erupción. ¿Esperas otro tipo de atracciones?

Olga se sentó en las escaleras con el rostro fruncido e inquisitivo.

—¿Qué mierda miras? —pregunté molesta—. Black me ha ordenado que me vaya. ¿Y qué? ¿Tengo que decirle que no?

—Domenico también parece un poco nervioso. Bueno, ¡que se vayan a tomar por culo! En diez minutos estoy contigo y nos vamos.

Cuando salimos a la entrada, el Bentley estaba aparcado y listo para partir. Un SUV negro se detuvo justo detrás de él, del que bajaron Paulo y dos seguratas. Le saludé con la mano y subimos al coche. Paulo me caía bien; quizá era el guardaespaldas más discreto e inteligente de allí, así que con él me sentía segura. Arranqué el motor y pulsé el interruptor para programar la navegación, escribí la dirección y, quince minutos más tarde, ya estábamos en la autopista.

Massimo tenía razón: el hotel no estaba muy lejos. Llegamos en menos de una hora. Nos acomodamos y fuimos a cenar. Luego Olga se bebió una botella de champán y yo me tomé esa mierda mía sin alcohol. Sobre las tres de la madrugada, tras varias horas de charla, nos dormimos. Al día siguiente empezamos con una excursión al Etna que me fascinó y me recordó a las historias de la infancia que Black me había contado. Lamenté que no estuviera allí, pero disfruté de la compañía de mi amiga.

Volvimos por la tarde hambrientas y cansadas. Nos sentamos en el restaurante y pedimos el almuerzo.

—¡Sueño con un masaje! —exclamó Olga mientras se estiraba en la silla—. Largo e intenso, con un tipo musculoso y desnudo.

Yo estaba masticando un trozo de pan y la miré con curiosidad.

—Creo que podemos cumplir tu capricho sin problemas

—dije después de tragar—. Lo único que no sé es si conseguiremos que se desnude.

Mi teléfono, que estaba en la mesa, vibró. Lo cogí y, al ver el mensaje en la pantalla, sentí un ligero sofoco. Sonreí radiante.

—Déjame adivinar —indicó Olga irónica—. Massimo ha escrito que te ama, ama al bebé o cualquier horterada por el estilo.

—Casi, casi. Escribe que me echa de menos. Exactamente: «Te extraño nena».

—¡Pobre tío! ¡Vaya forma más lapidaria de enrollarse!

—Oye, que solo me ha enviado un SMS. Será el tercer mensaje que recibo de él, así que ya sabes...

Sentada, me quedé mirando el mensaje sin signos de puntuación y se me llenó el corazón de alegría. Creo que si un hombre cualquiera hubiera colgado una pancarta en el centro de la ciudad con una declaración de amor a una mujer, ella habría sentido algo semejante a lo que estaba creciendo dentro de mí en ese momento.

—¿Sabes qué, Olga? Tengo una idea. —Dejé el teléfono con un ademán conspirativo—. Voy a ir a casa por sorpresa. Lo sacaré de la reunión, se la mamaré y volveré.

—¡Vaya idea! Los seguratas te seguirán y... ¡a la mierda tu sorpresa, genio!

—Ya, por eso necesito que me ayudes. Distrae a Paulo y, mientras tanto, me escabullo. El coche está en el garaje; al fin y al cabo, los guardias están fuera del edificio. Además, cuando nos vamos a dormir, ellos se retiran, porque esto no es una prisión. Su habitación está aquí al lado, así que los engañaremos y les diremos que me voy a dormir porque me encuentro mal. Te quedas en el hotel y, si pasa algo, me cubres.

Olga seguía sentada y me miraba como si yo fuera idiota.

—Resumiendo: voy a ver a Paulo y le digo que te has quedado durmiendo porque no te encuentras bien, que yo me voy a acostar, que mañana queremos ir de compras. Y, después, ¿les aconsejo que se vayan a dormir?

—Sí, algo así. —Aplaudí.

Inesperadamente, el malicioso plan que ideé me produjo un efecto tentador; ni siquiera una visita al *spa*, en principio relajante, pudo cambiar lo que sentía en aquel momento. Elegí los tratamientos más fragantes de la oferta y me regocijé pensando en lo sorprendido y deseoso que se mostraría mi marido al verme y, sobre todo, al olerme. Disfrutamos del placer carnal del masaje hasta tarde y, al final, llegó la hora del espectáculo.

Me puse lencería roja de encaje y, encima, una chaqueta de punto larga con un cinturón. Aparentemente, iba vestida, pero bastaba con aflojar el cuero que ceñía mis caderas para que mi aspecto dejara de ser común y corriente.

Al salir, le pedí asesoramiento a la experta mientras me abría los faldones de la chaqueta como un exhibicionista delante de una escuela femenina:

—¿Qué tal así?

—Creo que es una idea de mierda, pero pareces una puta de pura raza, así que creo que todo cuadra —dijo Olga tendida en el sofá y zapeando frente al televisor—. Llámame cuando vuelvas porque, de todos modos, no creo que me duerma mientras te espero.

Nuestro plan funcionó a la perfección y, al cabo de veinte minutos, iba camino de casa. Antes de salir, usé por primera vez la aplicación instalada en mi teléfono para seguir el rastro de Black. Estaba en la mansión; aunque aquel dispositivo parecido al de Batman no iba a mostrarme dónde exactamente, intuí la habitación. Cada vez que tenía reuniones oficiales, recibía a sus invitados en la biblioteca, donde lo vi por primera vez después del secuestro. Me encantaba aquella sala: representaba el presagio de algo nuevo, desconocido y emocionante para mí.

Pulsé el mando a distancia y la puerta de la entrada se abrió. Nadie se sorprendió al ver mi coche, ya que no todos sabían que me había ido, así que aparqué delante del garaje y me colé en el interior con sigilo.

La casa estaba sumida en la oscuridad. Del jardín llegaban retazos de una conversación, pero sabía adónde ir. Al escurrirme por los pasillos, sentí que la emoción aceleraba los latidos de mi corazón, a medida que iba ideando un plan. Sabía que no estaría solo en aquella sala, así que no podía entrar, abrirme la chaqueta y entregarme a él encima de su escritorio o en el sofá, porque podría confundir a sus huéspedes. Solo quería echar un vistazo dentro y asegurarme de que él estaba donde yo creía que estaba. Más tarde pensé en enviarle un mensaje o llamarlo —aún no lo había decidido— para que tuviera que salir de la biblioteca. Y, cuando lo hiciera, le estaría esperando, medio desnuda, cachonda y en plan sorpresa. Ya me imaginaba cómo me abalanzaría sobre él, le envolvería los muslos alrededor de las caderas, él me llevaría a la habitación de siempre y me follaría sobre la suave alfombra de mi vestidor.

Apoyé la mano en el pomo y lo giré con tanta suavidad como pude, tras lo cual se abrió una rendija en la puerta. En la sala solo vi la chimenea encendida, pero no se oía ninguna conversación. Empujé la puerta un poco más y me inundó una ola de ira y desesperación. Ante mis ojos, mi marido se estaba follando con su examante Anna, exactamente como me había follado a mí el día anterior en su escritorio de roble. Me quedé allí sin poder respirar y casi se me detuvo el corazón. No sé cuánto tiempo pasó, minutos o segundos, pero cuando sentí una punzada en el vientre, recuperé la consciencia. Cuando quise alejarme de la puerta y escapar hasta el fin del mundo, Anna me miró, sonrió de un modo irónico y atrajo a Black hacia sí. Y yo hui.

5

Corrí por los pasillos para alejarme de esa casa lo antes posible. Me subí al coche y, con los ojos llenos de lágrimas, encendí el motor y eché a correr a toda velocidad. En cuanto me supuse a salvo, me detuve y saqué del bolso la pastilla para el corazón; hasta entonces, nunca la había necesitado tanto. Respiraba de forma acelerada, así que esperaba que el medicamento surtiera efecto. «Dios mío, ¿qué pasará ahora? ¿Qué debo hacer?», me preguntaba. Iba a darle un hijo, pero él me mentía y me era infiel. Se había valido de una astucia y me había obligado a irme para divertirse con aquella puta. Golpeé el volante con las manos. Maldita sea, debería volver y matarlos a los dos. Sin embargo, en ese instante solo deseaba morir y, si no hubiera sido por la vida que maduraba en mí, me habría suicidado. Pero el hecho de pensar en el bebé que llevaba en el vientre me daba fuerzas; tenía que ser fuerte por él. Puse en marcha el Bentley y me incorporé a la carretera.

Entendí que debía marcharme de inmediato, pero no sabía cómo hacerlo. Me sentía total y absolutamente incapaz, pues había permitido que aquel hombre tuviera un control absoluto sobre mí. Él sabía lo que yo hacía y dónde estaba en cada instante, seguía todos mis movimientos. Saqué el teléfono y marqué el número de Olga.

—¿Tan rápido? —Su voz sonó aburrida al otro lado.

—Escúchame, no preguntes. Tenemos que salir de la isla hoy mismo. Abre el portátil y busca el primer vuelo a Varsovia, con escala o sin, me da igual. Llévate lo necesario para salir de ahí sin problema, y coge un chándal para mí. Te pasaré a recoger en menos de una hora. Intenta que los de seguridad no se den cuenta de nuestra ausencia. ¿Lo has entendido, Olga?

Se hizo un silencio, y no entendí qué pasaba.

—Joder, Olga, ¿entiendes lo que te estoy diciendo?

—Lo entiendo.

Colgué y apreté el acelerador a fondo. Las lágrimas seguían corriendo por mis mejillas, pero me aliviaban, así que me alegré de que así fuera. Nunca había odiado a un hombre tanto como a Massimo en aquel momento. Quería causarle dolor, que sufriera tanto como yo, que la desesperación lo partiera en dos, como a mí. Tras todas aquellas conversaciones sobre la lealtad, las confesiones de amor y los juramentos ante Dios, él había decidido eyacular como un cerdo aprovechando que acababa de irme unos días. No me importaba por qué lo había hecho, ya no. Mi sueño siciliano era demasiado hermoso como para durar toda la vida, pero no creí que fuera a terminar tan rápido ni que se convirtiera en una pesadilla.

Conduje hasta el hotel y, sin pasar por la entrada principal, me detuve en el aparcamiento lateral. Antes llamé a Olga, que estaba oculta en la oscuridad y me hacía señales con un cigarrillo encendido desde su posición.

—Laura, pero ¿qué pasa? —preguntó preocupada al cerrar la puerta del coche.

—¿A qué hora sale el avión?

—Dentro de dos horas salimos del aeropuerto de Catania en dirección a Roma. El vuelo para Varsovia no sale hasta las seis de la mañana. ¿Me vas a decir qué diablos ha pasado?

—Tenías razón, darle una sorpresa no ha sido una buena idea.

Estaba sentada de lado, mirándome en silencio.

—Me ha sido infiel —susurré, y rompí a llorar de nuevo.

—Detente junto al arcén; conduciré yo.

No tenía fuerzas para discutir, así que le hice caso.

—¡Hostia! ¡Maldito hijo de perra…! —masculló abrochándose el cinturón—. ¡Qué hijo de puta! ¿Lo ves? Ya te dije que era mejor que no fueras. ¿Y ahora qué? Te encontrará en un santiamén.

—Es lo que venía pensando… —dije con los ojos clavados en el parabrisas—. En Polonia retiraré dinero del banco ya que, como su esposa, tengo derecho a sus cuentas; cogeré lo suficiente para vivir durante un tiempo. En cuanto lleguemos a Varsovia, me sacaré este maldito implante. Si lo hacemos bien, hasta mañana no se dará cuenta de que me he ido y, antes de que pueda localizarme, ya me lo habré quitado. Luego me iré a algún lugar donde no me encuentre. Y después… no me preguntes, Olga, porque me asusta pensar.

Olga golpeaba el volante con un dedo. Parecía estar digiriendo mis palabras.

—Haremos lo siguiente: en Polonia nos desharemos de los teléfonos, porque nos localizarán enseguida, y cogeremos mi coche, porque, como comprobamos durante tu último viaje a

Polonia, el tuyo lleva GPS. No puedes ir a casa de tus padres ni a ningún otro lugar que Massimo conozca. En una palabra, deberás desaparecer. Tengo una idea: iremos a Hungría.

—¿Nosotras? Olga, ya tienes suficiente con que te haya metido en todo esto.

—Justo por eso. No puedes retroceder en el tiempo… No creerás que ahora te voy a dejar sola, ¿no? No me jodas y escucha. En Budapest vive mi exnovio István. ¿Recuerdas que te hablé de él una vez?

—De eso hará unos cinco años, ¿no? ¿Me he perdido algo?

—¡Oh, mierda! ¡Da igual si son o no cinco! ¿Qué más da? El pobre tío sigue enamorado de mí y como mínimo me llama una vez a la semana para invitarme a follar, así que ahí tenemos nuestra oportunidad. Además, no tiene un pelo de pobre; su fábrica de coches le deja tanta pasta que nuestra visita no le supondrá una diferencia. Somos amigos. Estará encantado de ayudarnos. Le llamaré en cuanto tengamos nuestros nuevos teléfonos.

—Joder, Hungría está muy cerca —me quejé—. Cojamos un avión a las Canarias, que tengo una amiga que trabaja en un hotel de Lanzarote.

Olga se dio con los nudillos en la cabeza.

—¿Un avión? ¡Idiota! No podemos usar nuestros documentos de identidad. Tenemos que ir en coche para que no pueda seguirnos. Y querías huir por tu cuenta… ¡Loca! —Sacudió la cabeza.

Olga tenía razón. En aquel momento no pensaba de manera racional. No podía creer lo que había sucedido ni imaginar lo que pasaría después.

—Laura, recuerda que, si quieres sacar una gran cantidad de euros, puede que a partir de veinte mil, debes avisar al banco para informarle de que quieres retirar una suma alta. Tienen que prepararla. Llama a atención al cliente y diles cuánto dinero quieres y dónde lo recogerás.

Dócilmente, cogí el teléfono y comencé a buscar el número en internet. Me sentía como una niña pequeña y Olga era como la mejor de las madres: pensaba por mí y se acordaba de todo porque me faltaban fuerzas para pensar.

Cuando llegamos al aeropuerto, me puse el chándal que me había traído mi amiga. Al ver mi lencería roja de encaje, casi sentí náuseas. Aparqué el Bentley en uno de los estacionamientos, dejé las llaves dentro y nos dirigimos a la terminal.

Durante el vuelo reescribimos a mano nuestra lista de contactos. Sabíamos que no podíamos copiarla, y que, si no la poníamos por escrito por el método tradicional, perderíamos esos contactos para siempre.

Antes de las nueve de la mañana salimos del aeropuerto de Varsovia-Chopin, nos subimos a un taxi y fuimos a mi apartamento de Mokotów. Sabía que el guardia de seguridad tenía una copia de las llaves porque, antes de irnos, Domenico había contratado a una mujer para que limpiara el apartamento.

En el taxi decidí que debía quitarme el chándal. Iba a sacar una enorme cantidad de dinero del banco y no quería parecer una idiota cansada, traicionada y embarazada. Entonces pensé que, en realidad, no llevaba nada para una ocasión como aquella.

—Primero iremos al médico —le dije a Olga—. De vuelta, pasaremos por el centro comercial y nos compraremos ropa antes de ir al ban... —me interrumpí y miré a Olga—. ¿Sabes qué? Primero iremos a casa. Harás las maletas y volveré a por ti cuando lo haya hecho todo.

Ella asintió con la cabeza, y un rato después estábamos en el ascensor con mis maletas. La dejé en casa y me dirigí al hospital de Wilanów.

«Es mejor llamar y ver si el doctor Ome está en la clínica», pensé. Saqué el móvil y marqué el número.

—Hola, Laura, ¿cómo estás? —escuché tras la segunda señal.

—Hola, Paweł. Casi fenomenal, pero tengo una pregunta. ¿Estás en el hospital?

—Sí, estaré aquí una hora más. ¿Qué ha pasado?

—Me gustaría verte. ¿Podrías dedicarme quince minutos?

—Te espero. Hasta ahora.

Aquella vez no tuve ningún problema para registrarme, ya que nada distrajo la atención de las jóvenes que había en el mostrador de recepción. Me dirigieron a la consulta y, un rato después, entré en el despacho del doctor.

—¿Qué te pasa? —preguntó Paweł, sentado en su escritorio.

—Estoy embarazada.

—Felicidades, pero no es mi especialidad.

—Lo sé, pero lo que voy a pedirte sí lo es. Sin embargo, no sé hasta qué punto mi embarazo afectará a lo que tienes que hacer. —Me arremangué la chaqueta del chándal—. Tengo un implante aquí y necesito deshacerme de él lo antes posible. Te lo pido como médico y como amigo. No preguntes.

Paweł miró el pequeño tubito, tocó el lugar donde estaba incrustado y, mientras se sentaba, dijo:

—Tú no me preguntaste nada cuando iba de juerga a tus hoteles, así que tampoco lo haré yo. Siéntate en el sillón médico. El implante está a poca profundidad; ni siquiera notarás que te lo saco.

Minutos más tarde, mientras me dirigía al centro comercial, me sentí extrañamente libre. Aunque al deshacerme de aquella correa trascendental lo había perdido todo, sentí calma y esperanza en mi interior. Cuando entré en el aparcamiento subterráneo, me sonó el teléfono y en la pantalla del coche apareció «Massimo». Mi corazón se detuvo y se me hizo un nudo en el estómago. No sabía qué hacer; ya era tarde, así que quizá los seguratas hubieran notado nuestra ausencia. Por un lado, soñaba con oír su voz; por otro, quería matarlo. Pulsé el botón rojo del teléfono y salí del coche.

Cuando llegué a la primera planta del centro comercial, me dirigí a la tienda de telefonía y compré dos móviles con sus respectivos cargadores. Pagué en efectivo, pues sabía que si Black veía los movimientos de la tarjeta, podría seguir el rastro de los dispositivos que acababa de comprar. Luego subí a Versace.

Nada más entrar con el chándal rosa pálido de Victoria's Secret, las vendedoras me miraron con indulgencia. Fisgoneé entre las perchas mientras el teléfono vibraba sin parar en mi bolso, y al final encontré un precioso conjunto: una falda con una camisa de color crema. Lo completé con una chaqueta negra de cuero y unos zapatos negros a juego. Me lo probé todo y pensé que parecía lo bastante rica. Me acerqué a la caja y puse la ropa en el mostrador. La señora me miró sorprendida cuando saqué la tarjeta de crédito y se la di. Pude pagar mis trapos con la tarjeta sin problema. Massimo ya debía saber que estaba en Polonia, aunque por el momento no podía hacer nada con esa información. La considerable suma que apareció en la caja no me impresionó: traté aquellas compras como una penitencia o compensación por lo que él me debía, aunque sabía que, de todos modos, él no lo sentiría tanto. La mujer que me cobró puso exactamente la cara que me gustaría guardar en el teléfono para animarme, algo así como una combinación de gato cagando y el asombro de un padre blanco cuando le nace un bebé negro.

—Gracias —le solté con desparpajo. Cogí el recibo y salí.

Me cambié en uno de los baños. Saqué el brillo de labios del bolso de Prada y, minutos más tarde, ya estaba lista. Me miré en el espejo: no me parecía en nada a la mujer herida y anegada en lágrimas de hacía unas horas. Me subí al BMW. Black no se rendía, tenía treinta y siete llamadas perdidas en la pantalla. Cuando puse el motor en marcha, volvió a llamarme. Al final lo cogí.

—¡Joder, Laura! —gritó enfadado—. ¿Dónde estás? ¿Qué estás haciendo?

Jamás había usado palabras como aquellas para dirigirse a mí y nunca me había gritado, ni mucho menos. Me quedé en silencio. No tenía nada que decirle y tampoco sabía qué responder a eso.

—Adiós, Massimo —tartamudeé por fin con una ola de lágrimas inundando mis ojos.

—Mi avión despega en veinte minutos. Sé que estás en Polonia. Te encontraré.

Quería colgar, pero no tenía fuerzas para hacerlo.

—No me hagas esto, nena.

En su voz noté resignación, dolor y desesperación. En aquel momento tuve que apartar de mí la compasión y el amor que sentía por él. Me ayudó la imagen mental de la noche anterior y la de Anna espatarrada en el escritorio frente a él. Respiré hondo y sujeté el volante con fuerza.

—Si querías follártela, no tenías que mezclarme en tu vida. Me has traicionado. Y yo, como tú, no perdono la traición. No volverás a verme jamás, ni a mí ni a tu hijo. Y no nos busques. No mereces estar en nuestras vidas. Adiós, don Massimo.

Dicho esto, pulsé el botón rojo y apagué el teléfono. Luego me bajé del coche y tiré el móvil a la papelera que había junto a una de las entradas.

—Se acabó —dije secándome los ojos.

Cuando entré en el banco, me sentí como una ladrona. De repente recordé todas las escenas de películas de gánsteres que había visto. Lo único que me faltaba era un arma, un pasamontañas y un mensaje de: «Manos arriba. Esto es un atraco». A pesar de que tenía todo el derecho del mundo al dinero que quería sacar, el convencimiento de que estaba robando a Black crecía en mi interior por momentos. Pero no tenía otra opción: si no hubiera sido por el hecho de que esperaba un hijo de él, no habría dado un paso tan desesperado. Me acerqué a una de las ventanillas y le dije a la cajera la cantidad de dinero que quería retirar, además de informarla de que la noche anterior ya había comunicado a atención al cliente que esa mañana iba a retirarlo. La mujer puso una cara extraña, me rogó que esperara un momento y desapareció detrás de la puerta.

Me senté en el sofá que había cerca y esperé el desarrollo de los acontecimientos.

—Buenos días —me saludó muy educadamente un hombre que se situó de pie frente a mí—. Me llamo Łukasz Taba y soy el director de la sucursal. Pase, por favor.

Lo seguí con paso tranquilo y elegante, y me senté en una silla en su oficina.

—Quiere retirar una suma muy elevada en efectivo... Por favor, ¿me puede facilitar su número de cuenta y su documentación?

Un rato después tenía ante mí la cantidad exacta. Lo puse todo en una bolsa que acababa de comprar, me despedí de aquel amable señor y me dirigí a la salida. Cuando llegué al coche, lancé la bolsa al asiento del copiloto y bloqueé la puerta. No podía creer la cantidad de dinero que tenía junto a mí. «¡Ostras! ¿Necesito tanto? ¿No me habré pasado?», pensé. Cientos de pensamientos revolotearon por mi mente, incluso barajé la idea de regresar y devolvérselo todo a aquel señor tan educado. Miré el reloj y sentí un escalofrío: Massimo estaba cada vez más cerca de mí, así que, si no quería que me encontrase, tenía que salir de allí lo antes posible.

—Domenico me ha escrito —dijo Olga en cuanto abrí la puerta—. Me ha enviado un mensaje por Facebook.

—No tengo ganas de saber qué te ha dicho. He hablado con Massimo y le he soltado todo lo que llevaba dentro. Aquí tienes tu teléfono nuevo. —Le pasé la caja—. Te pido por favor que de una vez por todas pongamos fin al tema de los sicilianos, ¿vale? Estoy harta de ellos. Por el momento, recuerda que no puedes iniciar sesión en tus redes sociales, en tu buzón ni en ninguna otra cosa con la que puedan encontrarnos. ¡Ah! Ya están en el avión, a mitad de camino, así que tenemos que largarnos. Vamos.

—Laura, joder, pero me ha escrito que Black no te fue infiel.

—¿Y qué coño querías que escribiera? —grité furiosa por aquella conversación—. Para detenerme, nos dirá todo lo que queramos escuchar. Si quieres, quédate, pero estarán en esta casa dentro de tres horas. No pienso escuchar esas tonterías, sé lo que vi.

Olga apretó la mandíbula y cogió las maletas.

—El coche tiene gasolina y está listo. Vamos.

Volví a ponerme el chándal, cargamos las cosas en su Touareg y nos fuimos.

—Laura, nos están siguiendo —señaló Olga después de mirar por el retrovisor.

Me giré discretamente hacia atrás y vi el Passat de Black con las lunas tintadas.

—¿Cuánto tiempo lleva detrás?

—Desde que salimos de casa. Pensé que era casualidad. Pero lleva siguiéndonos todo el rato.

—Intercambiemos los asientos —dije, y miré alrededor buscando un lugar para parar—. Ya sé, gira a la derecha. Dentro de poco verás un centro comercial; entra en el aparcamiento, es de varias plantas.

—Joder, Laura, pero si me has dicho que acababan de despegar...

—Creo que es la gente de Karol. ¿Recuerdas que conociste a su esposa, Monika? El coche lleva matrícula polaca, así que no puede ser nadie más, o al menos eso espero.

Condujimos hasta la planta uno del aparcamiento, nos detuvimos en la primera plaza que vimos y nos cambiamos de asiento sin bajar del coche. Durante los últimos meses, mi habilidad para circular en modo deportivo me había resultado útil tantas veces que empecé a valorar la insistencia de mi padre para que mejorara mi forma de conducir. En aquel momento le agradecí todos los cursos a los que nos había enviado a mí y a mi hermano.

—Vale, Olga, abróchate el cinturón y agárrate fuerte. Si tienes razón, esto resultará un tanto brusco.

Arranqué y me dirigí a la salida del aparcamiento pisando a fondo. El Passat arrancó con un chirrido detrás de mí, pero uno de los coches que salían del centro comercial le bloqueó el paso. Me incorporé sin problemas a la carretera y me dirigí a la avenida principal. Una vez más, rompiendo todas las normas de tráfico, aceleré y crucé Mokotów. Sabía que aquel motor no tenía suficiente potencia para que la velocidad nos permitiera escapar, pero conocía muy bien el lugar, y esa era mi ventaja. Por el retrovisor vi que el coche negro nos pisaba los talones, pero había mucho tráfico y podíamos escondernos.

—¿No tienes miedo? —preguntó Olga, aferrándose a la puerta.

—Ahora no pienso en eso. Además, aunque nos atrapen, no nos harán nada. Me lo tomo más como una carrera que como una huida.

Mientras conducía, me puse a buscar una calle concreta. No recordaba su nombre, pero sabía que había un lugar donde podíamos escondernos.

—¡Sí, ahí está! —grité, y giré a la derecha de puro milagro.

Nuestro Touareg casi se partió en dos con aquella maniobra, pero pudo con ello, y entramos por el portón de una vieja casa donde, en su época, había vivido mi peluquero gay. Aquella puerta conducía a un patio interior donde podríamos aparcar sin problema y esperar a que terminara la persecución. Me detuve y apagué el motor.

—Esperaremos —dije encogiéndome de hombros—. Pasarán de largo, pero luego volverán y buscarán por las calles pequeñas, así que por ahora puedes fumar.

Bajamos del coche y Olga se fumó un cigarrillo.

—¿Has llamado a István? —pregunté.

—Lo he llamado mientras te cambiabas… Se ha puesto loco de contento. Ya nos está preparando un dormitorio en su apartamento con vistas al Danubio. Debes saber que no es joven —añadió mirándome—. En realidad, es de la edad de mi padre, aunque no lo aparenta.

Sacudí la cabeza con incredulidad.

—Eres una pervertida, ¿lo sabías?

—Ay, venga, no puedo evitar que me gusten los tíos mayores. Además, cuando lo veas, lo entenderás. Es guapo. En general, los húngaros están muy buenos. Este lleva melena negra y tiene las cejas anchas, los hombros enormes y unos labios divinos, muy perfilados. Sabe cocinar y entiende de coches, y conduce una moto. Es un papi muy sexy. Tiene toda la espalda cubierta de tatuajes, y su polla… —Silbó a modo de elogio.

Me di unos golpecitos en la frente y la miré con desaprobación.

—Olga, pero ¿qué tienes en la cabeza? —refunfuñé mientras subía al coche—. Sigue fumando mientras llamo a mi madre. Tengo que soltarle otro rollo sobre mi nuevo número de teléfono.

No estaba lista para volver a engañarla, así que decidí hacer otra cosa para protegerla y así retrasar su ejecución.

Tardé más de una hora en introducir en el móvil nuevo los números de contacto que habíamos apuntado en el papel. Mientras tanto, Olga me entretuvo con un recital de éxitos del pop que emitían por la radio. Estaba alegre y relajada como nunca, al contrario que yo. Parecía actuar como si no pasara nada ni le importara que estuviéramos huyendo de la mafia siciliana.

—Está bien, ha pasado tanto rato que lo más seguro es

que ya hayan perdido la esperanza. Conduciré hasta la salida de la ciudad y luego volveremos a cambiarnos de asiento.

Aquella vez nadie nos siguió, así que, en cuanto salimos de Varsovia, me senté en el asiento del copiloto. Un buen rato después, estaba lista para llamar a mi madre. Cuando contestó, escuché su voz oficial al teléfono.

—Hola, mamá… —solté con un tono lo más alegre posible.

—Cariño, ¿y este número?

—Me he quedado sin contrato y he cambiado de teléfono y de número. Cada dos por tres me llamaban personas que Dios sabe de dónde habrían sacado mi antiguo número, así que me lo he cambiado. Ya sabes lo pelmas que pueden ser: te quieren colocar una nueva tarjeta de crédito, una nueva oferta o cualquier otra cosa.

—¿Cómo estás? ¿Qué tal en Sicilia? En Polonia estamos teniendo un otoño muy desagradable, hace frío y llueve sin parar.

«Lo sé, lo estoy viendo», pensé.

Nuestra conversación no fue sobre nada en concreto, pero tuve que advertirle que Black podía tratar de encontrarme.

—¿Sabes qué, mamá? Lo he dejado —dije de repente, cambiando de tema—. Me fue infiel y creo que no era para mí. He encontrado trabajo en otro hotel para no tener contacto con él. Estoy mucho mejor, tengo más tiempo libre y me siento genial.

Se hizo un silencio al otro lado del teléfono y supe que debía seguir hablando para amortiguar la noticia.

—Es de la misma cadena, pero este está al otro lado de la isla; así lo ha decidido el equipo directivo, y creo que ha sido una solución fabulosa —seguí contándole—. El hotel es más grande y cobro más. Aprendo italiano y pienso traerme a Olga. —Le guiñé un ojo a mi amiga y ella se rio calladamente—. Todo es estupendo, tengo un nuevo apartamento más bonito que el anterior, aunque quizá sea demasiado grande para mí...

—Bueno, cariño... —empezó mi madre algo desconfiada—. Si eres feliz y sabes lo que haces, te apoyaré en todas tus decisiones. Siempre has sido culo de mal asiento, así que no me sorprende que lleves esa vida errante. Pero recuerda: si te pasa algo, tienes un lugar adonde volver.

—Lo sé, mami, gracias. Pase lo que pase, no le des a nadie mi nuevo número. No quiero que vuelvan a acosarme.

—¿Estás segura de que solo se trata de ventas por teléfono?

—Sí, de ventas por teléfono, exnovios y gente con la que no quiero hablar. Mami, tengo una reunión, debo irme. Te quiero.

—Y yo a ti. Llámame más a menudo.

Colgué y crucé las piernas en el asiento. Fuera seguía lloviendo y la temperatura era de diez grados. «En Sicilia debe de brillar el sol y hará unos veinte grados», pensé mirando al frente.

—¿Crees que Klara se lo ha tragado? Tu madre no es tan estúpida como crees, ¿lo sabes, no?

—Olga, mierda, ¿qué crees que debería decirle? Oye, mamá, voy a ser honesta contigo, me secuestraron hace unos meses porque un tipo soñó conmigo, y luego me enamoré de mi secuestrador; pero relájate, no soy el único caso en el mundo con síndrome de Estocolmo. Es un capo de la mafia y mata a la gente; pero ya sabes, eso no es nada, porque me dejó preñada y me casé con él en secreto, y hemos vivido felices, gastando su fortuna ganada con las drogas y el tráfico de armas hasta que me ha sido infiel, y ahora me voy a Hungría huyendo de él.

Al oír estas palabras, Olga rompió a reír, tanto que tuvo que reducir la velocidad porque no podía seguir conduciendo. Al cabo de bastante rato, dejó de reírse, se limpió los ojos llenos de lágrimas y dijo:

—Esta historia es tan increíble que parece estúpida. Ya me imagino a tu madre dándose golpes en la cabeza mientras te escucha. Deberías decirle la verdad, se lo pasaría en grande, como yo.

Olga me irritaba, pero al mismo tiempo me calmaba y me hacía olvidar lo infeliz que me sentía en aquel momento.

—Necesito repostar —me dijo mientras salía de la carretera.

—Te daré dinero… —le indiqué, y metí la mano en la bolsa para cogerlo.

Ya habíamos salido de Polonia, así que los euros que llevaba resultaron ser muy útiles.

Olga miró dentro de la bolsa negra e hizo una mueca.

—¿Esta es la pinta que tiene un millón? Pensé que sería más.

Cerré la cremallera y la miré con desaprobación.

—¿Y cuánto se suponía que debía coger? ¿No crees que es suficiente? Quiero ponerme a trabajar en cuanto nazca el bebé, y esto será nuestra póliza, suya y mía, hasta que nazca. No tengo la intención de vivir a costa de Massimo, o al menos no al nivel siciliano, fingiendo ser de la burguesía.

—Porque eres estúpida, Laura. No piensas en términos de beneficios. Mira, en realidad, te dejó preñada sin tu consentimiento ni tu conocimiento. —Sacudió la cabeza, como si no estuviera de acuerdo con lo que estaba diciendo—. Vale, lo sabías; quiero decir, no lo sabías, pero a la mierda con eso. Te dejó embarazada, ¿no? Se deshizo de tu novio, consiguió que te casaras con él y luego te puso los cuernos. Yo le quitaría todo su dinero a ese imbécil, ya sabes, como castigo, para que aprenda, no por acaparar.

—Olga, ve y pon gasolina… No haces más que joderme con esos disparates. No podemos usar las tarjetas porque Massimo nos seguiría el rastro o, como mínimo, averiguaría adónde vamos. Así que no vale la pena estrujarse los sesos; no hay más dinero, eso es todo.

El resto del viaje se nos pasó muy rápido y, pasadas más de diez horas, llegamos a nuestro destino. István vivía en un maravilloso edificio histórico casi en el centro de Budapest, en el lado oeste de la ciudad.

—Olga, ¡qué alegría verte! —gritó al bajar corriendo hacia el coche—. ¿Cuántos años hace que Hungría no disfrutaba de tu preciosa cara?

—No exageres, István, cinco años no es tanto tiempo —respondió Olga sonriendo, y le dio unas palmaditas en el trasero cuando él se le tiró encima—. ¡Bueno, ya basta de carantoñas! —Lo apartó un poco—. Esta es mi hermana Laura.

Se inclinó y me besó la mano con galantería.

—Gracias a tus problemas, mi amada ha vuelto. Te lo agradezco, Laura, y espero que todo se vaya solucionando, pero no demasiado pronto…

Olga tenía toda la razón al decir que István no aparentaba su edad. Era un tipo sensual y poco común, algo así como un cruce de turco y ruso. Tenía ojos fríos y modales desenvueltos. Se veía que era un hombre fuerte al que le encantaba que todo sucediera como él quería. Además, era extremadamente bueno, pero no me podía explicar ese sentimiento. Tenía algo que hizo que confiara en él desde el primer momento.

—Tienes un enfoque muy peculiar de la situación, pero te entiendo —dije sonriendo.

El húngaro volvió a mirar a Olga, gritó algo y un joven muy guapo bajó las escaleras corriendo.

—Este es Atilla, mi hijo —lo presentó—. Olga, te acuerdas de él, ¿verdad?

Ambas nos quedamos absortas mirando al joven húngaro que estaba de pie ante nosotros. Era evidente que le gustaba mucho el ejercicio; en su presencia, la musculatura que salía de su pequeña camiseta dificultaba que pudiéramos concentrarnos en cualquier otra cosa. Tenía la tez morena, los ojos verdes y una dentadura blanca y recta; cuando sonreía, le aparecían dos hoyuelos en las mejillas. Era tan dulce y bello que era imposible quitarle la vista de encima.

—Olga, me está dando un infarto —dije en polaco sonriendo como una idiota.

Mi amiga, de pie, estaba como hipnotizada, incapaz de articular palabra.

—Hola, soy Atilla. —Sonrió—. Cogeré vuestras maletas, que parecen pesadas.

—Me pregunto si también puede llevarme a mí... —dijo Olga cuando logró volver en sí.

Mientras, el joven húngaro subió las enormes maletas y desapareció tras el umbral. Seguimos allí de pie, babeando todavía por el recuerdo de su musculoso cuerpo.

—Te recuerdo que estás embarazada y sufriendo por una infidelidad —expuso Olga con cara de tonta.

—¿Y no se supone que tú estás locamente enamorada de Domenico? —repliqué sin dudarlo ni un momento—. Además, seguro que es mucho más joven que nosotras.

—Sí, la última vez que lo vi todavía era un niño; tendría unos quince años, así que ahora debe de tener unos veinte —dijo asintiendo con la cabeza—. Incluso de adolescente era guapo, pero lo que se ha ido subiendo las escaleras es una verdadera exagcración. ¿Cómo crees que podré vivir con él bajo el mismo techo…? —se quejó.

István, después de subir la última bolsa, se acercó a nosotras, cogió las llaves del coche y lo llevó al garaje oculto bajo el edificio. Nosotras nos dirigimos a la entrada principal acompañadas por Atilla.

La casa era preciosa. Una histórica escalera parecía darnos la bienvenida en la entrada para conducirnos al salón, que estaba cinco escalones más arriba. La espaciosa estancia ocupaba toda la primera planta del edificio. El interior era muy clásico: muebles y suelos de madera, chimenea de ladrillo. Todo estaba decorado con colores cálidos y tenues que daban la misma impresión que una acogedora cueva. Por todas partes destacaba el cuero de las alfombras de piel, había muchos adornos masculinos y ni una sola planta. Era evidente que en aquel interior faltaba una mano femenina y que los dueños de aquella casa eran hombres.

—Es tarde. ¿Queréis un trago? —nos ofreció Atilla mientras abría una botella y vertía su contenido en un vaso.

Tomó un sorbo y sus ojos verdes se clavaron inquisitivos en mí. Aquella imagen me recordó a la forma de beber de Massimo, el mismo tipo de mirada salvaje, la manera de lamerse los labios.

—No puedo, estoy embarazada —respondí, y supe que el bebé lo asustaría de inmediato.

—Genial. ¿De cuánto estás? —preguntó sinceramente interesado—. Te pediré un té y algo para comer. ¿Qué os apetece? En casa hay una asistenta, Bori. La podéis llamar marcando un cero desde cualquier teléfono. Cocina muy bien y lleva con nosotros quince años, así que sé lo que digo.

No tenía hambre, pero estaba increíblemente cansada. Habían sido veinticuatro horas muy largas.

—Perdonad, queridos, pero estoy que me caigo y, si es posible, me gustaría acostarme.

Atilla dejó el vaso, me cogió de la mano y me acompañó arriba. Me sorprendió un poco su frescura, pero no me importó el contacto, así que no me opuse. Me llevó al segundo piso por las escaleras y abrió la puerta de una de las habitaciones.

—Este será tu dormitorio —dijo al encender la luz—. Te cuidaré. Todo irá bien, Laura.

Cuando terminó la frase, me dio un suave beso en la mejilla y, al apartar su cara de la mía, me rozó el pómulo con el pulgar. Me recorrió un escalofrío y me sentí incómoda, como si estuviera engañando a Black. Me alejé de él retrocediendo hacia el interior de la habitación.

—Gracias, buenas noches —musité, y cerré la puerta.

Al día siguiente, nada más despertarme, toqué instintivamente el otro lado de la cama.

—Massimo… —susurré, y los ojos se me llenaron de lágrimas. Mi madre me dijo una vez que no se podía llorar durante el embarazo porque, si no, el bebé salía llorón, pero en aquel momento me importaban un comino las supersticiones. Empapada en lágrimas, fui cambiando de lado a cada rato. El sufrimiento llegó en cuanto pasó el cansancio. Poco a poco empecé a entender lo que había sucedido y mi desesperación tomó una forma casi tangible. Se me hizo un nudo en el estómago y todo su contenido se me subió a la garganta. No quería vivir, no quería vivir sin él, sin verlo, sin sentir su tacto, el olor de su piel. Lo amaba tanto que aquel amor me dolía. Me cubrí la cabeza con el edredón y grité como un animal herido. Soñaba con desaparecer.

—El llanto es un buen amigo —dijo una voz, y sentí que alguien me abrazaba por la cintura—. Olga me ha contado lo que ha pasado. Recuerda que a veces es más fácil desahogarse con un extraño que con un amigo.

Aparté el edredón y miré a Atilla, allí sentado con pantalones de chándal, sosteniendo una taza de té. Era encantador; estaba preocupado y sinceramente conmovido por toda la situación.

—Escuché un ruido mientras pasaba por delante de tu habitación, así que entré. Si quieres, me voy. Pero si quieres que me quede, estaré un rato contigo.

Lo miraba pensativa, y él me sonreía mientras tomaba sorbos de su taza.

—Laura, mi madre siempre me decía: «Si no sale a la primera, saldrá a la segunda». Bueno, estás embarazada, lo cual hace las cosas un poco más difíciles, pero recuerda: en la vida, todo pasa por algo. Por muy cruel que te parezca lo que digo, creo que en el fondo sabes que tengo razón.

Me limpié los ojos y la nariz, y me apoyé en la cabecera de la cama, a su lado. Extendí la mano y cogí la taza de la que estaba bebiendo.

—¿Sabes que a mí también me gusta el té con leche, como a ti? —dije, y probé un sorbo.

—Pues te equivocas. Me estaba bebiendo lo que Olga te había preparado. Son casi las dos de la tarde, llevas más de doce horas durmiendo. Mi padre estaba preocupado y te ha pedido cita en la consulta de un amigo. Es ginecólogo. Te llevaré cuando termines.

—Gracias, Atilla. La mujer que algún día esté contigo será muy feliz.

El joven húngaro se volvió, se apoyó en el codo y me miró sin pestañear.

—Oh, lo dudo —respondió divertido—. Soy cien por cien gay declarado.

Abrí mucho los ojos y tal vez pusiera la cara más estúpida del mundo, porque Atilla soltó una carcajada sin control.

—Dios, ¡qué desperdicio! —me quejé, y curvé la boca hacia abajo.

—¿De verdad? —Sonrió con aire guasón—. Una vez intenté ser «bi», pero no es para mí; las vaginas no me interesan en absoluto. Es obvio que sois guapas y que lleváis zapatos de lo más bonitos, pero prefiero a los chicos. Grandes, musculosos…

—Bien, lo entiendo. Es suficiente —le corté.

Atilla se levantó y balanceó las caderas cerca de mi cara.

—Pero podéis mirarme. Aquí me tienes… —y añadió—: Ve preparándote, Laura, salimos en hora y media.

Me duché, me vestí y bajé. Olga estaba de pie junto a la encimera de la cocina, rodeada por los brazos de István. Cuando entré, ni siquiera se percataron de mi presencia. Ella lo miraba a los ojos con coquetería, ladeando la cabeza de un lado a otro, y él se mordía los labios en silencio.

—Buenos días —dije, y metí la taza vacía en el fregadero.

Mi presencia no les incomodó. Me saludaron con amabilidad, pero no dejaron de mirarse.

—Olga, ¿qué haces? —pregunté en polaco mientras cogía un cruasán dulce.

Al oír nuestra lengua materna, István sonrió y se fue hacia el salón.

—¿Que qué hago? Estábamos hablando —me contestó.

—¿Con telepatía? ¿Sin palabras?

—Laura, ¿de qué mierda hablas? —Se sentó en la encimera, molesta.

—No hace mucho estabas enamorada, ¿y qué? ¿Ya lo has superado?

—No hace mucho nuestras vidas eran totalmente distintas. No puedo estar con Domenico si tú no estás con Massimo. ¿Y qué? ¿Se supone que debo llorar el resto de mi vida y vivir en celibato, alimentándome de recuerdos?

Bajé la cabeza e inspiré profundamente.

—Lo siento —susurré, y rompí a llorar de nuevo.

—Está bien, cariño —dijo abrazándome—. No es culpa tuya, sino de ese mafioso. Nos ha jodido la vida. Pero ya ves —continuó secando mis lágrimas—, no voy a sufrir hasta el fin del mundo, como tú. Todo lo contrario, tengo la intención de olvidarme lo antes posible, y te aconsejo que hagas lo mismo.

En aquel momento, Atilla entró en la cocina y ambas nos quedamos boquiabiertas.

Llevaba unos pantalones Boyfriend de color gris jaspeado y una camiseta beis con un enorme cuello de pico. Calzaba unas Air Max negras y llevaba en la mano una chaqueta de cuero del mismo color que las zapatillas. Se puso unas gafas y sonrió radiante, mostrando su fila de dientes blancos.

—¿Listas?

—¿Me tomas el pelo? ¡No pienso salir así! —dijo Olga, y se fue corriendo arriba—. Dadme cinco minutos.

Yo no pensaba cambiarme. Me sentía bien con mis botas EMU, vaqueros estrechos y un suéter holgado y grueso. Me puse mis queridas gafas ahumadas de aviador y miré el reloj.

De repente sentí una punzada en el vientre. Me lo rodeé con una mano y, con la otra, me apoyé en la encimera.

—¿Qué te pasa, Laura? —Atilla, preocupado, me sujetó por el codo.

—Nada, supongo… —balbucí—. Cada vez que pienso en Massimo, siento este estúpido dolor, como si el bebé lo echara de menos. —Alcé la mirada hacia él—. Es una idiotez, lo sé.

—Qué sé yo… Hace tiempo me arrancaron una muela del juicio y, aunque la herida sanó rápidamente y la pieza había desaparecido, seguí sintiendo dolor en ese lugar durante varios meses. El dentista me explicó que era un dolor fantasma. Así que ya sabes, todo es posible.

Me agaché junto a la isla de la cocina y solté una carcajada.

—Sí, es la misma situación.

—¡Ya estoy lista! —gritó Olga mientras bajaba por la escalera.

El otoño en Hungría era definitivamente más hermoso y cálido que en Polonia. Fuera, la temperatura era de unos veinte grados, aunque se acercaba noviembre. Mientras pasábamos por las pintorescas calles de Budapest, disfrutamos de la riqueza de la arquitectura que nos rodeaba. Atilla conducía con cuidado, seguro; su Audi azul A5 se deslizaba con desenvoltura por las atestadas calles de la capital.

Al cabo de treinta minutos, llegamos a nuestro destino. El joven húngaro bajó y nos llevó a la consulta privada del colega de su padre. Cuando entramos, la recepcionista escuchó con mucho coqueteo la petición de Atilla y respondió en húngaro; un rato después, entré en el consultorio de mi nuevo ginecólogo.

—¿Y qué? ¿Todo bien? —preguntó Olga saltando de la silla al verme salir.

—No del todo. Me han hecho análisis; los resultados estarán mañana. Se supone que debo hacer reposo, no cansarme ni ponerme nerviosa. Joder, me volveré loca si tengo que estar tumbada todo el tiempo.

—Vamos, guapa, te compraré un *lángos*, una especialidad húngara, y te llevaré a casa. Luego nos meteremos todos en la cama. ¡Será divertido! —me dijo Atilla pasándome el brazo por la espalda.

Olga me cogió de la mano.

—¡Bueno, es lo que hay! Nos tumbaremos. Al fin y al cabo, ¡estamos embarazadas! —Se rio, me besó en la frente y nos dirigimos al coche.

Después de comer aquella masa con queso y ajo terriblemente grasienta pero deliciosa, regresamos a casa. Fui obediente, así que me puse el chándal y me metí en la cama. Al rato, István entró en mi habitación y cerró la puerta tras él.

—He hablado con mi amigo —me dijo sentándose en el sillón que había al lado de la cama—. Espero que no te importe que me interese por tu salud. Sé que tu embarazo es de riesgo, así que intentaré que te sientas lo más cómoda posible. No te preocupes por nada; hoy te instalarán la televisión polaca. Y tienes un ordenador con acceso a la red en la mesilla, cerca de la cama. Si quieres cualquier otra cosa, libros, periódicos..., dímelo; te conseguiremos lo que necesites.

Lo miré con gratitud.

—¿Por qué haces todo esto, István? No me conoces de nada. Además, no tiene sentido. Vine aquí huyendo de la mafia siciliana, estoy embarazada y solo auguro problemas.

—Es simple. Amo a tu amiga, y ella te ama a ti.

Me acarició en el hombro y, al salir, se cruzó con Olga en la puerta.

—¡Visitaaa! —vociferó mi amiga con alegría mientras dejaba una taza de cacao a mi lado—. No me has contado qué te ha dicho el doctor.

—Pues la alegre noticia es que este bebé ya parece un bebé y pesa tanto como una cucharadita de azúcar. Sabe cuándo estoy alegre porque se supone que él también se pone contento por las hormonas que segrego. Por desgracia, sucede lo mismo cuando me pongo de mala hostia, así que debería vivir en una nube esponjosa y pasar de todo. Bueno, ¿qué más? Tiene una cabeza, dos brazos, dos piernas: es un hombrecito de cuatro centímetros. El médico vendrá a diario y me hará ecografías. En principio debería ingresar en el hospital, pero como István es su amigo, no tengo que hacerlo. A propósito, ¿sabes que te ama? Acaba de confesármelo, así de simple.

Olga puso la cabeza junto a mis pies y escondió la cara entre las manos.

—¡Dios! Lo sé. Pero, Laura, ¿qué coño importa? Amo a Domenico. István me pone cachonda, sí. Es maravilloso, sensible, cariñoso, y bueno, su polla, ¿sabes...? —En su ensueño, puso los ojos en blanco—. Pero entre nosotros ya no hay la química que solía haber. Recuerdo cuando lo conocí... Era julio. Me fui dos semanas al lago Balatón. Tú por entonces estabas con Pawle, aquel que tenía un restaurante, y no veías más allá de él. Así que alquilé un apartamento en Siófok y disfruté del maravilloso verano húngaro. Un día decidí ir de discotecas. Fui de un lugar a otro, pero no me gustaba nada, así que compré una botella de rosado, un paquete de cigarrillos y, más emperifollada que un árbol de Navidad, me senté en la acera y me dediqué a mirar a la gente. Lo más probable es que pareciera una prostituta y por eso me vio, o simplemente estaba sobria y todavía lucía como un millón de dólares. En cualquier caso, pasó por allí con sus amigos, se volvió hacia mí y, no sé por qué, le miré fijamente a los ojos. Ambos nos quedamos mirándonos como idiotas, e István casi se mata al chocarse de frente con otro tipo. Cuando desapareció entre la multitud, seguí calentando el bordillo. Minutos más tarde, se detuvo delante de mí: primero vi unas buenas y caras botas de motorista, luego unos vaqueros rotos con un gran paquete, porque ya sabes, su gran polla debía caber en alguna parte..., y después me fijé en su cuerpo musculoso y en una mirada que mataba clavada en mí. Me cogió de la boca el cigarrillo que estaba fumando y se sentó a mi lado, apoyándose contra la pared; se lo fumó sin decir palabra, echó un trago de vino, se levantó y se fue. Me quedé estupefacta. «¿Qué se supone que ha sido esto?», pensé, pero pasé de él y seguí sentada sin moverme de allí. Cinco minutos más tarde, volvió a sentarse a mi lado, puso una botella de vino en la acera, sacó su navaja, la abrió y dijo: «Si tienes que recordar Hungría por el sabor del vino, empieza por beber uno mejor, y yo me ocuparé de que no solo recuerdes el sabor del vino». Me cautivó su forma de seducirme. Aquella noche hablamos hasta el amanecer, sentados en la acera todo el rato; por la mañana, desayunamos y luego fuimos a la playa; me creas o no, te diré que todavía no había pasado nada entre nosotros. Al día siguiente, quedamos para cenar en un pub que él había elegido y volvimos a hablar por los codos; al final me despedí y me fui. Le di las gracias por aquellas dos maravillosas tardes y escapé.

—¿Qué? —pregunté asombrada por la historia—. No lo entiendo. ¿Por qué huiste?

—Él era perfecto del todo y yo muy joven —dijo Olga con tristeza—. No confiaba en mí, no podía controlar mis sentimientos y tenía miedo de engancharme. Pero relájate, Laura, István no se rindió —dijo levantando la mano, como para anticiparse a mis preguntas—. Dejé el pub y me fui caminando por una acera llena de gente hacia el apartamento. Estaba a unos diez minutos a pie de allí. Cuando estaba a punto de llegar, sentí que alguien me daba la vuelta con energía, me ponía contra la puerta vecina y me besaba de un modo increíble. Cuando terminó, dijo: «Olvidaste decir adiós». Luego se dio la vuelta y quiso irse, así que, ¿qué debía hacer…? Corrí tras él, caí en sus brazos y pasamos así la siguiente semana y media. Y luego nos vinimos a Budapest y resultó que era bastante rico, divorciado y tenía un hijo. Todo aquello me superaba, así que escapé poco después de llegar. István dijo que lo entendía, pero no fue capaz de olvidarme ni de aceptarlo. Así que me llamó, estuvo en Varsovia y en mi casa varias veces…

La miré fascinada por aquella historia llena de cariño y, sobre todo, de pasión.

—¿Por qué nunca me lo contaste, Olga? Es tan dulce… —Puse una sonrisa irónica y ella me pagó con un almohadazo en la cara.

—Exactamente por eso, perra. Porque te ríes de mí. Esas mierdas sentimentales no van conmigo, pero puedo hablarte acerca de una semana y media con su polla en mi boca. Te vas a excitar, te lo garantizo.

6

Guardé cama mientras pasaban las horas, los días, las semanas... Olga y Atilla me hacían compañía, y a veces István se unía a nosotros. Nos entreteníamos con juegos, leíamos, veíamos la televisión, nos aburríamos y nos íbamos acostumbrando unos a otros. Éramos un poco como hermanos. Los resultados de mis pruebas iban mejorando y yo estaba más tranquila. No puedo decir que fuera feliz, porque no había día que no pensara en Massimo, aunque ya era capaz de existir por mí misma. También llamaba a mi madre desde un número diferente cada vez. Por suerte, mi teléfono tenía la opción de llamar en oculto, así que mamá pensaba que el número era siempre el mismo. Como ella no tenía el hábito de llamarme, esperaba mis llamadas; pero si ella llegaba a marcar mi teléfono, yo no contestaba, sino que le devolvía la llamada más tarde.

Y así pasamos el otoño en plena conspiración. Llegó diciembre. Aquel mes ya no me pareció tan divertido porque ya no cabía en mi ropa; mi barriga seguía siendo pequeñita, pero era mucho más visible que semanas atrás. Olga luchaba consigo misma e István, contra su reticencia, hasta que un día se produjo la conversación que yo esperaba desde hacía semanas.

—Laura, es hora de volver a Polonia o de mudarnos —dijo Olga, sentada junto a la encimera de la cocina mientras yo desayunaba—. El bebé está bien, tú estás genial, nadie nos persigue ni nos busca, y ya ha pasado más de un mes y medio. Volvamos.

Me alegré de que lo hubiera dicho. Ambas echábamos de menos nuestro país: yo a mis padres y amigos; Olga, igual. En Hungría lo pasábamos fenomenal, pero me sentía como una invitada y no podía imaginarme allí para siempre.

—¿Estás bien, Olga? ¿Se lo has dicho a István?

—Sí, hemos hablado toda la noche; entiende mi decisión. Creo que, gracias a estas últimas semanas, ha aceptado el hecho de que no tenemos futuro juntos.

Atilla bajó a la cocina y, como siempre, me abrazó fuerte y me besó en la cabeza.

—¿Cómo está mi mamá favorita? —preguntó.

El hecho de que fuera gay me ayudó a acercarme a él. A pesar de que era uno de los chicos más guapos que había visto en mi vida, acabé tratándolo como a un hermano.

—Me siento lo suficientemente bien como para irnos pronto —dije apretujándome contra su hombro.

Se apartó como si acabara de quemarse, dio un rodeo a la isla de la cocina y, apoyando las manos en la encimera, empezó a gritar:

—¡No podéis marcharos así, de repente, y dejarme aquí! Además, Laura no debería cambiar de médico otra vez. Si empeora en Polonia, ¿quién se ocupará de ella? No estoy de acuerdo. ¡No iréis a ninguna parte!

Cuando terminó de chillar, golpeó la encimera con la

mano y me clavó una mirada furiosa. Me sorprendió su reacción. De repente dejó de ser un chico maravilloso y se convirtió en un macho totalitario que no quería devolver lo que no era suyo.

—¡Atilla, no seas capullo! —soltó Olga levantándose—. Y no se te ocurra gritarnos. Me jode mucho que actúes como un imbécil. No te dejamos, solo volvemos a nuestro país, ¿entiendes? Hay aviones, coches, y nosotras no vivimos en Canadá. Así que, si quieres, puedes venir a vernos todas las semanas; además, en Varsovia tenemos unos chicos increíbles.

Me levanté, me acerqué a él y apretujé mi cabeza contra su musculoso cuerpo.

—Venga, Godzilla, no te enfades —dije—. Si quieres, vente, pero nosotras tenemos que volver.

Le di una palmadita en la espalda, salí de la cocina y subí las escaleras. Como me imaginaba, no tuve que esperar mucho a que mi hermano adoptivo gay corriera tras de mí. Irrumpió en la habitación como un rayo y cerró la puerta. Se me acercó, me puso la mano alrededor del cuello y me apretó contra la pared. Sentí un cosquilleo familiar en el estómago; solo Massimo me trataba así. De repente, su lengua se metió brutalmente en mi boca y todo su cuerpo se aferró a mí. Cerré los ojos y, por un momento, me pareció que retrocedía en el tiempo. Nuestras lenguas bailaron juntas a un perfecto ritmo perezoso, mientras que sus enormes manos me tomaban el rostro con ternura. Sus labios suaves atraparon mi boca; eran cálidos, apasionados, salvajes.

—Atilla, ¿qué estás haciendo? —susurré aturdida, y volví la cabeza a un lado—. Dijiste que…

—¿Realmente creíste que era gay? —me preguntó, y pasó su lengua por mi cuello—. Laura, soy cien por cien heterosexual. Te he deseado casi desde el momento en que llegaste a esta casa. Me encanta cómo hueles y tu aspecto al despertar. Me atrae cómo levantas una pierna y la apoyas contra la otra cuando te lavas los dientes, cómo lees un libro y te muerdes los labios cuando piensas en algo. —Suspiró—. Dios mío, ¡cuántas veces te he deseado en esos momentos!

Me quedé tan estupefacta que al principio no entendía lo que me estaba diciendo. Tampoco lo facilitaba su lengua, que me seguía lamiendo.

—Pero estoy embarazada y, además, cien por cien casada con un mafioso. ¿No lo has asimilado? —Lo alejé—. Chico, te trato como a un hermano, ¿y tú me montas este drama de marica para intentar follarme? ¡Jesús! ¡Es asqueroso! —Le abrí la puerta cabreada—. ¡Vete a tomar por culo! —Como no reaccionaba, chillé—: ¡Que te vayas a tomar por culo, Atilla!

Olga, como correspondía a todo buen pitbull, apareció unos segundos después y se detuvo en el umbral.

—¿Qué pasa? ¿Por qué gritas?

—¡Grito por gritar! Haz las maletas. Nos vamos.

Olga nos miró a los dos y, sin disimular su preocupación y al no obtener respuesta, dio media vuelta y se fue a la habitación.

Dos horas más tarde, estábamos listas para irnos. Olga aprovechó aquel tiempo para despedirse de István, que evidentemente no veía con buenos ojos nuestra partida. No tenía ni idea de cómo le había agradecido nuestra estancia de varias semanas, pero él parecía bastante satisfecho cuando ambos salieron de su dormitorio.

Lo besé y él me abrazó como si fuera mi padre y no me soltó durante un buen rato. Me caía bien, me sentía tranquila con él y sabía que, a diferencia de su hijo, no tenía malas intenciones.

—Gracias —le dije, y me aparté de él.

—Llamadme cuando lleguéis.

Atilla se había ido de casa después de nuestra pelea y no volvió hasta que ya nos habíamos ido. Lo lamentaba, pero, por otro lado, estaba cabreada con él, así que el balance de mis sentimientos quedó equilibrado y su ausencia no me molestó demasiado.

El viaje a Polonia fue largo, demasiado, y como nuestra partida había sido muy repentina, no sabíamos a dónde ir. Caímos en la cuenta a mitad de camino.

—Laura, ¿sabes lo que se me ha ocurrido? —preguntó Olga.

—Creo que lo mismo que a mí. ¿Que no podemos volver a tu apartamento?

—¡Qué va! A eso llegué hace días. Hablo de otra cosa.

La miré inquisitivamente.

—Verás, llevo pensando en ello durante un tiempo: nuestra huida no tiene sentido, te encontrará de un modo u otro, quieras o no. Además, cariño, hay formas legales de arreglar vuestros asuntos, y no tiene sentido que te jodas la vida solo porque Massimo sea un hijo de puta. Te has relajado, has revivido, te has calmado. No te digo que lo llames ahora, pero pasemos de si nos encontrarán o no. Nos quedaremos en Polonia, no en Sicilia; él aquí no puede hacer una mierda, solo será un chulo italiano del montón, no un padrino delante del cual todos se inclinan.

Sentada en el coche, escuchaba cada palabra que decía con mucha atención. Poco a poco, fui comprendiendo que tenía razón, y que yo actuaba como una idiota egoísta. Me había escapado y había implicado al alma cándida de Olga, que ya estaba harta de toda aquella situación.

—En realidad, tienes razón —admití—. Pero no quiero volver a nuestro apartamento. Por ahora, podemos quedarnos en mi antiguo hotel, en el centro, y buscar algo con calma. Tenemos pasta, solo es cuestión de elegir el barrio. Me encantaría vivir en Wilanów, pero no en la urbanización de Miasteczko, sino un poco más lejos. Allí se respira paz, hay edificios bajos, está cerca del centro y tengo una clínica al lado. Paweł Ome me conseguirá un médico y se asegurará de que no me muera de dolor durante el parto.

—Veo que lo has previsto todo.

—¡Qué va! Se me acaba de ocurrir —dije encogiéndome de hombros.

Cuando llegamos a Varsovia, caía la tarde. Llamé a Natalia, una amiga con la que había trabajado, y le pedí que me reservara una habitación a su nombre. No quería huir más, pero tampoco facilitarle las cosas a mi marido registrándome en el hotel con mi nombre. Cuanto más nos acercábamos a nuestro destino, más cansadas estábamos, y como iba conduciendo desde la frontera, pisé el acelerador a fondo porque quería llegar lo antes posible.

Me puse a toda velocidad por la circunvalación; era entrada la noche y casi no había tráfico. De repente vi unas luces azules intermitentes por el retrovisor y luego a través del parabrisas.

—¡Maldita sea! ¡La policía!

Olga volvió la cabeza hacia el cristal, indiferente por completo a la situación.

—¿A cuánto ibas?

—No sé, joder, pero rápido.

—Tranqui, les soltaremos un rollo.

Por desgracia, quince minutos después de confesiones relacionadas con el embarazo, el largo viaje y el malestar acumulado, los policías me pusieron una multa y puntos de penalización. No me preocupaba mucho, pero tuvieron que identificarme, y eso significaba que Massimo averiguaría dónde estaba. Puede que estuviera paranoica, pero debía considerar la posibilidad de que Massimo tuviera acceso a las bases de datos de la policía. Cuando llegamos al hotel, pagué una semana por adelantado y me fui a dormir.

Tres días más tarde, encontré un apartamento; no estaba donde yo quería, pero era tan bonito que no pude resistirme. Para evitar que el propietario me pidiera firmar un contrato, pagué seis meses por adelantado y le di un depósito. Quedó la mar de contento.

Por desgracia, el apartamento estaba muy cerca de donde vivía Martin, mi ex, pero sabía que, aunque nos encontráramos, daría un rodeo para evitarme.

Nos mudamos y respiré aliviada: por fin, pasadas tantas semanas, estábamos en casa. El apartamento resultó ser magnífico, demasiado grande para nosotras dos, pero no importaba. La mitad de la superficie la ocupaban un gran salón y una cocina abierta; tenía tres dormitorios y un vestidor, dos baños y un aseo para invitados. No pretendíamos organizar fiestas ni juergas, pero siempre era mejor tener más que menos.

Era martes. Estábamos sentadas en un gran sofá del salón, mirando la tele.

—Tengo que ir a ver a mis padres —dijo Olga—. Un día, máximo dos. También iré a visitar a tus padres y les daré la brasa sobre lo bien que estás ahora. Me iré por la mañana.

Mi madre me ha llamado hoy y me está machacando, así que voy a dejar que se salga con la suya.

—Ve, claro —comenté—. Seguiré haciendo lo mismo que hago desde hace semanas: me quedaré tumbada, poniéndome al día con las películas que no he visto.

Olga se fue a la mañana siguiente y, horas después, me sentí sola en casa. Encendí el ordenador y revisé la programación de cine a toda prisa. Echaban tantas películas de las que quería ver que compré entradas de inmediato para dos sesiones seguidas. En total, pasé casi cinco horas en el cine, dando por supuesto que no había diferencia entre estar en casa o en la butaca de una sala.

Cuando terminó mi maratón, cogí un taxi y volví a Wilanów. Nada más girar la llave de la puerta, oí la televisión. «¿Ya ha vuelto Olga?», pensé sorprendida. Cerré la puerta y me dirigí hacia el lugar de donde provenían las voces. El apartamento estaba totalmente a oscuras; solo el resplandor de la tele iluminaba aquella oscuridad. Miré la pantalla y mi corazón se detuvo: por enésima vez, estaba soñando despierta con la misma pesadilla. La imagen del televisor estaba dividida por la mitad: en una parte se reproducía la escena de la infidelidad de Massimo grabada por las cámaras de vigilancia; en la otra, las escenas de una reunión en el jardín. Me senté en el sofá y sentí que estaba a punto de desmayarme. En aquel momento, alguien detuvo la reproducción y la imagen quedó congelada. Respiré hondo; sabía que estaba allí. Cerré los ojos.

—¿Massimo?

—Si miras de cerca lo que hay a la izquierda, en la maldita nalga de mi hermano verás un lunar que yo no tengo. Si miras el lado derecho, me verás sentado en el jardín con gente de Milán.

Al oír su voz, casi rompí a llorar. Estaba allí, podía olerlo, pero no escuchaba nada de lo que me decía.

—Laura, hostia, levántate y mira, y luego explícame qué diablos ha pasado contigo durante todas estas semanas —gritó al ver que no reaccionaba—. Si quieres dejarme, dímelo a la cara, pero no huyas ni te escondas de mí. Me has tratado como a tu peor enemigo, no como a tu marido. Y, por si fuera poco, pensaste que era un idiota capaz de serte infiel con alguien a quien odias.

En aquel momento, don Massimo encendió la luz del salón, se levantó del sillón y se detuvo delante de mí. Alcé la vista y lo miré directamente a los suyos. Era el hombre más atractivo del mundo. Llevaba unos pantalones negros y un jersey de cuello alto del mismo color; tenía un aspecto impresionante. Estaba de pie y me atravesaba con su mirada glacial; hacía mucho tiempo que no sentía ese hielo ártico sobre mí. Me obligué a apartar la vista de él porque me dolía verlo. Dirigí mi atención al televisor. Massimo volvió a pulsar el play. Lo que había dicho tenía sentido, y de repente toda la situación se aclaró. Rebobinó una docena de minutos atrás y vi con total claridad cómo se levantaba de la mesa y aparecía justo después en la biblioteca, donde su hermano estaba fornicando con Anna. Me sentía mal. Probablemente nunca me había sentido tan terriblemente mal como en aquel momento. La había cagado de un modo corriente, de un modo humano, había cometido un error y... la había cagado. Quería abrir la boca para decir algo, pero no sabía qué era lo apropiado en aquella situación.

—Adriano se fue —dijo Massimo—. Para mi satisfacción, se llevó a Anna con él, y es probable que la haya hecho la mujer más feliz del mundo. Gracias a eso, hemos firmado una tregua y estoy seguro de que estarás a salvo. —Se sentó en el sillón de al lado—. Haz las maletas. Hoy mismo cogeremos un avión para Sicilia.

—No dejaré a Olga.

—Está con Domenico, volviendo de casa de sus padres. Deberían estar aquí en una hora. Haz las maletas.

—No tengo nada que llevarme.

—Entonces vístete y nos vamos —concluyó levantándose del sillón.

Estaba enfadado; mejor dicho, encabronado. Nunca se había mostrado tan indiferente y frío conmigo. No quería avivar su ira, así que le obedecí.

Llegamos al aeropuerto en quince minutos, quince largos y silenciosos minutos. Cuando subí al avión, Massimo me dio una pastilla y un vaso de agua.

—Por favor, tómatela —me pidió con toda la calma posible.

—No quiero, aguantaré.

—Ya has arriesgado lo suficiente la vida de mi hijo, así que no intentes poner a prueba mis límites.

Me tragué la medicina y me dirigí, obediente, a la cabina de la cama. Cogí una manta de lana, me tapé y cerré los ojos. Estaba tranquila y feliz; el hecho de saber que no me había sido infiel me alivió de un modo que no había sentido desde nuestra luna de miel. Sabía que teníamos que hablar, pero como él necesitaba tiempo, iba a darle todo el que quisiera. Lo importante era que volvía a ser mío.

Cuando abrí los ojos por la mañana, estaba acostada en mi cama, en Sicilia. Sonreí y extendí el brazo hacia el otro lado en busca de mi marido, pero, como de costumbre, no estaba allí. Me puse el albornoz y fui a la habitación de Olga. Estaba a punto de girar el pomo cuando recordé que podía no estar sola. Lo más silenciosamente posible, eché un vistazo al interior. Estaba en la cama, detrás de un portátil.

—Hola —dije. Cerré la puerta y me metí bajo su manta—. Massimo está tan cabreado que no me habla, solo me da órdenes. Me cabrea.

—¿Te sorprende? No hizo nada y lo acusaste de infiel, y encima le quitaste lo que más ama en el mundo. Lo siento, cariño, pero te lo diré solo a ti... Creo que tiene razón. Si fuera él, lo más seguro es que te matase, en serio. —Cerró el portátil—. Te dije que no lo había hecho, pero no me escuchaste. Tal vez esto te enseñe que hay que explicar las situaciones, no huir de ellas.

—Voy a cumplir mi penitencia con humildad —dije, y oculté la cara bajo la almohada—. ¿Qué tal Domenico?

Olga sonrió y cerró los ojos. Ronroneó en voz baja durante un rato, hasta que aclaró sus pensamientos y empezó a hablar:

—Vino a buscarme ayer, mientras estaba en casa de mis padres. Imagina mi sorpresa cuando saco el perro a pasear, salgo del portal y lo veo allí. Estaba quieto, así, ya sabes, muy italiano, serio, apoyado en la puerta del Ferrari negro de Massimo. Dios, qué guapo... Me lancé sobre él y el perro se me escapó.

Solté una carcajada.

—No puedo creerlo.

—¿Qué es eso de «no puedo creerlo»? Por desgracia, ese jodido perro mestizo tiró de la correa y se fue cagando leches; y yo tras él, porque es el querido perro de mi madre.

El malvado chupapollas corriendo por la urbanización, y yo como una idiota detrás de él.

—¿Y Domenico?

—Y Domenico siguió allí de pie observando la situación. Pero ya sabes, aquello tenía sus ventajas, porque me centré en el maldito perro y no en las ganas de mamársela junto al edificio. Laura, he estado viviendo casi dos meses sin sexo. ¡No se puede aguantar tanto!

—¿E István? Cuando estuvimos en Budapest... Tú y él... ¿Nada?

Olga negó con la cabeza; su cara mostraba orgullo.

—No hubo nada, me acosté con él, lo abracé, pero nada más. Bueno, al grano: al final agarré al maldito animal, lo llevé arriba, me despedí de mis padres y, quince minutos después, me dirigí con mucho garbo hacia él. Me abrió la puerta del coche y, antes de que subiera, me apoyó contra el lateral y me besó. Pero, Laura, cómo lo hizo, te digo... Como si quisiera comerme. Me lamió como lo hacíamos en secundaria, me folló con la lengua...

—¡Está bien, lo entiendo! —masculló haciendo una mueca.

—Y luego me folló por el camino. Ya no con la lengua. Solo que el pobre no tuvo en cuenta que en aquel coche sería imposible, así que tuvimos que bajar. Bien, estábamos tan calientes que no nos importaba que fuera se estuviera a cero grados. Ya sabes, para él fue una novedad, y confieso que para mi culo desnudo también. Solo lo había expuesto en cueros de manera ocasional y únicamente por cuestiones fisiológicas. Además, no nos quedamos contentos con una sola vez, así que paramos tres veces en el bosque, junto a la carretera, así que llegamos tarde al avión. Bueno, ya sé que es privado, pero también tiene sus horarios de vuelo. De cualquier modo, veo venir que pillaré una pulmonía.

—¿Así que volvimos juntos? —pregunté con curiosidad porque no recordaba nada pasados los diez primeros minutos después de la pastilla.

—Sí: yo, tú, Domenico, Massimo y los seguratas.

—¿Y qué dijo Black durante el vuelo? —inquirí observándola por detrás de la almohada.

—Nada, no estaba con nosotros. Estuvo mirándote todo el viaje mientras dormías. Era como si estuviera rezando por ti. Fui a verlo una vez y lo vi sentado, pero no quiso hablarme. Luego te sacó en brazos del avión y te metió en el coche. Ya en casa, te acostó, te puso el pijama y, sentado en el sillón, se dedicó a mirarte de nuevo. Lo sé porque quise ayudarlo en todo, pero no me dejó. Luego Domenico me llevó al dormitorio y así llegó la mañana.

—Serán días difíciles… —Suspiré—. Bien, tengo que hacerme análisis, así que llamaré al doctor y pediré cita. Vuelvo enseguida.

Fui a buscar el teléfono y marqué el número de la clínica. Como siempre, el nombre mágico «Torricelli» me abrió todas las puertas. Tenía más opciones que el resto de los mortales. Me puse una túnica suelta de lana gris, mis botas favoritas Givenchy de color negro y una chaqueta de cuero del color del calzado. En Sicilia no había invierno, pero tampoco se podía contar con que hiciera calor. Cuando volví a la habitación de Olga, me sorprendió ver que ya estaba lista.

—Sugiero que desayunemos en la playa. ¿Qué te parece? —propuso alegre—. Iremos a un pequeño restaurante de Giardini Naxos. Domenico y yo solíamos ir a pasear por allí

mientras estuvisteis en el Caribe. Tienen una deliciosa tortilla de jamón y quesos que elaboran ellos mismos.

—¡Fenomenal! Mi cita es dentro de dos horas, así que
nos da tiempo. Vamos.

Atravesamos la casa completamente vacía y, cuando llegamos a la entrada, dejé a Olga, rodeé el edificio y me dirigí
al garaje para coger el Bentley. Abrí la caja donde siempre
colgaban las llaves del coche y me sorprendió descubrir que,
aunque todos los coches estaban aparcados, no había ni un
llavero en su interior.

«¿Qué mierda pasa?», pensé, y salí de allí.

En el jardín vi a un guardaespaldas sentado, así que me
dirigí hacia él para averiguar qué sucedía.

—Buenas. Verás, quiero ir al médico y no sé dónde están
las llaves.

—Desgraciadamente, no puede salir de la mansión. Lo
ha decidido don Torricelli. El doctor vendrá aquí. Si necesita algo más, dígamelo y se lo traeremos.

—¡No me fastidies! —grité—. ¿Dónde está Massimo?
¿Y Paulo, mi guardaespaldas?

—Don Torricelli se ha marchado, y se ha llevado a Mario y a Domenico con él. Volverán mañana. Hoy estoy a su
disposición.

—¡Me cago en la hostia! —mascullé sin apartar la mirada de mi gorila—. ¡Nada mejor que volver a casa!

Pasé por delante de Olga, que seguía en el umbral de la
mansión.

—¡Nos vamos a la mierda, no a la playa! ¡Estamos arres-
tadas! No se nos permite salir, no están las llaves de los coches, la puerta está cerrada, no hay barcos en el muelle y el
muro que rodea la mansión es demasiado alto.

—¡Bueno, Laura, ya te cabrearás después! Anda, ven, pediremos el desayuno. —Se encogió de hombros y me abrazó de forma maternal—. En realidad, la tortilla no era tan buena.

Horas más tarde, finalizada la visita del médico, que dijo que todo iba bien y me sacó sangre, empezamos a aburrirnos. Así que se me ocurrió la brillante idea de pedir que trajeran a casa una peluquera y una esteticista. Al cabo de una hora, todo el equipo de belleza estaba en la mansión junto con sus accesorios.

Como se sabe, no hay nada mejor que una manicura, una pedicura y un peluquero para calmar un gran cabreo. Nos hicimos las uñas, un corte de pelo y refrescamos el color. Pero recurrí a los valiosos conocimientos del tío Google para asegurarme de que, si me teñía durante el embarazo, el bebé no nacería pelirrojo. Esas supersticiones las heredé de niña de mi abuela. Sin embargo, resultó que no tenía importancia; solo debía advertir al peluquero, pues se suelen usar otros productos. Después de casi cuatro horas, volvíamos a parecer personas normales. Yo olía a vainilla y Olga, a cerezas. En realidad no había un motivo para emperifollarnos tanto aquella tarde, pues sabíamos que nuestros hombres no volverían hasta el día siguiente, pero cualquier motivo era una buena razón.

Más tarde cenamos en el comedor de la casa, pues el tiempo no permitía seguir haciendo comidas al aire libre. En diciembre solo llovía algunos días en Sicilia, pero aquel era uno de ellos. Olga vació una botella de vino, cogió una cogorza y se fue a dormir.

Yo no estaba cansada. Puse la tele y me fui al vestidor; me detuve en la parte donde colgaba la ropa de Massimo y, desesperada, empecé a buscar algún rastro de su olor. Removí la ropa, estante por estante, pero todo olía a limpieza. Finalmente, di con una chaqueta de cuero en la que se había impregnado el intenso olor a Black. La saqué de la percha y me senté en la alfombra abrazada a ella. Me entraron ganas de llorar al imaginármelo loco por la ansiedad y la desesperación. Recordé cómo lo había tratado cuando me llamó y los ojos se me llenaron de lágrimas.

—Perdóname… —susurré, y una lágrima corrió por mis mejillas.

—Conozco esa palabra… —dijo una voz a mi espalda.

Levanté los ojos y vi a Massimo de pie, delante de mí. Llevaba un traje negro, y sus ojos fríos y muertos me miraban con atención.

—Estoy cabreado contigo, nena. Nadie me había enfurecido tanto jamás. Quiero que sepas que me obligaste a deshacerme de los mejores guardaespaldas porque no os vigilaron como debían. Cuando te estuve buscando por Europa, también perdí un negocio lucrativo, lo cual afectó a mi autoridad frente a otras familias. —Entró en el vestidor y colgó la chaqueta—. Estoy cansado, así que deja que me duche y me vaya a dormir.

Creo que nunca había mostrado tanta indiferencia conmigo; sentí que lo estaba perdiendo, que se alejaba de mí. Cuando oí el ruido del agua en la ducha, decidí arriesgarme. Me desnudé y entré en el baño. Black estaba desnudo, y el agua caliente corría por sus divinos músculos. Tenía el mismo aspecto que cuando lo vi por primera vez en toda su gloria. Apoyaba los codos contra la pared y dejaba que el chorro de agua caliente envolviera su cuerpo. Me acerqué con sigilo por detrás y me pegué a él; mis manos se dirigieron a su miembro de un modo espontáneo. Antes de que llegaran a su destino, me las agarró y se volvió hacia mí asiendo mis muñecas.

—No —dijo en un tono tranquilo y confiado.

Me apoyé contra el cristal, sin poder creer que me estuviera apartando.

—Quiero volver a Polonia —dije ofendida, y me dispuse a salir de la ducha—. Avísame cuando se te pase.

Mi provocación dio en el clavo. Me agarró de la mano y me empujó con energía contra la pared. Su mirada fría paseó por mi cuerpo mientras sus delgadas manos recorrían el mismo camino que sus ojos.

—Ya tienes barriguita. —Sonrió y se arrodilló delante de mí—. Mi hijo está creciendo.

—Es una niña, Massimo. Sí, ya es bastante grande; mide unos nueve centímetros.

Apoyó la frente en mi vientre y se quedó inmóvil sin prestar atención al agua caliente que corría por su espalda. Me rodeó con los brazos, me agarró las nalgas y me apretó fuerte con los dedos.

—Solo Dios sabe el sufrimiento que me has causado, Laura.

—Massimo, por favor, hablemos.

—Ahora no. Ahora recibirás tu castigo por haber huido.

—Por desgracia, no puede ser demasiado severo. —Black se quedó paralizado, clavando en mí sus ojos entornados—. El embarazo ha estado en peligro —susurré acariciándole el pelo—. Por eso no podemos…

Sin dejarme terminar, se puso en pie de un salto. Su mandíbula se contraía a un ritmo aterrador y su pecho se agitaba como si fuera al galope. Tenía la impresión de que el agua que caía sobre él pronto sería vapor por el calor de la rabia que sacudía su cuerpo. Se alejó de mí, apretó los puños y emitió un rugido aterrador. Después se volvió y se dirigió hacia la puerta.

Mentalmente, me di de bofetadas por la estupidez y la forma en que acababa de revelarle mis problemas de salud. Seguía flagelándome, con la cara entre las manos, cuando le oí gritar en italiano. Cogí una toalla y casi corrí hacia el vestidor, de donde Massimo salía ya con un atuendo sencillo, pantalones de chándal grises y zapatillas deportivas. Tiró el teléfono que llevaba en la mano y me miró como si fuera a matarme. Quería detenerlo, pero levantó los brazos en alto, pasó por mi lado sin decir una palabra y se fue escaleras abajo. Me puse su camisa y las bragas de encaje que me había quitado justo antes y eché a correr tras él.

No me vio; iba por el pasillo dando puñetazos a las paredes y gritando en italiano. Desapareció tras bajar la escalera; me quedé desconcertada frente a la puerta del sótano, que él había cerrado dando un portazo. Nunca había estado allí; en realidad, nunca me había apetecido inspeccionar las habitaciones de aquella zona. Mi imaginación me sugería todo tipo de imágenes: un cadáver encerrado en una nevera o un hombre desnudo atado a una silla en una sala de torturas. Cuando pensaba en bajar allí, mi corazón se aceleraba desenfrenado, pero aquel día no latió lo suficiente como para detenerme. Decidí bajar.

Giré el pomo y crucé la puerta con sigilo. Bajé en silencio los oscuros escalones y, desde la distancia, oí gemidos y golpes. «Que Dios me ayude», pensé mientras mi mente me obsequiaba con escenas macabras de lo que podía estar sucediendo muy cerca de mí.

De repente, la escalera se acabó, y yo, después de respirar hondo tres veces, me asomé para evaluar la situación. Me sorprendí muchísimo cuando, en vez de imágenes de rodillas perforadas y huesos rotos en una rueda de tortura, vi una sala de entrenamiento. Del techo colgaba un saco de boxeo y, al lado, había un *punching ball*, una barra de dominadas, un maniquí de lucha y otras muchas cosas que no tenía ni idea de para qué servían. Al mirar al fondo, descubrí que la sala se doblaba en forma de L. Caminé silenciosamente hacia la siguiente pared y me asomé para ver qué pasaba allí.

Massimo y uno de nuestros seguratas estaban dentro de una especie de jaula, dándose puñetazos; mejor dicho, Black estaba dándole una paliza increíble. Aunque la diferencia de peso entre ambos era significativa, don Massimo no tuvo problemas para hacerlo pedazos. Cuando su oponente levantó las manos para rendirse, entró en la jaula otro hombre y Massimo volvió a empezar.

No tenía ni idea de que sabía luchar, estaba convencida de que contrataba a gente para eso. Sin embargo, lo que vi me demostró que me había equivocado. Su cuerpo era increíblemente flexible y estaba en excelentes condiciones, pero nunca pensé que fuera gracias a la lucha. Daba patadas muy altas y usaba la jaula con habilidad para vencer a su oponente. No podía negarlo: la imagen era bastante sexy, y que Massimo estuviera cabreadísimo me daba igual.

Después de acabar con otro compañero de entrenamiento, rugió como un animal y se dejó caer dentro de la jaula, apoyándose en un lateral. Uno de sus hombres le dio una botella de agua y los tres se dirigieron hacia la salida, así que iban a pasar por donde me encontraba. No me importaba que me vieran, ni siquiera traté de esconderme; al fin y al cabo, era su esposa. Al pasar junto a mí y verme vestida con la camisa negra de su jefe, inclinaron ligeramente la cabeza y salieron. Respiré hondo y me dirigí hacia el exhausto Massimo, que alzó los ojos ante el ruido de mis pasos. No le sorprendió verme. No le importaba en absoluto.

Tras la lección aprendida en la ducha, decidí abordar a mi marido de un modo más inteligente. Abrí la puerta de la jaula y, al entrar, empecé a desabrocharme la camisa sin prisa. A un metro de él, la abrí y le mostré mis generosos pechos y las bragas de encaje rojo, sus favoritas. Sus ojos se oscurecieron y se mordió el labio. Se acabó el agua de la botella y luego, en un gesto descuidado, la lanzó a una esquina de la jaula. Sin decir nada, me detuve frente a él, de modo que su cabeza quedaba a la altura de mi pubis, me quité las bragas alardeando y se las arrojé sobre su vientre sudoroso.

Él desprendía un olor extraordinario; el sudor que se evaporaba de él, combinado con el aroma del gel de ducha, era la mezcla más sexy del mundo. Lo inhalé como si fuera el aroma más maravilloso. Sabía que debía mover ficha primero, o más bien ocuparme de todos los movimientos, porque Massimo ni se inmutó.

Me agaché, le cogí de la cintura del pantalón por el elástico y metí los dedos en su interior. Observé la cara de Black, como buscando su aprobación. Por desgracia, seguía impasible.

—Por favor… —susurré con los ojos vidriosos.

Levantó las caderas para dejar que le quitara los pantalones. Al lanzar aquella prenda mojada sobre la lona, los muslos ligeramente abiertos de Massimo revelaron una monumental y maravillosa erección.

No me habría sorprendido si no hubiese sido porque había estado luchando contra tres hombres durante unos veinte minutos y porque, media hora antes, ardía en deseos de matar.

Volví a ponerme de pie delante de él, extendí el brazo y metí dos dedos de la mano derecha en su boca. Cuando estuvieron suficientemente húmedos, los saqué y bajé la mano para frotar mi coño con su saliva. Antes de cumplir mi objetivo, Massimo me agarró de la muñeca y, ansioso, apretujó los labios contra mi clítoris. Gemí de placer y empujé mis caderas hacia él, sosteniéndome en la malla que tenía detrás. Me lamió y penetró con su lengua hasta lo más profundo de mí mientras con las manos me apretaba el trasero. No quería correrme, no necesitaba un orgasmo; solo deseaba tenerlo cerca. Pensé que, cuando lo tuviera en mi interior y me sintiera llena de él, vendría el perdón.

Lo agarré del pelo y le eché la cabeza hacia atrás para apoyársela en la jaula. Fui bajando despacio y, cuando nuestros ojos se encontraron, sentí que entraban en mí los primeros centímetros de su hinchado miembro. Black abrió la boca y respiró hondo sin apartar sus ojos de los míos. Lo sentía arder en mí, su deseo era casi tangible. Me deslicé todavía más abajo, hasta su vientre, e impuse el ritmo. Sabía que no le gustaba que tomara las riendas, pero como no me había dejado terminar lo que quería decirle, debía darse cuenta de que él no sabía cómo actuar.

Rodeé sus desnudas caderas con mis muslos y me acurruqué en su cuerpo sudoroso. En aquel momento solo tenía un deseo: sentirlo dentro de mí. Agarré su labio inferior con los dientes y empecé a chupárselo. Massimo me cogió de las nalgas con suavidad y empezó a realizar ligeros movimientos con ellas, aunque poco a poco fueron cada vez más rápidos y fuertes. Me analizó durante todo momento, como si buscara que mis ojos le confirmasen todo lo que hacía.

—Lo siento —musité. Apoyé las rodillas en la lona y me agarré a la malla por detrás de su cabeza.

Mis caderas aceleraron de forma involuntaria, dándole a mi cuerpo un impulso cada vez más rápido. En su penetrante mirada apareció el pánico. Me abrazó por la espalda y, con un solo movimiento, me tumbó contra el suelo para inmovilizarme debajo de él. Se alzó sobre mí, apoyado en los codos, y su nariz rozó mis labios.

—Soy yo quien lo siente —respondió en voz baja, y volvió a penetrarme.

Se movía con tanta delicadeza que casi olvidé lo brutal e implacable que era. Su sinuoso y rítmico cuerpo me llevaba a un absoluto estado de éxtasis. Sabía que él, igual que yo, no tenía ganas de acrobacias ni rarezas; solo quería sentirme. En un momento dado detuvo el movimiento, apoyó su frente contra la mía y cerró los párpados.

—Te quiero tanto... —susurró—. Cuando huiste, me arrancaste el corazón y te lo llevaste contigo todas estas semanas.

Cuando escuché aquellas palabras, se me atravesaron en la garganta y se me llenaron los ojos de lágrimas. Mi maravilloso y fuerte marido se descubrió ante mí, y su sinceridad se convirtió en mi castigo. Su labio inferior enjugó hasta la última lágrima de mis mejillas.

—Sin ti me moriré —dijo, y su polla volvió a moverse dentro de mí.

Seguía sin querer correrme y, además, no tenía ganas de hacerlo después de lo que acababa de oír. Solo quería que se saciara con aquello de lo que le había privado brutalmente hacía semanas.

—Aquí no —gimió, y me levantó de la lona para llevarme en volandas.

Desnudo, pasó por la primera sala y, al llegar a la segunda, cogió una toalla de un estante. Me bajó un momento para envolverse las caderas con ella, volvió a tomarme en brazos y subió las escaleras. Me llevó por los pasillos sin decir palabra, cruzando alguna puerta de vez en cuando, hasta que llegó a la biblioteca y me puso en la alfombra, junto a la chimenea, de la que ya apenas salía humo.

—La primera noche, cuando querías huir y te detuve aquí, pensé que no lo soportaría. —Dejó caer la toalla y, lentamente, empezó a entrar en mí—. Cuando se abrió tu albornoz, solo podía pensar en penetrarte. —Su gran polla se hundió hasta el fondo, y gemí, con la cabeza hacia atrás—. Te deseaba tanto que, cuando mataba a alguien, solo veía ante mis ojos cómo te follaría. —El cuerpo de Black se movía cada vez más rápido, y el mío empezó a tensarse de forma gradual—. Después, cuando te desmayaste y te cambié de ropa...

—Mentiroso —lo interrumpí jadeando intensamente. Por lo que él me dijo, me cambió Maria.

—...te metí los dedos, y estabas tan mojada... Aun inconsciente, gemías de placer cuando los sentías dentro de ti.

—Pervertido —susurré.

Me silenció con un beso y su lengua me folló la boca con pasión. Se apartó un momento y me miró. Me cogió la cara con las manos y se corrió dando un fuerte gemido, inundándome con tal cantidad de esperma caliente que tuve la impresión de que su polla había crecido unos centímetros.

Acabó y cayó sobre mí, apoyando la cabeza en la curva de mi cuello.

Tras unos minutos acostados, noté que su corazón recuperaba gradualmente su ritmo normal.

—Coge la toalla, amor mío —me ordenó incorporándose un poco—. Pónmela en la cintura cuando me levante.

Acaté su orden. No esperaba que nos encontrásemos a nadie por el camino, pero era mejor que guardase sus nalgas para mí.

Cruzamos toda la casa hasta llegar arriba y aterrizamos de nuevo en la ducha. Se quitó la toalla y me quitó la camisa que había llevado puesta todo el tiempo. Abrió el grifo y nos pusimos bajo el agua tibia.

Veinte minutos más tarde estábamos tumbados en la cama, pero la posición estándar, es decir, «yo bajo su axila», fue sustituida por otra titulada «Massimo le habla a la barriga». Su cabeza quedaba recostada en mis muslos, su barbilla se apoyaba en mi pubis y, con la mano, acariciaba aquel bulto ya visible de mi cuerpo.

—¿De qué estáis hablando? —le pregunté mientras cambiaba de canal en la televisión.

—Le digo a mi hijo cuántas cosas inusuales le esperan aquí, de quién deberá defenderse y a quién quitarse de encima.

—Será una niña, Massimo. Además, ahora todos deberían cuidarme. —Entonces desvió los ojos del vientre y los dirigió hacia mí—. Si me dejas, me gustaría acabar lo que había empezado a decirte. —Abrió la boca, pero levanté la mano indicándole que se callara—. No me interrumpas. Sabes que tengo el corazón delicado y que este embarazo no es fácil para mi organismo. Lo que sucedió aquella desafortunada noche tampoco me ayudó y el médico en Hungría dijo...

—¿De dónde? —La sorpresa asomó a su rostro—. ¿Todo este tiempo te has escondido de mí en Hungría?

—¿Qué creías? ¿Que me instalaría en Varsovia, en nuestro apartamento, y esperaría a que vinieras? ¡No importa! Tuve problemas durante unas semanas y me recomendaron reposo: no salía, no hacía nada, solo guardaba cama. Y como en aquel momento no me interesaba el sexo, no le pregunté al médico si podía practicarlo.

—Me tienes muy cabreado... —gruñó, se enderezó y se acostó en su lado de la cama. No pude soportarlo más.

—Massimo, ¿y yo? ¿Cómo se supone que debo estar yo? —Me senté en la cama y cogí la almohada—. Estás molesto porque me escapé... ¡Vale! ¡De acuerdo! Pero me parece que, si se hubiera dado una situación similar conmigo, como mínimo habría un cadáver. Además, soy yo la que debería estar cabreada porque aquella zorra volvió a nuestra casa. ¡Ah! Y encima estaba ese hermanito tuyo patológico, incapaz de mantener las manos quietas. ¡Así que no me pongas de mala hostia, Massimo, acepta mi acto de humildad y haz tú lo mismo!

Volvió la cabeza hacia mí y por un instante me miró desconcertado. Era evidente que no estaba acostumbrado a que una mujer le hablase de ese modo y le llevase la contraria. Cuando terminé de hablar, sentí una ligera punzada en la barriga, me agarré el costado e hice una mueca.

—¡Cariño! ¿Qué te pasa? —Massimo se levantó de un salto y me tocó el vientre—. Voy a llamar al doctor.

Empezó a correr por la habitación, buscando el teléfono; aquella imagen me asombró. Iba completamente desnudo y el pelo, aún húmedo, lo llevaba revuelto. Verle de ese modo hizo que me sintiera muy feliz y contenta, y al mismo tiempo fui consciente de hasta qué punto debió volverse loco de ansiedad cuando desaparecí.

—Según recuerdo, tu teléfono se estrelló contra la pared hace más de una hora. Por lo demás, estoy bien, Massimo. Tengo cólicos, eso es todo. Quizá algo me ha sentado mal. —Black se quedó petrificado y me escrutó con la mirada—. Massimo, estás paranoico, te va a dar un infarto. En unos meses llegará el parto; si no cambias de actitud, me temo que no vivirás para ver ese hermoso momento y que nuestro bebé se convertirá en un semihuérfano el día que nazca. —Divertida, enarqué las cejas y cogí la botella de agua que estaba junto a la cama.

Él me la arrebató sin dejar que bebiera ni un sorbo.

—Esta agua está abierta desde hace tres días. No bebas —dijo, y tiró la botella casi llena—. Te pediré un poco de leche.

Alcanzó el auricular del teléfono que estaba junto a la cama, dijo unas palabras y, cuando terminó, se quedó inmóvil con los ojos fijos en mí. Me dejó boquiabierta. Su paranoia empezaba a ser peligrosa y sabía que acabaría convirtiéndose en un problema.

—Massimo, solo estoy embarazada. No estoy enferma ni moribunda.

Black se arrodilló y apretó su cabeza contra mi vientre.

—Me vuelve loco pensar que podría pasaros algo a ti o al bebé. Desearía que naciera ya y que pudiera…

—…volverme loco de remate —terminé en su lugar—. Cariño, deja de preocuparte todo el tiempo. Disfruta de tenerme en exclusiva para ti, porque dentro de unos meses estaré ocupada corriendo tras una bella criatura.

Levantó la cabeza y me miró. Algo totalmente nuevo acechaba en sus ojos.

—¿Sugieres que no tendrás tiempo para mí? —preguntó con indignación.

—Querido, seré la madre de un bebé que requerirá mucho tiempo, que dependerá completamente de mí, así que, respondiendo a tu pregunta, sí, tendré menos tiempo para ti. Es natural.

—Tendrá una niñera. —Se ofendió, se levantó y fue hacia la puerta, a la que alguien estaba llamando—. Si me apetece follarte, ningún hombre me impedirá hacerlo, ni siquiera nuestro hijo.

Me bebí la leche y me di cuenta de la hora que era porque mis ojos se estaban cerrando. Massimo estaba sentado en la cama, trabajando con el ordenador sobre las rodillas. Le cogí una pierna con la mía y apoyé la cabeza en su hombro. Me quedé dormida.

7

Aquella mañana me desperté y, como siempre, estiré el brazo hacia su lado de la cama. Por extraño que pudiera parecer, estaba allí. Sorprendida, me di la vuelta y lo vi sentado exactamente en la misma posición, con el ordenador en el regazo. Estaba dormido. «¡Dios! ¡Cómo le va a doler el cuello!», pensé, y traté de quitarle el portátil. Abrió los ojos y me sonrió.

—Hola, cariño —saludé en voz baja—. ¿Te duele la espalda?

—No lo suficiente como para dejar de lamer el coño de mi bella esposa.

Puso el ordenador en el suelo e intentó deslizarse bajo el edredón, pero solo emitió un silbido de dolor y cayó sobre la almohada.

—Date la vuelta, te daré un masaje —dije apartando el edredón.

Poco después estaba sentada sobre sus nalgas desnudas, amasándole su musculosa espalda.

—Parece que el entrenamiento de anoche te hizo polvo.

—A veces tengo que destensarme, y es probable que la

jaula sea el mejor lugar para hacerlo. Además, las artes marciales son la lucha más eficaz que conozco porque combina elementos de muchos estilos. —Volvió la cabeza hacia un lado—. ¡Más fuerte!

Empecé a apretarle con más fuerza y él gimió de satisfacción.

—Me gusta esa jaula —dije inclinándome hacia su oído—. Le veo muchos usos.

Massimo sonrió contra su voluntad, se volvió de modo vigoroso y me cogió por la cintura. Luego hizo un movimiento que ni siquiera noté, de modo que quedé aplastada bajo su peso en solo un segundo.

—Verás, querida, esto también es MMA y seguro que te gusta porque tiene muchos usos en la cama. Tal vez te sorprenda, pero la mayor velada europea de este deporte se celebra en Polonia. —Me besó la nariz y se fue al baño.

Al cabo de unos minutos salió envuelto en una toalla, cogió un teléfono nuevo y desapareció en la terraza.

—No creas que no sé lo que pasa en mi país —contesté con guasa—. He oído hablar de esas galas, las ponen en televisión, pero nunca las he visto en vivo.

Tiempo atrás, Olga salió con un tipo que entrenaba ese deporte y se le ocurrió que sería divertido que la acompañase a sus citas, así que me buscó un novio: se llamaba Damian y, sin duda, era un tipo caliente, un enorme luchador calvo de MMA que parecía un gladiador. Tenía los ojos azules, la nariz grande y rota, y unos labios increíblemente seductores con los que hacía maravillas. Lo pasábamos muy bien; era un hombre estupendo, bueno y muy inteligente. Mucho, porque ese tipo de personas suelen asociarse a trogloditas sin formación, mientras que él era más inteligente que yo, y más educado.

Por desgracia, después de unas semanas saliendo juntos, consiguió un contrato en España y se fue. Me propuso que me fuera con él, pero entonces lo que más me importaba era mi trabajo. Al cabo de un tiempo me llamó y me escribió correos, pero no le respondí porque creía que las relaciones a distancia no tenían futuro.

La voz de Black me sacó de mis pensamientos.

—¿En qué estás pensando? —preguntó.

Decidí ahorrarle la historia de mi antiguo amante y le mentí:

—En que me gustaría ver un combate.

Massimo volvía a estar en la habitación y, entornando un poco los ojos, dijo:

—Genial. Da la casualidad de que dentro de poco hay una velada en Gdansk. Así que, si quieres verla, podemos ir y aprovechar para ver a tu hermano.

Al oír aquellas palabras, mis ojos se iluminaron y una amplia sonrisa apareció en mi cara. Echaba de menos a Jakub, aunque nuestro último encuentro en la boda no había salido muy bien. De todos modos, salté de alegría al saber que volvería a verlo. Black estaba allí, de pie, y me miraba divertido, mientras yo saltaba y brincaba en el colchón para finalmente arrojarme sobre él y cubrirle la cara de besos.

—Las mujeres embarazadas no deberían saltar —señaló no sin razón, y me llevó desnuda en dirección al armario—. Vamos a desayunar.

Me bajó en la gruesa alfombra y alargó el brazo para coger el chándal que estaba en el estante.

—Fóllame, don Massimo, aquí mismo —dije mientras cruzaba los brazos por detrás de la cabeza y abría de par en par mis piernas dobladas.

Massimo se quedó inmóvil y se volvió despacio hacia mí, como si no estuviera seguro de lo que había oído. Colocó los pantalones en su sitio, se me acercó y se detuvo tan cerca que casi nos tocamos los dedos de los pies. Clavó sus ojos negros en mi coño y se mordió nervioso el labio inferior. Cogió su miembro sin decir palabra y comenzó a mover su mano arriba y abajo de un modo delicado, pero también firme, hasta que, al cabo de unos segundos, estuvo lo bastante duro. No voy a ocultar que le ayudé un poco: primero me metí los dedos en la boca, y luego, para su satisfacción, comencé a jugar con mi clítoris. Al final cayó de rodillas delante de mí y se aferró con ansia a mis pezones, mordiéndolos y chupándolos por turnos.

—Más fuerte… —murmuré pasando los dedos por su pelo.

Su lengua dibujaba sensuales círculos alrededor de mis pezones, y mis dedos estimulaban mi clítoris hinchado. Ya no veía el momento en que me penetrara, echaba en falta su polla, especialmente la sensación de que me partía por dentro. Arremetí con mis caderas para indicarle que no podía esperar más, pero él hizo caso omiso y sus labios se acercaron a los míos. Me agarró la cabeza con fuerza e irrumpió con su lengua en mi boca, mordiéndola y follándomela con tal fuerza que me resultaba imposible coger aire.

—Este es el único poder con el que puedes contar, nena —dijo despegándose de mis labios.

Sabía que era por el bebé, y también que tenía razón, pero todo mi cuerpo exigía un buen polvo. Sin embargo, acepté su preocupación y el sexo blando que me ofrecía aquella mañana.

Bajé las escaleras y me encontré a Domenico lamiendo

chocolate del pie de Olga. Black había recibido otra llamada justo después de llevarme al orgasmo, así que me había vestido y había bajado a desayunar.

—¿Os lo estáis pasando bien? —pregunté desde el umbral de la puerta al ver su dulce comportamiento adolescente.

Ni siquiera me prestaron atención y siguieron ensuciándose como preludio de su nueva orgía.

—¡A la habitación, pervertidos! —grité riendo, y me senté a la mesa—. Además, ¿sabes, Domenico?, nunca habría creído que fueras un auténtico semental. Te pasaste los dos primeros meses eligiendo mis zapatos y mi ropa.

Júnior lamió hasta el final la pierna de Olga, se limpió la cara con una servilleta y me lanzó una mirada de sorpresa.

—No es del todo cierto —dijo encogiéndose de hombros—. No sé si lo que te voy a decir te decepcionará, pero la mayor parte de lo que recibías lo elegía Massimo. A ver, no las combinaciones, pero sí los modelos y el calzado. Sabe con qué tipo de ropa le gustas. Además, por lo que sé, siempre está pendiente cuando algo te llama la atención, como en el caso de las botas de Givenchy. Así que siento decirte que no he hecho tanto.

—¡Oh, no me jodas! —espetó Olga con soltura agarrándolo por la camisa—. A mí también me vistes de puta madre.

—No, querida, lo que hago de puta madre es desvestirte —contestó él en su boca, y se le pegó con pasión.

—Voy a vomitar, lo juro. —Alcé las manos rindiéndome—. Os lo advierto. Estoy embarazada, me dan náuseas y os puedo vomitar encima. Luego no me guardéis rencor.

En aquel momento, Massimo entró en el comedor y, cuando se sentó a la mesa, su móvil volvió a sonar. Black maldijo, lo cogió y se alejó hacia otra sala.

Júnior lo escuchó con las cejas un poco fruncidas; al instante suspiró y siguió tomando su café.

—¿Qué pasa? —pregunté a Domenico—. El móvil no deja de sonar.

—Negocios —dijo sin mirarme.

—¿Por qué mientes? —Puse la taza sobre la mesa con más fuerza de la que quería.

Al oír el ruido del cristal contra la madera, Massimo se asomó, me miró y entornó un poco los ojos.

—Porque no puedo decir la verdad, no insistas. —Se tapó con un periódico y miré a Olga.

—¡Joder! ¡Vaya humos! —dije en polaco—. A veces me sacan de quicio, en serio.

—Oh, ya sabes… —Olga empezó a mordisquear una tortita—. ¿Realmente quieres saber lo que pasa, Laura? ¿Por qué necesitamos saberlo? Creo que mientras vivamos aquí, en este idílico y bucólico estado, seré feliz.

—Arreglado —dijo Massimo con una sonrisa, y se sentó para tomarse un café—. La próxima semana nos vamos a Polonia. Disfrutaremos de la velada, resolveré algunos temas con Karol, y tú, cariño, verás a Jakub.

Al oírlo, Olga se enderezó y puso los ojos en blanco, gesto que no le pasó desapercibido a Domenico.

—Olga, ¿no estás contenta? —preguntó, y tomó un sorbo de café.

—Estoy como loca —contestó ella, y clavó su mirada en mí.

Jakub, mi querido hermano, era un coleccionista. Consciente de su belleza y su atractivo, los había explotado al máximo y se tiraba todo lo que se le cruzaba en su camino, en especial a mis amigas. Por desgracia, tampoco dejó pasar a Olga. Cuando decidió tirársela, teníamos unos diecisiete años. Preferí pensar que solo había sido una vez, pero la razón me decía que había sido más de una. Creo que habrían seguido echando polvos de no ser por la distancia que los separaba; gracias a Dios, aquellos casi cuatrocientos kilómetros los contuvieron. Por supuesto, todo eso había sido antes de que comenzara la locura siciliana.

Me di cuenta de que el ambiente se estaba cargando y de que Domenico nos observaba con suspicacia, así que decidí cambiar de tema.

—¿Qué haremos hoy? ¿Vais a desaparecer de nuevo y nos encerraréis en esta prisión? ¿O podemos contar con vosotros para que nos honréis con vuestra presencia? —pregunté irónicamente, sonriendo burlona a Black.

—Si hubierais sido buenas y no hubierais escapado, todavía tendríais la puerta abierta y un Bentley en la entrada. —Don Massimo se volvió hacia mí y apoyó el codo en la mesa—. ¿Has sido buena, Laura?

Dudé unos instantes antes de responder; incapaz de replicar, le contesté:

—¡Claro que lo he sido! —Le lancé la sonrisa más dulce del mundo—. Tanto yo como tu hija. —Acaricié mi vientre con cariño, sabiendo que aquello derretiría el hielo que todavía quedara en él.

Los ojos de Massimo no se apartaron de los míos ni un segundo, lo cual me desconcertó totalmente.

—Perfecto, en ese caso san Nicolás pasará a visitaros —respondió, y en aquel momento sus ojos se iluminaron como si fuera un niño pequeño delante de un paquete de caramelos—. Preparaos, tenemos que salir antes del mediodía.

—¡Oh, sí! —gritó Olga—. ¡San Nicolás! Hoy es seis de

diciembre. —Besó a Domenico y se alejó corriendo por el pasillo.

Me quedé sentada un rato más y me acabé el té; luego me levanté y me dirigí a la habitación.

Entré en el vestidor y, sin tener ni idea de lo que íbamos a hacer, me zambullí en aquel mar de perchas. Era extraño: a pesar de lo mucho que corría el tiempo, no percibía lo rápido que pasaba. Había llegado allí en agosto, pero ya era diciembre y el año se acercaba a su fin.

Pensaba en mis padres y en que siempre había pasado la Navidad con ellos. Cada año seleccionaba los regalos y, como una niña pequeña, me impacientaba esperando la primera estrella. Cuando sonó mi teléfono, que estaba en la mesilla de noche, su sonido me arrancó de mis pensamientos. Pasé de seguir buscando ropa y corrí al dormitorio. Massimo estaba sentado en la cama con mi iPhone en la mano. Intenté cogerlo, pero silenció el móvil y volvió a ponerlo junto a la lámpara.

—Es tu madre —dijo con una sonrisa—. Y sé por qué te llama —añadió.

Me quedé atónita, mirándolo con la cara fruncida y esperando una explicación.

—Dame el teléfono, por favor —exigí, y me acerqué a él.

Black me agarró por la cintura, me tiró en la cama y me besó tiernamente. Sabía que siempre podría devolver la llamada a mi madre, así que en aquel momento lo que más me importaba era el hombre que estaba encima de mí.

—Te ha llamado para darte las gracias… —murmuró entre besos—, por el bolso para ella y el telescopio para tu padre.

Me aparté de él y le lancé una mirada inquisitiva.

—Pero ¿qué dices?

Black me estaba besando la cara y sus labios recorrían con dulzura mis mejillas, mis ojos, mi nariz y mis orejas.

—Me gusta hacer mis propios regalos —dije—. En especial, a mi familia.

—Y yo no quería que estuvieras triste porque este año te perdieras la tradicional Nochebuena con tus seres queridos. ¡Ah! Tu hermano ha recibido entradas para el partido del Manchester United.

Su lengua volvió a penetrar mi boca, pero como no fue correspondido, se retiró. Black inclinó la cabeza hacia atrás para mirarme. Seguía alucinada, tratando de digerir lo que me acababa de decir. Las últimas semanas habían hecho que olvidara que se acercaba la época de los regalos. Pero ¿cómo diablos sabía él que era tan importante para mí?

—Massimo —empecé a decir intentando escabullirme por debajo de él. Suspiró, se volvió hacia mí y colocó las manos bajo la cabeza—. Primero, ¿cómo sabes de qué modo celebramos la Navidad? Y segundo, ¿cómo sabes qué regalos puede querer mi familia?

Puso los ojos en blanco, los entornó teatralmente y se quedó en silencio unos segundos.

—Esperaba que te sintieras feliz y que me dieras las gracias.

—Soy muy feliz y te doy las gracias. Y ahora te ruego que me respondas.

—Mi gente ha revisado tus cuentas. Sé en qué te gastas el dinero y en qué no. —Frunció el rostro al terminar la frase, como si supiera lo que iba a pasar a continuación.

—¿Qué coño hiciste? —Me puse hecha una furia en un segundo.

—Dios mío, ¡lo sabía!

—Massimo, maldita sea, ¿hay alguna parte de mi vida en la que no hayas metido tus putas narices?

—Laura, por favor, solo es dinero.

—¡No, Massimo! Es dinero, mi dinero, para ser más exactos. —Sentí una oleada de rabia—. ¿Por qué tienes que controlarme tanto? ¿No podías preguntarme? —gruñí.

—No habría sido una sorpresa —dijo clavando una mirada muerta en el techo.

Mi móvil volvió a sonar. Lo cogí y vi el número de mi madre en la pantalla. Antes de que pudiera responder, Black logró decir:

—El bolso es de la última colección de Fendi, beis; tú tienes uno igual en amarillo. —Se encogió de hombros y contesté el teléfono.

—¡Oh, hola, mami! —exclamé alegre, sin quitarle el ojo de encima a Massimo.

—Cariño, el regalo de Santa es maravilloso. Pero, por Dios, sé muy bien cuánto cuesta un bolso así. ¿Estás loca?

«¡Vaya, encima tendré que justificarme! ¡Estupendo!», pensé. Y me imaginé dándole de patadas en el hígado a Black.

—Mami, ahora cobro en euros y las rebajas aquí son más grandes que en Polonia.

En aquel momento debía haber cogido impulso para darme de cabezazos contra la pared. Pero ¿qué putas rebajas? Estábamos a principios de diciembre. Desesperada por mi estupidez, me dejé caer en la cama y esperé.

—Rebajas, ¿ahora? —escuché por el teléfono.

«Bravo, bravo, Laura», pensé y me di de bofetadas mentalmente. Con los nervios, el aparato se me escurrió de la mano y, antes de que pudiera alcanzarlo, ya estaba pegado al rostro de Black, que empezó a conversar con mi madre con una dulce sonrisa. Fue como si alguien me hubiera dado una patada en la cabeza. La habitación empezó a dar vueltas y mi miedo se volvió pavor histérico. Mi madre seguía creyendo que me había separado de él porque me había sido infiel, pero él, después de cogerme el móvil, se había puesto a hablar de la Navidad como si nada.

—Dios, Jesús, joder… —murmuré hasta que el teléfono regresó a mi oído.

—Laura Biel, pero ¿qué expresiones son esas?

Al oír aquellas palabras, casi me enderecé.

—Se me ha escapado —dije esperando que alguien me golpease o me cortara la cabeza con un machete romo y oxidado.

—Ese Massimo es un hombre muy educado. Creo que le importas mucho.

En aquel momento, aunque estaba acostada, mi mandíbula cayó hasta el suelo. Mejor aún, salió por el ala oeste de la mansión y rodó hasta el muelle.

—¿Cómo? —pregunté con incredulidad.

—Me ha explicado muy brevemente todo el malentendido, eso es todo. Si supieras idiomas, habrías entendido nuestra conversación.

Entonces escuché la voz apenas audible de mi padre.

—¡Madre mía! ¿Es que tengo que hacerlo todo yo? —Mamá suspiró—. Cariño, tengo que dejarte. Papá no sabe montar el telescopio y acabará rompiéndolo. Te quiero, tesoro. Gracias otra vez por la maravillosa sorpresa. Te queremos. ¡Adiós!

—Yo también os quiero. ¡Adiós! —dije, y pulsé el botón rojo.

Dejé el teléfono y miré con expectación a mi marido, que, claramente satisfecho consigo mismo, me sonreía.

—¿Qué le dijiste?

—Que te subí el sueldo para que volvieras a mi hotel. —Me estrechó fuerte—. También le mencioné el malentendido que hubo cuando sospechaste que te había sido infiel; pero no te preocupes, mentí restándote solo un poquito de inteligencia. Ella se rio y dijo que es muy propio de ti. —Me dio la vuelta para que quedáramos ambos acostados de lado, y me aplastó las caderas con su pierna—. Por cierto, no sabía que eras celosa, es algo nuevo para mí. En cualquier caso, ahora tu madre sabe que seguimos juntos.

—Gracias —susurré, y lo besé tiernamente—. Gracias por secuestrarme.

Black me rodeó con la pierna y, segundos después, se colocó encima de mí.

—Te voy a echar un polvo ahora mismo —murmuró quitándome el chándal—. ¿Y sabes por qué?

Yo me retorcía debajo de él, intentando quitarme todas aquellas capas de ropa.

—¿Por qué? —le pregunté mientras le bajaba los pantalones.

—Porque puedo.

Su lengua penetró brutalmente en mi boca y me cogió la cabeza con las manos. Admiré sus músculos. Eché un vistazo hacia abajo y me observé al abrirle los faldones de la camisa con la que me cubría. Suspiré al ver una bolita que sobresalía en mi piel, como si estuviera aferrada en el fondo de mi vientre. Era como si me hubiera tragado un pequeño globo. El hecho de llevar dentro un hijo suyo me volvía loca de felicidad, pero odiaba ver las transformaciones que estaba sufriendo mi cuerpo. Alcé los ojos y me encontré con la mirada preocupada de Black. Se arrodilló delante de mí.

—¿Qué pasa? —preguntó, y me sentó en sus rodillas.

Acurruqué la cabeza en su pecho e inhalé el maravilloso e intenso aroma de su colonia.

—Estoy engordando —le dije patéticamente—. Uno o dos meses más y no me cabrá nada.

—Qué boba, querida —se burló, se rio y me besó en la cabeza—. Por mí, como si te pones más gorda que yo, porque eso querrá decir que mi hijo crece grande y fuerte. Y ahora deja de preocuparte por esas tonterías y vístete, porque tenemos que llegar en menos de una hora.

—¿Adónde vamos?

—A cierto lugar donde todavía no has estado. Ponte ropa cómoda.

Mi esposo se embutió en unos vaqueros sexis y desgastados, una camiseta de manga larga y unas botas militares altas con cordones sin atar. «¡Uau! ¡Vaya, esto es nuevo!», pensé al mirarlo. Se peinó con las manos y desapareció tras besarme con ternura. Me levanté y fui a mi vestidor. Era evidente que teníamos un sentido de la comodidad totalmente diferente, pero como sabía que no se trataba de una reunión formal, podía relajarme. Alcancé una percha y saqué la sudadera negra Kenzo con un tigre. No hacía calor, pero tampoco frío, así que decidí dejar al descubierto mis piernas aún delgadas y elegí unos pantalones cortos ONE-TEASPOON de color grafito. Añadí unas botas mosqueteras Burberry y unos calcetines largos. Preparé mis cosas en el bolso negro Boy Chanel y bajé.

En la salida me encontré a Olga, que le estaba explicando algo a Domenico; cuando Black se unió a nosotros, nos dirigimos a los coches aparcados. Por supuesto, cada uno tenía el suyo. Massimo me abrió la puerta del BMW i8, otro vehículo espacial que resultaba ser un coche, y Domenico llevó a Olga a su Bentley.

—¿Cuántos coches tienes? —le pregunté cuando cerró la puerta y puso en marcha el motor.

—Ahora no lo sé. He vendido algunos, pero me han llegado otros, así que son unos cuantos. Y no soy yo quien los tiene, sino nosotros. No recuerdo haber firmado un acuerdo prenupcial, así que lo mío es tuyo, nena. —Me besó la mano y siguió adelante.

«Tenemos —pensé—. Mmm… Es una pena que solo uno de nosotros pueda conducirlos todos. Siempre me toca el tanque con cabina de avión y un millón de botones, o bien una vaca sobre ruedas.»

8

Salimos de la autopista y nos metimos por un camino sin asfaltar que era «de ensueño» para un auto de suspensión baja. El coche se sacudía y traqueteaba, lo cual me hizo pensar que se desmontaría en cualquier momento. Miré alrededor: estábamos en medio de la nada. El pedregoso desierto y la escasa vegetación sugerían que la sorpresa no iba a ser demasiado exclusiva. Si aquel viaje hubiera tenido lugar meses atrás, habría pensado que querían pegarnos un tiro y enterrarnos en algún lugar recóndito, pues había un millón por ciento de posibilidades de que nadie nos encontrara allí. De repente, el camino hizo una curva y ante mis ojos apareció un muro de piedra con un gran portón en el centro. Massimo sacó el teléfono, pronunció unas palabras y las puertas de metal comenzaron a abrirse lentamente.

Seguimos recto por una carretera asfaltada; las palmeras que crecían a ambos lados formaban un túnel. No tenía ni idea de dónde estábamos, pero sabía que, de haberlo preguntado, no habría obtenido respuesta, porque esa era la sorpresa. Finalmente, el coche se detuvo bajo un hermoso edificio de dos plantas construido con la misma piedra que la de la mansión en la que vivíamos. La mayoría de los edificios de la isla parecían estar hechos de piedra ligeramente sucia.

Cuando bajamos, en el umbral de la puerta apareció un hombre mayor que saludó con ternura a nuestros dos señores. No sé cuántos años podía tener, pero sin duda unos sesenta. Le dio un beso y una palmadita en la cara a Massimo y le dijo algunas palabras. Black extendió el brazo hacia mí y me tomó de la mano.

—Don Matteo, le presento a mi esposa, Laura.

El viejo me besó dos veces y sonrió con bondad.

—Me alegro de que estés aquí —expresó en un inglés macarrónico—. Este muchacho te ha esperado durante mucho tiempo.

De repente comenzaron a sonar fuertes disparos y me apretujé horrorizada contra el hombro de Massimo. Miré nerviosa a todos lados para encontrar el origen del ruido, pero solo nos rodeaba una magnífica naturaleza.

—No te asustes, nena —dijo Massimo rodeándome con el brazo—. Nadie va a morir hoy. Vamos, te enseñaré a disparar.

Me guio a través de aquella hermosa casa mientras trataba de entender lo que me acababa de decir. ¿Disparar? Estaba embarazada y… ¿quería que disparara? No me dejaba coger una bolsa pesada pero, de repente, debía disparar. Pasamos por varias habitaciones y salimos por la parte de atrás de la casa. Me quedé estupefacta.

—Oh, mierda, como en las películas —dijo Olga, tras pararse a mi lado y cogerme de la mano.

Al verlo, Massimo y Domenico rompieron a reír.

—¿Y dónde están nuestras valientes e implacables eslavas?

—Se han quedado en casa —dije al volverme hacia ellos—. ¿Qué hacemos aquí?

—Queremos enseñaros a usar un arma. —Black me abrazó con fuerza y me apretó contra él—. Creo que necesitarás esto y, aunque no te sirva de nada, es una manera estupenda de relajarse, ya lo verás.

Justo entonces sonó otro disparo. Me sobresalté aterrorizada y acurruqué la cabeza en el pecho de Black.

—No quiero —susurré—. Tengo miedo.

Delicadamente, Massimo tomó mi cara entre sus manos y me besó con ternura.

—Cariño, nos suele asustar lo que no conocemos, pero tranquila. Se lo consulté a tu médico y, para ti, es tan peligroso disparar como jugar al ajedrez. Vamos.

Minutos después, tras respirar profundamente varias veces, con los auriculares en los oídos, observé cómo Black tomaba un arma. Don Matteo se puso a mi lado y me sostuvo del brazo, como si temiera que fuera a desmayarme.

Massimo estaba inmóvil, con las piernas bien abiertas, mientras cargaba las balas en una Glock de 9 mm. No llevaba auriculares antirruido y, en vez de gafas protectoras, lucía unas de aviador Porsche. Tenía un aspecto masculino, maravilloso, seductor y tan sexy que estaba lista para arrodillarme ante él en cualquier momento y chupársela. De repente, el atuendo que llevaba aquel día adquirió un significado completamente nuevo y se convirtió en un todo cuando cogió el arma. Su imagen ya no me daba miedo, sino que me ponía cachonda y me arrebataba la capacidad de pensar con lógica. Peligroso, imperioso, brutal y mío; sentía mariposas en el estómago y los latidos en la cabeza. Estaba muy caliente. «Dios, qué sencillo —pensé—, no tiene que hacer nada.» Era mirarlo y que mis piernas se doblaran, como si fueran de trapo.

Asintió con la cabeza al hombre mayor que estaba a mi lado, respiró hondo y disparó diecisiete balas a tal velocidad que todos aquellos disparos acabaron fusionándose en una sola explosión. Bajó el arma y pulsó un botón para acercar el blanco hasta él. Cuando lo tuvo enfrente, sonrió mostrando una hilera de blancos dientes y enarcó las cejas con orgullo.

—¡Todos en la cabeza! —exclamó con cara de niño—. La práctica siempre da buenos resultados.

Aquella broma me pareció tan espantosa que sentí una punzada en el pecho.

—Pero el décimo tiro ha dado en el centro del pecho, ¿no? Entonces no has conseguido la máxima puntuación —dije al coger el papel.

Black sonrió y me apartó un poco los auriculares.

—Está claro que he matado a mi oponente —replicó, y me besó en la mejilla—. Ahora tú, nena. ¡Vamos! Seré muy poco profesional y me pondré detrás de ti, pero quiero que te sientas segura.

Me llevó al puesto de tiro y me explicó el funcionamiento del arma, dónde presionar para liberar el cargador, cómo recargar y cómo cambiar a modo ráfaga sin tener que volver a cargar después de cada disparo. Cuando cargué el arma e hice todo lo necesario, Black se puso detrás de mí para que mi cuerpo se apoyara en él.

—Mira el objetivo; el punto de mira y el alza deben estar alineados. Luego inspira y espira, y aprieta el gatillo poco a poco, pero con seguridad. No lo sacudas, haz un movimiento suave. Puedes hacerlo, nena.

«Es como jugar al ajedrez, solo como jugar al ajedrez», me repetía mentalmente, tratando de convencer a mi cerebro de que no había nada que temer. Sentí que Massimo se apoyaba en una pierna y me sujetaba por las caderas.

Inspiré y espiré, e hice lo que me pidió. Fue una fracción de segundo: sentí el culatazo y un estallido, o viceversa, no lo sé. La fuerza del disparo me levantó las manos hacia arriba, lo cual no me lo esperaba. Asustada por el poder que habían recibido mis manos, empecé a temblar y los ojos se me llenaron de lágrimas.

Black sujetó el arma, me la quitó con calma de las manos y la colocó en el mostrador que había delante de mí. Me volví hacia él y tuve un ataque de histeria.

—¡Como el ajedrez, ¿verdad?! —grité—. Me importa una mierda este ajedrez.

Massimo me abrazó tiernamente, me acarició el pelo y pude sentir su pecho temblando por una risa reprimida. Levanté la mirada y vi en él cierto regocijo mezclado con preocupación.

—Cariño, ¿estás bien? ¿A qué vienen esas lágrimas?

Fruncí los labios y, un poco avergonzada, coloqué la cabeza bajo su axila.

—Me he asustado.

—Pero ¿por qué? Estoy aquí.

—Massimo, sostener un arma es una gran responsabilidad. Saber que con esto puedes matar a un ser vivo cambia por completo el sentido. Su fuerza, su poder, su magnitud... Me ha asustado el respeto que requiere un solo disparo.

Black asentía con la cabeza y su mirada parecía manifestar orgullo.

—Me impresiona tu sabiduría, nena —susurró, y me besó con ternura—. Y ahora volvamos a tu clase.

Los siguientes tiros fueron más fáciles y, tras disparar

varias veces, casi dejé de impresionarme. Tenía la sensación de que había alcanzado el nivel experto.

Más tarde, don Matteo desapareció para traernos otro «juguete».

—Te gustará. —Massimo agarró una carabina que el hombre puso delante de él—. M4, un fusil de asalto: atractivo, relativamente ligero y agradable de disparar, porque no provoca el culatazo de la Glock. Tienes que apoyarlo contra tu hombro.

—Agradable arma —repetí un poco incrédula—. Intentémoslo.

Cierto, era mucho más fácil de disparar, aunque era más pesado.

Más de una hora después, tras todos aquellos esfuerzos por disparar, estaba exhausta. Don Matteo nos invitó a pasar a la terraza que había junto al campo de tiro, donde se sirvió un almuerzo impresionante. Marisco, pasta, carne, *antipasti* y una buena selección de postres. Me puse como loca. Me abalancé hacia aquellas exquisiteces como si no hubiera visto comida durante una semana.

Black se tomó una copa de vino mientras me abrazaba y picaba aceitunas de vez en cuando.

—Me encanta cuando tienes tanto apetito —me susurró en el oído—. Eso significa que mi hijo está creciendo.

—Hi... ja... —balbucí entre un bocado y otro—. Será niña. Y para terminar con esta discusión, creo que en la próxima ecografía averiguaremos quién tiene razón.

Sus ojos se iluminaron y su mano pasó por debajo de mi sudadera en dirección a la barriga.

—No quiero saberlo antes de que nazca. Quiero que sea una sorpresa. Además, sé que es un niño.

—Una niña.

—¡Imagínate que llevaras gemelos! —dijo Olga mientras servía vino para todos—. ¡Eso sí que sería bueno! Laura, su marido gánster y dos mocosos malcriados. Entonces Domenico… —Miró al joven italiano—. Entonces nosotros nos mudaremos.

—Gracias a Dios, no es un embarazo múltiple. Aquí dentro solo late un corazón. —Me encogí de hombros y volví al ataque.

Cuando acabamos, me acosté en una tumbona del jardín y Olga se tumbó perezosamente a mi lado. Los tres hombres siguieron conversando en la mesa, y le di las gracias a Dios por aquello por lo que lo había maldecido hacía unas semanas.

—¿Crees en el destino, Olga?

—¿Sabes que estaba pensando en lo mismo? ¡Fíjate en lo increíble que es esto! Hace seis meses nuestras vidas eran tranquilas, se mantenían ordenadas dentro de su caos y eran normales… Ahora estamos tumbadas y nos calientan los rayos del sol de diciembre en Sicilia. Nuestros hombres son unos mafiosos, macarras y asesinos. —Se levantó de golpe, se sentó y estuvo a punto de caerse de la tumbona—. ¡Hostia! ¡Qué jodido es todo esto! ¡Mira! Son malas personas y los amamos por lo que son, así que nosotras también somos malas.

Hice una mueca al escuchar sus palabras, aunque había mucha verdad en ellas.

—Pero no los amamos por lo malo que hacen sino por lo bueno. ¿Cómo puedes amar a alguien por matar a otros? Además, todo el mundo hace algo malo, solo que el grado de maldad puede ser muy diferente. Mírame a mí… ¿Recuerdas cuando en quinto le di una patada en los morros a Rafał, aquel chico rubio, por haberte pinchado con un alfiler? Aquello tampoco fue bueno, pero tú me sigues queriendo.

—¡Hostia puta! —Olga puso los ojos en blanco.

Nos volvimos hacia la mesa al oír las butacas que estaban apartando los hombres. Domenico y Massimo se pusieron algo en la cabeza mientras se divertían como niños.

—Me muero de miedo cada vez que veo su maldita sonrisa —gruñó Olga, y luego tiró de mí para ir hacia ellos.

—Señoras, las invito a ver una película —dijo don Matteo señalando la entrada de la casa.

Nos quedamos confundidas y lo miramos alternativamente a él y a nuestros hombres.

—Pero ¿qué llevas en la cabeza? —preguntó Olga, y tocó una pequeña caja que Domenico tenía en medio de la frente.

—Es una cámara, la otra va en el cañón del arma. Ahora os mostraremos por qué podéis sentiros seguras con nosotros.

Massimo y Domenico chocaron los cinco y se dirigieron hacia algo que parecía un laberinto de piedra.

—Estimadas señoras... —Don Matteo nos indicó el camino.

Nos sentamos en unos sillones y él corrió las cortinas para que la habitación quedara totalmente a oscuras. Luego encendió unos enormes monitores y ante nuestros ojos aparecieron las imágenes que recibían las cámaras de Massimo y Domenico.

—Déjenme que les explique lo que sucederá ahora. Nuestros caballeros realizarán un entrenamiento de asalto como los que hacen las fuerzas especiales. Así se comprueba la velocidad de reacción, la evaluación de la situación y los reflejos y, por supuesto, la técnica de disparo. Siempre han sido mejores que muchos de los soldados de comandos que han pasado por mis manos, pero hacía mucho que no venían por aquí, así que ya veremos.

Me quedé boquiabierta. Un hombre que se ocupaba de comandos y fuerzas especiales entrenaba a la mafia.

En un momento dado se produjo un movimiento en la pantalla. Domenico y Massimo iban atravesando puertas y disparando a matar sobre maniquíes que imitaban a matones.

—¡Qué hipocresía! —dijo Olga en polaco—. ¡Matar a colegas!

Sin embargo, estaba claro que aquel entrenamiento era muy sexy, y que la concentración y la calma en el rostro de Black me excitaban de un modo extraño. Recorrían las salas escabulléndose, disparaban y se cubrían el uno al otro. Parecían niños jugando a la guerra, pero llevaban armas de verdad. Minutos después, todo terminó. Empezaron a hacer payasadas, gritando y sacudiendo las armas como los raperos de los videoclips americanos.

—Idiotas… —Olga se levantó primero.

Tras despedirnos de don Matteo, nos subimos a los coches y nos fuimos a casa. El cósmico BMW se deslizaba silenciosamente por la autopista mientras por los altavoces sonaba la melodía menos masculina del mundo, *Strani Amori* de Laura Pausini. Black se regocijaba metiéndose en el papel de la letra y me la cantaba en italiano. Aquel día se comportaba y tenía el aspecto de un joven, de un treintañero corriente al que le gustaba hacer el tonto, divertirse y disfrutar de sus muchas aficiones. No se parecía en nada al poderoso, inflexible y totalitario capullo que perdía la cabeza por mi seguridad y que perdía los nervios cuando alguien le contradecía.

Pasamos de largo nuestra salida de la autopista y vi que el Bentley giraba por donde debíamos haberlo hecho nosotros. Le eché a Black una mirada inquisitiva, sin decir nada; no era necesario. Sabía lo que le quería preguntar. Sonrió sin apartar los ojos del asfalto y pisó el acelerador a fondo.

Salió de la autopista pasados varios kilómetros, justo cuando aparecieron los indicadores de Messina. Zigzagueó por sus estrechas calles y finalmente se detuvo bajo un monumental muro de piedras dispuestas con gran esmero.

Sacó del bolsillo un mando a distancia y abrió un gran portón de madera. Volví a apuñalarlo con otra mirada inquisitiva, pero enarcó las cejas, me sonrió mostrando sus dientes y subió por el camino de la entrada.

Aparcó junto a una hermosa casa de dos pisos y bajó del BMW.

—¡Bienvenida!

Abrió la puerta del coche y me dio la mano para que pudiera desacoplarme del vehículo espacial.

Seguí callada, esperando una explicación, pero no dijo nada. Se limitó a abrir con una llave e invitarme a pasar. Joder..., me quedé sin respiración. En aquel gigantesco salón, con la altura aproximada de un primer piso, se erigía el árbol de Navidad más hermoso que había visto en mi vida, decorado con adornos y luces doradas y rojas. El fuego crepitaba en la chimenea y, justo al lado, se extendía una piel de animal blanca y peluda. Al fondo había sofás, sillones marrones y beis, un banco de madera y un gran televisor.

Más allá, un comedor con una enorme mesa de roble, maravillosos candelabros y sillas tapizadas de color granate. En aquel interior predominaban los colores cálidos y unos acabados muy refinados.

—¿Qué pasa, Massimo? —Me di la vuelta y le clavé mi mirada asesina, con los ojos grandes como platos.

—Este es mi regalo para ti.

—¿El árbol de Navidad?

—No, nena, la casa. La compré para que la asocies conmigo y con el bebé, y para que aquí solo tengas buenos recuerdos. Quiero ofrecerte tu propio lugar en el mundo y que nunca más quieras huir de mí, sino hacia mí. Y si alguna vez sientes la necesidad de esconderte en alguna parte, esta casa te estará esperando. —Se acercó a mí y tomó mi rostro atónito entre las manos—. Y si quieres que nos mudemos, podemos venir a vivir aquí. Con menos servicio, eso sí, solo nosotros tres: tú, yo y nuestro hijo…

—¡Hija!

—…y te aseguro que tendrás la máxima privacidad y seguridad. Feliz Navidad, cariño.

Nuestras bocas se unieron y sus dientes mordisquearon delicadamente mi labio inferior. Me agarró por las nalgas y me levantó hasta colocarme sobre su cintura. Rodeé sus caderas con las piernas y le devolví el beso. Me acarició los labios y sus manos recorrieron mi cuerpo mientras me llevaba hasta la mesa del comedor. Me colocó sobre el tablero, se cogió la parte de atrás de la camiseta y se la sacó por la cabeza de un solo movimiento. La amplia sonrisa de mi rostro no desapareció cuando me quitó los pantalones cortos.

—¿Y las botas? —pregunté cuando mis pantalones se fueron al suelo, junto con la ropa interior de encaje.

—Las botas se quedan.

Con un gesto, me indicó que levantara los brazos y, al instante, me encontraba acostada delante de él solo con las mosqueteras negras y los calcetines largos, que me llegaban hasta la mitad de los muslos. Entonces me tomó por las caderas con sus grandes manos y, tras alzármelas un poco, las empujó hacia el final de la mesa, lo cual me sorprendió. Pensaba que prefería deslizarme hacia él y penetrarme. Sus ojos lujuriosos y entreabiertos me atravesaron. Separé mucho las piernas, apoyando los pies en la mesa, y coloqué las manos detrás de la cabeza. Black gimió.

—Me encanta —susurró al tiempo que se desabrochaba los vaqueros, con los ojos clavados en mi coño mojado.

—Lo sé.

Estaba de pie ante mí, desnudo, acariciando y apretujando la parte exterior de mis muslos.

—Esta casa tiene otra gran ventaja —dijo. Se dirigió hacia la pared y pulsó un botón del panel que colgaba junto a la chimenea. Acto seguido, *Silence* de Delerium resonó por todas partes—. El equipo de sonido —musitó, y metió la lengua en mi húmeda grieta.

Desde que le había visto disparar por primera vez, estaba esperando que me hiciera aquello. Me retorcía bajo el ansioso contacto de sus labios y de su lengua, que penetraba en mí. Arremetió brutalmente contra mi clítoris ardiente e hinchado. Metió con suavidad dos dedos en mi coño y comenzó a moverlos perezosamente de un lado a otro. Sabía que en cualquier momento llegaría al borde del placer. En realidad, había llegado a ese punto desde que se había quitado los pantalones, pero no quería acabar en solo unos segundos.

—Sé que quieres correrte —dijo mientras me colocaba otro dedo en mi entrada trasera.

No pude soportarlo. Me corrí en un segundo, y mi cuerpo se irguió como si lo hubiera alcanzado un rayo. Black no se detuvo; al contrario, aceleró los movimientos.

—Otra vez, nena.

Otro dedo se deslizó con suavidad por mi culo.

—¡Oh, Dios! —grité sorprendida ante la intensidad de la sensación.

Su lengua se restregaba nerviosa contra mi palpitante clítoris, recorriéndolo a un ritmo frenético. El siguiente orgasmo vino después de unos segundos, y luego otro y otro. Se detenían y volvían en oleadas, proporcionándome un placer en extremo agotador. Ante mis ojos, la figura de Massimo pasaba veloz, como una película: de pie, con una pistola, concentrado y fuerte; o bien divertido y despreocupado. Abrí los ojos y lo observé. Su mirada, clavada en mí, era bestial y estaba llena de deseo, lo cual me empujó hasta la cima. Le agarré la cabeza y, cuando el último orgasmo atravesó mi cuerpo, sentí que unos espasmos musculares me paralizaban. Me derrumbé sobre la mesa con un golpe sordo y él se retiró lentamente.

—¡Has sido una buena chica! —susurró, y se mordió el labio inferior.

Luego me agarró de los tobillos y me deslizó hasta el borde de la mesa.

Una música rítmica, parecida a una oración, sonaba a nuestro alrededor, y yo lo amaba más que nunca.

Sin apartar la mirada de mí, tomó su miembro hinchado con la mano y, tras dirigirlo en la dirección correcta, me penetró con lentitud a la vez que examinaba mi reacción.

—Más fuerte —le pedí calladamente.

—No me provoques, nena. Sabes que no puedo.

Echaba jodidamente de menos la agresividad de Massimo. Era lo único que odiaba de mi embarazo: desde hacía un tiempo, no podía follarme del modo que más me gustaba. Él tampoco se sentía plenamente satisfecho, pero priorizaba el bienestar del bebé antes que un buen polvo.

Cuando me penetró del todo, gimió e inclinó la cabeza. Después, sus caderas empezaron a moverse rítmicamente, con cautela. Me hizo el amor encarnando la delicadeza y la ternura. Reaccionaba a cada uno de mis suspiros, a cada movimiento de mi cabeza. Me acariciaba los pezones con los dedos de su mano derecha, apretándolos con fuerza de vez en cuando, y con el pulgar izquierdo dibujaba círculos en mi hinchado clítoris. La combinación de dolor e hinchazón atiborrada me provocó una sensación de ingravidez absoluta.

—¡Pégame! —le pedí cuando la canción volvió a sonar por enésima vez. Sus caderas se detuvieron—. ¡Pégame, don Massimo! —grité cuando vi que no reaccionaba.

Sus ojos brillaron con furia; luego, su mano recorrió mi garganta y sus dedos la apretaron. Un grito lleno de lujuria salió de mi boca y mi cabeza se inclinó hacia atrás. Sentía que se moría de ganas de echarme un polvo duro y brutal, pero también sabía que no lo haría. Analizó la situación hasta que, finalmente, me sacó de la mesa con cierta brusquedad, me colocó junto a la pared y me apoyó en ella.

—¿Como a una zorra? —gruñó, y me volvió a penetrar cuando apoyé mi frente en la piedra que tenía ante mí.

—Por favor. —Sentí el placer que volvía a despertar en mi cuerpo cuando me agarró por el pelo con una mano y por el cuello con la otra.

No importaba que su movimiento dentro de mí fuera lento y suave; el resto de lo que hacía me ponía al rojo vivo. Me asfixiaba con tanta destreza que apenas podía contener mi creciente excitación. De vez en cuando retiraba la mano de mi cuello para castigar dolorosamente mis hinchados pechos. Sus dientes me mordían las orejas, el cuello, el hombro, sin darme oportunidad de revancha.

Cuando sintió que estaba a punto de correrse, me soltó y me volvió hacia él.

—Siéntate —dijo señalando un escabel bajo. Agarró con fuerza mi rostro entre las manos y me abrió los labios con los pulgares—. Hasta el final, nena.

Después de aquellas palabras, empezó a follarme la boca de modo brutal y sin previo aviso; al instante la inundó con una poderosa ola de esperma. Me atraganté y le agarré las manos con desesperación, pero no se detuvo hasta que terminó. Cuando su movimiento se interrumpió, su polla siguió apoyada en mi lengua.

—Traga —ordenó, y me miró fríamente a los ojos.

Cumplí su orden, y solo entonces me soltó y me empujó hacia el sofá.

—¡Te quiero! —grité con una sonrisa cuando se giró hacia la pared para bajar la música.

—¿Sabes que la mayoría de las putas no son tan pervertidas como tú? —preguntó. Luego se tumbó a mi lado y nos cubrió con una suave manta.

—Entonces son zorras deficientes. —Me encogí de hombros y empecé a lamer suavemente sus pezones—. Mañana tengo cita con el médico… Espero que no haya ningún impedimento para seguir teniendo relaciones.

Massimo pasó su brazo por mis hombros y me abrazó.

—Yo también, porque no sé si podré aguantar tus provocaciones mucho tiempo.

—Bueno, no puedo evitar que me guste cuando me duele un poco.

Black se puso de lado para mirarme a los ojos.

—¿Un poco? Mujer, casi te estrangulo... —Suspiró en voz alta y se volvió a recostar de espaldas—. Nena, a veces me asusta lo que llegas a desatar en mí.

—Pues imagina el miedo que me da a mí ver en qué me estoy convirtiendo a tu lado.

9

Buenos días! —Su cálida voz me envolvió antes de abrir los ojos.

Ronroneé y apretujé la nariz contra su pecho, tratando de absorber el aroma de su colonia, ya apenas perceptible.

—Me duele el cuello —dije sin haber abierto aún los párpados.

—Tal vez porque hemos pasado la noche en el sofá.

Abrí los ojos con pavor y recordé la vigilia al ver el adornado y gigantesco árbol de Navidad.

—No sé cómo es aquí, pero nosotros adornamos el abeto en Nochebuena o, como muy pronto y si los niños insisten, un día antes. Pero eso de tenerlo desde el seis de diciembre… —Bostecé.

—Si verlo te hace feliz, ordenaré que siga adornado todo el año. Además, ¿qué se suponía que debía hacer? ¿Envolver la casa con un gran lazo rojo?

—En primer lugar, no tenías que haberla comprado.

—¡Oh, cariño! —Se dio la vuelta y, como solía hacer, me metió bajo su axila y me estrujó con el brazo—. Es una inversión, y además no sé si la mansión de Taormina es lo mejor para el bebé. Me gustaría teneros solo para mí, y por allí siempre pasa demasiada gente.

—Pero Olga está allí. —Me di la vuelta y me enderecé apoyándome en el codo—. ¿Qué haré aquí sola?

Black se sentó, se apoyó en el sofá y volvió su cara hacia mí.

—Vas a tener un bebé y a mí. ¿No es suficiente?

Había tristeza en sus ojos. Fue la primera vez que vi a Massimo realmente dolido. Cogí su rostro entre las manos y apoyé mi frente contra la suya.

—Cariño, pero si nunca estás. —Me froté las sienes nerviosa, buscando una solución—. Haremos lo siguiente: cuando nazca el bebé, viviremos en la mansión y luego veremos. Si tienes razón, nos mudaremos aquí; si no, lo dejaremos todo como hasta ahora. Y entonces este lugar se convertirá en mi asilo, y en nuestro lugar de desenfreno sexual, cuando pueda follar a tope y beber.

Salté de debajo de la manta y me puse a bailar en la alfombra de un modo salvaje, con la alegría de un alcohólico adicto al sexo. Massimo me miró divertido, me tomó en volandas y me llevó por la casa.

—Pues entonces marquemos cada rincón para que solo se asocie con el desenfreno sexual que te ofrezco.

Cuando llegamos a la entrada de nuestra residencia de Taormina, salté del coche y corrí al comedor. «Comida, comida», repetía en mi mente como si fuera un mantra. Nuestra nueva casa era maravillosa, pero a nadie se le había ocurrido llenar la nevera.

—¡Tortitas! —grité mientras entraba en la sala, donde Olga estaba sentada ante la mesa grande.

Me miró desde su ordenador y se alegró de verme; lo cerró y lo puso en el suelo.

—Recuerdo aquellos buenos tiempos en los que la idea de comer te hacía vomitar. ¿Y ahora? Por favor, pero si te está creciendo el trasero...

—No, el culo no, la barriga —refunfuñé, y me serví en exceso—. Además, mi culo es tan pequeño que si crece, aunque sea un poco, me alegraré.

Olga sonrió y me sirvió té con un poco de leche, y luego echó en la taza dos cucharaditas de azúcar.

—Me ha regalado un Rolex —indicó, y me pasó la mano por delante de las narices—. Oro rosa, nácar y diamantes. Y a ti, ¿qué te ha regalado?

—Una casa —dije entre un bocado y otro.

Olga abrió los ojos de par en par y tragó saliva tan fuerte que parecía que alguien le hubiera puesto un micrófono en el cuello.

—¿Q-qué es lo q-que t-te ha regalado? —tartamudeó con incredulidad.

—¿Estás sorda, joder?

—¡De puta madre! A mí un reloj y a ti una casa. ¿Te parece justo?

—Quédate embarazada de un mafioso, cásate con él y luego aguanta que ese despótico cretino vaya blandiendo su arma, y te aseguro que entonces recibirás un castillo.

Las dos nos reímos y chocamos los cinco.

—¿Qué es tan gracioso?

Mientras entraba y se sentaba a la mesa, Massimo se interesó por nuestra conversación. Llevaba traje y camisa negros, lo cual presagiaba funeral o trabajo.

—¿Adónde vas? —miré a don Massimo y dejé el tenedor—. Tengo cita con el médico a la una en punto.

—Precisamente ahí es adonde voy —dijo, y se sirvió unos huevos en el plato.

—¿Con ropa de sepulturero? —le espetó Olga.

Black le dirigió una mirada asesina, tomó la jarra del café y se sirvió una taza.

—Creo que Domenico se está haciendo una paja en el dormitorio. ¿Por qué no vas a ver si necesita que le eches una mano? —preguntó sin mirarla.

Olga resopló, se reclinó en el asiento y se cruzó de brazos.

—Se ha corrido tantas veces en las últimas dos horas que dudo que pueda caminar, pero está bien que te preocupes por tu hermano, Massimo. —Terminó y le lanzó una de sus falsas sonrisas favoritas plagada de veneno.

—Vale, vamos a centrarnos en mí —dije para despejar los nubarrones de aquel ambiente tan cargado—. ¿Quién se viene conmigo al médico?

—¡Yo! —gritaron al unísono. Luego cruzaron dos miradas que deberían haberlos fulminado.

—Genial, pues vamos todos —dije.

Olga tomó un sorbo de café y se levantó de la silla.

—Bueno, bromeaba, solo quería cabrear a Black de buena mañana. Lo he echado de menos. —Me besó en la frente y se fue.

—Sois unos críos—gruñí mientras me ponía otra porción de tortitas con Nutella.

En la consulta del ginecólogo, tanto Black como yo permanecimos con el alma en vilo, aunque, a juzgar por la expresión de su rostro, el doctor Ventura estaba más nervioso que nosotros. No era extraño, ya que aquella vez Black había decidido honrarle yendo personalmente a su consulta y no salió de ella ni por un momento. Quería asegurarse de que el doctor no me dijera el sexo del niño. Cuando llegó el momento de la exploración y el ginecólogo colocó un condón en la sonda para el ecógrafo, faltó muy poco para que Black cayera redondo al suelo de la rabia, no sin antes matar al doctor. Todo ello me divirtió muchísimo, aunque no dejé de preocuparme porque aquel era ya mi tercer médico. Massimo superó con nota la visita, intentando no apartar la vista del monitor y, como mucho, mirándome a la cara de vez en cuando.

—Estimados señores —comenzó el doctor Ventura, sentado en una silla con las imágenes de la ecografía y los resultados de las pruebas en las manos—, he llamado al médico húngaro de la señora Laura porque no podía hacerme una idea clara de la situación. Me ha enviado todos los informes que faltaban y sus propias observaciones. Debo admitir que la cuidó de una manera ejemplar, ya que realmente había motivos para preocuparse. —Hizo una pausa y tomó un sorbo de agua—. Ahora los resultados son perfectos, usted está en forma y el bebé se está desarrollando con normalidad, grande y saludable. Y su corazón, señora, está sobrellevando estupendamente la carga del embarazo. No tenemos nada de qué preocuparnos.

—Doctor Ventura... —Massimo entornó los párpados y entrelazó los dedos de las manos sobre el vientre.

—¿Sí, d-don Massimo? —tartamudeó, asustado.

—¿Por qué estuvo en peligro la vida de mi hijo?

—Bueno... —El doctor cogió el historial que descansaba delante de él y empezó a mirarlo nervioso—. El examen y las observaciones del médico de Hungría y la información de la que dispongo indican que su cónyuge sufrió mucho estrés. Lo más seguro es que durara más de uno o dos días, y su corazón se negó a soportar ese estado. El cuerpo comenzó a rebelarse y, por decirlo suavemente, rechazó al feto como si fuera una amenaza y le robara la energía.

—Pero ahora todo está bien, ¿verdad? —pregunté, y acaricié la mano de Massimo sin dejar de mirar al médico.

—Sí, todo está en regla.

—¿Y en cuanto al sexo? —Black volvió a atravesar al doctor Ventura con una mirada asesina.

Creo que, aunque hubiera tenido que abstenerme durante el resto del embarazo, el doctor no se habría atrevido a decirlo.

—Si lo que me pregunta es si hay alguna contraindicación, no, no la hay.

—¿Y es posible cualquier intensidad? —pregunté con la vista clavada en el suelo.

Alcé la vista y vi los ojos del doctor mirándonos a Massimo y a mí alternativamente.

Oh, Dios, si hubiéramos seguido con aquellos jodidos rodeos y tratando el tema como una madre delante del golfo de su hijo, no lo hubiera sabido nunca y habría seguido follando a medias durante casi medio año. Inspiré profundamente.

—Doctor, voy a preguntárselo directamente. Nos gusta el sexo duro. ¿Podemos hacerlo?

La cara del doctor Ventura enrojeció, y parecía estar buscando respuestas en los papeles tras los que se había escondido. Aunque era ginecólogo y debía mantener aquel tipo de conversaciones varias veces al día, seguramente no hablaba muy a menudo con el capo de una familia mafiosa sobre lo duro que quería follarse a su mujer.

—Pueden practicar el sexo que deseen.

Massimo se levantó con elegancia de la silla y me arrastró hacia la puerta tan deprisa que ni siquiera pude despedirme. Salimos casi corriendo a la calle, donde me agarró y me empujó contra la primera pared que encontró.

—Quiero echarte un polvo... ¡ahora! —Me folló la boca y me la cerró con un ansioso beso—. Te joderé para que puedas sentir cuánto lo he echado de menos. Vamos.

Corrió hacia el coche arrastrándome de la mano, me empujó dentro y casi se teletransportó. Antes de que pudiera abrocharme el cinturón, ya circulaba por aquellas estrechas calles hacia la autopista.

Al cabo de un rato, pasó de largo nuestra salida y se dirigió a Messina. Ya sabía adónde me llevaba y me alegraba la idea de joder en la absoluta privacidad de nuestro nuevo hogar. Sin servicio, sin seguridad, sin mi amiga pervertida; solo él y yo.

—Tengo otra sorpresa para ti —dijo tras abrir el gran portón de la entrada con el mando a distancia.

Me lanzó una mirada de hielo mientras esperaba a que se abriera el portón. Una astuta y media sonrisa vagaba por sus labios mientras las manos apretaban con fuerza el volante. Cuando el portón acabó de abrirse lo suficiente como para que pasara el BMW, avanzó por el camino de la residencia con un chirrido de neumáticos y se detuvo enfrente de la entrada.

Saltó del coche, me abrió la puerta con galantería y me cogió en volandas, como si fuera un saco.

Cuando llegamos a la entrada principal, metió la llave en la cerradura y la giró sin soltarme ni un segundo. Luego cerró de una patada y subió por las amplias e imponentes escaleras que tanto llamaban la atención al entrar en la casa.

—Primero te lavaremos —dijo, y me dejó en el suelo de un hermoso baño de ensueño—. No soporto el olor de otro hombre en tu cuerpo.

Rompí a reír. No creía que un condón de goma o un ecógrafo oliesen a algo.

—Massimo, pero si solo es un médico.

—Es un hombre. Levanta los brazos. —Me quitó el jersey de cachemira que llevaba puesto y luego el sostén, la falda y las bragas. Todo cayó al suelo—. ¡Es mío! —murmuró, y barrió de arriba abajo mi cuerpo desnudo con su mirada salvaje.

—Solo tuyo. —Asentí con la cabeza cuando me puso bajo el agua caliente.

—Tienes tres minutos.

Se dio la vuelta y salió del baño.

Me sorprendió. Esperaba que me follara en la ducha o, al menos, que jugara con el jabón, y aquello me decepcionó. Me puse un poco de gel y empecé a enjabonarme.

—Ya han pasado tres minutos —anunció poco después, de pie en el umbral.

¡Joder! Pensaba que los tres minutos eran una metáfora. Me enjuagué a toda prisa.

—¡Lista! —Estiré los brazos para mostrar mi piel lavada y desnuda.

Massimo se acercó, se quitó la camisa por el camino e inhaló mi aroma.

—Definitivamente, mucho mejor —dijo contento, me abrazó por la cintura y me cogió en brazos.

Me llevó hasta el dormitorio, donde reinaba una agradable luz crepuscular, aunque era de día.

Lo que más me gustaba de los países mediterráneos era

que cada ventana llevara instalada una persiana para atenuar la luz del sol. Me gustaba la penumbra. Martin siempre me repetía que era un atributo depresivo y vampírico que odiaba.

En la habitación había una cama gigantesca con cuatro columnas sobre las que se extendía un dosel negro. Delante había un pequeño banco tapizado de satén acolchado en color grafito, de una longitud idéntica a la del colchón; a ambos lados de la cama, dos mesillas de noche de madera con sus frontales decorados a mano, y en una esquina, una cómoda a juego con velas. Todo era oscuro, robusto y muy elegante.

Massimo me colocó sobre el mullido colchón tras arrojar al suelo docenas de cojines que estaban encima de él.

—¡Sorpresa! —dijo, y de detrás de una de las columnas sacó una cadena rematada con unas suaves muñequeras.

Como si fuera una película, desfilaron ante mis ojos imágenes de hacía muchas semanas, cuando me había encadenado a la cama y me había ordenado que mirara la actuación de Veronica mientras se la chupaba.

—Nada de eso. —Me levanté de golpe de la cama y lo dejé totalmente confundido.

—No me vaciles, nena —siseó, y me agarró del tobillo.

—Me debes treinta y dos minutos, y quiero que me los devuelvas ahora.

Me soltó la pierna y me miró con curiosidad.

—¿Qué? ¿No te acuerdas? —Entorné los ojos y retrocedí—. En nuestra noche de bodas me concediste una hora, y solo usé poco menos de la mitad. Me prometiste que tendría sesenta minutos, así que ahora te acuestas. —Señalé el lugar donde me encontraba yo un momento antes.

Los ojos de Black ardían de deseo y sus mandíbulas se contraían de forma rítmica mientras se mordía el labio inferior. Se acostó de espaldas en el centro del colchón y levantó los brazos a ambos lados, en dirección a las columnas. Me sorprendió su sumisión, pero preferí forjar aquel acero mientras estuviera caliente, así que, sin esperar a que cambiara de idea, le apreté las ataduras en sus muñecas.

—Al lado de los cierres hay unos pequeños broches —me indicó, y se miró la mano derecha—. Tienes que presionarlos con dos dedos para desbloquearlos. Pruébalo.

Hice lo que me pidió sin rechistar; sabía que quería enseñarme algo que podría serme útil en unos minutos. En realidad, el mecanismo era bastante simple, pero lo suficientemente complicado para que quien las llevase puestas no pudiera liberarse de las ataduras.

—Muy ingenioso —dije, y volví a cerrar la muñequera.

—Gracias. Lo he inventado yo.

—¿Así que sabes cómo liberarte?

Massimo se quedó inmóvil y una sombra de ansiedad recorrió su rostro.

—No hay forma de liberarse. Nunca pensé que el que acabaría inmovilizado sería yo.

Por unos segundos no supe si me decía la verdad, pero me di cuenta de que no me estaba mintiendo cuando vi cierto temor en sus ojos. Me alegré y, al mismo tiempo, me asustó. Yo sabía lo que quería hacer, y también sabía que Black jamás lo aceptaría, y que cuando lo soltara, lo cual era inevitable, se vengaría con dureza.

—¿Hay algo que no pueda hacer? —le pregunté mientras le bajaba lentamente los pantalones y rezaba en silencio para que no se le pasara por la cabeza lo que yo pretendía.

Massimo pensó un instante y, al no ocurrírsele nada concreto, negó con la cabeza.

—Perfecto.

Su bóxer y sus pantalones cayeron al suelo, y me incliné sobre él. Agarré su miembro con la mano y la moví lentamente arriba y abajo. Black gimió y apoyó la cabeza contra las almohadas y cerró los ojos. Me gustaba cuando estaba relajado, y además, para lo que yo quería hacer, necesitaba llegar a ese punto. Sentí su polla endureciéndose en mi mano y su aliento se aceleró.

Sin apartar la vista de sus ojos, con la punta de la lengua dibujé un perezoso círculo alrededor de su orificio. Black cogió una ruidosa bocanada de aire y no lo expulsó hasta que mi lengua dejó de tocar su polla. Estaba excitado, al rojo vivo y casi podía sentir físicamente lo mucho que deseaba tenerme.

Pero no quise apresurarme. De acuerdo con nuestro trato, me quedaba una media hora, e iba a usarla hasta el último minuto. Puse los labios alrededor de aquella cabecita y me deslicé lentamente hacia abajo para sentir cada uno de sus centímetros. Las caderas de Black subieron como si quisiera acelerar el final, pero las inmovilicé con las manos.

Mientras continuaba con mi lenta caricia, Massimo murmuró algo que no llegué a comprender. Finalmente, cuando su pene entró por completo y descansó en mi garganta, un largo gemido salió de su boca y las cadenas rozaron las columnas de madera. Volví a levantar la cabeza y repetí la tortura sin prisa. Don Massimo se retorcía y me provocaba para que acelerara, pero aquello solo ralentizaba mis movimientos. Me incliné sobre los brazos, le mordí el pezón y escuché con satisfacción cómo emitía un silbido de dolor. Le besé el pecho y le acaricié los hombros mientras restregaba de vez en cuando mi entrepierna contra su polla hinchada. Sabía lo mucho que lo estaba atormentando y, a pesar de que él mantenía los ojos cerrados, me imaginaba con exactitud el aspecto de sus pupilas en aquel instante. Recorrí con la lengua todo su cuello hasta llegar a sus labios apretados. Lentamente, le fui metiendo el dedo índice entre los labios y se los entreabrí.

—¿Massimo? —pregunté susurrando—. ¿Hasta qué punto confías en mí?

Black abrió los ojos y clavó en mí una mirada lujuriosa.

—Infinitamente. Métetela en la boca.

Solté una carcajada burlona y pasé la lengua por sus labios resecos. Trató de atraparla con los dientes, pero fui más rápida que él.

—¿Quieres que te la chupe? —Con la mano derecha, agarré con fuerza su miembro y, con la izquierda, su mandíbula.

—¡Pídemelo! —masculié.

—No te pases, nena —gruñó directamente en mi boca, de nuevo intentando cazarla con los dientes.

—Vale, don Massimo, será la mejor mamada de tu vida.

Cuando mi mano soltó su pene, empecé a deslizarme lentamente hasta que mi cabeza quedó justo encima de su polla, dura como el acero. Entonces la envolví con la boca y empecé a chuparla con fuerza. Creo que nunca había hecho una mamada a aquella velocidad. Black gemía, murmuraba algo y tiraba de las ataduras.

—Relájate, cariño —dije; me lamí el dedo índice y se lo metí entre las nalgas.

El cuerpo de Massimo se puso rígido y aguantó la respiración.

Ni siquiera había acercado la mano a un centímetro cuando las poderosas manos de Black me agarraron y me tumbaron de espaldas. Sorprendida, me vi debajo de él, observando sus furiosos ojos. Pendía sobre mí sin decir nada y me atravesaba con la mirada. Jadeaba con dificultad y el sudor le corría por la frente.

—¿No te ha gustado, cariño? —le pregunté dulcemente, poniendo cara de tonta.

Don Massimo seguía en silencio, respirando sobre mí, y sus manos me apretaban más y más fuerte las muñecas.

Cerré los ojos para no seguir viendo su violenta reacción, y entonces sentí que me ponía las muñequeras. En ese momento noté que el colchón se hundía un poco y, al abrir los ojos, descubrí que estaba sola. Desde el baño me llegaba el sonido del agua de la ducha. «¡De puta madre!, a mitad del acto ha ido a ducharse», pensé. Pero ¿me había pasado tanto? No quería hacerle daño. Solo quería probar algo poco convencional. Una vez leí algo acerca de la anatomía masculina y descubrí que algunos experimentos pueden llegar a ser tan agradables para los hombres como para las mujeres, aún más. Bueno, tal vez no para el hombre más masculino del mundo, pero era posible que la mayoría se lo hubieran pasado muy bien.

—Es la última vez que tomas el control —dijo una voz que me sacó de mis pensamientos.

Massimo estaba de pie en el umbral, goteando agua, y su pecho seguía agitándose a un ritmo alarmante.

—¿Cómo te has soltado? —pregunté para dejar atrás un tema incómodo—. ¿Y por qué te has duchado durante…?

Sonrió con picardía, se acercó a mí y se arrimó tanto que su triunfante polla quedó a pocos centímetros de mi cara.

—No creas que te lo voy a contar ahora, justo cuando te voy a follar tan fuerte que vas a querer salir corriendo y te van a oír gritar hasta en Varsovia. —Me agarró la cabeza y me puso su pene tieso en la boca—. Chúpalo fuerte —dijo, y movió sus caderas a un ritmo de locura—. Y no me he ido a duchar, sino a refrescarme con agua fría.

Me asfixiaba con su grosor y me la metía tan a fondo que por momentos tenía la impresión de que su polla me llegaba al estómago. A ratos ralentizaba el ritmo y me acariciaba tiernamente la cara con sus pulgares, pero al instante aceleraba, tratándome como a una puta de lujo.

De repente le sonó el teléfono, que estaba en la mesilla de noche. Black miró la pantalla y rechazó la llamada, pero al cabo de un momento volvió el zumbido. Massimo gruñó unas palabras en italiano y cogió el móvil sin interrumpir el movimiento de sus caderas.

—Es Mario, tengo que cogerlo, pero tú chupa más fuerte —jadeó, y me soltó una mano para que pudiera agarrarle la base del pene.

Sabía que aquello me excitaba. Era consciente de que me encantaba molestarlo durante sus conversaciones de negocios. Lo apreté con la mano aún más fuerte y me la metí más en la boca.

—¡Dios!… —susurró, cogió aire y se acercó el teléfono al oído.

No hablaba, solo escuchaba e intentaba calmar sus jadeos. Le temblaban las rodillas y tenía el cuerpo cubierto de un sudor frío. Con la mano libre, se apoyó en la estructura de madera de la cama; sabía que estaba a punto. Tras unos agotadores segundos de conversación, o más bien de monólogo de Mario, masculló dos frases y lanzó el móvil a la mesilla.

Me agarró, me dio la vuelta, me soltó la otra mano y me desplazó de nuevo. Cogió las muñequeras y me las volvió a poner, pero esta vez quedé boca abajo.

—Nena, tienes suerte de que no disponga de tanto tiempo como pensaba —dijo, y levantó mis caderas para que quedara con las nalgas en alto y la cara en la almohada—. Debemos darnos prisa.

Después de colocarme bien, metió la mano en el cajón de la mesilla de noche. Sacó algo y, con las rodillas, me separó con fuerza las piernas dobladas.

—Ahora relájate —susurró, se inclinó sobre mí y me mordió con dulzura en el cuello.

Luego se deslizó hacia abajo y su lengua se hundió en mi coño sediento de su boca. Gemí de placer y alcé aún más las caderas. Enseguida me encontré al borde del placer; entonces se detuvo y se arrodilló justo detrás de mí. Acarició con delicadeza mis nalgas, metió la otra mano en mi cabello y tiró vigorosamente de él. Incliné la cabeza hacia atrás y en aquel momento sentí unos azotes en el trasero. Grité, tiró de mi pelo aún más fuerte y su mano me volvió a azotar en el culo. Me escocía la piel y sentía pulsaciones donde me había pegado.

—Relájate.

Su polla tiesa penetró de un modo duro y brutal, y yo sentí que me alejaba volando. Entonces me di cuenta de cuánto había echado de menos a mi imperioso amante. Me soltó la cabeza y me agarró con firmeza las caderas, restregándose contra mí una y otra vez con creciente ímpetu.

—¡Sí! —gritaba yo aturdida por la sensación.

Massimo respiraba con dificultad y sus dedos se clavaban en mi cuerpo. De repente, una de sus manos se ralentizó y alcanzó algo que estaba junto a su pierna. El sonido de una suave vibración resonó por todas partes. Quería ver qué era aquello, pero no podía volverme hacia él y solo logré girar la cabeza a un lado.

—Abre la boca —dijo sin parar de embestirme.

Abrí la boca y me introdujo algo de goma, un poco más grueso que un dedo. Segundos más tarde, lo sacó y empezó a restregarlo suavemente contra mi entrada trasera. Adiviné lo que era, así que me relajé, aunque no era fácil con las brutales acometidas de sus caderas.

Sentí que el pequeño vibrador que había tenido en la boca penetraba en mi ano. Cuando el placer se derramó sobre mi cuerpo, grité. Su movimiento rítmico y su vibración en mi interior me acercaron inevitablemente a mi meta: ya no veía la hora de que llegara aquel poderoso orgasmo.

Sujetando el vibrador dentro de mí, me azotó en el trasero de nuevo y empezó el clímax. Cuando sentí su explosión en mi interior, me uní a él y mentalmente agradecí que la casa estuviera vacía. Solo nuestros intensos gritos y el ruido hueco de mis nalgas y su pelvis al chocar desgarraban el silencio. Nos corrimos juntos larga e intensamente hasta que, en un momento dado, sentí que mi cuerpo se debilitaba. Abrí las rodillas y caí inerte sobre el colchón. Massimo siguió mis pasos, aunque se apoyó en los codos para no aplastarme.

Con un hábil movimiento, me desabrochó las muñequeras y se desplomó a un lado, envolviendo mi cintura con su pierna. Me apartó el pelo mojado de mi cara sudorosa y me besó con delicadeza.

—¿Me lo puedes sacar de una vez? —murmuré mientras mis nalgas seguían vibrando.

Massimo soltó una carcajada y me extrajo aquel tapón mágico. Gemí al notar que abandonaba mi cuerpo y se silenciaba.

—¿Estás bien? —preguntó preocupado.

No podía pensar ni hablar, pero sabía que el bebé y yo estábamos perfectamente.

—Estupenda.

—Me encanta follarte, nena.

—Te he echado mucho de menos, don Massimo.

Después de ducharme, me metí en la cama cubierta con un suave albornoz. Massimo entró en la habitación envuelto en una toalla y me dio un batido frío de cacao.

—Hace solo dos meses me habrías invitado a champán. —Suspiré decepcionada mientras tomaba un sorbo.

Black se encogió de hombros, se quitó la toalla y se secó el pelo con ella.

«Dios, qué hermoso es —pensé, y casi me atraganté con el cacao—. Es injusto, terrible y aterrador que un hombre pueda ser tan perfecto. Han pasado casi cuatro meses y todavía no me he hartado de su imagen.»

—Tenemos que volver —dijo con dureza—. Hoy debería ir a Palermo.

Me senté, tomé otro sorbo y torcí la boca.

—No pongas esa cara, cariño, tengo que trabajar un poco. Hay un pequeño problema con uno de los hoteles. Pero tengo una idea —añadió sentado a mi lado—. La velada a la que vamos es dentro de unos días, así que puedes adelantarte e ir a Polonia a ver a tus padres. Te seguiré lo antes posible.

Al escuchar la palabra «padres» me alegré, pero luego me quedé mirando la barriga que crecía en mí. A mamá no se le escaparía el hecho de que había engordado, y además bastante.

—Ve con Olga porque Domenico tiene que venir con nosotros. El avión está a tu disposición. Puedes volar cuando quieras.

Estaba sentada, desconcertada, triste y alegre al mismo tiempo.

—¿Qué pasa, Massimo?

Se dio la vuelta y me miró mientras se levantaba. Sus ojos parecían tranquilos e inexpresivos.

—Nada, nena. —Pasó el pulgar por mi labio inferior—. Tengo que trabajar. Vístete.

Volvimos a la mansión y, después de una tierna despedida, Black desapareció en la biblioteca. Me quedé de pie frente a la puerta, de cara a la pared, con los ojos clavados en el pomo. Cientos de pensamientos se arremolinaron en mi mente, y se me llenaron los ojos de lágrimas. «¿Qué me pasa? —pensé—, no lo he visto un minuto y ya lo echo muchísimo de menos.» Me apoyé suavemente en el picaporte, empujé la puerta y la entreabrí un poco.

En la sala, junto a la ventana, don Massimo estaba vuelto hacia Domenico, quien le enseñaba algo pequeño que tenía en las manos. Dirigí la mirada al objeto y me quedé petrificada. ¡Dios mío! Era una caja con un anillo. ¿Júnior planeaba declararse a Olga? ¿O me habían ocultado algo? Aturdida por el descubrimiento, o mejor dicho, por lo insuficiente que resultaba, decidí no molestarlos e irme a mi habitación.

Me senté en la terraza y, envuelta en una manta, disfruté de la puesta de sol. No tenía frío, la temperatura sería de unos doce grados, pero me gustaba estar allí, bien tapada.

«No quiero ir a la fría Polonia», pensé. No sin él. Y no si debía enfrentarme a mi madre. Por una parte, quería ver a mis padres, pero, por otra, ellos no necesitaban aquella confrontación.

Me quedé allí tomándome un té y haciendo planes. Lo más importante era llevar ropa adecuada para que no se me notara la barriga. El aumento de peso podría manipularlo con un cuento chino de pizzas y demasiada pasta.

«Gracias a Dios, ya no vomito —pensé—, porque simular una intoxicación permanente despertaría la sospecha de mi listísima madre.» De repente me entró pánico: «¿Qué me voy a poner?». Después de todo, no tenía ropa apropiada, ya que en Italia no debía ocultar mi embarazo. Cansada de pensar, metí la cabeza entre las rodillas.

—Nunca me quedaré embarazada —dijo Olga acercándose—. ¿Qué haría yo sin alcohol?

Aterrorizada ante aquella idea, se sentó en la silla de al lado y puso las piernas sobre la mesita.

—Creo que necesito un trago —dijo.

—No creo —repliqué, y dejé la taza en la mesa—. Nos vamos.

—Joder, ¿otra vez? ¿Adónde y para qué? Acabamos de llegar… —Emitió un quejumbroso bramido y alzó sus ojos al cielo.

—A Polonia, querida, a nuestra patria. Creo que podemos salir mañana a primera hora. ¿Qué te parece?

Pensó un instante y miró a todos lados como si estuviera buscando algo.

—Me voy a follar —afirmó.

—¿Tienes con quién? —le pregunté irónicamente, ya que sabía que Domenico estaba con Mario y Massimo.

—¿Cómo no voy a tener? Me he echado una siesta de una hora y Júnior ha desaparecido. Me voy a buscarlo y nos pondremos manos a la obra.

Me levanté, doblé la manta y la puse en la silla.

—Me temo que no. —Me encogí de hombros e hice una mueca—. ¡Negocios, chica! Estás condenada a pasar la noche en mi compañía. Vamos.

10

Olga fue a hacer sus maletas, pero yo, por más que me esforzaba, no acababa de prepararlas. Por tercera vez, aquel día acababa de perder otra batalla contra la pereza, así que decidí tomar una ducha. No me sentía sucia, pero tenía ganas de ponerme bajo el agua caliente.

Entré en el enorme cuarto de baño, abrí todos los grifos y, en pocos segundos, toda la estancia se llenó de vapor. Cogí el teléfono y lo conecté al altavoz del tocador. Al instante sonó *Silencie* de Delerium. Me deslicé bajo el agua y cerré los ojos; el sedante ruido me destensó y la música que sonaba a mi alrededor me relajó aún más. Apoyé las manos contra la pared y dejé que una corriente cálida descendiera sobre mi cuerpo y calmara el fluir de mis pensamientos.

—Te echaba de menos —escuché justo detrás de mi oreja.

Me sobresalté, aunque sabía quién estaba detrás de mí. No fue miedo a lo que pudiera suceder, sino la reacción a un sonido inesperado.

—Creo que nuestra despedida no fue lo suficientemente cariñosa —dijo cogiéndome por las caderas.

Todavía de espaldas a él, me agarré a los tubos transversales que, tras pulsar un botón, disparaban chorros de agua. Apretó sus manos contra las mías, mientras sus labios y dientes recorrían mis hombros y cuello hasta llegar a mi boca. Su lengua penetró con fuerza y se enredó suavemente con la mía. Estaba desnudo, mojado y muy preparado desde que se había colocado detrás de mí. Dobló un poco las rodillas y, con un único y diestro movimiento, me clavó su polla grande y pegajosa. Gemí y apoyé la parte posterior de la cabeza contra su musculoso pecho. Las manos de Black se posaron sobre mis senos hipersensibles, estrujándolos con firmeza, mientras mis caderas dibujaban círculos perezosos. Sentí que el deseo crecía dentro de mí y que mi cuerpo se tensaba y se aflojaba al ritmo de sus movimientos.

—No creerás que solo he venido para restregarme contra ti. —Los dientes de Massimo me mordieron dolorosamente la oreja.

—Eso espero, don Torricelli.

Me agarró brutalmente, me sacó de la ducha y me puso delante del gran lavabo con espejo. Luego apoyó mi cuerpo desnudo contra la fría encimera que había al lado y me tiró del pelo para que lo viera reflejado en el enorme espejo.

—Mírame… —refunfuñó mientras volvía a penetrarme.

Con su mano libre, me agarró con firmeza por las caderas y empezó a follarme a un ritmo vertiginoso. Abrumada por el placer, cerré los párpados en pleno éxtasis y me evadí.

—¡Abre los ojos! —gritó.

Lo miré y vi la locura en los suyos; eso me excitó, aunque también percibí que seguía teniéndolo todo bajo control. Me agarré a la encimera del lavabo para inmovilizar mi cuerpo, separé delicadamente los labios y empecé a lamérmelos.

—¡Más fuerte, Massimo! —susurré.

En el cuerpo de Black comenzó a brotar una malla de venas hinchadas: los músculos se le tensaron de tal modo que podría haber pasado por un maniquí en las lecciones de anatomía. Se mordía los labios y no apartaba de mí sus negros y penetrantes ojos.

—Como quieras. —El ritmo que marcaban sus movimientos me parecieron mortales. Al instante sentí que el placer se derramaba por la parte inferior de mi vientre—. Todavía no, nena —masculló.

Por desgracia, su prohibición me sonó a orden. Sin apartar la vista de sus ojos, empecé a correrme con un fuerte gemido que acabó en grito. No redujo la velocidad y, después de unos segundos, me corrí por segunda vez. Jadeaba, y mi cuerpo se sacudía por los escalofríos.

—Arrodíllate —dijo cuando me dejé caer sobre el lavabo.

No podía recuperar el aliento, pero cumplí sus órdenes y él entró en mi boca, sosteniéndome la cabeza con fuerza. Pero no la folló, solo la deslizó suavemente y dejó que yo marcara el ritmo. Por su sabor combinado con el mío, supe que él estaba a punto, así que me adapté a él y se la mamé intensa y profundamente.

Las nalgas de Black se tensaron. Su boca no podía mantener el ritmo de su respiración. Sacó el pene y se corrió de un modo ruidoso, vertiendo el esperma caliente en mis húmedos pechos. Me miraba mientras arrojaba todo su contenido. Yo, inclinada hacia atrás y con el culo totalmente empinado, gemía mientras restregaba con una mano sus pesados testículos.

Cuando terminó, apoyó las manos por detrás de mí contra la encimera de mármol.

—Algún día acabarás conmigo, nena —dijo resollando.

Me reí mientras frotaba aquella secreción pegajosa en mis pechos, mirándolo de soslayo.

—¿Crees que es tan sencillo? —dije—. ¿Piensas que soy la primera que lo ha intentado?

Repetí sus palabras de aquella primera noche en que intenté dispararle con un arma sin quitarle el seguro.

Los labios de Black dibujaron una pícara sonrisa y sus manos se dirigieron a mi cara.

—Sabes escuchar. Es agradable y peligroso a la vez.

Me levanté y me puse de pie frente a él, agarrándome con fuerza a su cuerpo musculoso y maravillosamente atlético.

—No me gusta despedirme de ti, Massimo —dije casi llorando.

—Por eso no nos despedimos, cariño. Volveré antes de que me eches de menos. —Me limpió los restos de esperma con una toalla mientras me besaba suavemente en la boca—. Tu avión sale a las doce en punto; llegaréis por la tarde. Os recogerá Sebastian, el chico que te llevó la última vez. Tienes en el móvil el número de Karol; si necesitas algo, llámalo. Él cuidará de ti hasta que yo llegue.

Lo miré asustada porque las instrucciones que me estaba dando sonaban como si yo estuviera en peligro. Todo cuanto él hacía resultaba sospechoso: su repentino viaje, el enviarme a Polonia. Massimo me permitía alejarme de él en contadas ocasiones.

—¿Qué pasa, Don? —Él permaneció en silencio y siguió limpiándome el pecho—. ¡Joder, Massimo! —grité, y le arranqué la toalla.

Bajó las manos y me atravesó con una mirada furiosa.

—Laura Torricelli, ¿cuántas veces tengo que repetirte que no pasa nada? —Me agarró la cara con las manos y me besó con fuerza—. Te amo, nena, y volveremos a estar juntos dentro de tres días. Lo prometo. Y ahora no te enfades porque a mi hijo no le gusta. —Acarició la parte inferior de mi vientre, sonriendo con alegría.

—Hija.

—Espero que no sea tan maliciosa como su madre —dijo, y se apartó porque sabía que, tras esas palabras, iba a recibir un puñetazo.

Corrí tras él desnuda, tratando de pegarle con la toalla mojada, pero era más rápido que yo. Cuando irrumpí en el dormitorio, me agarró, me subió a la cama y me metió bajo el edredón.

—Haces que me sienta completo, nena. Gracias a ti, cada día me despierto para vivir, no solo para existir. —Me miró con los ojos llenos de calidez y amor—. Todos los días le doy gracias a Dios por haber estado a punto de morir. —Se inclinó y sus labios rozaron mi boca con ternura—. En serio, tengo que irme; llámame si pasa algo.

Se levantó, fue al vestidor y al cabo de unos minutos volvió con un traje negro estándar y una camisa del mismo color. Me besó una vez más y desapareció por las escaleras.

Me desperté sorprendentemente pronto. Cuando miré el reloj, eran las siete. Seguí acostada unos minutos viendo la televisión y fui al baño. Por cuarta vez en las últimas veinticuatro horas, me duché y me lavé el pelo; tenía tiempo. Me lo cepillé con esmero y me pinté los ojos sin saber por qué, pues Massimo ya se había ido.

Me senté en la alfombra del vestidor y empecé a gimo-tear, agotada ante la idea de hacer las maletas. Por supuesto, podría haberlo hecho Maria, como de costumbre, pero tenía que elegir mi ropa con mucho cuidado. Fui apartando y enterrando montones de prendas de marca. Por desgracia, mis favoritas me resaltaban la barriga en vez de disimularla. Aunque en Sicilia me gustaba exhibirla, en Polonia prefería esconderla. «Dios, sería maravilloso poder contar lo del bebé al mundo entero», pensé, sentándome sobre un enorme montón de camisas, blusas y vestidos.

—¿Estamos en rebajas? —preguntó Olga, de pie en el umbral, con una taza de café—. ¡Me lo llevo todo!

—¡Joder, Olga! —grité mientras me hundía en aquel montón de ropa—. ¿Sabes que no tengo nada que ponerme? Y lo que es peor, ni siquiera tengo ropa de invierno, porque aquí no hay invierno.

Olga colocó enérgicamente la taza sobre la mesa y, tras darnos un rodeo a mí y a mi grito, dijo con sarcasmo:

—¡Es terrible! ¡Tendremos que ir de compras! —Se arrodilló junto a mí—. ¡Dios mío! ¿Qué vamos a hacer?

La miré molesta, consciente de que me tomaba el pelo y de que en realidad no necesitaba más ropa.

—¡Vete a joder a otra parte! —mascullé, y fui metiendo cosas en la maleta—. Menos mal que todavía no me quedan pequeños los zapatos —dije abrazando las botas de Givenchy—. ¿Estás lista?

—Seguramente más que tú.

Después de desayunar, y gracias a haber preparado el equipaje juntas, antes de las once ya estábamos sentadas en un coche en dirección al aeropuerto. Antes de entrar en aquella ratonera voladora, me tomé un calmante; luego ocupé mi asiento y empecé a volar por mi cuenta justo antes del despegue. Fue como si me hubieran teletransportado.

—Encantado de verla de nuevo, señora —me saludó Sebastian abriendo la puerta del Mercedes.

—Lo mismo digo. —Le ofrecí una sonrisa radiante y me senté un poco aturdida.

Entramos en el garaje subterráneo de mi edificio y, minutos después, ya estábamos en el apartamento.

—¡Oye! ¿Y yo por qué no puedo irme a mi casa? —preguntó Olga mientras se dejaba caer en el sofá—. Al fin y al cabo, tengo mi apartamento.

Preparé agua para el té, eché un vistazo a la nevera y me sorprendió descubrirla llena de comida.

—Pues porque Massimo quiere que estemos juntas. Además, ¿por qué quieres estar sola? ¿Te has cansado de mí?

Cogí un bote de mantequilla de chocolate del estante y hundí una cuchara en él. Olga se levantó, se detuvo en el umbral y se apoyó en el marco de la puerta.

—¿Qué hacemos? Me siento tan desorientada y... extraña. —Torció la boca e hizo una mueca triste.

—Lo sé, yo también. Es extraño que unos meses te puedan cambiar tanto la vida. Mañana iremos a ver a nuestros padres, tú a los tuyos y yo a los míos. Debemos prepararlos, ya que será la primera vez que pasarán la Navidad sin nosotras.

La idea de tener que ir me hizo sentir mal. Los echaba de menos, pero, si pensaba en la pantomima que íbamos a representar, perdía las ganas de verlos.

—¡Oh, está nevando! —dijo Olga mirando por la ventana—. Está..., joder..., ¡está nevando!

Nos quedamos de pie contemplando aquello como si fuera algo inusual. Yo soñaba con regresar a Sicilia.

—¡Vamos de compras! —murmuré sin apartar la vista del cristal—. Venga, hay que animarse.

—Precisamente, Domenico me dio una tarjeta de crédito para las compras —dijo volviéndose hacia mí—, pero lo más extraño es que la tarjeta está a mi nombre. —Abrió mucho los ojos y asintió con la cabeza—. Me da la impresión de que quiere imitar a Massimo. Pero no sé si lo hace porque lo siente o porque quiere copiar a su hermano.

Recordé la escena que había visto en la biblioteca el día anterior. No sabía si debía decírselo, pero llegué a la conclusión de que no era asunto mío y que no iba a estropearle la sorpresa.

—En mi opinión, Olga, lo único que haces es descomponer la mierda en átomos. Venga, tomemos un té y vayamos a por ropa holgada.

—Laura, ¿sabes que exageras con lo de la barriga? Apenas se te nota, solo cuando alguien quiere verla. ¡No te pases! —Sacudió la cabeza.

—No sé. —Me agarré el vientre con las manos y acaricié aquel bultito—. Puede que tengas razón, pero conozco a mi madre; me leerá este embarazo hasta en las cutículas del pelo, así que prefiero ir con cuidado.

Después de más de una hora, un té, algunas chocolatinas y medio bote de Nutella, llegamos con mi BMW blanco al aparcamiento del centro comercial. Por supuesto, no salimos sin abrigarnos con ropa más invernal. Aposté por unas botas negras de Givenchy, unas mallas de piel en las que embutí mi barriga, o al menos eso creía, una túnica holgada de color crema y, como se había desatado el invierno, un chaleco de piel de zorro gris. Olga prefirió unos pantalones cortos y unas botas hasta medio muslo de Stuart Weitzman, a lo que sumó un suéter holgado del color del calzado y una chaqueta de cuero. Estilo putero estándar, vamos.

Paseamos por varias tiendas, gastamos mucho dinero y cargamos con más y más bolsas llenas de prendas de invierno. No sabíamos muy bien para qué queríamos toda aquella ropa, ya que en Italia no la usaríamos. Al final, para ahogar nuestros remordimientos, acordamos dejar todo aquello en Polonia porque seguramente algún día lo necesitaríamos. Dejándonos llevar por aquella idea, seguimos despilfarrando el dinero que nuestros hombres habían ganado con tanto esfuerzo. Mientras caminábamos entre las *boutiques*, me sonó el teléfono. Cuando lo saqué del bolso y vi un número oculto, me sentí feliz.

—Hola, nena. —Su maravilloso acento británico sonó en el teléfono—. ¿Cómo van las compras?

—Estupendamente. Me encanta la ropa holgada —dije con sorna—. ¿Cómo sabes dónde estoy? —Dios, qué pregunta tan estúpida. En cuanto la dije, me di de bofetadas.

—Cariño, tu teléfono tiene un localizador, tu reloj también y llegaste al centro comercial en un coche que también lleva uno. —Se rio—. Y ese vestido rojo que te acabas de comprar es impresionante y no parece un saco.

Un escalofrío me recorrió el cuerpo y empecé a mirar a mi alrededor. ¿Cómo diablos sabía lo que acababa de comprarme? Iba a preguntárselo cuando me llamaron la atención dos hombres altos que estaban quietos cerca de mí.

—¿Por qué necesito guardaespaldas, Don Massimo? —pregunté sorprendida—. Estoy en Polonia y, además, a salvo. —Dudé unos instantes—. ¿No?

—Claro que sí —me aseguró—. Pero me gusta saber que mis queridas criaturas están a salvo.

—¿Entiendo que estás hablando de mí y de Olga? —Me reí sentándome en un banco de uno de los pasillos del centro comercial.

Massimo murmuró algo en italiano y no lo entendí.

—De ti y de mi hijo.

—¡Hija! —lo corregí.

—No debes ponerte ese vestido rojo hasta que lo bautice. —Su voz era autoritaria y, aunque no lo veía, sabía qué cara había puesto al decirlo—. Ahora sigue con las compras y saluda a tus padres de mi parte.

Solté un suspiro al guardar el teléfono en el bolso y miré a Olga. Estaba metiéndose dos dedos en la garganta, como tratando de provocarse un vómito.

—Voy a arrojar un auténtico arcoíris —refunfuñó poniendo los ojos en blanco.

—No te pongas celosa. —Fruncí el ceño y me levanté cogiéndola del brazo—. Mira, tenemos compañía, y están documentando todo lo que hacemos. —Saludé con la cabeza a los dos cachas.

—Joder —maldijo ella—. Es más paranoico que tu madre.

—Cierto. —Resoplé riendo—. Vamos.

Al día siguiente, vestida con la túnica holgada y ceñida solo por el busto, las mallas y el abrigo, me dirigí a casa de mi familia. Decidí visitar a mis padres sin avisarlos, contenta al pensar que iba a darles una sorpresa. Dejé a Olga en el bloque donde había vivido desde niña y me fui. La casa de mis padres siempre había sido el único lugar al que había llamado «hogar». Hacía mucho tiempo, mi hermano y yo habíamos acordado que, aunque ninguno de los dos acabara viviendo en ella de forma permanente, jamás la venderíamos. Jakub vivía a casi quinientos kilómetros de nuestros padres; yo, cuando vivía en Varsovia, estaba a unos ciento cincuenta. Sin embargo, eso no cambió el hecho de que nuestros recuerdos más felices fueran de nuestra casa familiar.

Mamá se había dedicado mucho al jardín, y la casa estaba irreconocible en los últimos años. Por mi parte, no podía imaginar que alguien, excepto nosotros, pudiera vivir en ella.

Me detuve en la entrada y llamé al timbre. Un momento después, se abrió la puerta y vi a mi padre.

—¡Hola, cariño! —gritó tirando de mí hacia dentro—. ¿Qué haces aquí? Pero ¡qué guapa estás!

Vi que sus ojos se llenaban de lágrimas, así que lo abracé más fuerte.

—¡Sorpresa! —susurré acurrucada en su hombro.

Al instante, mi encantadora madre salió del salón, impecablemente vestida y maquillada, como siempre.

—¡Hija! —Sollozó extendiendo las manos.

Me arrojé a sus brazos y, sin saber por qué, rompí a llorar. Cada vez que ella reaccionaba emotivamente al verme, se me llenaban los ojos de lágrimas.

—Mamá...

—¿Por qué lloras? —me preguntó acariciándome la cabeza—. ¿Te ha pasado algo? ¿A qué viene esta visita inesperada?

Verlo todo negro. Esa era la pasión oculta y el talento de mi madre; le encantaba preocuparse e inventarse problemas, aunque no existieran.

—Dios mío, solo me emociono, nada más —farfullé sorbiendo.

—Vamos, cariño, ya es suficiente. —Me dio una palmadita en la espalda—. Tomasz, prepáranos un té, y tú quítate el abrigo y siéntate.

Mi capacidad para mentir volvía a estar a prueba. Les hablé de mi formación en Budapest y de lo bien que me iba en el trabajo. Empecé a entretejer una larga historia con eventos imaginarios que había logrado organizar, y cuando surgió la pregunta relacionada con las clases de italiano, usé las tres palabras que conocía y cambié de tema.

Al cabo de una hora y media de monólogo, llegó el momento de enseñarme cómo funcionaba el telescopio que papá había recibido de Black, y, oficialmente, de mí. Vi lo nervioso que se puso mientras daba vueltas al cartón que envolvía el tubo y murmuraba algo para sí.

—Puede llevarle algún tiempo —dijo mamá mientras ponía una botella de vino tinto y dos vasos en la mesa.

—Maldita sea —masculló. No había previsto esa parte de la noche; debería haberlo hecho.

Mamá sirvió el vino y levantó la copa con un gesto de brindis, esperando el mío. Con cierto pavor en los ojos, levanté mi copa y me mojé los labios después de brindar. «Oh, Dios, qué bueno está —pensé al sentir el sabor del alcohol en la boca—. Si pudiera, me bebería la botella entera de golpe.»

Papá seguía tratando de rastrear algo más que la oscuridad mientras mamá volvía a servirse.

—¿No te gusta? —preguntó mirando la cantidad de vino intacta en mi copa—. Es tu favorito, pinot noir moldavo.

—Bueno, en realidad he dejado de beber. —Su mirada de sorpresa clavada en mí no auguraba nada bueno—. Verás, mamá, en Italia se bebe todo el día —empecé a tejer una mentira preguntándome qué quería decir— y el alcohol tiene carbohidratos —terminé, sonriendo como una boba.

—Sí, tienes mejor aspecto —respondió mamá señalándome—. Estás más rellenita. ¿No haces ejercicio?

«No, joder, estoy embarazada», pensé, y le sonreí de un modo muy falso.

—Eh…, no tengo tiempo para hacer ejercicio. Por desgracia, tengo tiempo para comer, especialmente en el trabajo. Ya sabes, pizza y pasta todo el tiempo, y el culo crece, así que he dejado de beber y estoy limpiando mi organismo.

Recé mentalmente para que me creyera. No era fácil, porque el vino me encantaba desde siempre y nunca había despreciado una copa. Habría preferido dejar de tomar alimentos sólidos que prescindir del alcohol.

Me miró con recelo un rato, girando el tallo de la copa en los dedos. Sus ojos entornados demostraban que no me creía. La voz de mi querido padre me salvó de aquella incómoda situación.

—¡Ja! ¡Ahí está! ¡Laura, ven! ¡Mira! —dijo haciéndome un gesto con la mano para que me acercara.

Me levanté de la silla como si quemara, corrí hacia él y puse el ojo en la lente del telescopio. Había localizado la Luna, que, gracias a aquel primer plano, parecía impresionante y extraordinariamente hermosa. Yo, demasiado emocionada, comencé a charlar por los codos y comentar todo cuanto veía. Dado que mi padre, por suerte, compartía sus conocimientos con entusiasmo y todo detalle, mi madre se fue aburrida después de escuchar una conferencia de quince minutos sobre astronomía. Seguí fingiendo que escuchaba mientras tramaba cómo podía protegerme en el siguiente careo. Sin embargo, los conocimientos de papá sobre los cuerpos celestes eran tan vastos que siguió ilustrándome durante otra hora más.

Mientras luchaba con mis párpados, que se me cerraban por el aburrimiento, y cuando ya creía que iba a perder aquella desigual batalla, mi madre entró en acción y, en esa ocasión, me salvó de papá.

—La cena está servida —dijo señalando hacia la cocina.

«Si no me voy de aquí mañana, me volveré loca», pensé. Papá me estaba salvando de mamá, mamá de él, y yo acabaría perdida en mis propias mentiras, pues hacía mucho tiempo que no me esforzaba tanto intelectualmente.

Mi mente pedía una tregua.

Me senté a la mesa contemplando toda aquella deliciosa comida, y sentí un hambre abrumadora. Me serví un poco de cada manjar, comí y volví a servirme, aunque debería decir que devoré, porque a aquello no lo llamaría comer. Tras veinte minutos de festín, levanté los ojos del plato y me encontré con los aterrorizados ojos de mis padres. «Joder —mascullé—, creo que me iré hoy.» Mamá masticaba cada bocado pausadamente mientras miraba mi plato vacío.

—Bueno, ¿qué? —Enarqué las cejas desconcertada—. Se me ha abierto el apetito porque como pasta todo el tiempo.

—Ya lo veo. —Mamá movió la cabeza con desaprobación.

Estaba a punto de engullir todo el pastel de manzana con merengue, pero me di por vencida sabiendo que sus cerebros no lo soportarían. Además, planeaba hacer una visita nocturna a la cocina, cuando nadie me molestara ni me atravesara con la mirada.

Después de cenar vimos una película y luego me acosté en mi antigua habitación de arriba. Podría haber dormido abajo, en el salón, pero eso habría significado estar junto al dormitorio de mis padres, así que, tras pensármelo dos veces, cambié de idea.

Por la mañana, al despertar, recordé que mis padres estaban en el trabajo y que al menos no tendría que preocuparme por sus suspicaces miradas durante las siguientes horas. Aburrida, vi la televisión un rato y fui a tomar una ducha. Abrí el grifo y me quedé parada bajo el chorro de agua caliente. Cerré los ojos y recordé mi última ducha con Massimo. Lo eché de menos. Casi podía sentir el tacto de su mano sobre mí. Impulsada por esta visión, comencé a tocarme acariciándome los hinchados senos y frotándome el clítoris unas cuantas veces. Sentí que me ponía caliente demasiado rápido. Era una de las indiscutibles ventajas del embarazo: mi cuerpo estaba muy sensible y reaccionaba más intensamente al tacto.

Pensaba en lo brutal que era Massimo para mí, en el dolor que me causaba y en lo mucho que me gustaba. Casi sentí el tacto de su lengua en mí. Abrí más las piernas, frotando el clítoris hinchado aún más rápido. Las imágenes pasaron por mi mente como si rebobinara una película: me agarraba con fuerza por las caderas, me penetraba por detrás y tiraba de mí hacia él. Un grito sofocado se me escapó de la garganta cuando el orgasmo recorrió mi cuerpo. Espiré sintiendo que desaparecía toda presión. «Uf, lo necesitaba», pensé.

Al salir de la ducha, cerré el grifo y me quedé de pie un instante. Miré a mi alrededor y, al no encontrar toallas, entendí que debía volver a la habitación a buscar mi albornoz.

—¡Maldita sea! —Suspiré al abrir la puerta y empecé a caminar por aquella primera planta.

No había andado un par de pasos cuando me quedé petrificada en el umbral de mi habitación. Los ojos de mi madre, grandes como platos, me atravesaron y se quedaron mirando mi vientre redondo. Me quedé clavada en el suelo, con los brazos a ambos lados del cuerpo, sin poder moverme. Mamá, sin decir nada, sacudió la cabeza, como si quisiera ahuyentar un pensamiento indiscreto o despertar, pero siguió observando mi vientre redondo. Finalmente se sentó, suspiró y me miró directamente a los ojos. Empecé a sentirme débil, comencé a respirar de un modo desesperado, profundo y rápido, y escuché un silbido en los oídos.

Agarré el albornoz, que estaba en la silla de al lado, me envolví en él y me dejé caer en el asiento.

Cerré los ojos mientras trataba de calmar mi corazón.

—Toma —me dijo metiéndome una pastilla en la boca.

—No, no, de esas no puedo —dije—. En mi bolso.

La oí hurgar en él, sacó con cierto temblor una caja de medicamentos y me dio la pastilla correcta. Me la puse bajo la lengua y esperé a que surtiera efecto. Sentí ardor y dolor en el pecho, mientras los latidos del corazón ahogaban cualquier otro sonido. Dios mío, en ese momento deseaba morirme más que vivir y tener que enfrentarme a mi madre.

—Voy a llamar a urgencias… —dijo ella levantándose.

—Mamá, no. —Abrí los ojos y la miré—. Se me pasará enseguida.

Se sentó en la alfombra delante de mí y me tomó el pulso. Rogué a Dios que, por algún milagro, me teletransportara a Sicilia. Pasaron unos minutos y, a pesar de mantener los ojos cerrados, seguía notando su mirada reprobadora en mí. De modo inconsciente, me puse la mano en el vientre, cogí aire profundamente y abrí los ojos.

Vi en su rostro decepción, desilusión y tristeza. «¿Cómo hemos llegado hasta aquí?», me flagelé. A fin de cuentas, lo había planeado todo con tanto detalle: la ropa, la historia…

—Mamá, ¿qué haces en casa?

—Quería pasar el día contigo, así que cancelé mis reuniones —respondió mientras se levantaba y se sentaba en la silla de al lado—. ¿Cómo te encuentras?

Dudé unos instantes porque físicamente no me encontraba mal, pero mi mente… ¡era un desastre!

—Ya estoy bien, me he puesto un poco nerviosa. —Sabía que ella callaba porque no quería alterarme, pero eso no cambiaba el hecho de que no iba a poder evitar aquella conversación—. Principios del cuarto mes —susurré sin mirarla—. Y sé lo que me vas a decir, así que, por favor, ahórratelo.

—No sé qué decir. —Se cubrió el rostro con las manos—. Laura, últimamente todo ha ido demasiado rápido. Nunca habías sido así. Primero, ese viaje al extranjero; luego, ese extraño hombre; secretos, misterios, y ahora… ¡una criatura!

Tenía razón. Y también sabía que, dijera lo que dijera, nada cambiaría.

—Mamá, lo quiero —le dije.

—Pero ¿una criatura? —gritó levantándose—. No tienes que concebir un hijo con alguien solo porque lo amas. Especialmente si no lo conoces… —Rompió a llorar y yo sabía por qué.

Corrí hacia la bolsa y saqué la primera ropa que encontré. Me la puse mientras ella contaba mentalmente los meses, recogí mis cosas y abroché el cierre.

—¡Jolines! Laura Biel, ¿cuánto hacía que conocías a ese hombre cuando decidiste que ibais a ser padres?

Yo apretaba los puños llena de ira, aunque con quien estaba furiosa era conmigo.

—Mamá, ¿qué diferencia hay?

—No te crie así. ¿Cuánto hacía que lo conocías?

—No lo planeé. Sucedió. No creerás que soy tan estúpida, ¿verdad? —Cogí mi bolsa—. Pues unas tres semanas. —Al decirlo me di cuenta de lo ridículo que sonaba. Intentaba que mi madre entendiera algo que incluso a mí me parecía absurdo.

Se puso pálida y se quedó inmóvil. Sabía que la había herido y que las cosas acabarían de aquel modo. Pero no podía decirle la verdad sobre el secuestro, la agonía de Massimo, la mafia, ni nada de todo aquel embrollo siciliano.

—¿Y qué pasará cuando ese joven rico se aburra de ti? —preguntó—. Te dejará tirada con el niño. Creo que te eduqué de otro modo. ¿Recuerdas que una familia, como mínimo, la forman tres personas? ¿Cómo puedes ser tan irresponsable? —Intentaba aparentar tranquilidad, pero las emociones la superaban—. ¿Alguna vez te has preguntado qué le puede pasar a una mujer soltera con un hijo? ¡No solo se trata de ti!

—Me casé a la semana de volver de Polonia, sin acuerdo prematrimonial, mamá —le gruñí directamente a la cara—. Así que tengo derecho a todo su maldito patrimonio. Tengo tanto dinero que el bebé puede usarlo en lugar de pañales. Y Massimo nos quiere tanto a mí y al bebé que se mataría antes que dejarnos ir. —Levanté la mano cuando vi que quería decir algo—. Créeme, lo sé porque incluso llegué a huir de él. ¡No me juzgues, mamá, porque no tienes ni idea de la situación que quieres analizar! —grité, y bajé corriendo las escaleras.

Cogí el abrigo, me puse los zapatos y salí a toda prisa. Estaba nevando; el aire helado envolvió mi rostro. Aspiré profundamente para que me entrase en los pulmones y abrí el coche con el mando. Arrojé la bolsa en el asiento y conduje en dirección a la calle. Quería llorar, estaba enfadada conmigo. Quería gritar, vomitar y morirme. Poco después dejé atrás la ciudad y me adentré por un camino forestal.

Tras conducir unos kilómetros, me detuve, bajé y empecé a gritar. Grité hasta que sentí que ya era suficiente. Me acerqué al coche y le di patadas a una de las ruedas con las mosqueteras Givenchy, terriblemente caras. Necesitaba a Black como nunca antes.

Un buen rato después, me calmé y coloqué mi trasero rellenito en el asiento. Marqué el número de mi marido y él respondió a la tercera señal. Sollozando y sorbiendo, abrí la boca para decir algo, pero no sirvió de nada. Cuando oí su voz, me puse a llorar. Con una mezcla de inglés y polaco, traté de explicarle lo que había sucedido, mientras de vez en cuando golpeaba el volante con las manos y emitía gritos salvajes. Durante nuestra conversación oí que Massimo, de fondo, murmuraba algo en italiano. Poco después, por el retrovisor, vi un Volkswagen Passat negro acercándose a mí, del que bajaron los dos tipos que había visto en el centro comercial. Uno corrió hasta mi puerta, la abrió y, preocupado, como si estuviera buscando a alguien, clavó su mirada en mí y en el interior del coche.

—¡Joder! ¿No puedo ni llorar? —grité, y le cerré la puerta en las narices.

El tipo se llevó el teléfono a la oreja; luego se fue, llevándose también a su colega.

—Cariño —escuché una voz suave y tranquila en los altavoces del coche—, suénate y repíteme en inglés qué ha sucedido.

De ese modo le conté toda la historia de aquella última hora, me di unos cabezazos contra el volante y luego me quedé inmóvil sobre él.

—No puedo más, Massimo. Hago daño a la gente que me quiere. Estoy enfadada, tengo un buen bajón, y tú no estás. —Sentí cómo crecía la furia en mí y cómo la rabia se apoderaba de mi cuerpo—. ¿Y sabes qué, don Massimo? —gruñí—. Me has complicado la vida, todo se ha jodido por tu culpa, y ahora voy a colgar porque estoy a punto de llorar otra vez.

Colgué y apagué el teléfono. Sabía que no podía hacerlo, pero veía el Passat detrás de mí, así que Massimo sabía exactamente qué estaba haciendo y dónde. Di la vuelta, pasé junto a los guapetones del coche negro y, levantando una nube de nieve fresca, me dispuse a regresar.

Conduje hasta el edificio de Olga, salí y llamé al interfono. Cuando contestó, le dije que volvíamos a casa, lo que la alegró muchísimo.

—Bueno, ¿y qué tal allí? —chilló alegremente mientras subía al coche.

—No preguntes. Me he peleado con mi madre; se ha enterado del embarazo y de la boda. Luego me he peleado con Massimo porque se me fue la cabeza. —Me puse a llorar y me eché a sus brazos—. ¡Joder, estoy harta, Olga!

Sus ojos mostraron terror y su boca abierta, su más absoluta sorpresa.

—Cambiemos de sitio. —Se desabrochó el cinturón y se dirigió a mi puerta tras rodear el coche—. Baja, Laura, ahora mismo —repitió mientras me desabrochaba el cinturón y tiraba de mi abrigo—. No vas a conducir en este estado. ¡Baja!

Teníamos un aspecto ridículo: yo gritaba, inundada en lágrimas y totalmente aferrada al volante, y ella tiraba de mí y movía las manos. Incapaz de arrancarme del volante, se inclinó y me mordió un dedo.

—¡Ay! —grité aflojando y soltándome, y entonces me sacó a rastras del coche.

—¡Joder! Si no estuvieras embarazada, te daría de hostias. Sube.

Los primeros kilómetros los recorrimos en completo silencio hasta que sentí que toda la rabia acumulada en mí daba paso a la consternación y al remordimiento.

—Lo siento —susurré retorciendo la boca—. El embarazo es una enfermedad mental.

—Bueno, en tu caso lo es. Vale, cuéntame qué ha pasado en tu casa.

Volví a contar la misma historia y esperé a que reaccionara.

—Bueno, eso ha sido feo. —Se puso derecha, asintiendo con la cabeza—. Klara no dejará de comerse el tarro.

—Me desheredará. —Me encogí de hombros—. No sobrevivirá a este golpe y renegará de mí.

—Lo superará —dijo y, tras pensar un rato, añadió con voz tranquila—: ¿Sabes? No todos los días te enteras de que tu hija está embarazada y recién casada. Además, no todo está tan mal; al menos no sabe que Massimo es un capo de la mafia. Tampoco sabe que, por lo general, siempre hay alguien que quiere mataros, a él o a ti. Céntrate en lo positivo, Laura. —La miraba sin poder creer lo que estaba escuchando—. Bueno, después de todo, intento reírme de la situación. Además, Laura, alégrate, porque te has quitado ese peso de encima. Bueno, tal vez no de la mejor manera, pero se han acabado las mentiras.

Sí, en realidad tenía razón. Pero ¿y qué? La situación parecía haberse aclarado un poco, pero eso no cambiaba el hecho de que mi madre seguro que dejaba de hablarme. Y como las dos éramos igual de tercas, después de lo que me había dicho no pensaba llamarla.

Dos horas más tarde estábamos en casa, y aunque solo eran las dos, me dejé caer en la cama. El embarazo, el corazón enfermo y la discusión con mi madre hizo que aquel fatídico día tan solo deseara acostarme y quedarme dormida. Olga me preparó una taza de té y me contó que había quedado con su chorbo para terminar oficialmente y cerrar el asunto que debería haber acabado hacía semanas. Estaba de acuerdo con ella. Cuando se fue, encendí la televisión y me quedé dormida.

11

Por qué no estás desnuda? —oí un suave susurro detrás de mí oído.

Abrí los ojos. El dormitorio y el salón estaban totalmente a oscuras a pesar de que el reloj situado sobre el televisor marcaba las once. Me di la vuelta y recosté la cabeza en el torso desnudo de mi marido.

—Pues porque, en primer lugar, no esperaba despertarme junto a ti, y, en segundo lugar, necesitaba sentir tu olor. —Agarré la camiseta que llevaba puesta, me la quité y la tiré al suelo.

Black me rodeó fuerte con los brazos y me apretujó contra el pecho.

—Por teléfono no parecías una mujer que echara de menos nada. —Se apartó un poco para mirarme—. Y hablando de teléfonos, el tuyo está apagado desde ayer.

Presa del pánico, levanté los ojos hacia él. Efectivamente, había desconectado el móvil y, en medio de toda aquella confusión, olvidé encenderlo. Era consciente de que, si me echaba una jodida bronca, tendría razón. Para mi sorpresa, su mirada era indulgente y las manos que recorrían mi cabello no auguraban problemas.

—Pero ¿qué haces aquí? —pregunté frunciendo el ceño—. Se suponía que tenías que llegar mañana, ¿no?

—Cariño —me susurró y me besó en la frente—, tu llamada me asustó, mejor dicho, el estado en que estabas. —Volvió a suspirar y me apretó contra él—. Debía haber estado contigo cuando tu madre se enteró de lo del bebé.

—Siento haberte gritado; a veces pierdo el control. —Me volví de espaldas y suspiré hondo—. No solo se enteró de lo del bebé; en un arranque de honestidad, también le conté lo de la boda. —Le serví el paquete completo en unos minutos.

Massimo se levantó de la cama con elegancia, pulsó el botón del mando a distancia y una luz brillante inundó la habitación. Concentrado, se mordía el labio inferior mientras su hermoso y musculoso cuerpo se tensaba y aflojaba. Estaba de pie, mirando a través de los grandes ventanales; se mostraba confundido por algo. Por mí, podría haberse quedado así el resto de la vida, derrochando encanto; pero, por desgracia, mi estómago rugía porque no opinaba lo mismo.

—Laura, tengo algunos asuntos pendientes —dijo finalmente. Desapareció en el baño para lavarse los dientes y luego entró en su vestidor para salir con un traje negro—. Por favor, prepárate para el viaje; hoy iremos a Gdansk en avión. Domenico y Olga están en el apartamento de ella; volveré antes de las cuatro.

Me quedé tumbada con la expresión más estúpida del mundo, preguntándome qué podía ser tan importante como para que se vistiera en treinta segundos y fuera a salir.

—Massimo, acabas de llegar. ¿No puedes desayunar conmigo?

—Llegué anoche y, si te vas a poner quisquillosa, te diré

que he pasado toda la noche contigo. —Se sentó en el borde de la cama y me besó con dulzura—. Solucionaré algo en un santiamén y luego seré todo tuyo.

Me crucé de brazos y, como una niña pequeña, me puse de morros.

—Debes saber, Massimo, que me siento insatisfecha —dije con cara de amargada—. Y como marido mío que eres, tienes el deber de cumplir y complacer a tu esposa. —Respiré hondo—. Además, estoy enfadada, frustrada, triste, hambrienta… —Mientras soltaba esas palabras noté que una abrumadora ola de desesperación y miseria se iba apoderando de mí.

Los ojos de Massimo se oscurecieron, los entornó y me miró. Ignoré aquella señal fiera y ese fue mi error. Solo vi que se quitaba la chaqueta y sonreía con astucia. Se me acercó y, con gesto decisivo, me cogió en brazos, cruzó el salón sin decir una palabra y me puso delante de la mesa grande. Luego se colocó de pie, detrás de mí.

—Lo haremos como antes —anunció serio. Me quitó las bragas y, con su rodilla, me separó las piernas hacia los lados.

Se arrodilló detrás de mí, me empujó con suavidad hacia la superficie de la mesa y su cálida lengua comenzó a deslizarse por el interior de mi coño. Gemí mientras él comenzaba a dibujar círculos lentamente. Me tumbé plana del todo y apoyé las manos contra la mesa fría. Massimo me lamía el coño con pasión, conduciéndome al borde del placer. Cuando se puso de pie, me metió dos dedos, como si quisiera prepararme para el tamaño de su pene. Sin cesar de frotar el interior de mi coño con la mano derecha, se desabrochó el cinturón de los pantalones con la izquierda.

—Rápido y duro —susurró cuando cayeron al suelo—.

Y no vuelvas a decirme nunca más… —en ese instante, sus dedos fueron reemplazados por su miembro; su mano, que había estado en mi interior pocos segundos antes, me agarró el cabello y me inclinó la cabeza hacia atrás—, que no cumplo contigo.

Sus caderas se movieron a un ritmo de locura y de mi garganta salió un grito. Me soltó la cabeza y me cogió el culo con fuerza, clavándomela a un ritmo frenético.

—Te gusta provocarme, ¿cierto? —siseó mientras bajaba una de sus manos para que sus dedos estimularan mi clítoris.

Su dura polla frotaba mi interior a tal velocidad que sentí que no tardaría mucho en correrme. Se recostó sobre mí sin dejar de acariciarme ni cambiar el ritmo. Me asió un pecho con la mano izquierda y pegó el tórax a mi espalda con firmeza. Casi me estrujaba el pezón entre sus dedos, haciéndolo girar y acariciándolo alternativamente. Aquello fue excesivo para mí. Acabé con un fuerte gemido, tumbada sobre la superficie de la mesa, empapada de sudor. Cuando Black notó que me corría y apretaba los músculos alrededor de su pene, me mordió el hombro y se unió a mí arrojando un poderoso chorro de esperma.

—Me encanta —jadeó mientras ambos, sobre la mesa, tratábamos de recuperar el aliento.

Poco después se alzó por encima de mí y, con un hábil movimiento, me dio la vuelta de tal modo que quedé frente a él, acostada de espaldas. Bajó la vista, hacia su polla todavía dura, y, con una sonrisa maliciosa, entró en mí por segunda vez. Aún medio muerta tras el orgasmo que acababa de tener y sin fuerzas para decir una palabra, empezó a acelerar de nuevo.

—¿Qué me contabas de tu insatisfacción...? —Dobló mis piernas flácidas por las rodillas y apoyó mis pies en la superficie de la mesa—. Una vez más, nena —susurró mientras frotaba con el pulgar mi cansado e hinchado clítoris.

Tras otros quince minutos follando, comencé a rezar para que no hubiera un tercer asalto. «¿Cómo puede ser que un hombre de su edad pueda copular como un adolescente?», me preguntaba, recostada medio inconsciente en la alfombra del salón. Massimo se abrochó los pantalones y sonrió feliz mirando mi cuerpo masacrado de placer. Se acercó a mí, me tomó en brazos, me puso en el sofá y me cubrió con una manta.

—Como te he dicho, vendré sobre las cuatro. —Me besó intensa y alegremente en la boca, cogió su abrigo negro y salió.

«Bueno, ahora sí estoy bien follada —pensé cuando la puerta de la entrada se cerró tras él—. Tal vez más de lo que deseaba.» Suspiré. «La próxima vez me lo pensaré dos veces antes de provocarlo», me dije.

Me quedé media hora más allí tumbada, mirando cómo nevaba, hasta que finalmente me levanté y fui a darme una ducha. Me arreglé el pelo con cuidado y me pinté los ojos con precisión. No quedaba ni rastro de mi maravilloso bronceado italiano, pero seguía teniendo muy buen aspecto. Aún en albornoz, mientras buscaba ropa adecuada, oí un ruido.

—Tengo hambre. ¿Por qué no salimos a comer algo? —dijo la voz de mi amiga.

Miré en el salón, pero allí no estaba, así que fui a la cocina y vi el culo de Olga empinado y con unas mallas ajustadas, explorando el contenido de la nevera.

—Dulces, vino sin alcohol, zumos... —enumeró rebuscando entre los estantes—. Joder, comería pasta o un bistec… —Se apartó de la nevera—. Sí, quiero un bistec, patatas, ensalada y cerveza. Mueve el culo o empezaré a vomitar de hambre.

Yo estaba de pie, apoyada en la pared, y percibí cierta locura en sus ojos.

—¿Hoy no habéis comido nada?

—Joder, hay cosas más importantes que la comida. Vamos, Laura. Júnior está ahí delante haciendo algo con los chicos, y creo que está en unas condiciones similares a las mías, así que muévete.

En ese momento, la puerta principal se abrió y se cerró de golpe. Domenico irrumpió en la cocina. Le clavé una mirada aterrorizada, preguntándome qué estaba pasando.

—¿Por qué no estás lista? —preguntó sorprendido.

Sacudí la cabeza, los dejé solos y fui a vestirme. Ya había preparado lo que quería ponerme ese día para gustar a mi marido. Las botas negras de ante de Casadei, un vestido corto gris de Victoria Beckham y un abrigo de Chanel a juego con las botas. Cogí el bolso y diez minutos después estaba en el umbral de la cocina, donde Domenico y Olga se lamían la Nutella el uno al otro.

—Sois increíblemente asquerosos. Vamos.

Los tres bajamos en el ascensor hasta el garaje y nos metimos en un SUV negro. Domenico se sentó junto al segurata y Olga conmigo, en la parte de atrás.

—¿Lo has solucionado todo? —le susurré con complicidad, olvidando que allí nadie sabía polaco.

—No he solucionado una mierda. —Suspiró—. Antes de que Adam tuviera tiempo de venir, aparecieron los sicilianos y a tomar por culo…

Hice una mueca y me encogí de hombros sintiéndolo.

—Pero, por el tono de nuestra conversación, creo que se ha dado cuenta de lo que quería decirle —añadió.

El coche se detuvo delante del famoso restaurante de un conocido chef polaco de apellido mediático. Me sorprendió que los italianos conocieran lugares como aquel en el mapa gastronómico de Varsovia.

Entramos. Todas las mesas estaban ocupadas. «Bueno, es la hora de comer», pensé. Domenico se acercó al gerente y le susurró unas palabras al oído mientras le ponía algo en la mano. A modo de respuesta, minutos después nos condujo a una pequeña e íntima sala, lejos de las indiscretas miradas del resto de los comensales. Nos sentamos a una mesa redonda y hojeamos el menú. Al cabo de un rato, pedimos y el camarero nos sirvió unas tapas polacas para alegría de Domenico y Olga.

Cuando ya habían calmado un poco el hambre con manteca de cerdo y pepinillos encurtidos, Olga se inclinó hacia mí y me dijo:

—Tengo que ir al baño.

Le pedimos disculpas a Domenico y nos dirigimos hacia el salón principal. El interior del restaurante estaba decorado de manera minimalista, pero con gusto; destacaban la madera y los retratos en blanco y negro de las paredes. Además, había lirios blancos en jarrones, la música brotaba de los altavoces y todo estaba envuelto por un maravilloso olor a comida. Incluso a mí me entró hambre.

De repente, Olga se quedó petrificada, mirando a un hombre que comía en una de las mesas.

—¡Oh, mierda! ¡Me cago en la puta! —maldijo en voz baja apretándome la mano.

Miré en dirección a donde ella tenía los ojos clavados y lo comprendí. Justo en ese instante se levantaba de su asiento un hombre rubio extraordinariamente guapo: ancho de hombros, con una chaqueta de corte perfecto y la boca grande. Sí, definitivamente, Adam estaba para comérselo. Rico, atractivo e inteligente. Cuando vio a Olga, se disculpó con sus invitados y se dirigió hacia nosotras.

Se acercó a paso decidido y, cuando estaba muy cerca de nosotras, besó a Olga para saludarla, se inclinó hacia mí y me saludó seco.

—Te he echado de menos —dijo lamiéndose los labios, sin apartar los ojos de ella.

Metió las manos en los bolsillos y su cuerpo adoptó una pose de indiferencia al apoyarse en las piernas muy separadas. Eran rasgos de todos los ricos: desenvoltura, sentido del poder y confianza en sí mismos. Nos encantaban, y de aquel hombre emanaban.

—Hola, A-Adam —tartamudeó ella nerviosa, mirando hacia atrás—. Quería, ya sabes, hablar, pero no es el lugar ni el momento.

Traté de apartarme de aquella situación incómoda, pero mi amiga me sujetó por la muñeca para darme a entender que no debía hacerlo.

—Nunca te ha molestado el lugar ni la hora —dijo enarcando provocativamente las cejas, y le dirigió una sonrisa pícara.

—Adam, nos llamamos, ¿vale? —respondió Olga, y me arrastró detrás de ella.

Intentó sortear a su angelical patrocinador, pero él no tenía intención alguna de rendirse. Adam la atrapó entre los brazos y le metió la lengua en la boca. Olga me soltó y, con ambas manos, empujó al rico calentorro con todas sus fuerzas. Luego arremetió contra él y le abofeteó con tal fuerza que el golpe ahogó la música y los ojos de los comensales se volvieron hacia nosotros tres. Me separé de ellos y vi que Domenico se dirigía hacia allí a paso decidido.

—Domenico… —logré balbucir antes de que su puño alcanzara la cara de Adam.

El rubio quedó tumbado en el suelo, pero el siciliano siguió dándole puñetazos hasta que intervinieron los guardias de seguridad.

El gerente gritaba con todas sus fuerzas, los comensales se levantaban de las sillas, y el italiano, que ardía en deseos de asesinar, se revolvía sujetado por dos gorilas. Los seguratas de los italianos trataron de liberar a Júnior, pero el personal del restaurante era más numeroso. De repente, sin saber cuándo ni por dónde, apareció la policía y esposó a Domenico. Mientras, Adam sacó fuerzas de flaqueza para levantarse y se puso a gritar amenazas y maldiciones; Olga, inundada en lágrimas, murmuraba algo incomprensible. «Dios, ¿llegará algún día el momento en que nuestra vida sea simple, fácil y agradable?», pensé.

Al cabo de un rato, los hombres desaparecieron y nos quedamos solas, intimidadas por las miradas del resto de los clientes. Olga hizo una reverencia teatral y se dirigió a la mesa. Antes de que pudiéramos llegar a ella, mi teléfono vibró en el bolso.

—¿Estás bien? —escuché la voz asustada de Massimo.

—La policía se ha llevado a Domenico.

—Lo sé. ¿Estás bien?

—Estoy bien.

—Id a casa y esperadme —dijo antes de colgar.

—Bueno, al final hemos tenido una breve charla, ¿no? —murmuré; luego cogí el abrigo y arrastré a Olga.

Nos subimos al SUV, donde el llanto de Olga se convirtió en furia.

—¡Qué puta vergüenza! ¿Cómo se puede ser tan imbécil? ¿Cómo se puede? —Agitaba las manos con furia y golpeaba el respaldo del chófer.

—¡Basta! —dije abrochándome el abrigo—. Les darán una lección a ambos. Al rubiales, para que no vuelva a besar a la mujer de otro, y a Domenico, para que sepa que no es un dios en todas partes.

—¡Tengo mucha hambre! —soltó tras unos instantes en silencio.

Me eché a reír y guie al chófer hacia nuestro bar favorito de comida china para llevar.

Ya en casa, nos sentamos en la alfombra y abrimos los envases. Saqué una botella de vino de la nevera y le serví una copa a Olga. La apuró de un solo trago y movió la cabeza para indicarme que le pusiera otra. Tras beberse casi tres de golpe, se tendió de espaldas y ocultó la cara entre las manos.

—Oh, Dios, ¿y si le pasa algo? —murmuró, casi llorando.

—Creo que le rompió la nariz…

—Me paso por el culo la nariz de Adam; el que me preocupa es Domenico.

—Puede que te pases o que te hayas pasado su nariz por el culo, pero ya es agua pasada —añadí un instante después, llevándome a la boca un bocado de pasta con carne de pato.

Olga apartó las manos de la cara y me lanzó una divertida mirada llena de desaprobación.

—Eres una depravada.

—Y tú estás hambrienta. Come.

Olga, frustrada, se bebió la botella entera y fue a por otra. Para acompañarla, decidí tomarme una copa de mi vino. Encendí la chimenea y me senté a su lado en el sofá. Tapadas con mantas, vimos la televisión sin intercambiar ni una sola palabra. Esa era la ventaja de la amistad: sentirse cómodo con alguien aunque estéis en absoluto silencio.

Eran más de las doce y todavía no había recibido noticias de Massimo. Miré a mi amiga, que, borracha y con el maquillaje corrido, se había quedado dormida con la ropa puesta. Decidí desvestirla, pero, en cuanto lo intenté, refunfuñó y se envolvió más en la manta.

—Bueno, pues si es no, es no… —susurré, la besé en la frente y fui a lavarme.

Me duché y volví al sofá con ella. Pensé que, cuando se despertara, no querría estar sola. Aburrida, cambié de un canal a otro. Seguí tumbada, mirando fijamente la pantalla de cristal. Incluso pensé en llamar a Massimo para averiguar qué pasaba, pero sabía que, si él quisiera hablar, ya lo habría hecho. Eran más de las dos cuando me dormí.

Medio adormecida, sentí que alguien me tomaba en brazos y me llevaba al dormitorio. Abrí los ojos y vi la cara cansada de mi marido.

—¿Qué hora es? —le pregunté cuando estaba a punto de acostarme.

—Las cinco en punto. Duerme, cariño.

—¿Y qué pasa con Domenico? —Abrí los ojos, haciéndole saber que no me rendiría tan fácilmente.

Black se sentó en el borde del colchón, se quitó la chaqueta y empezó a desabotonarse la camisa.

—La policía polaca lo ha detenido y, por desgracia, es probable que se quede allí un tiempo. —Bajó la cabeza y suspiró profundamente—. ¡Le he dicho muchas veces que esto no es Sicilia! Y no habría habido problema si le hubiera puesto las manos encima a cualquier otra persona, pero tuvo que darle a un magnate que es casi un orgullo nacional. —Levantó la cabeza y clavó los ojos en la pared—. Karol dice que la pena que le impongan puede ser inconmutable a pesar de sus muchas relaciones.

—¿La pena? —pregunté extrañada.

—Tres meses de prisión preventiva por riesgo de fuga o entorpecimiento del proceso. Y todo tendría arreglo si no fuera porque decidió darle una paliza a una de las personas más ricas de la ciudad. Para colmo, Adam tiene la nariz rota, es decir, le ha provocado una lesión temporal superior a siete días impeditivos. En tu país, algo así se persigue de oficio, y él ni siquiera tiene que demandar a Domenico. Por supuesto, si quiere, puede hacerlo; aunque no lo haga, la oficina del fiscal se encargará del caso.

Lo miraba con los ojos bien abiertos y sentía que mi sueño se desvanecía.

—Massimo —le dije abrazándolo muy fuerte por la espalda—, ¿y ahora qué?

El Don estaba sentado, inmóvil, y notaba lo acelerado que le iba el corazón.

—Nada. Mañana tengo una reunión con los abogados; quizá vea a ese imbécil. A lo mejor le pego un tiro sin testigos, por ejemplo, y luego lo entierro en el bosque.

Me di la vuelta, me senté en sus rodillas para mirarlo a los ojos y le cogí la cara con las manos.

—No me hace gracia —dije frunciendo el gesto.

—Mañana nos vamos en avión; de todos modos, mi estancia aquí es inútil. Iremos a Gdansk para la velada, donde también tengo varias reuniones, y luego volveremos a Sicilia. —Suspiró e inclinó su frente contra la mía—. Karol se encargará de todo. No te preocupes, nena. —Me besó en la nariz—. No es la primera vez que Domenico está entre rejas. —Sonrió y, tras levantarme sin esfuerzo, me colocó sobre las suaves sábanas de la cama y me cubrió con su cuerpo—. No irás a creer que, siendo como es, no ha estado antes en el trullo, ¿verdad?

Realmente me sorprendió el desparpajo con que lo dijo.

—Verás, cariño, mi hermanito es bastante impetuoso; pero eso ya lo sabes, has visto varias veces de lo que es capaz. Y, aunque no lo parezca, también se enamora fácilmente. Tuvo un lío con una de nuestras gerentes de un club de Milán. Para su desgracia y la de ella, la señora resultó tener un marido que era como un cruce entre gorila y caballo. Y como mi hermano no es ejemplo de discreción, el hombre-caballo se enteró del asunto. —En ese momento se rio y empezó a besarme el cuello—. Supongo que yo podría haber reaccionado; por otro lado, él sabía qué estaba haciendo. Cuando se produjo el enfrentamiento, las aptitudes de Domenico se pusieron a prueba. Luchó con él durante un cuarto de hora hasta que al final le disparó en la rodilla.

—¿Qué me dices? —conseguí decir desconcertada.

Massimo se mostraba tan divertido como un niño, lo que yo no entendía para nada.

—Bueno, le disparó porque sabía que no ganaría la pelea. La mala suerte fue que era de una familia de policías. Júnior pasó un tiempo en chirona, pagué lo necesario y se acabó la historia. —Se encogió de hombros—. Así que, cariño, como puedes ver, no hay nada de qué preocuparse, Domenico no aprende de sus errores. —Se apartó de mí, se acostó a mi lado, miró al techo y su diversión se desvaneció—. El problema es que esta vez se ha topado con un tipo igual de rico y arrogante que él. Por tanto, el dinero, en este caso, puede ser insuficiente para convencer a Adam de que cambie su declaración.

Oí un ruido en el salón y ambos levantamos la vista. Olga estaba en el umbral del dormitorio, envuelta en una manta, aterrorizada. Tenía los ojos llenos de lágrimas.

—¿Cuánto tiempo llevas ahí? —pregunté levantándome.

—Si lo que quieres saber es si lo he oído todo, sí, lo he hecho. ¡Joder! —Fue resbalando contra la pared y ocultó la cara entre las manos—. Ha sido por mi culpa. ¿Cómo he podido ser tan estúpida? —Un gran sollozo brotó de su garganta y un temblor sacudió su cuerpo.

Me incliné sobre ella y la abracé.

—Cariño, no es culpa tuya, tú no has hecho nada.

Su lamento era cada vez más fuerte y me desgarraba el corazón.

—Olga, si hay algún culpable, es Domenico y su estupidez —dijo Massimo, acercándose a ella—. Y ya que has escuchado la conversación, ya sabes que no es la primera vez. —La agarró por los hombros y la puso delante de él—. Si quieres verlo mañana, ven conmigo, pero si te dejas llevar por la histeria, no nos ayudará. —Miró el reloj de su muñeca—. Especialmente, antes de las seis de la mañana. No he dormido en casi veinticuatro horas, así que os lo ruego, acostaos. Mañana hablamos. —Giró a Olga hacia la puerta y la empujó suavemente—. ¡Buenas noches!

Lo miré con disgusto y me fui tras ella. La instalé en la habitación de invitados de arriba y le di un tranquilizante, tras lo cual se durmió.

Cuando volví con Black, me sorprendió descubrir que dormía. No sé por qué me extrañó el hecho de que un hombre cansado estuviera durmiendo, tal vez fuera porque rara vez tenía ocasión de observarlo de ese modo. El cuerpo desnudo de mi marido descansaba sobre las sábanas blancas. Su rostro era hermoso y apacible; su boca estaba entreabierta y respiraba con regularidad. Tenía un brazo doblado bajo la cabeza y el otro estirado en mi mitad de la cama, como si esperara que me deslizara bajo su axila. Mis ojos recorrieron su pecho musculoso, el estómago y llegaron a donde se unían los muslos.

—Ahí está… —siseé lamiéndome los labios. Su hermosa polla se apoyaba de modo perezoso en su pierna derecha, invitándome a actuar.

—Ni lo pienses —dijo sin abrir los ojos—. Acuéstate.

Gemí, suspiré, gimoteé un poco y, obediente, cumplí su mandato.

Me desperté pasadas las doce y descubrí, sin asombro, que Massimo se había ido. Fui a la cocina, me preparé un té con leche y encendí el televisor del salón. Pasada la una, preocupada por el largo sueño de mi amiga ebria, fui a buscarla a su dormitorio. Abrí la puerta tan silenciosamente como pude y me detuve en seco. La cama estaba vacía.

—¿Qué coño pasa aquí? —murmuré al bajar las escaleras y coger el móvil.

Marqué el número de Olga y esperé, pero no respondió. Lo intenté de nuevo dos veces más, y al final llamé a Black. Averigüé muy poco… No podía hablar y Olga no estaba con él. Confundida, me senté en el sofá y me froté las sienes. ¿Adónde habría ido y por qué no contestaba al teléfono?

El rugido de mi estómago interrumpió mis pensamientos. Miré hacia abajo y recordé que estaba embarazada. Desde que habían terminado las náuseas matutinas, a veces me olvidaba de ello. Subí el volumen del televisor, puse un canal de música y fui a la cocina a prepararme el desayuno. Al abrir la nevera, miré mi reloj. Eran casi las dos. «El momento perfecto para la primera comida del día», pensé.

Rihanna y su *Don't Stop the Music* me acunaron mientras freía unos huevos. Meneándome por la cocina, acabé preparando comida como para cinco personas. Poco después me fui al salón.

Crucé la puerta, entré en aquel enorme espacio y casi me dio un ataque al corazón cuando vi a una figura sentada en el sofá. Olga me miraba fijamente, con los ojos petrificados, sin decir palabra. La miré, dejé el plato sobre la mesa y apagué el televisor, que seguía bramando.

—¿Por qué vas así? —le pregunté, tras recorrer su cuerpo con mi mirada.

El vestido que llevaba era más oportuno para una de nuestras salidas de sábado que para el mediodía, y sus exorbitantes zapatos de tacón alto lo eran más para la cama que para un paseo. La tela negra marcaba sus pechos y casi dejaba totalmente al descubierto sus nalgas. Se apartó de los hombros el abrigo de piel gris que apenas le llegaba a la cintura y lo tiró al suelo. Se quitó los zapatos, se sacó las medias rotas y se echó a llorar.

—Tuve que hacerlo… —balbució entre lágrimas—. Tuve que hacerlo.

El corazón casi se me detuvo en el pecho cuando vi aquel lamentable cuadro. Me acerqué a ella, me senté en la alfombra y la cogí por las rodillas.

—Olga, ¿qué has hecho?

Las lágrimas mojaban sus pestañas postizas y se le habían corrido las líneas que habían sido esmeradamente perfiladas; su aspecto era patético.

—¿Tienes vodka?

—¡No me jodas! ¿En serio? —grité frunciendo el ceño, a lo que ella respondió asintiendo con la cabeza—. Creo que hay en el congelador. Voy a ver.

Entré en la cocina y volví con un vaso, una lata de Coca-Cola Zero y una botella de Belvedere. Le serví un poco y ella se lo bebió de un trago, sin acompañarlo con el refresco.

—Tremendo —dije, sirviéndole el segundo.

Se tomó tres, se limpió la nariz y la cara, y luego empezó a hablar:

—Pensé en todo lo sucedido. Conozco a Adam y sé que no lo dejará ir. —Tomó un sorbo de Coca-Cola de la lata—. Y no se trata de que él me quiera locamente, porque no me quiere; es el orgullo. Domenico ha herido su maldito orgullo masculino. ¿Sabes quiénes estaban sentados a esa mesa con él? —Negué con la cabeza—. Esos amigos suyos, esos ricos cretinos, dueños de la mitad de los clubes, unos puteros y unos camorristas. Así que puedes imaginarte lo ofensivo que fue para él que lo tumbara al suelo de un puñetazo, y que encima lo hiciera delante de sus colegas. Adam tiene la nariz rota, la mandíbula fracturada y parece un mongol. —Asintió para que le sirviera de nuevo—. Así que he ido a su casa a hablar con él.

—¡¿Que has hecho qué?! —grité mientras derramaba el vodka.

—¿Qué otra cosa podía hacer? ¿Esperar a que llegue el juicio que Júnior va a perder y luego esperar a que salga del trullo? Joder, Laura, no son indestructibles; desde luego, aquí no. Ayer Massimo dijo que todo esto podría ser duro y difícil, así que he querido facilitar las cosas.

—¿Qué has hecho? —volví a preguntarle esa vez un poco más bajo que antes, pero no lo suficiente.

—No grites, joder, solo escucha. —Se tomó otro vaso y se estremeció—. Esta mañana, cuando me he levantado y Massimo ya se había ido, me he vestido, he ido a mi casa y me he arreglado tal como ves. Adam siempre ha tenido debilidad por las prostitutas de lujo. Así que me he montado en el coche y he conducido hasta su casa. He parado delante de su puerta, he respirado hondo y he llamado. No se ha sorprendido de verme allí. Ha abierto la puerta y, sin mediar palabra, ha vuelto al salón donde estaba viendo la televisión. Lo he seguido, me he sentado en el sillón y le he entregado una hoja de papel. Le he pedido que escribiera en él que Domenico no le había atacado sino que había sido en defensa propia.

—¡¿Qué?! —grité, casi ahogándome de la risa—. ¿Me tomas el pelo?

—Adam también ha reaccionado así. Quería tener por escrito que, si él conseguía lo que quería, y yo sabía exactamente lo que era, soltarían a Domenico.

—¿Y entonces…?

—Ha llamado a su abogado, le ha pedido detalles: qué debía escribir, decir y hacer para que el hombre detenido fuera liberado. Y luego lo ha escrito todo y lo ha firmado. —Sacó un sobre de su bolso y lo arrojó sobre la mesa—. Más adelante tendría que decirle lo mismo a la policía y, teóricamente, debería funcionar. Al final ha doblado la hoja, ha cerrado el sobre y lo ha metido en mi bolso.

La miré a ella y luego fijé la vista en el sobre, preguntándome si quería oír el resto. Respiró hondo y me observó con tristeza.

—¿Y...?

—Me ha dicho que esperara un momento, ha salido del salón y no ha aparecido hasta al cabo de unos minutos. Al volver, me ha indicado que fuera al baño porque lo tenía todo preparado, y que me daba cinco minutos. Por supuesto, he hecho lo que me ha pedido sin separarme del bolso. Cuando he entrado, en el tocador, junto a la bañera, había un juego de cuero, botas, látigo... Me he vestido, he vuelto y... ¿qué puedo decirte, Laura? Me he dejado follar como una puta. No una vez, ni dos; me ha jodido durante dos horas, hasta que se ha aburrido. Al salir, me ha sonreído y me ha dicho que una puta siempre será una puta.

Me dejó muerta con esa historia. Me sentí como si estuviera en una película de suspense, solo que aquello era real.

—¡No me jodas, Olga! —grité, negando con la cabeza—. De acuerdo, ¿y ahora qué? ¿Lo dejarán ir sin más? ¿No crees que será raro y que los sicilianos no creerán en su buen corazón?

—Ya he pensado en eso. El abogado de Adam se pondrá en contacto con ellos y les exigirá algo de dinero para cerrar un acuerdo amistoso y no ir a juicio. Conociéndolo como lo conozco, lo más seguro es que Adam exija que Domenico le pida disculpas, Massimo lo forzará a hacerlo y todo acabará antes de empezar. Ah, y lo mejor de todo... ¿Sabes por qué la policía llegó tan rápido? —Volví a negar con la cabeza—. Habían ido a buscar la tajada que cobran de uno de sus amigos, ¿qué te parece? Y este idiota va jactándose ante mí de sus amistades.

Escondí la cara entre las manos y solté un soplido mientras miraba sus ojos nublados.

—¿Cómo estás?

—Más o menos —dijo encogiéndose de hombros—. La peor parte ha sido antes de ir al baño, pues Adam me ha dicho que no se trataba de follarse un saco de patatas, que debía pasármelo bien, y que la prueba sería que llegara a los orgasmos. Y no solo eso, me ha exigido que le hablara en inglés, pues hablaba así a mi nuevo novio. —Casi se me salieron los ojos de las órbitas—. ¡Ahí lo tienes! Y, para colmo, concéntrate en correrte mientras ardes en deseos de asesinarlo, y, para rematarlo, conténtalo verbalmente en inglés. —Se encogió de hombros—. Así que me he imaginado que era Domenico, y en definitiva, si no fuera por haberlo hecho con esa bazofia, te diría que me siento de puta madre. Satisfecha, follada, emputecida y saciada al límite. Pero ha sido con Adam, y he tenido seis orgasmos, así que me siento como una mierda porque he traicionado al primer hombre que he amado en mi vida. —Sacudió la cabeza—. Voy a lavarme porque huelo a ese bastardo.

Me quedé sentada en el sofá, analizando cuanto había escuchado. No sabía qué pensar. Por un lado, la admiraba por su obstinación y abnegación, y, por otro, la censuraba por no dejar que Black se ocupara de ello. Me pregunté si yo habría hecho lo mismo y, cuando llegué a la conclusión de que sí, la absolví mentalmente.

Miré el plato que estaba sobre la mesa, con la comida fría. Llevaba allí más de una hora y lo que había en él ya no me apetecía. No tenía hambre, estaba nerviosa, pero sabía que el bebé no tenía la culpa y que yo debía alimentarme. Fui a la cocina, saqué las sobras del chino, las calenté y me las comí sin apartarme de la encimera.

Cuando terminé, Olga estaba sentada en el sofá, envuelta en un albornoz, zapeando. Entonces se abrió la puerta y apareció Massimo seguido de Domenico. Olga rompió a llorar con berridos salvajes, corrió hacia el complacido italiano y saltó sobre él.

—Venga, ya está —le fue repitiendo él mientras la llevaba en brazos por el salón—. Estoy aquí, no pasa nada, somos los Torricelli, no es tan fácil acabar con nosotros.

Se sentó en el sofá y siguió acariciando la espalda de Olga, que seguía aferrada a él.

Me acerqué a Black y lo abracé. Me besó en la frente con ternura y sonrió.

—Nuestro vuelo sale dentro de dos horas. ¿Cómo está mi hijo? —Me acarició la parte baja del vientre.

—¡Vuestra hija! —gritó Olga, volviéndose hacia nosotros.

Massimo me besó de nuevo en la frente y, tras colgar su abrigo, se sentó a la mesa y encendió el ordenador. Me acerqué a él y le abracé por la espalda mientras seguía mirando aquella escena de amor. Diez minutos después, Olga dejó de llorar y empezó a gritarle a Domenico, dándole puñetazos en el pecho y reprochándole el estúpido comportamiento del día anterior. Júnior, riéndose, esquivó sus golpes y la agarró por las manos hasta que finalmente la derrumbó en la suave alfombra y la besó con fuerza. Empecé a sentirme violenta con esa escena, como si fuera una mirona, así que desvié la vista hacia otro lado. Tras un intervalo silencioso, Massimo le dijo a Domenico algo en italiano; este se puso de pie, volvió a besar a mi amiga y al instante ambos hermanos se perdieron en el piso de arriba. Entré en el vestidor y empecé a meter cosas en las maletas.

—¿Y si quiere follar? —dijo Olga en tono cómplice, sentándose a mi lado—. Joder, ¿crees que los tíos pueden llegar a olerse estas cosas? ¿Se dará cuenta?

La miré con los ojos muy abiertos mientras doblaba otro de los vestidos.

—Me estás preguntando algo que desconozco por completo; por si acaso, piensa en una excusa para sentirte tranquila. ¿Intoxicación, dolor de cabeza o tal vez la regla?

—La regla no es un obstáculo para él. —Hizo una mueca—. Pero soltarle un rollo lleno de ternura y mimos siempre funciona.

Levanté la mano como gesto de solidaridad y asentí con el índice alzado. Cuando no sabía cómo decirle a Massimo lo del embarazo, le monté una escena de esas y coló.

Una hora después estábamos listas. Los seguratas cogieron nuestras maletas y antes de las seis ya estábamos en el avión. Ese día me encontraba excepcionalmente bien y ni siquiera pensé en tomar la pastilla. Pero cuando llevaba un rato en aquella lata de metal, dejé de sentirme tan fuerte. Cogí el bolso para buscar el medicamento, pero mi marido me tomó de la mano, me sacó del salón y me llevó al dormitorio.

—El vuelo dura menos de treinta minutos; te organizaré el tiempo para que te olvides de lo que pasa a tu alrededor —dijo mientras me empujaba sobre el colchón y me quitaba la camisa.

12

De hecho, el vuelo fue muy corto y, con Massimo entre las piernas, ni siquiera me di cuenta de cuándo empezó o acabó. Nos bajamos en el aeropuerto de Gdansk, donde los guardaespaldas recogieron nuestro equipaje y entregaron su Ferrari a Black. Dios mío, era evidente que algún pobre tipo había llevado el coche hasta allí para que mi príncipe azul pudiera entretenerse con su juguete en la Triciudad. Sacudí la cabeza al pensar en ello mientras montaba en él. Me desconcertó ver el interior y darme cuenta de que no era el mismo coche.

—¿Alguien lo ha traído desde Varsovia? —pregunté cuando rugió el motor.

Black se echó a reír, arrancó y empezó a adelantar a todo el mundo.

—Cariño, es un coche totalmente diferente. En casa tenemos un Ferrari Italia, pero no es apropiado para el invierno debido a la tracción trasera. Este es un Ferrari FF, con tracción en las cuatro ruedas, definitivamente mucho mejor para este clima.

En ese momento me sentí como una idiota. No sabía distinguir dos coches en teoría diferentes ya que, en medio de la oscuridad, una nave espacial es idéntica a cualquier otra. Me justifiqué con esa idea y clavé los ojos en la ventanilla. Con las prisas del viaje, había olvidado sorprenderme ante el hecho de que hubieran soltado a Júnior. Por eso me volví hacia mi marido y lo cogí por la rodilla.

—¿Cómo lograste sacar a Domenico tan deprisa?

—No fui yo. Se reveló la codicia en ese gilipollas. Su abogado se puso en contacto con nosotros y el caso quedó olvidado una vez concretada la cantidad.

—¡Ajá! —dije brevemente, sin querer extenderme en el tema.

—Dicho sea de paso, es extraño. —Black se me quedó mirando—. Ese tipo tiene tanto dinero que estaba convencido de que no llegaríamos a un acuerdo. Incluso había reunido información sobre su riquísima historia, pero ni siquiera tuve que usar nada de lo que conseguí.

—¿Qué quieres decir con «riquísima»?

Black se rio mientras salía de la carretera de circunvalación de la ciudad.

—Recuerda, querida, no hay hombre rico en el mundo que solo haga negocios legales. Tampoco Adam. Está mucho más cerca de mí que de la Madre Teresa.

—Entonces ¿Domenico habría salido de todos modos? —le pregunté horrorizada y consternada al saber que el sacrificio de Olga no habría sido necesario.

—Nena, hay dos cosas que sé hacer: dinero y chantajes.

Me sentí fatal al pensar en lo que Olga había hecho y que pudiera salir a la luz. Por otra parte, ella pensaba que no había otra salida y actuó de modo altruista.

—Hemos llegado —dijo Massimo al detenerse en el Sheraton de Sopot.

Abrumada por cuanto sabía y sumergida en mis sombríos pensamientos, fui tras él mientras cruzábamos el vestíbulo y entrábamos en el ascensor.

El apartamento era muy espacioso: estaba en la última planta, en un ala con vistas al mar. Por desgracia, no tuve la ocasión de disfrutar del espectáculo porque estaba oscuro y nevaba mucho. Me senté en un sillón de la terraza acristalada y contemplé, embobada, la panorámica tras la ventana. No sabía qué pensar ni si tenía que preocuparme o ignorar toda aquella situación que, para nuestra suerte, ya había terminado.

—¿En qué piensas? —preguntó Massimo, tras colocarse detrás de mí y empezar a masajearme los hombros con delicadeza—. Hay algo que hoy te tiene absorbida. Me gustaría que me dijeras qué es; ha de ser importante si te tiene tan abstraída desde hace horas.

Barajé todas las mentiras posibles que podía usar para defenderme de su curiosidad, pero no me salió bien.

—Estoy pensando en mi madre —dije frunciendo el ceño, queriendo recordar lo que había sucedido en casa de mis padres.

Black dio un rodeo al sillón y se hincó ante mí, separando mis rodillas hacia los lados. Su cuerpo se embutió en el mío y sus labios se congelaron a pocos milímetros de mi boca. Me acarició la cara con el pulgar y me observó con los ojos entornados.

—¿Por qué me miente mi esposa? —Su mirada se ensombreció y se le formó una arruga en la frente.

Suspiré y bajé los brazos en un gesto de resignación.

—Massimo, hay cosas de las que no puedo ni quiero hablar contigo. —Le cogí la cara con las manos y lo besé con fuerza—. Tu hija tiene hambre —le dije apartándome de él, esperando que el cambio de tema lo distrajera—. Haz algo al respecto, anda.

—Ya he pedido la cena; la tomaremos en la habitación —comentó cogiéndome por las caderas y haciendo que me deslizara suavemente desde el sillón en su dirección—. Y ahora te escucho. ¿Qué sucede?

«¡Maldita sea!» Grité millones de maldiciones mentalmente, frustrada al máximo por no poder deshacerme de aquel hombre y de su curiosidad; de todos modos, decidí permanecer en silencio. Por una parte, sabía que aquello no tenía sentido; por otra, pensaba que no podía sacarme aquella información por la fuerza. Mi esposo estaba arrodillado, mirándome de modo inquisitivo, y sus ojos empezaron a arder de rabia de un modo gradual.

—Puesto que no quieres hablar, déjame adivinar —susurró, se levantó y se volvió hacia las ventanas—. ¿Se trata de Olga? —En ese momento giró la cabeza y su mirada llena de ira se encontró con la mía llena de pavor—. He acertado —dijo cruzándosè de brazos—. Puedo darte la información que yo tengo, por si te alivia saber que estoy al corriente.

Recé en silencio para que estuviera fanfarroneando, pero como me calaba tan fácilmente, tampoco me sorprendería si lo sabía todo.

—Massimo, ¿a qué te refieres? —le pregunté con el tono más indiferente que logré poner—. ¿Qué te ha hecho mi amiga esta vez?

«Siempre vale la pena tratar de mentir —pensé— o al menos parecer tonta y hacer como que no sé nada.»

Black se echó a reír, descruzó los brazos, metió las manos en los bolsillos y recostó la espalda en el marco de los ventanales que se elevaban del suelo al techo.

—A mí nada, pero su dedicación a la causa de mi hermano ha sido admirable. Es una pena que no fuera necesaria —dijo con sarcasmo. Cuando escuché aquello, abrí mucho los ojos, redondos y exageradamente desorbitados—. Sí, cariño, sé lo que hizo para que ese bastardo retirara su declaración. Al principio me cabreé con ella porque no me había obedecido cuando le dije que yo me encargaría; más tarde me di cuenta de lo lejos que había llegado por Domenico. ¿Y sabes qué? —Se acercó, se inclinó sobre mí y se apoyó a ambos lados del sillón—. Es un rasgo estupendo en una mujer para una familia como la nuestra. Me impresionó —dijo, me besó en la frente y se dirigió hacia la puerta a la que alguien había llamado.

Seguí sentada, confundida, clavada en el sillón, preguntándome si sería posible contar con un solo día sin ningún tipo de revelación.

El camarero trajo la comida, la sirvió en la mesa de la que había apartado las flores, y puso una cubitera. Lo dejó todo dispuesto y desapareció. Me levanté, me senté a la mesa y me puse una servilleta de lino en el regazo. Mientras tanto, a don Massimo le dio tiempo de cambiarse. Se sentó delante de mí con una camisa casi desabotonada, unos pantalones negros y descalzo. Quería decirle algo, pero no se me ocurría nada concreto.

—He pedido ganso…

—Yo habría hecho lo mismo —le interrumpí y los cubiertos tintinearon en el plato de Massimo—. Es normal cuando amas a alguien.

—¡Basta! —gritó, y se levantó con ímpetu de la mesa—. Laura, no vuelvas a decir algo así.

—Al parecer, te ha impresionado, ¿no? —murmuré mientras él permanecía de pie, mirándome con incredulidad.

—Sí, en el caso de Olga, sí, porque es una mujer irresponsable. Tenía grandes dudas acerca de si sus sentimientos hacia mi hermano eran reales. Ahora ya lo sé.

—Ajá, o sea que si ella pone el culo para salvar a su amado, está bien, pero si lo hiciera yo, estaría mal.

Se acercó a mí, me agarró por los hombros con fuerza y me puso de pie.

—Eres mi mujer, llevas a mi bebé. Yo mataría a ese tipo y luego, si llegara a saber que te has sacrificado por mí, me suicidaría. —Apretó su cuerpo contra el mío, que ya colgaba en el aire, mientras sus pulmones no lograban bombear oxígeno—. Que no se te pase por la cabeza una solución semejante, nena. ¡Mierda! —gritó soltándome, y luego comenzó a murmurar algo en italiano, caminando de un lado a otro de la habitación.

«Bueno, mi confesión no ha sido necesaria», pensé observando su reacción. Pero aquello no cambiaba el hecho de que yo hubiera actuado igual para salvarlo.

—¿Cómo te has enterado? —pregunté al sentarme y hundir el tenedor en aquella jugosa carne.

Massimo se detuvo y me miró desconcertado, tal vez sorprendido por mi calma.

—Por una grabación. —En ese instante, mis cubiertos tintinearon en mi plato.

—¿Qué grabación? —Volví la cabeza hacia mi marido, que volvía a ocupar su sitio en la mesa.

—Come y, cuando termines, te lo explicaré.

Animada por esas palabras, y consciente de que mi oposición y enfurruñamiento no tenían sentido, di buena cuenta de todos aquellos platos: ganso, patatas, ensalada, remolacha —que no parecía ni sabía a remolacha—, postre, otra porción de postre. Empecé a bajar el ritmo con el té al limón, ya con ligeras náuseas por toda aquella cantidad de comida.

Black había observado el festín con expresión satisfecha, contemplándome por encima de su copa de vino.

—¡Ya! —dije mientras me apoyaba contra el respaldo—. Te escucho.

—Bien… Al principio estaba confundido porque la situación daba a entender que Olga deseaba aquello. —Respiró hondo y se sirvió un poco más de vino—. Las escenas mostraban a Olga entrando en una habitación vestida con un llamativo conjunto. —Las comisuras de su boca se alzaron formando una sonrisa burlona—. A juzgar por lo que indicaba el reloj, él se la folló como dos horas, luego ella salió y eso era todo.

—¿Y cómo sabes que es una grabación reciente?

—Verás, querida, Adam tiene la cara destrozada, y en la mesa en que se la folló estaba el periódico de ayer. —Massimo estiró los brazos y se encogió de hombros, como disculpándose.

—¿Y dónde conseguiste la grabación?

—No era para mí. Se suponía que Domenico debía verla. Ese gilipollas quería burlarse de él. Y creo que también destruirle la vida a Olga. Su abogado entregó el CD a los policías de la prisión, pero esos idiotas nos confundieron y, cuando salimos de allí, recibí el paquete en su lugar.

De repente, todo lo que él y Olga me habían contado empezó a cobrar sentido. Desde el principio, Adam urdió un plan que pretendía humillar a su oponente y romper su relación. El hecho de que Adam quisiera que ella tuviera orgasmos y hablara en inglés comenzaba a ser mucho más lógico: la grabación debía demostrar que ella disfrutaba y deseaba aquello. Él había preparado la ropa en el baño para tener tiempo de colocar la cámara y para que se viera más natural. Por lo que había dicho Massimo, la grabación empezaba después de la escena de la firma del testimonio que garantizaba la libertad de Domenico, así que, en realidad, solo mostraba aquellas dos horas de buenos e intensos polvos.

—¿Cómo supiste que Olga no le había sido infiel a Domenico?

—No lo sabía —dijo al levantarse—. Solo fanfarroneé un poco; tu reacción me hizo creer en mis conjeturas. Ya en el coche te incité a hablar, pero supongo que te costaba concentrarte después del viaje.

—¿Y ahora qué? —Me detuve a su lado y apoyé la cabeza sobre su pecho.

—Ahora nada. He destruido la grabación, Domenico está libre y mañana iremos a la velada. —Sonrió mientras me apartaba ligeramente—. Si me estás preguntando acerca de esta noche, te diré que voy a disfrutar de mi esposa embarazada.

A la mañana siguiente, para mi sorpresa, me desperté junto a mi marido. Aquello me atontó hasta el punto de que, cuando abrió los ojos, le pregunté qué le había pasado y le provoqué una risa nerviosa. Incluso bajamos juntos a desayunar, lo cual hizo que volviera a sorprenderme por no estar comiendo en la habitación y porque, además, él no tenía prisa. Entramos en el restaurante y me quedé helada cuando vi a Olga sentada a la mesa con Domenico. Black me apretó la mano y tiró de mí en dirección a ellos.

Tras compartir treinta minutos de desayuno, nuestro idilio familiar llegó a su fin.

—Tenemos la primera cita a las doce en punto. —Massimo se dirigió hacia mí—. Una cosa más, os recogeremos alrededor de las cuatro. Sebastian está ahí; basta con que llames a recepción y digas que necesitas un coche. —Me besó en la cabeza, acarició el hombro de Olga y se alejó.

La cara que puso Olga después de ese gesto no tenía precio. Terror mezclado con disgusto e inquietud.

—¿Qué coño ha sido esto? —preguntó mientras se frotaba el lugar donde Black le había pasado la mano.

Durante unos segundos traté de no mirarla, preguntándome si debía decirle la verdad, pero en esas cosas mi amiga era como Massimo. Era obstinada, insistente, curiosa y resultaba difícil deshacerse de ella.

—¡Laura! —refunfuñó—. Te estoy hablando.

Oh, Dios mío, volví a sentirme atrapada. Parecía que iba a ser un día más con demasiada información, curiosidad y situaciones que prefería evitar.

—Lo sabe —logré balbucir mirándola de reojo—. Sabe lo de Adam. —Respiró hondo y su rostro enrojeció—. Antes de que empieces a gritar..., no se ha enterado por mí. —Tras esas palabras y para variar, su rostro se puso verde y blanco—. Olga, empieza a respirar y te lo contaré todo.

Su frente empezó a aporrear rítmicamente la mesa y los vasos y platos comenzaron a saltar tintineando. Puse la mano en aquel lugar para amortiguar los golpes.

—Basta, joder. No pasa nada... —Miré a mi alrededor y le susurré—: Más vale que sepas lo que planeaba ese mierda de amante tuyo.

Miró hacia arriba, se quedó inmóvil y apretó los párpados.

—¡Adelante! Seguro que ya no me puede pasar nada peor.

Le dije todo lo que sabía gracias a Black y le aclaré su extraño comportamiento hacia ella, suficientemente peculiar, pues nunca había mostrado especial cariño por Olga. Él la respetaba y sabía que yo no podía vivir sin ella, pero me parecía que también sentía unos celos irracionales que no le permitían apreciarla. Esos tiempos habían quedado atrás después de lo que había hecho por Domenico. Su actitud hacia ella había dado un giro de ciento ochenta grados.

—Buenos días —escuché a mi espalda, y miré la cara horrorizada de Olga.

—¿Y ahora qué coño pasa? —gruñó sin apartar los ojos de mi apuesto hermano, que estaba de pie detrás de mí.

Me levanté y me lancé a su cuello sin recordar que solía follarse a mi amiga.

—Hola, jovencita —dijo abrazándome—. Tu chico me ha sacado de la cama y uno de sus gorilas me ha traído hasta aquí cruzando montañas de nieve. —Se sentó a mi lado y giró la cabeza a la izquierda—. Hola, Olga, cariño, ¿cómo estás? —dijo, y le pasó delicadamente la mano por el muslo sonriendo estúpidamente.

—¡Jakub, tranquilo! —refunfuñé.

Él clavó sus ojos en mi vientre.

—Oh, mierda, mamá no mintió. —Me senté en la silla e hice una mueca—. Joder, voy a ser tío, eso sí que es cojonudo. Y tú vas a ser madre, y eso es una locura.

Dirigí los ojos hacia el lugar que él miraba. De hecho, con aquella camiseta tan estrecha, mi vientre ideal y perfectamente plano ya no parecía tan plano.

—Voy al gimnasio, a correr —anunció Olga levantándose de la mesa.

—¿Por qué mientes? —dijo mi hermano—. Di la verdad, te vas a chupársela a alguien de modo magistral.

«Dios, ya empieza», pensé poniendo los ojos en blanco.

—Lo has adivinado. —Aplaudió con un gesto sarcástico—. Por desgracia, no podrás experimentar mi gran maestría.

Tras aquel intercambio de malicias, Olga se fue a correr, lo cual no cuadraba con ella, y Jakub se concentró en mí.

—Bueno… Un embarazo, marido, mudanza… ¿Algo más? —Empezó a darle vueltas al café. Hice una mueca nerviosa mientras frotaba mi vientre—. Ah, claro, y la *cosa nostra*… Me había olvidado de lo más interesante.

Levanté la vista y le miré horrorizada mientras él se tomaba su oscura bebida sonriendo de una forma encantadora. Sus anchos hombros de nadador se sacudían al reírse. Apartó la taza y cruzó las manos detrás de la cabeza.

—Pero, hermanita, si era evidente desde el principio… Además, tengo Google y tu marido no es un ser anónimo.

—¡Dios mío! —susurré al ocultar el rostro entre las manos—. ¿Papá y mamá lo saben?

—¿Eres tonta? Claro que no. Tal vez sospechen algo. Además, desde hace tiempo ando metido en las finanzas de una de las empresas de Massimo, así que también yo he notado algo.

—¿Qué? —dije un poco demasiado alto, por lo que llamé la atención de los comensales de las mesas más cercanas—. ¿Trabajas para él?

—Soy su consejero, pero no hablemos de ello. Será mejor que me digas cómo estás y qué pasó en casa.

Hablamos durante mucho tiempo y, acabada la hora del desayuno en el hotel, subimos a la suite. Había demasiados temas y muy poco tiempo, y mi encantador hermano resultó ser muy atento con su hermana embarazada.

—¿Comeremos juntos? —pregunté, pues ya era tarde.

—Más bien, nos veremos en la cena, que ahora tienes que prepararte. Os recogeré sobre las 7. La velada comienza a las ocho. —Clavé los ojos en él cuando terminó la frase.

—¿Qué quieres decir con eso de que «nos recogerás»?

—Massimo me ha dicho que os lleve y que él irá directamente porque antes tiene una reunión.

Me dolió. No era la primera vez y probablemente no fuera la última. De nuevo una reunión y de nuevo otra persona me llevaría a donde debía ir con él. En realidad, aquellas luchas no me interesaban si él no venía, y solo su influencia había hecho que les dedicara mi atención.

Mi hermano se fue. Llamé a Olga y me enteré de que, para matar el tiempo, había reservado peluqueros y maquilladores para ambas. Tenía una hora para bañarme y hurgar en mi equipaje en busca de mi atuendo para aquella noche. Me senté frente a las maletas y saqué todo su contenido. Nunca había estado en una velada como esa, así que no sabía si debía ponerme un vestido con mucho vuelo y plumas o si eran suficientes unos vaqueros. De repente lo vi claro: de negro. No importaba lo que llevara, quedaría ideal si iba de negro.

Saqué de la maleta unas botas altas negras de Manolo Blahnik, elegí unos pantalones de cuero del mismo color que parecían más unas mallas, y una camisa negra suelta de Chanel que ocultaba mi embarazo a la perfección. Satisfecha con mi decisión, fui a darme una ducha y luego me puse un conjunto de encaje negro y un albornoz.

Los maquilladores y peluqueros terminaron pasadas las seis. Cuando se fueron, me planté frente al espejo. Tenía un aspecto magnífico. Las extensiones del cabello se convertían en una gruesa trenza de raíz, y el maquillaje gris ahumado combinaba a la perfección con la ropa seleccionada. Dejé caer el albornoz blanco y cogí la camisa, pero la aparté al escuchar la voz de mi amiga.

—Llámame cuando aparezca el imbécil de tu hermano —dijo Olga al salir de la habitación—. Y vístete, desfilas con ese conjunto de ropa interior como si quisieras cautivar a alguien.

—¡Me estoy vistiendo! —dije gruñendo—. Además, estoy embarazada y no es nada sexy.

Olga se dio con los nudillos en la cabeza y, tras agarrarse al pomo de la puerta, dijo:

—Idiota, pero si casi no se te nota. Estás más delgada que yo; y, que yo sepa, no espero descendencia. Vístete y llámame.

Cerré la puerta tras ella y apagué las luces, luego puse *Silence* de Delerium en el teléfono y me coloqué los auriculares en los oídos. Tenía tiempo y, de hecho, no tenía prisa. Estaba de pie en la oscuridad, mirando por la ventana la nieve que, de tan espesa, casi cubría por completo el muelle hundido en el mar.

La canción volvía a sonar cuando uno de los auriculares se deslizó y fue reemplazado por un suave acento británico.

—Mío —dijo Massimo mientras sus manos iban de mis caderas hasta el vientre, rozando la ropa interior—. No voy a interrumpirte —susurró, y volvió a poner el pinganillo en mi oído.

Una maravillosa voz femenina resonaba en mi cabeza, pero no podía concentrarme en ella, confundida por la situación. De repente sentí que Massimo me tapaba los ojos con un delicado pañuelo y apoyé la mano en el cristal. Estaba cegada y ensordecida, a su merced. Él permaneció a mi espalda, me quitó el teléfono de la mano y lo deslizó entre mis pechos, para que colgara del sostén. Luego me giró vigorosamente y me levantó las muñecas sobre la cabeza, cogiéndomelas con una sola mano. Me mordió los labios con suavidad y sin prisa, deslizando su lengua entre ellos. Abrí la boca y esperé a que entrara, pero no pasó. Sentí sus dientes mordiendo mi barbilla, cuello y clavícula hasta llegar a mi pezón. Massimo lo estimuló mordiéndolo y lamiéndolo de forma alternativa a través del encaje del sujetador. Gemí, tratando de liberarme, pero él me apretó las muñecas con más fuerza. Con su mano libre, me acarició despacio la parte interior de los muslos y me los separó hacia los lados. La música seguía sonando, desorientándome, mientras él me atacaba alternativamente los pechos e irrumpía en mi interior con sus dedos.

En un momento dado, solo pude sentir su rítmico roce sobre mi clítoris hinchado cuando, de forma inesperada, empujó la lengua profundamente en mi boca al tiempo que me soltaba las manos. Me besó y apreté con ansia su cara contra la mía. Sin interrumpir el baile de nuestras lenguas, dirigí las manos hasta sus hombros, que estaban desnudos, las empujé más abajo y descubrí sorprendida que estaba totalmente desnudo. Me cogió por debajo de las nalgas, me levantó con agilidad y me llevó en volandas por la habitación.

—Massimo —dije sin oír mis propias palabras, ahogadas por la música—. Quiero…

—Sé lo que quieres —susurró de nuevo tras liberar una de mis orejas—. Pero no vas a tenerlo, así que no pienses en ello. —Me encajó otra vez el auricular en el oído y me colocó sobre el suave colchón.

Me sacó el teléfono de entre los pechos y lo puso a un lado. Me bajó un tirante, luego el otro, hasta que ambos senos quedaron libres. Empezó a morderlos cada vez con más fuerza y brutalidad, los chupó, los acarició y los hizo girar entre sus dedos. El estruendo de la música comenzó a irritarme, al tiempo que la sensibilidad aumentaba en cada milímetro de mi cuerpo. Sabía que respiraba y gemía más alto que de costumbre, pero, al no escuchar la fuerza de mi propia voz, no me importaba. Los labios de Massimo merodearon hacia abajo, hacia mi vientre, hasta llegar al encaje del pequeño tanga. Abrí bien las piernas, indicando con esa clara señal que la provocación había terminado y que debía tomarme en serio. Por desgracia, solo sentí su cálido aliento. Según la inclinación del colchón, supuse que se había puesto de pie.

Quería quitarme el pañuelo y los auriculares, pero sabía que me arrepentiría. No porque mi marido me reprendiera, sino porque estropearía su sorpresa. Acostada, confundida, sentí que su mano me torcía con suavidad la cara a un lado y que su hinchado miembro entraba por mi boca abierta. Gemí de placer, lo agarré firmemente con la mano, se lo chupé y se lo lamí como una loca. Su sabor era ideal y su olor me dejó sin aliento. No supe si le gustaba ni qué estaba haciendo hasta que sus manos se apoyaron en mi pelo. Me gustaba cuando me guiaba; él follaba mi boca tal y como le gustaba, y me sentía segura de que lo volvía loco.

Después soltó la parte posterior de mi cabeza y la fue inclinando hacia atrás para que quedara acostada y plana. Noté que el colchón se hundía a ambos lados y que su miembro se restregaba contra mis labios. Los abrí, obediente, llevándomelo a la boca. Las caderas de Black marcaban lentamente el ritmo; fue deslizando su boca desde mi vientre, cada vez más abajo, hasta alcanzar el pulsante clítoris un instante después. Sus largas manos me bajaron las bragas casi hasta los tobillos y, cuando me deshice de ellas, me empujó los muslos a ambos lados. Sofocada por su poderosa erección, grité cuando comenzó a lamerme con pasión, mientras me metía los dedos en el interior. Luego se echó de espaldas, arrastrándome hacia él para que quedara acostada encima. Apoyé el codo contra su muslo y agarré su duro miembro. Rápida y brutal, empecé a mover la mano arriba y abajo, sintiendo cómo se agrandaba. Massimo no dejó de ocuparse de mí, mordiéndome y chupándome mientras aumentaba la fricción y añadía otro dedo. Me folló con la lengua y los dedos hasta llevarme al borde del placer. Me encantaba esa posición. El sesenta y nueve siempre me provocaba dos sentimientos que me encantaban: poder y placer.

Sentía arder mi bajo vientre y todos mis músculos comenzaban a tensarse con firmeza. Mi respiración se aceleró y los movimientos de Massimo dentro de mí se intensificaron cuando comprendió que me iba a correr.

—¡No! —grité mientras me quitaba el pañuelo de los ojos y los auriculares de los oídos. Noté que el orgasmo desaparecía, y Black me miró sorprendido, sonriendo ligeramente—. Quiero sentirte.

No tuve que decirlo dos veces; don Massimo se colocó

en mi dirección, se pegó a mí y se fue escurriendo hacia mi centro, ya listo y mojado.

—Fóllame, por favor —susurré agarrándole del pelo, y apreté sus labios contra los míos.

Le gustaba. A Massimo le encantaba el sexo brutal. Le encantaba cuando yo me mostraba desenfrenada y vulgar. Se enderezó, se arrodilló, me cogió una pierna, la puso sobre su hombro, torció un poco las caderas y me la clavó con fuerza. Su polla alcanzó la parte más íntima de mi feminidad, y su mano izquierda asió despacio mi cuello. Me puso el índice en la boca y, cuando sintió que se lo chupaba, me empezó a follar con un rugido salvaje.

Minutos después sentí que mi orgasmo regresaba y explotaba dentro de mí. Tras los cristales nevaba sin parar, la habitación estaba a oscuras, y yo solo escuchaba mi respiración entrecortada y los sonidos amortiguados de Delerium, provenientes de los auriculares que estaban allí tirados. Me corrí largo y tendido, clavando las uñas en sus muslos. Cuando pensé que el placer ya había acabado, Massimo se corrió, se dejó caer sobre mi cuerpo y me hizo gozar una vez más al frotarse contra mi hinchada feminidad.

Nos quedamos tumbados durante unos minutos, sin aliento y sudorosos, tratando de recuperar la respiración.

—Estaba peinada —dije triste, cuando pude recuperarme—. Y maquillada…

—E insatisfecha. —Me besó en la frente, todavía jadeando—. Además, no hay duda de que tienes un aspecto estupendo. Es tarde. Tenemos que darnos prisa. —Y desapareció en el baño.

«Hipócrita», pensé, caminando en dirección al espejo con las piernas flojeando. Cuando me detuve frente a este, me invadió la furia: tal como supuse, el maquillaje seguía en su sitio pero el pelo ya no lo estaba. Cogí el teléfono, rezando para que el peluquero del hotel pudiera atenderme. Podía. Cinco minutos después, volvió a trenzarme el cabello mirándome de un modo extraño.

Entretanto, Massimo terminó de asearse y mantuvo una conversación telefónica mientras caminaba por la habitación gritando algo en italiano. Le di las gracias a mi salvador y Black, sin interrumpir su llamada, le puso un billete en la mano antes de cerrar la puerta y casi empujarle al pasillo.

13

Pasen, por favor! —gritó una chica desde la entrada lateral de la nave, levantando la mano.

La nieve cubría a la joven casi por completo. Llevaba chándal, chaqueta y, en el oído, un receptor de radio al que hablaba a gritos de vez en cuando. Miré a mi alrededor y vi enormes colas de gente esperando para entrar. Me alegré de no tener que estar allí. Massimo me tomó de la mano y se dirigió hacia la puerta. Detrás de nosotros, entre la nieve, se abrían paso Domenico, Olga y mi hermano, cuya presencia obviamente molestaba a la enamorada pareja.

La joven me puso en la muñeca un brazalete de papel con la inscripción «VIP» y nos mostró el camino. Entramos por un pasillo estrecho que instantes después desembocó en un espacio mucho más grande. Los camareros llevaban bandejas llenas de copas de champán y había botellas frías en las cubiteras. Tapas variadas, platos calientes y un montón de postres. Por un instante pensé que nos habíamos equivocado de fiesta; sin embargo, cuando llegó a mis manos el programa de las luchas, supe que estábamos donde debíamos.

Olga entró con aire arrogante, cogió dos copas de champán y enseguida se tomó una.

—¿Qué tienes ahí? —me preguntó, sacando de mis manos el folleto de los luchadores—. Veamos a esos tiarrones.

Olga dejó la copa y hojeó el folleto gimiendo de placer de vez en cuando. Me volví hacia mi marido, absorto en una conversación con Jakub y Domenico. Traté de escuchar lo que susurraban tan en secreto, pero lamentablemente bajaban la voz de manera tan efectiva que no entendí ni una palabra. Entonces oí el grito de Olga y los cuatro, de pie junto a la mesa del cóctel, la miramos atónitos. Mi amiga puso la cara más estúpida del mundo y trató de fingir que ese horrible ruido no se debía a nada en especial.

—¿Qué pasa? Me he emocionado al ver que hay tan buenas peleas.

Se encogió de hombros y se acercó a mí, arrastrándome hacia otra mesa.

—¡Joder, mira! —Señaló con el dedo la penúltima página.

Observé la foto del luchador y me quedé helada. Mostraba a Damian, mi ex. Cogí el folleto y lo miré sin pestañear, sin dar crédito a lo que veían mis ojos. Por desgracia, tanto si quería creerlo como si no, era innegable que mi ex luchaba aquel día. Al ver que Olga me taladraba con una mirada alegre, me tragué el nudo que se me acababa de hacer en la garganta, de modo que finalmente logré decir:

—¿Y esto te pone tan contenta? ¡Mala pécora! —le espeté, dándole con el folleto—. Admítelo, ¿lo sabías?

Olga se apartó un poco y, para protegerse, se colocó en el lado opuesto de la mesa y tomó un sorbo de otra copa que había conseguido.

—Bueno, había llegado a mis oídos. —Sonrió mostrando los dientes.

—¿Y por qué no te dignaste a darme esa información? —Entorné los párpados y le eché una mirada asesina.

—Porque jamás habríamos venido, y yo quería verlo. —Se acercó a mí y me puso la mano en el hombro—. Además, Laura, hay miles de personas, es imposible que te encuentres con él.

Incliné la cabeza y volví a mirar la foto de Damian, esta vez centrándome en su valor visual y sus méritos. Las notas describían sus logros hasta el momento, récords, éxitos profesionales en los cuadriláteros internacionales. Me entró ternura al verlo de esa manera y, de modo involuntario, recordé los instantes compartidos. Por desgracia, no podía decir nada malo de él, porque todo lo que recordaba era bueno y agradable. «Por desgracia», porque habría sido mucho más fácil que no me gustara tanto en aquel momento.

—¿Qué te apuestas a que gana? —dijo una voz junto a mi oído, y me quedé petrificada—. Su oponente es fuerte en la lucha en suelo; podría tener problemas con él.

¡Dios! ¿En la lucha en suelo? Cuando él me tumbaba en el suelo, yo también tenía problemas. Sacudí la cabeza, como queriendo ahuyentar pensamientos innecesarios, y con una sonrisa tonta me volví hacia Black.

—Creo que ganará —respondí convencida, y lo besé con dulzura—. Acabará con él con un estrangulamiento de guillotina o con una palanca. Es un *grappler*, así que buscará una solución en el suelo. —Me encogí de hombros con una sonrisa astuta en los labios.

Massimo se quedó allí con la boca abierta y me miró con sorpresa.

—¿Qué has dicho? —Se rio sacudiendo la cabeza—. Cariño, ¿debería saber algo?

Lo mantuve en suspenso por un momento, disfrutando de mi propio intelecto.

—Deberías saber que sé leer. —Di unos golpecitos con un dedo en las páginas que sostenía indicando la nota del perfil del luchador—. Al parecer, hace eso.

—Al parecer, lo probó contigo —dijo Olga en polaco mirándome con cara de póquer.

Ignoré su comentario y cogí una copa de zumo que Massimo me había puesto al lado. Tomé un sorbo fingiendo indiferencia, aunque por dentro me sacudía el recuerdo del luchador cuya pelea iba a ver ese día.

Una chica del personal vino a por nosotros y nos indicó el camino hacia el final de la sala. Recorrimos contentos los amplios pasillos hasta que, en algún momento, tras pasar por una puerta metálica, entramos en el pabellón. Miré a mi alrededor y me quedé helada: el centro del edificio era enorme, gradas de varios pisos lo rodeaban; en el piso inferior había sillas agrupadas en varios sectores y una jaula en el medio. Sentí que se me subía el corazón a la garganta, y mi mano, inconscientemente, apretó aún más fuerte la mano de Massimo ante aquella jaula. Era mucho más grande que la que teníamos en la mansión, pero eso no era lo importante. El recuerdo de la malla y de las muchas posibilidades que ofrecía me hizo olvidar lo saciada que estaba y, de repente, sentí una necesidad enfermiza de que me follaran de un modo ordinario. «¡Dios! Por culpa de este embarazo, al final me lo tiraré hasta la muerte», pensé mirando a mi marido con los ojos entornados.

Massimo me observó con calma, penetrando en cada

uno de los sucios pensamientos que palpitaban en mi mente. Sonrió y se mordió suavemente el labio inferior, como si supiera lo que estaba pensando. Acercó sus labios a los míos y, sin prestar atención a la mujer que estaba al lado, metió su lengua en mi boca. Le puse las manos alrededor del cuello, permitiéndole que me taladrara con su beso más profunda e intensamente. Permanecimos así un tiempo, hasta que mi hermano puso los ojos en blanco y siguió a la mujer, que trataba de mostrarnos nuestras butacas. Los tres desaparecieron y nos dejaron solos y, cuando mi necesidad de ostentoso amor quedó satisfecha, nos dirigimos a la jaula.

No me sorprendió que estuviéramos en primera fila. Habría sido raro si nos hubiéramos sentado en otro lugar. Sin embargo, me sorprendió que Olga se sentara junto a mí, y Domenico y Jakub junto a Massimo. Una vez más, se mostraron absortos en una conversación secreta, así que llegué a la conclusión de que no era una simple actividad social, pero ni siquiera traté de escuchar.

Las dos primeras peleas fueron largas y fascinantes; la brutalidad del MMA era emocionante. Aunque esta disciplina cuenta con normas claras, en determinados momentos parecía como si no hubiera ninguna. Tras la tercera pelea, se anunció una pausa de quince minutos, así que decidí aprovechar para ir al servicio. Agarré a Olga, informé a mi esposo de adónde iba y salimos en busca de un baño. Al principio, Massimo quiso acompañarnos, pero apareció el presidente de la federación que organizaba los combates, como si hubiera venido a rescatarnos, y lo detuvo. Fuimos presentadas con toda cortesía y luego nos lanzamos en dirección al pasillo y, de allí, a la sala.

Al ver el color de mi brazalete, los guardias de seguridad

nos dejaban pasar por cualquier entrada, y así avanzamos hasta que descubrí con horror que no tenía ni idea de dónde estábamos.

—Laura, ¿adónde me llevas? —preguntó Olga, mirando por todas partes—. No creo que esto sea un váter.

Me di la vuelta intentando ubicarme, hice una mueca de rabia y admití que tenía razón. Estábamos en un pasillo vacío, así que no había nadie a quien preguntarle el camino. Agarré el tirador de la puerta y, con decepción, descubrí que se había cerrado automáticamente. Para abrirla desde nuestro lado, necesitábamos una tarjeta magnética.

—Vamos —dije tirando de mi amiga—. Llegaremos a un lugar u otro.

Tras deambular un buen rato y cruzar varias puertas, llegamos a la parte posterior del recinto. El equipo organizativo del evento corría con auriculares en los oídos, gritando a un aparato de radio. Unos estaban sentados en el suelo, mirando la pantalla y comiendo un bocadillo; otros, fumando. Fascinada, demoré el paso para observar aquel caos planeado. Pasamos junto a hombres vestidos con camisetas idénticas, con el logo de la empresa y del organizador. «Serán los entrenadores», pensé. Más adelante estaban los camerinos de los artistas que actuaban en la inauguración y los de las chicas que mostraban el número de la ronda durante los descansos. Tal como ponía en la puerta de su vestuario, las «Chicas del Octágono» eran fabulosas: bellezas esbeltas, atléticas y de cabello largo que proferían vibrantes risas. Fue bonito ver cómo se empolvaban la nariz y se pintaban los labios durante el descanso de quince minutos. Su asistente o, más bien, su niñera corría a su alrededor dando gritos salvajes, pero ellas parecían pasar totalmente de ella y hacer caso omiso a su ataque de locura. «Qué mujer tan mala —pensé mirándola—, deberían hacerle un placaje entre todas, en especial porque ellas son más. ¡Perra malvada!»

—¡Ahí está! —gritó Olga al ver el cartel del WC—. Entro primero, que el champán me ha machacado.

Cuando ambas acabamos, decidimos preguntar a alguien del equipo cómo volver a nuestros asientos. Miré a mi alrededor y vi señales que dirigían a la oficina central. «Seguro que allí nos ayudarán», pensé, dándome la vuelta. Cuando ya había dado un paso, la puerta de al lado se abrió y ante nosotras apareció un tipo enorme con una gran barba. Casi saltamos del miedo. La puerta del vestuario de la que había salido se estaba cerrando cuando mis ojos se toparon con una mirada familiar. Me quedé paralizada.

—¡Oh, joder! —susurré allí plantada justo cuando se cerraba de un golpe—. Es...

No continué la frase. La entrada se abrió de nuevo y apareció Damian muy confundido.

—No me lo creo... —dijo sacudiendo la cabeza—. Por fin has venido.

Me tomó en volandas, me abrazó con fuerza y quedé colgada de sus poderosos brazos como una muñeca. Mi amiga estaba clavada en el suelo: en lugar de salvarme, estaba de pie con la boca abierta, mientras yo solo rezaba para que Massimo no apareciera en ese momento.

—Te he escrito tantas veces pidiéndote que nos viéramos, y aquí estás. —Respiró hondo y me bajó—. Estás cambiada... y ese pelo... —Sus manos vendadas me recorrieron el rostro.

—Hola —solté porque no se me ocurrió nada más inteligente—. Tienes buen aspecto.

Al decirle aquello ya me veía jodiendo mentalmente con él. ¡Dios! Solo quería hacerlo de pensamiento, aunque tenía un aspecto divino. Olga, a mi lado, se estuvo riendo entre dientes hasta que uno de sus ex apareció en la puerta.

—Oh, joder… —gimió como si le hubiera caído un rayo.

Los cuatro nos quedamos parados en la entrada del vestuario y me pregunté si quería morirme en el acto o si prefería matar a Olga. Un chico que iba gritando por los auriculares interrumpió aquel momento de embarazoso silencio:

—¡En tres minutos estaremos en el aire!

—Tenemos que irnos —dijo Olga, y tiró de mí.

El amigo de Damian le agarró y entraron.

—Buena suerte —susurré cuando desapareció tras la pared.

Ambas casi corrimos, pasando de largo la oficina que, en principio, era nuestro objetivo. Aturdidas, sin cruzar palabra, nos precipitamos por el pasillo hasta que salimos corriendo hacia el pabellón.

Me apoyé en la pared, tratando de calmar mi respiración, y miré a Olga, que resoplaba delante de mí.

—Miles de personas, ¿verdad? Que no nos encontraríamos con él, ¿verdad?

Mi amiga trató de mostrar arrepentimiento, pero sin éxito. En lugar de eso, se echó a reír.

—¡Pero está hecho un tigre! —gimió y se relamió—. ¿Viste lo enorme que es? ¿Y lo bueno que está Kacper…?

—Y nosotras… ¡qué ridículas! —Me reí.

No me creía lo que acababa de suceder, pero, por otro lado, estaba de acuerdo con ella al cien por cien. Ambos tenían un aspecto increíble.

Ocupamos nuestros asientos y nos encontramos con la mirada de desaprobación de Massimo.

—¿Dónde has estado todo este tiempo? Nuestro guardaespaldas te está buscando —masculló.

—Es un recinto muy grande. Nos hemos perdido. —Lo miré disculpándome y lo besé con dulzura—. Tu hija quería ir al baño. —Le cogí la mano y la coloqué sobre mi vientre.

Era mi forma de tratar con él pasara lo que pasara. Cada vez que mencionaba al bebé, se ablandaba y olvidaba su ira. Y también sucedió esa vez; su mirada enojada se derritió como un helado al sol y una tímida sonrisa brilló en sus labios.

Recuerdo las siguientes peleas como entre niebla, porque estaba concentrada en el nudo que se había formado en mi estómago al esperar la penúltima lucha de la noche. Cuando leyeron su nombre y apellido, casi salté del asiento. Las luces se apagaron y sonó la conocida música *O Fortuna* de Carmina Burana. Todo mi cuerpo temblaba y los músculos de la parte baja de mi abdomen se tensaron. Recordaba esa canción y las situaciones en las que la había escuchado.

Miré a Black con el rabillo del ojo. Él, ignorándolo todo, tenía la vista fija en el lugar por el que entraba el luchador. Miré a Olga y sus ojos alegres clavados en mí con las cejas enarcadas. Conocía esa mirada burlona y era muy consciente de que ella sabía exactamente lo que yo estaba pensando. Las luces parpadearon y Damian apareció en el pasillo que conducía a la jaula. Caminaba con confianza, moviendo relajadamente los hombros de vez en cuando. Iba seguido de Kacper y el resto de sus entrenadores. Le ayudaron a desvestirse y segundos después pudimos admirar al gladiador dando vueltas en el octógono. Levantó la mano para saludar a la multitud y se colocó en uno de los pilares de la jaula.

La mano de Olga apretó la mía mientras yo intentaba

observar de la forma más desapasionada posible aquella montaña de músculos situada a una docena de metros de distancia. Los reflectores volvieron a atenuar la luz y sonó otra canción. Damian empezó su rutina de calentamiento mientras esperaba a su oponente, y tuve la impresión de que sus ojos recorrían la multitud buscándome. Durante nuestro breve encuentro no tuve ocasión de explicarle a Damian por qué estaba allí ni de decirle que estaba casada y esperaba un hijo.

Una de aquellas chicas bonitas dio un rodeo a la jaula mostrando un cartel con la inscripción RONDA UNO, y el gong anunció el comienzo de la pelea. Estaba nerviosa, y seguro que era evidente, porque Massimo me acarició delicadamente el muslo, oprimido en los pantalones de cuero. Primero, los luchadores intercambiaron algunos golpes, y luego Damian cogió a su oponente y lo golpeó contra el suelo de la jaula. La multitud vitoreó cuando él se sentó sobre el otro luchador y empezó a darle puñetazos a una velocidad mortal. Al instante, mientras la cabeza del otro seguía rebotando rítmicamente en el suelo, el árbitro se lanzó sobre Damian, bloqueó sus movimientos y anunció el final del duelo. Casi todo el mundo se levantó del asiento para aplaudir al ganador que, en el fervor de su entusiasmo, saltó a uno de los costados del octógono y, alzando triunfalmente las manos, se sentó en el filo.

De repente, sus ojos se fijaron en mí, me vieron sentada entre el público y se detuvieron unos segundos, lo cual volvió a paralizar mis movimientos. Me quedé sentada, mirándolo sin pestañear. Cuando salió de la jaula, corrió por la puerta abierta del octógono y en un segundo se plantó delante de mí. Massimo, afanado en su charla sobre el nocaut extremadamente rápido, ni siquiera se dio cuenta de que aquel gorila se había teletransportado a una docena de centímetros de él en un abrir y cerrar de ojos. Damian estaba de pie, jadeando, mientras yo me hundía cada vez más en mi asiento. Entonces Black se dio la vuelta y se levantó, seguido de Domenico y Jakub. Consternado, el luchador nos miró alternativamente a mí y a Massimo hasta que, tras unos largos segundos, un segurata le indicó que regresara a la jaula para el anuncio del resultado. Damian se llevó un guante a la boca y, sin quitarme los ojos de encima, me envió un beso silencioso y luego, de nuevo con un grito, alzó las manos en señal de victoria. Se oyó un atronador aplauso y la montaña de músculos volvió al octógono sin apartar la vista de mí.

Me quedé clavada en el asiento, temerosa de girarme a la derecha, sintiendo en la mejilla la mirada fulminante de mi marido.

—¿Puedes explicarme lo que acaba de pasar? —masculló al sentarse.

—No —dije brevemente, sin querer provocar una discusión—. Estoy cansada. ¿Podemos irnos ya?

—No, no podemos. —Se volvió hacia Domenico y le dijo algo, tras lo cual este se levantó y se dirigió hacia la salida.

Me volví hacia Olga, esperando su apoyo, pero me encontré con una mueca tonta indicativa de que estaba tratando de contener la risa.

—¡Hostia, Olga!

—Bueno, ¿qué? —No pudo soportarlo y empezó a reírse de forma nerviosa—. No es culpa mía que estemos en primera fila y que tu ex haya tratado de besarte delante de tu marido gánster. —Su sonrisa fue ensanchándose cada vez más—. Por cierto, ¡vaya circo! Presiento que el viaje no estará nada mal.

La miré llena de odio, pero ella observaba algo detrás de mí y me ignoró.

—Si me sigue mirando así tu marido, me va a quemar. No sé qué hacer.

Volví la cabeza y observé con atención a Massimo. Sus ojos ardían con un fuego tan intenso que todo él temblaba de rabia. Tragaba saliva tan fuerte que hasta yo podía oírlo con claridad a pesar del ruido del pabellón. Sus mandíbulas, rítmicamente contraídas, casi le desgarraban las mejillas, mientras sus puños apretados cortaban el suministro de sangre a los dedos.

—Me excitas cuando te enfadas —dije inclinándome hacia él, acariciándole la rodilla—. Pero no me impresionas ni te tengo miedo, así que ya puedes parar ahora mismo. —Enarqué las cejas y asentí con la cabeza unas cuantas veces.

Black me miró impasible, se inclinó hacia delante y me apretó el muslo con la mano.

—Y cuando te traiga la mano izquierda con la que te ha enviado un beso, ¿te impresionará o no? —Sus labios dibujaron una sonrisa astuta y me quedé petrificada—. Pensaba lo mismo, nena. —Me acarició la mejilla con el pulgar—. Esta es la última pelea, y luego ya viene el *after party*. Espero que no tengas planeados más excesos de este tipo —dijo apartándose de mí.

Se apoyó en el asiento y miró fijamente a Damian, que en ese instante abandonaba el octógono.

Me masajeé las sienes con las manos preguntándome, y no por primera vez, si lo había dicho en serio o solo quería asustarme. Llegué a la conclusión de que era mejor no poner a prueba los límites de mi marido. Ni siquiera miré a mi ex.

Casi no vi la última pelea pensando en lo que me esperaba aquella noche. No tenía ganas de ir a la fiesta y me preguntaba cómo evitarla. Al final tuve una revelación.

—Cariño —dije volviéndome a mi marido mientras caminábamos por el pasillo hacia la salida, después de la velada—. No me encuentro bien.

Black se quedó helado de terror y me miró perspicaz.

—¿Qué pasa?

—Nada. —Puse la mano con suavidad sobre mi vientre—. Pero estoy algo cansada y quisiera acostarme.

Asintió con la cabeza y me cogió de la mano con fuerza, dirigiéndose con decisión y rapidez hacia el coche.

Subimos. Un rato después, Domenico se unió a nosotros y se sentó con toda ostentación junto a Olga, como si estuviera marcando el terreno.

Black y él iniciaron una discusión que claramente no era del agrado de don Massimo, porque poco después gritó algo y golpeó el asiento con el puño haciendo temblar toda la limusina. El joven italiano, sin embargo, no se dio por vencido y siguió presionando a Massimo.

—Tengo que quedarme un rato —dijo cuando el coche se puso en marcha—. Olga volverá contigo. Domenico ya ha llamado a un médico.

—¿Para qué coño quieres un doctor? —gritó Olga en polaco—. ¿No te encuentras bien? ¿Qué te pasa?

—¡Dios! Estoy fingiendo. —Puse los ojos en blanco a sabiendas de que no nos entenderían—. No quiero ir y encontrarme con Damian.

—Sabía que conocía de algo a ese tipo —Jakub, divertido, se unió a la conversación—. Bueno, tal vez sea mejor que no vayas a la fiesta.

—Gracias —refunfuñé mirando a mi hermano.

—En inglés —dijo Massimo, sin apartar la vista del teléfono en el que escribía algo—. Estaré contigo dentro de una hora; deja que Olga se quede contigo hasta entonces. Si pasa algo, llámame. —La miró y mi amiga asintió con la cabeza, poniéndose muy seria.

«Dios, qué farsa», pensé, aunque, por desgracia, había vuelto a ser la instigadora y el centro del follón.

Poco después nos dirigimos hasta el final de un callejón, tras el cual se encontraba la principal zona de diversión de la ciudad. Black me besó, mirándome a los ojos con preocupación, y los tres hombres bajaron del coche.

—Bueno, por fin, joder. —Olga se recostó a mi lado en el asiento—. Sebastian —se volvió hacia el chófer—. Por favor, llévanos a McDonald's, que quiero comer alguna porquería.

—Sí. —Levanté el índice con aprobación—. Yo también.

No sé cuánto comimos, pero en los treinta minutos que estuvimos sentadas dentro, encargamos tres veces varias porquerías deliciosas chorreantes de grasa. A la señora que nos atendió le asombró mucho mi apetito, sobre todo porque, con el modelo que llevaba ese día, era imposible ver que estaba embarazada.

El chófer aparcó frente al hotel y nos abrió la puerta. Cruzamos el pasillo y saludamos con encanto al guardia de seguridad de Massimo, que estaba sentado en el vestíbulo y que, al vernos, saltó de inmediato del asiento. Casi le gritamos al unísono «Buenas noches», así que volvió a sentarse y siguió navegando en su portátil.

Nos detuvimos junto al ascensor y pulsamos el botón para que bajara; apoyé la cabeza contra la pared y esperé a que llegara. Estábamos cansadas, atiborradas de comida e íbamos cayendo en el coma de los carbohidratos.

Las puertas se abrieron y, cuando levanté los ojos, vi que Kacper salía de allí, y Damian, justo detrás de él, estaba inclinado en el espejo. Al darse cuenta de que me tenía a un metro y medio, empujó a su confundido colega, que voló hacia Olga, quien no salía de su asombro, e inmediatamente tiró de mí hacia dentro. La puerta volvió a cerrarse y empezamos a subir.

—¡Hola! —jadeó, y apoyó las manos a ambos lados de mi cabeza.

—¡Eh! —gemí débilmente sin saber qué sucedía.

—Te he echado de menos. —En ese momento, sus manos me cogieron la cara y se arrimó a mí, con lo cual me cortó la respiración.

Agité las manos intentando liberarme de su férreo abrazo, pero resultó inútil. Intenté apartarlo de mí, pero no se dio por vencido. Su lengua se abrió paso en mi boca de una manera familiar y sus labios acariciaron los míos. A pesar de aquella brutalidad, era tierno y extremadamente apasionado. «Dios mío, ayúdame a no devolverle el beso», me repetía mentalmente. Entonces oí el ruido de la puerta abriéndose. Sentí que mi agresor se alejaba de mí y que, al instante, aterrizaba en el suelo. Giré la cabeza y vi a Massimo agarrado a la barandilla del ascensor, dándole furiosas patadas a su enemigo.

En un momento dado, Damian se levantó, se dirigió con ímpetu hacia él y lo empujó al pasillo. Asustada, corrí tras ellos, pero no me hicieron caso. Ambos siguieron propinándose puñetazos y patadas, hasta que cayeron al suelo y empezaron a forcejear. Alternativamente, uno acababa encima del otro, se empujaban, se golpeaban el rostro o el cuerpo y se daban rodillazos. Estaba claro que sus respectivos pesos no pertenecían a la misma categoría, pero eso no influyó en que el duelo fuera muy equilibrado.

Estaba enfadada y aterrorizada, pero no tenía intención de intervenir, consciente de que en el fragor de la batalla podían hacerme daño o, peor aún, hacérselo a mi bebé.

En ese momento, Domenico apareció corriendo y gritando algo por la puerta del final del pasillo; le seguían nuestros seguratas. Separaron a los dos hombres y los apartaron. Black gritó algo y Domenico, como si fuera un muro, se colocó delante de él y le explicó algo en voz baja. Instantes más tarde, los guardias de seguridad del hotel llegaron en otro ascensor, mientras los huéspedes, preocupados, se asomaban a las puertas de sus habitaciones.

Los guardias soltaron a Damian, que entró en el ascensor tras lanzar una furiosa mirada en mi dirección, y desapareció en unos segundos.

Domenico se acercó y, con un amplio gesto, me señaló el camino a la habitación, empujándome ligeramente por la espalda. Caminé hacia la puerta, ignorando todo aquel espectáculo, y mi marido me siguió.

—¿Qué coño significa todo esto? —gritó dando un portazo—. Al parecer, te encontrabas mal. —Empezó a caminar por la habitación de un lado a otro, limpiándose la sangre de la cara—. Salgo de una reunión importante, me vengo porque estoy preocupado y mi esposa… —se detuvo frente a mí—, y me encuentro a mi esposa embarazada morreándose con un gilipollas en el ascensor.

Un furioso rugido emergió de su garganta y sus puños empezaron a golpear rítmicamente contra la pared, hasta que un hilo rojo empezó a fluir por ella.

—¿Quién coño es? —Se acercó y me agarró la barbilla, levantándola con un dedo—. ¡Respóndeme!

Me asusté. Por primera vez en muchos meses, ese hombre me daba miedo. Y también, por primera vez en mucho tiempo, me di cuenta de quién era y qué carácter tenía. Sentí que se me aceleraba el corazón y que mi respiración era cada vez más densa. Escuché un chillido en mi cabeza y todo se oscureció. Me agarré al destrozado faldón de su chaqueta y sentí que, antes de resbalar al suelo, él me cogía en brazos.

Abrí los ojos. Massimo estaba sentado en la silla junto a la cama. Afuera había mucha luz y, como las cortinas estaban descorridas, podía verse cómo nevaba.

—Perdóname —me susurró, arrodillándose delante de mí—. Olga me lo ha contado todo.

—¿No te has roto nada? —pregunté mirando el moretón de su mejilla y la ceja partida.

Negó con la cabeza y me cogió la mano con la que intentaba tocarle la cara. Se la llevó a los labios y la besó sin mirarme a los ojos.

—Él no sabía que estoy con alguien. —Suspiré, tratando de levantarme—. Perdóname tú a mí, no sé cómo hemos llegado a esto. —Cerré los ojos y volví a clavar la cabeza en la almohada—. ¿Qué hacías en el hotel?

Me di cuenta de lo mal que sonaba esa frase en cuanto acabé de decirla. Black se sentó a mi lado y me miró con los ojos entornados.

—Si no supiera lo que pasó ayer, habría malinterpretado tu pregunta. —Respiró hondo y se pasó la mano por el pelo—. Fui al club y me reuní con quien debía, pero no podía concentrarme en los negocios sabiendo que estabas en peligro, así que volví. No había nadie en la habitación, de modo que llamé al chófer porque tu móvil no daba tono. —Me miró con reproche—. Dijo que acababa de dejaros delante del hotel porque antes habíais ido a comer algo. —Sacudió la cabeza—. Salí de la habitación para ir a buscarte y entonces me crucé con vosotros. —Sus magulladas manos se volvieron a cerrar en dos puños—. ¿Por qué me mentiste?

Lo miré con los ojos muy abiertos, buscando una buena explicación y, como no la encontré, decidí que, dadas las circunstancias, era mejor ser sincera.

—Era la única forma de que no me pidieras que fuera a la fiesta. —Me encogí de hombros—. No quería provocar nada y sabía que allí podía encontrarme con él. —Me cubrí la cabeza con el edredón, pero Black me lo retiró—. Como puedes ver, todo ha ido a peor. Prométeme que no lo matarás. —Las lágrimas fluyeron por mis mejillas—. Te lo ruego.

Massimo me miraba fijamente, sin ocultar su irritación.

—Qué bien que el doctor estuviera aquí. —Me acarició la mejilla—. Creo que lo contrataré a tiempo completo.

—¡Promételo! —repetí cuando intentó cambiar de tema.

—Lo prometo —dijo al levantarse—. Además, de todos modos no iba a hacerlo, porque es uno de los hombres de Karol. Y, para colmo, su primo. —Asintió decepcionado y desapareció en dirección al salón.

Me estiré y miré el reloj: era casi mediodía. Black volvió con el portátil, se acostó a mi lado y me cubrió las piernas con las suyas.

—¿Has dormido? Tienes mal aspecto —le pregunté volviéndome hacia él. Negó con la cabeza sin apartar la vista de la pantalla—. ¿Por qué? —Me acerqué y lo abracé por la cintura.

Puso los ojos en blanco, suspiró y dejó el ordenador a un lado.

—Tal vez porque mi mujercita embarazada se desmayó y yo estaba preocupado por su estado. —Me miró aún más cerca y dijo—: O tal vez porque mi esposa, al besar a otro tipo, me subió tanto la tensión arterial que ya no voy a poder dormir hasta el próximo fin de semana. —Apretó los labios formando una línea recta—. ¿Sigo? —Cogió el portátil y continuó leyendo.

—Te pones tan sexy cuando te enfadas… —Después de esas palabras, mi mano se adentró profundamente en sus pantalones de chándal—. Quiero chupártela. —Al escuchar lo que le decía, tensó los músculos y se mordió el labio inferior sin querer—. Por favor, don Massimo, deja que te la mame.

Mis dedos frotaron su miembro, que despertaba a la vida, y mis labios besaron su hombro desnudo y magullado.

—Te estabas muriendo hace unas horas. ¿Por qué esta repentina oleada de energía? —preguntó mientras le bajaba los pantalones poco a poco.

—Tengo a mano algo que me coloca por completo —respondí, divertida, sacudiendo sus piernas—. No me estás ayudando. —Fruncí los labios, me senté sobre los talones y bajé las manos con resignación.

Las caderas de Massimo se levantaron, pero no apartó los ojos de la pantalla ni un segundo; me ignoró. Sin embargo, no me importó; poco después yacía desnudo de cintura para abajo, mostrando su gruesa polla levantada, provocándome. Por mucho que Black intentara no mostrar excitación, la anatomía no podía engañar.

Mientras me movía por su pierna, preparándome para un ataque oral, de repente unas palabras en italiano salieron de la garganta de Massimo; apartó el ordenador y se levantó. Lo miré con los ojos como platos y me quedé petrificada en el centro del colchón, en posición seductora. Lo observé con una ligera mueca de sorpresa mientras se ponía una camisa negra que colgaba de la silla.

—Tengo que conectarme a una videoconferencia —dijo acercando a la cama la mesilla de noche con el portátil encima.

Se abrochó la camisa y, aún desnudo de cintura para abajo, se recostó cómodamente; luego colocó la cámara de manera que solo se viera una parte de su pecho, el cuello y la cabeza. Pulsó algunas teclas y al instante escuché una voz masculina al otro lado. Me senté en la cama y observé aquella extraña provocación: mi marido mafioso estaba tumbado en la cama, vestido con una camisa negra, haciendo negocios con una polla empalmada que clamaba una buena mamada.

Black cogió los documentos que estaban en la mesilla de noche y empezó a pasar páginas y a mostrárselas de vez en cuando a su interlocutor. Poco después, ambos se sumergieron en su conversación.

Me incliné, todavía vestida con lencería de encaje negro y, como un gato, con la columna muy arqueada, me acerqué a su entrepierna. Massimo miró mis nalgas empinadas, carraspeó un poco y siguió con su conversación. Me deslicé lentamente alrededor de sus pies y empecé a besarle y lamerle los dedos, exhibiendo mis nalgas casi directamente en su cara. Fui ascendiendo más y más por el interior de las pantorrillas y, a cada centímetro, fui abriendo más sus piernas hacia los lados. Él no podía verme, pues el ordenador cubría toda la parte inferior de su cuerpo, que ahora estaba bajo mi control.

Cuando llegué a su palpitante erección, le anuncié mi posición con un suave soplido. Su mano libre se agarró a la sábana como si se tensara antes de un ataque que no acababa de llegar. Lo soplaba, lo rozaba con la lengua casi de forma imperceptible y le acariciaba la piel alrededor del pene. Poco después, Black puso los documentos sobre la mesilla y movió el portátil para observar mis acciones con el rabillo del ojo. Me incliné sobre él, mirando sus dilatadas pupilas y me quedé inmóvil y esperando. Él también esperaba, y supongo que no le gustaba que no pasara nada. Retrocedí un poco, cambiando de posición, y tras cerciorarme de la amplitud de ángulo de la cámara y del alcance de su visión, me recosté a su lado, a lo largo de su cuerpo. Agarré su mano, que seguía sujeta a la sábana, y la deslicé bajo el encaje de mis bragas. Los ojos de don Massimo, fijos en su interlocutor, se dilataron cuando se dio cuenta de lo mojada que estaba por él. Tras frotar sus dedos con mi clítoris y luego meterlos dentro, hice que resbalaran cada vez más en mí. De vez en cuando los sacaba de mi interior, me acariciaba yo misma con ellos, los lamía y volvía a ponerlos en el lugar adecuado.

Su pecho empezó a agitarse rítmicamente. Sus dedos dejaron de obedecer mis órdenes y empezaron a entrar cada vez más fuerte y profundamente en mí. Apoyé la cabeza en la almohada, cerré los ojos y sentí cómo una ola de placer envolvía mi cuerpo. Quería gemir y sabía que se me escaparían algunos sonidos, así que lo agarré por la muñeca y me liberé de las trampas del placer. Black, sin interrumpir o distraerse de la conversación, simuló frotarse la boca con la mano húmeda, como si estuviera dudando de algo. Cuando el olor de mi coño estuvo en sus labios, los lamió, y su pene se puso tan duro que casi se inclinó en el otro sentido. Dejó caer la mano, la acercó lentamente a mi cabeza y me cogió por el cabello. Tiró de mí delicadamente hacia su entrepierna, indicándome que el tormento ya era suficiente. Dejé que su mano me dirigiera hasta el lugar donde debía encontrarme, me acerqué a él y abrí la boca con obediencia. Tan pronto como sentí que los primeros centímetros entraban en mi boca y que el característico olor de mi poderoso hombre invadía mis fosas nasales, enloquecí. Entonces lo engullí entero, cogiéndolo brutalmente desde la base, moviendo mi mano arriba y abajo, seguida de cerca por mi boca. Por su parte, la mano de Massimo se agarró con fuerza a mi pelo para frenar el embate, pero lamentablemente, al centrarse en dos acciones a la vez, no tuvo ninguna posibilidad conmigo. Se la chupé con fuerza y hasta el final, adhiriéndome de vez en cuando a sus delicados testículos.

Sus caderas se revolvían inquietas y todo su cuerpo se tensó cuando se le atascó la voz en la garganta. Alcé los ojos y miré a mi esposo; estaba sudando y, aparentemente, lamentaba haberme permitido hacerle aquello. La conversación tenía que ser muy importante; de lo contrario, habría terminado mucho antes. Empezó a gustarme atormentarlo de aquel modo, pues era algo que me excitaba sobremanera. Él volvió a alcanzar los documentos y los movió de modo que su interlocutor pensara que los estaba mirando, cuando en realidad sus ojos estaban clavados en mí. Todo él ardía; sus negras pupilas le inundaban los ojos y su boca entreabierta apenas podía coger aire. De repente, sentí la primera gota, y luego un poderoso flujo de esperma inundó mi garganta. Massimo siguió escuchando al hombre que le hablaba desde el ordenador y fingió que seguía mirando los papeles. Tardó mucho en acabar de correrse, mucho más de lo habitual, y creo que precisamente en aquel instante no estaba contento. Cuando terminó, su cuerpo se aflojó, carraspeó y volvió a mirar a su interlocutor a los ojos. Me arrodillé delante de él y me limpié con ostentación la boca, lamiéndome; luego me levanté y me fui al baño.

Me di una ducha y volví a la habitación, donde Massimo seguía hablando en la misma posición. Me detuve junto a las cristaleras, me envolví el cabello con una toalla y me quedé mirando el mar. De repente se hizo un gran silencio en la habitación. No había tenido tiempo de volverme hacia mi esposo para ver si había terminado, pero de pronto me apretujó el rostro contra el cristal.

—Eres insoportable —dijo arrancándome el albornoz y dejando caer la toalla al suelo—. Tu pequeño culo va a recibir un castigo por eso. —Me levantó y me llevó al sofá—. Te gusta poner a prueba mis límites… Arrodíllate.

Apoyé el pecho en el reposacabezas del sofá y abrí las piernas mientras él las empujaba con la rodilla. Me agarré al respaldo con las manos y esperé lo que tuviera que suceder. Massimo estaba de pie junto al sofá, frotando con su pulgar mi entrada trasera.

—Me gusta que estés en esta posición —dijo empujándome hacia el fondo del asiento de modo que acabé tocando el reposacabezas con las rodillas—. Relájate. —Obedecí la orden y sentí que su pulgar me penetraba brutalmente. Grité—. No me estás escuchando, Laura —dijo, y me puso otro dedo en el ano. Quise librarme de sus garras, pero me sujetó y me agarró las manos que yo agitaba—. Ambos sabemos que te gustará si me escuchas.

Sus labios tocaron mi espalda desnuda y sentí un escalofrío que me recorrió la columna vertebral. Soltó mis manos y sus dedos libres se dirigieron hasta mi clítoris hinchado y empezó a dibujar círculos en él. Gemí y apoyé la mejilla en el respaldo del sofá.

—Ya lo ves —dijo aumentando la fuerza y la velocidad de sus movimientos—. ¿Debería parar?

—¡Fóllame! —susurré.

—No te oigo —refunfuñó metiendo sus dedos en mí con más fuerza.

—¡Fóllame, don Massimo!

—Si es lo que quieres…

Con un diestro movimiento, sus dedos fueron reemplazados por su polla ya preparada y comenzó una carrera enloquecedora.

Sus caderas chocaban con mis nalgas y su mano no dejaba de acariciar mi coño ni un instante. Sabía que no le llevaría mucho tiempo, sobre todo porque casi había alcanzado la cima cuando se la había mamado. En un momento dado, sus movimientos se detuvieron, me cogió por la cintura y, tras girarme, se sentó y me colocó sobre su regazo. Me abrió los muslos de par en par y me metió los dedos en el segundo agujero.

Yo gritaba muy alto, sin preocuparme por la acústica de aquel salón, cuando su otra mano empezó a estrujar rítmicamente mis sensibles pezones. Ahora yo tenía el poder y con mis movimientos marcaba el ritmo de la situación. Apoyé las manos en el respaldo y, descansando sobre ellas, empecé a moverme cada vez más rápido para alcanzar el orgasmo. Supe que no podría seguir mucho tiempo, pues mis manos empezaron a temblar por el esfuerzo de soportar mi peso durante todos aquellos minutos. Black me agarró con las manos por la cintura y me colocó de nuevo sobre él.

—Tócate… —me susurró al oído.

Cuando mis dedos comenzaron a dibujar círculos alrededor de mi clítoris, sentí que todos mis músculos se tensaban y que mi voz se desvanecía bajo el frenético ritmo de mi respiración. Black me alzó y me bajó sobre él hasta que el orgasmo se apoderó de cada parte de mi cuerpo. Al empezar a correrme, sentí que Massimo también se corría dentro de mí gritando muy alto, lo cual intensificó la experiencia. Segundos más tarde, los dos terminamos, y Massimo se dio la vuelta poniéndonos a ambos de lado.

Mientras intentábamos calmar nuestra respiración, sonó el teléfono. Don Massimo cogió el auricular y respondió tras inspirar hondo. Escuchó unos instantes y luego se echó a reír.

—¿Ruido? —preguntó con su maravilloso acento británico; luego se quedó callado y escuchando un rato más—. Entonces quisiera reservar todas las habitaciones contiguas a la mía. Por favor, traslade a los huéspedes y compénselos por las molestias. Y cárguelo todo a mi cuenta, gracias. —Colgó el teléfono sin esperar respuesta y me apretó contra él—. Puritanos. —Se ahogó de la risa—. En Italia seguirían nuestro ejemplo en lugar de informar a recepción. —Me besó el cuello y las mejillas—. Y voy a follarme a mi mujer gritando tan alto como ganas tenga ella.

14

Por desgracia, no pudimos aprovechar todo el espacio recién adquirido ni la posibilidad de hacer ruido, porque a las cinco, tras una tierna despedida de Jakub y de comer muy tarde, cogimos un vuelo y regresamos a Sicilia.

Hasta que no aterrizamos, no me di cuenta de que solo faltaba una semana para Nochebuena. El servicio estaba decorando y adornando la casa. En el jardín había un gran árbol de Navidad con millones de luces y las preciosas flores naturales de los pasillos habían sido reemplazadas por acebo. En aquel maravilloso ambiente, solo echaba de menos dos cosas: la nieve y a mis padres.

—Pasaremos la Navidad en familia —dijo Massimo al dejar su taza de café—. Así que, cariño, tengo que pedirte algo. —Se volvió hacia mí—. Asegúrate de que todo esté como tú quieras. También me gustaría que contáramos con platos polacos, así que he contratado a un cocinero de tu país. Vendrá dentro de tres días.

Olga dejó el periódico que estaba leyendo y miró a don Massimo inquisitiva:

—¿De qué familia se trata? —preguntó sacando la lengua—. De la mafiosa, supongo…

Massimo se rio y volvió a concentrarse en la pantalla del ordenador que tenía delante. Me balanceaba en la silla, atiborrándome de tortitas para el desayuno, y miraba a Black, sentado en un sillón a mi lado, junto a la mesilla. Desde que habíamos vuelto de Polonia, estaba extraño, silencioso, tranquilo y bastante concentrado. No quería discutir conmigo y casi se mostraba amable con Olga. Algo había pasado, pero no sabía qué.

Por la tarde, cuando Domenico y Massimo entraron en la biblioteca para hablar, cogí el ordenador y me fui a la terraza. No supe en qué momento apareció Olga junto a mí con una botella de vino y un vaso de zumo.

—¿Qué hacemos? —preguntó mientras se sentaba.

—Tú, lo de siempre. —Moví la cabeza apuntando hacia el alcohol—. Y yo quiero saber cómo están mis padres. —Hice un ademán de tristeza—. No sé qué hacer. Por un lado, sé que mamá tenía razón; por otro, no debió decirme esas cosas. —Pulsé el botón para encender el portátil—. Además, también tiene teléfono, así que puede llamarme.

—¡Sois tan estúpidamente tercas las dos! —Olga bebió un sorbo de vino—. Joder, pero qué bueno está. Domenico me ha dado a probar unas reservas navideñas.

—No me jodas —gruñí mientras me tomaba el zumo—. Veamos qué pasa en Facebook.

Durante un buen rato estuve mirando los perfiles de mis padres, de mis amigos y de mi hermano. Comprobé cómo le iba a la gente de mi antiguo trabajo y respondí a los mensajes que llevaban semanas en mi buzón. En el pasado, las redes sociales me encantaban y dependía absolutamente de ellas. Ahora tenía tantas cosas mejores que hacer que había dejado de necesitarlas.

Cuando estaba a punto de cerrar el ordenador, me llamó

la atención el post de una amiga. Abrí el enlace y me quedé alucinada.

—¡Hostia! Lo mato. Escucha esto —le dije enfadada a Olga—. Están escribiendo sobre Damian y su «accidente».

Olga puso los ojos como platos.

—«Un joven luchador de Varsovia sufrió un grave accidente de tráfico la noche después de la velada en que logró su victoria consecutiva. Su vida no corre peligro, pero sus piernas y brazos fracturados lo excluirán de la lucha durante meses.» —Golpeé la pantalla—. Joder, lo vi entrar en el ascensor por su propio pie y creo que tenían un coche esperándolos para llevarlos al club. ¡Se ha pasado! —grité.

Hecha una furia, crucé a toda velocidad la terraza y el dormitorio, después el pasillo y me dirigí a la biblioteca.

Irrumpí por la puerta como un rayo, sin importarme que Massimo no estuviera solo.

—Pero ¿qué pasa contigo, tío? —Mario se dio cuenta de que estaba furiosa, así que me interceptó a medio camino y sujetó mis manos agitadas antes de que pudiera alcanzar a Black—. Massimo, maldita sea, dile que me suelte.

Black dijo algo a los hombres que estaban reunidos y ellos, después de lanzarme miradas divertidas, salieron de la sala. Entonces Mario me soltó, cerró la puerta y desapareció tras ellos.

Don Massimo apoyó la espalda en la pared y cruzó con aire siniestro los brazos sobre el pecho.

—¿Puedo saber a qué se debe este ataque de ira? —preguntó con los ojos ardiendo de rabia.

—¿Por qué Damian está en el hospital?

—No lo sé. —Se encogió de hombros—. ¿Tal vez se encontraba mal?

—Massimo, ¿crees que soy idiota o qué? —refunfuñé—. Tiene las piernas y los brazos rotos.

—Pero fue un accidente. —En su rostro resplandeció una astuta sonrisa.

—Así que sabes lo que pasó. —Me acerqué a él y le abofeteé tan fuerte que me escoció la mano—. ¿Y para qué mantuvimos aquella conversación después de la velada? ¡Prometiste no hacerle nada!

Tras el golpe, la cabeza de Black regresó lentamente a su sitio, y en sus ojos, entonces totalmente negros, comenzó a arder un vivo fuego.

—Prometí no matarlo —masculló; me agarró por los hombros y me sentó en el sofá a la fuerza—. Además, querida, nuestra conversación tuvo lugar después de los hechos, y recuerda que no todo es como a ti te parece.

Sacudí las manos para tratar de levantarme, pero él se sentó a horcajadas sobre mis piernas con un movimiento que inmovilizó mi cuerpo.

—En primer lugar, cálmate o tendré que volver a llamar al médico. En segundo lugar, escúchame un momento.

—No tengo intención alguna de hablar contigo —dije lo más calmada posible—. Suéltame.

Black me miró unos segundos y luego cumplió mi petición.

Me levanté y, tras echarle una mirada furiosa, salí dando el portazo más fuerte que pude. Volví al dormitorio y cogí el bolso y las llaves de mi nueva casa. Después salí furiosa y me dirigí al garaje. Para mi alegría, tanta como podía sentir en aquel momento, todas las llaves habían regresado a la caja de la pared. Cogí la del Bentley y minutos más tarde salí de la propiedad.

No estaba huyendo. Después de todo, Massimo sabía

adónde iba, pues, en cuanto dejé atrás los muros de la residencia, los guardias de seguridad empezaron a seguirme. Solo quería aprovechar la oportunidad de no mirarlo a la cara y de esconderme en un lugar donde pudiera desahogarme con tranquilidad.

Nuestro nuevo hogar no quedaba lejos. De camino, me detuve en una estación de servicio y compré bebidas, patatas fritas, pasteles, helados y tres envases de comida basura para consolarme. Conduje hasta la puerta y bajé del coche cargada de bolsas. Segundos después, uno de los hombres saltó del SUV negro y me las cogió sin mediar palabra. No tenía sentido forcejear con él o enviarle a tomar viento, pues de todas formas no me habría escuchado, así que me limité a entrar en la casa.

—Estaremos fuera —dijo mientras dejaba las bolsas en la encimera de la cocina. Después salió.

Saqué todas las compras. Armada con una cuchara, el helado, las patatas fritas y los pasteles, me senté en el salón y encendí la chimenea. Cogí el teléfono del bolso y llamé a Olga. Ella respondió a la tercera llamada.

—¿Dónde diablos estás, Laura?

—En nuestra nueva casa. Estoy cabreada y no quiero hablar con él.

—¿Y yo? —preguntó enfadada—. ¿Tampoco quieres hablar conmigo?

—Quiero estar sola —dije tras pensarlo un instante—. ¿Puedo?

Hubo un silencio en el teléfono que duró unos segundos.

—¿Estás bien? —se interesó finalmente.

—Sí, me he traído las pastillas; todo está bien. Los guardias de seguridad están delante de la casa. Volveré mañana.

Colgué y seguí mirando el fuego. Pensaba en qué hacer,

en si llamar a Damian y disculparme, aunque tal vez no tenía por qué hacerlo. Cuando mi enfado se desvaneció, me di cuenta de que me había ido sin dejar que Massimo terminara su frase. No conocía los detalles de los acontecimientos, sino que me basaba en suposiciones y conjeturas. Era mi forma de ser, impulsiva, y mi comportamiento solía verse alentado por las emociones. Mi única excusa era que estaba embarazada y no controlaba mi comportamiento.

Al día siguiente me desperté y miré el teléfono; eran más de las nueve y Massimo no me había llamado ni una sola vez. Me quedé acostada, preguntándome si había hecho bien yéndome el día anterior, pero el remordimiento se vio rápidamente reemplazado por la furia de que me hubiera ignorado. «Tengo un problema de corazón y estoy embarazada, y a este imbécil ni siquiera le importa si estoy viva; además, los seguratas están fuera y no tienen ni idea de si estoy bien», pensé.

Bajé a la cocina y me senté frente a la encimera con una taza de té en la mano, por desgracia sin leche, ya que no había pensado en comprarla. Saqué el último paquete de pasteles de chocolate y, mientras me los metía lentamente en la boca, un punto rojo en el techo llamó mi atención. Salté y me acerqué.

—Así que por eso no llamas —dije sacudiendo la cabeza.

Había cámaras por toda la casa. Me puse a mirar a mi alrededor y me di cuenta de que estaban casi en todas partes, incluido el baño. Black sabía exactamente lo que estaba haciendo porque lo más probable era que me hubiera estado observando todo el tiempo. Me comí los pasteles y, después de respirar hondo, me dirigí al dormitorio a recoger mis cosas y volver a casa.

Conduje hasta la mansión y seguí por el amplio camino de la entrada. Aparcado delante de la casa vi un BMW con una ventanilla rota. Bajé del Bentley insegura y miré alrededor; no había nadie y mis guardias de seguridad tampoco estaban. El pánico se apoderó de mí. Avancé y, después de dar unos pasos, vi que la puerta del gimnasio estaba abierta; se oían gritos y ruidos abajo. Descendí las escaleras, me mantuve cerca de la pared y asomé la cabeza.

Ante mis ojos aparecieron Domenico, medio desnudo y tirándolo todo a su paso, y Massimo de pie, tranquilo, rodeado de otras personas. Era evidente que Júnior quería salir de aquella habitación y que los demás se lo impedían. Corría gritando algo y daba puñetazos a las paredes. Nunca lo había visto en un estado semejante. Ni siquiera el día que le faltó poco para que matase a mis guardaespaldas porque alguien había tratado de liquidarme.

Me asomé por una esquina y Domenico enloqueció aún más al verme. Massimo, siguiendo la mirada de su hermano, me vio y al cabo de un segundo ya estaba junto a mí.

—¡Vete arriba! —gritó de manera autoritaria, empujándome hacia las escaleras.

—¿Qué pasa?

—¡Haz lo que te digo! —chilló de un modo que incluso salté y se me llenaron los ojos de lágrimas.

Corrí escaleras arriba en dirección al dormitorio de Olga; crucé la puerta y me quedé petrificada. Su habitación estaba totalmente devastada: la cama y las cómodas volcadas y rotas, las ventanas destrozadas... Me quedé inmóvil, saqué el teléfono del bolso y marqué el número de Olga con las manos temblando. Entonces oí el móvil entre aquel desastre. Volví a mirar alrededor, me aseguré de que ella no estuviera allí y bajé a la biblioteca, escoltada por uno de los guardias.

—¿Por qué me vigilas? —le espeté minutos después de que entrase en la habitación y se me quedase mirando fijamente.

—No la vigilo, señora. Solo controlo cómo se encuentra.

Fruncí el ceño, pero no dije ni una palabra.

Al cabo de un rato que me pareció muy largo, se abrió la puerta y Massimo entró en la habitación. Tenía las manos arañadas y parecía como si alguien le hubiera arrancado a la fuerza de la cama.

Cuando se puso delante de mí, se me volvieron a llenar los ojos de lágrimas y, a pesar de todos mis esfuerzos, acabaron fluyendo por las mejillas. Black se sentó a mi lado, se arrodilló y me abrazó con fuerza.

—No pasa nada, no llores.

Aparté de él mi cara llorosa y me quedé mirándole a los ojos, que reflejaban preocupación.

—¿No pasa nada? La habitación de Olga está destrozada, ella se ha ido, Domenico parece que se haya vuelto loco... ¿Y me dices que no pasa nada?

Don Massimo cogió aire, se levantó y me dejó en el sofá. Se acercó a la chimenea y se apoyó en ella.

—Domenico vio la grabación. —Al principio no comprendí de qué me hablaba—. Se puso como loco. Empezaron a discutir, y no dejó que Olga le explicase nada, solo se desquitó con los muebles. Ella escapó de la habitación y vino corriendo hacia mí. Cuando fui a verle, intentó pegarse un tiro.

—¿Cómo? —solté sorprendida.

—Mi hermano, al contrario de lo que aparenta, es muy

317

sensible. Ya sabes, artista, pintor y todo eso. No estaba preparado para superar una segunda infidelidad.

—Joder… La dichosa grabación… —susurré, y oculté la cabeza entre las manos al comprender de qué se trataba—. ¿Dónde está Olga?

—Se ha ido.

—¿Y el BMW destrozado de la entrada?

—Bueno, cuando ella trató de irse, él se puso aún peor e intentó detenerla. Los chicos lo arrastraron al sótano porque está insonorizado, y al final he podido encerrarlo allí. Olga está a salvo, no te preocupes por ella; cuando todo se calme, iremos a verla.

Sacudí la cabeza al oír todo aquello, pues seguía sin entender nada.

—¿Puedes explicármelo otra vez con calma? —pregunté secándome la cara, centrando toda mi atención en él.

—Esta mañana, un mensajero trajo un paquete. Olga estaba durmiendo, pero Domenico llevaba despierto desde las seis, como siempre; así que, cuando apareció el mensajero, recibió el paquete. Fue al despacho, puso el CD y enloqueció al ver que otro estaba follándose a su amada. Corrió hacia ella, ella hacia mí y yo corrí escaleras abajo. Nos peleamos y le quité el arma. —Sacudió la cabeza—. Entonces Olga entró en acción gritando que lo había hecho por él, pero por desgracia él no tenía ni idea de lo que le estaba diciendo, así que, aún más furioso por sus palabras, echó a correr detrás de Olga cuando ella le comunicó que se iba. Empezaron a perseguirse por la casa; él iba arrojando todo lo que encontraba a su paso, y entonces ella se precipitó a la salida y se subió al BMW que habían preparado para mí. —Me miró decepcionado y añadió—: Quería ir a buscar a mi desobediente esposa tan pronto como ella despertara. Cuando Olga arrancó, Domenico saltó sobre el capó y, como no pudo abrir la puerta, la emprendió a puñetazos contra el cristal y luego empezó a darle patadas. Entonces pensé que ya era suficiente y lo arrastramos al sótano. Metí a Olga en otro coche y la envié con protección a un hotel, el mismo en el que te alojaste cuando llegaste a la isla. Es el que está más cerca.

—Has dicho que no estaba preparado para «superar una segunda infidelidad». ¿Cuándo fue la primera? —le pregunté desconcertada.

Massimo se sentó junto a mí y se estiró apretándose contra el respaldo del sofá.

—Pero ¡qué mañana tan intensa! —Se cubrió los ojos con las manos y bostezó con pereza—. ¿Podemos ir a desayunar y hablamos allí? Quiero que comas algo. Una dieta de helado, patatas fritas y galletas no es adecuada para mi hijo.

Me tomó de la mano y me llevó hacia el comedor.

Nos sentamos a una gran mesa repleta de comida. Me sentía vacía. No podía recordar la última vez que habíamos desayunado sin Olga y Domenico.

—¿Harán las paces? —le pregunté mientras masticaba un trozo de beicon.

Black me miró y se encogió de hombros.

—Si él escucha y deja que ella se explique, supongo que sí, pero ¿ella querrá volver después de lo que vio? —Se apartó de la mesa y me miró—. ¿Sabes, cariño? Ninguna mujer normal querría estar con un tipo que destroza muebles, coches y que intenta matarse a sí mismo y a ella.

—¿Ah, no? —pregunté con sorna—. ¿Y con uno que mata a personas, les dispara en las manos o les rompe las piernas por celos?

—Es un asunto totalmente distinto —dijo negando con la cabeza—. Por lo que respecta a su reacción, Domenico ya había estado enamorado. Olga no es su primer amor. Katia fue la primera. —Bebió un sorbo de café y se quedó pensativo—. Hace años fuimos a España por negocios y nos instalamos en el hotel de uno de los capos. El día antes de que volviéramos nos invitó a su casa y nos hospedó lo mejor que pudo: cocaína, alcohol y mujeres. Una de las chicas era Katia, una hermosa rubia ucraniana. Era una de las favoritas del español y este lo demostraba de una forma peculiar: la trataba como una mierda. No sé qué tenía esa mujer, pero Domenico perdió la cabeza por ella. Al final de la noche no pudo soportarlo y le preguntó por qué se dejaba tratar así. Ella le contó que no podía alejarse del español porque no sabía cómo hacerlo ni tenía adónde ir. Entonces el caballero Domenico le tendió la mano y le propuso que tal vez podía huir con él en ese instante. La impresionó, pero ella no se decidió; se quedó allí y nosotros volvimos a Sicilia. Pasados varios días, lo llamó y le dijo que el otro quería matarla, encarcelarla y arrancarle los dientes, y que no tenía a nadie a quien llamar. —Suspiró riendo—. Y mi estúpido hermano se subió a un avión, voló hasta allí y se presentó en su casa solo, con una pipa en la mano. El español lo dejó entrar porque lo conocía; entonces Domenico le golpeó con la culata en los dientes, lo ató y le tomó fotos muy embarazosas.

—¿Qué quieres decir? —lo interrumpí.

—Cariño —se rio acariciando mi rodilla—, ¿cómo puedo explicártelo para que lo entiendas? —Pensó un momento y su cara mostró que había encontrado una solución divertida—. Le metió la polla en la boca y tomó fotos donde parecía que se la estaba chupando. Y luego anunció que, si lo seguía o perseguía, las divulgaría por toda España. A continuación, cogió a Katia, la metió en un avión y se la trajo a Sicilia. Me puse de los nervios cuando me enteré, pero ¿qué podía hacer cuando ya todo estaba hecho? La cosa estuvo calmada durante meses; el español no quiso seguir haciendo negocios con nosotros, pero tampoco persiguió a Domenico. Más tarde, en verano, todo terminó de repente. Fuimos a un banquete en París al que también acudieron los españoles. —Se inclinó y resopló entre risas, sacudiendo la cabeza con desaprobación—. Joder, una puta siempre es una puta. Domenico la descubrió follando con su ex en el baño. Él no había ido allí por casualidad, pero aquello era irrelevante; lo relevante era lo que ella estaba haciendo en el baño. Entonces Domenico se rompió en pedazos: empezó a drogarse, a beber y a follarse todo lo que se le ponía por delante, como si eso a ella le hubiera importado si hubiera podido enterarse.

—¿No lo sabía?

—El español se la llevó y, una semana después, la encontraron muerta por sobredosis. —Suspiró en voz alta—. Como ves, nena, la situación es más compleja de lo que crees.

—Quiero hablar con él. —Los ojos de Massimo se agrandaron y le traicionó el miedo—. Se lo explicaré.

—Vale, pero no me hagas desatarlo.

—¿Cómo? ¿Lo has atado?

Sacudió la cabeza con una sonrisa de disculpa.

—Estáis todos enfermos. Vamos.

Al bajar las escaleras, le pedí a Massimo que no me acompañase, que se quedara arriba. Accedió, pero me dijo que esperaría en el rellano para escuchar lo que pasara.

Me asomé por detrás de la pared y contemplé la habitación devastada. Domenico estaba sentado en el centro, atado de pies y manos en una silla de metal con respaldo. Esa visión casi me desgarró el corazón; me acerqué y, después de arrodillarme delante de él, le cogí la cara entre las manos. Estaba tranquilo, o tal vez solo agotado; levantó los ojos llenos de lágrimas y no pudo decir ni una palabra.

—Dios, Domenico, ¿qué has hecho? —susurré—. Si me escuchas, todo se aclarará, pero debes intentar asimilar lo que voy a contarte.

—¡Me ha sido infiel! —gruñó, y sus ojos refulgieron de ira. Me alejé—. ¡Otra perra me ha traicionado! —gritó y forcejeó en la silla.

Salté contra la pared aterrorizada. Él trataba de liberarse de las ataduras que lo retenían, pero Massimo era un maestro en nudos infalibles, como sabía por experiencia.

—¡Joder, Domenico! —grité al no saber qué hacer—. ¡Maldito egoísta! Para empezar, eres un idiota y, para continuar, no todas son iguales, pero ese es otro tema. —Me puse de pie y de nuevo le sujeté la cara, esta vez más fuerte—. Ahora escúchame cinco minutos y luego te desataré.

Me miró durante un rato y, justo cuando creí que podía empezar a hablar, su garganta emitió otro poderoso rugido. Dio una sacudida, volcó la silla y a él con ella.

Black salió de su escondite, enderezó a su hermano, se acercó a uno de los armarios que había junto a la jaula y sacó un rollo de cinta adhesiva negra. Cortó un trozo y, después de limpiar la cara húmeda de Júnior con una toalla, le tapó la boca.

—Ahora te quedarás en silencio, escucharás y luego comeremos todos —dijo sentándose en un saco de boxeo que había acabado arrancado del techo.

Cogí una silla que estaba junto a la pared y me senté frente al resignado Domenico. Luego comencé a hablar.

Al cabo de veinte minutos de monólogo acerca de la historia sobre cómo Olga se había sacrificado por él y sobre cómo Adam lo había planeado todo y le había enviado aquel paquete para vengarse, Massimo corroboró mi historia. Después le quité la mordaza y Black le desató manos y pies. El cuerpo de Domenico cayó al suelo con un golpe seco y rompió a llorar.

Massimo se acercó, levantó a su hermano y lo abrazó. Fue la escena de reconciliación más conmovedora que he visto nunca. A pesar de ello, decidí no participar, porque, a cada segundo que pasaba, me sentía más como una intrusa. Subí las escaleras y me senté en ellas para que no pudieran verme. Ambos permanecieron en aquel férreo abrazo durante mucho tiempo, hablando en un idioma que todavía no entendía.

—Vamos a buscarla —dijo Domenico parado frente a mí—. Necesito verla.

—Primero deberías bañarte —dijo Massimo— y el médico te curará y te vendará las heridas, porque, por lo que veo, habrá que ponerte puntos. —Le dio una palmadita en la espalda—. Hace más de una hora que el doctor espera; pensaba que ibas a necesitar que te inyectase un calmante —añadió riéndose.

—Lo siento —gimió el joven italiano bajando la cabeza—. Ella no me perdonará.

—Te perdonará. —Me levanté de la silla y subí las escaleras—. Ha visto cosas peores en su vida.

Me detuve frente a la puerta de la habitación del hotel de Olga y abrí con la llave. Mientras nos dirigíamos hacia allí, decidí que hablaría con ella antes de que Domenico, con o sin resultado, acabara arrastrándose ante Olga. Crucé el umbral y el pasillo en dirección al salón, pero no estaba. Así que volví a pasar por el salón y me dirigía a la terraza, donde la vi sentada con una botella de vodka en la mano.

—¿Qué? ¿Qué tal es? —pregunté al sentarme a su lado.

—Una jodida mierda, como cualquier otro vodka —respondió sin mirarme.

—Ha venido. Está abajo.

—¡Que le den por culo! —espetó—. Quiero volver a Polonia. —Se volvió hacia mí, apartando la botella de alcohol—. ¿Sabes que me tiró un jarrón?

Me miró con los ojos furiosos, y sentí que me daba una risa tonta. Sin poder parar, le solté una carcajada directamente a la cara.

—Lo siento. —Sollocé y me tapé la boca de donde salían feroces risas.

Olga estaba desconcertada y me miró con evidente irritación mientras intentaba calmarme.

—Laura, ¡ha querido matarme!

—Pero ¿con qué? ¿Con un jarrón...? —Una vez más, no pude contener la risa y, como una loca, solté grandes carcajadas y levanté las manos en señal de rendición—. Olga, lo siento, pero esto es ridículo.

Su rostro se iluminó lentamente y su rabia empezó a dar paso a la consternación. Con una expresión tonta, se unió a mí después de mucho tiempo de luchar consigo misma.

—¡No me jodas! —dijo entre risas—. El intento de asesinato con jarrón sigue siendo intento de asesinato.

—Destruyó el coche, devastó el gimnasio y el dormitorio, y finalmente Massimo lo ató en el sótano.

—Pues habrá estado la mar de bien. —Se cruzó de brazos—. Debería haberlo dejado ahí.

Me volví hacia ella y puse mi mano sobre la suya.

—Olga, tenía derecho a reaccionar así y ambas lo sabemos. —Me miró sin pestañear, entornando un poco los ojos—. Sabes lo que parecía. ¿Qué querías que pensase? —La solté y me levanté—. Creo que necesitáis una conversación. —Me dirigí a la puerta—. Ahora.

Estaba a punto de coger el teléfono y llamar a mi marido cuando los dos irrumpieron en la habitación. Alcé las manos y las bajé con resignación al ver que Olga cerraba furiosa la puerta de la terraza y se quedaba fuera. Antes de que pudiera empezar a gritarles a ambos, Massimo me agarró por la cintura y me llevó al pasillo para darle espacio a su hermano. Domenico corrió por la habitación y, saliendo a la terraza, se arrodilló a los pies de la enojada Olga.

—Dales un momento —dijo don Massimo besándome en la frente con una sonrisa pícara.

Miré fuera y me quedé estupefacta: Júnior extendía las manos con un anillo para proponerle matrimonio a mi amiga; incluso lloré. El rostro de Olga delataba terror, emoción y sorpresa absoluta. Tenía las mejillas ocultas entre las manos y todo su cuerpo estaba acurrucado en el asiento. Domenico habló y habló, y los siguientes segundos fueron como horas.

Entonces ocurrió algo que no me esperaba: Olga se levantó, pasó por delante de nosotros sin decir una palabra y salió. Solté a Massimo y la seguí por el pasillo. Entramos en el ascensor y bajamos a la planta baja.

—Me voy, cariño —dijo con lágrimas en los ojos—. Esto no es para mí, lo siento.

La abracé y me eché a llorar. No podía presionarla para que se quedara. Más de una vez había hecho algo por mí en contra de lo que ella misma creía.

Subimos al coche y regresamos a la mansión para que ella recogiese sus cosas. Una hora después, Massimo se detuvo en la puerta de su habitación, anunciando que el avión esperaba y que la llevaría a Polonia.

Durante el trayecto, en el aeropuerto y junto al avión, no dejé de llorar. No podía imaginar qué sucedería a partir de entonces. Me quedaba totalmente sola.

Olga se fue en aquel avión.

15

Faltaban dos días para Nochebuena. Me importaba una mierda aquella Navidad sin familia, sin amigos, sin Olga. Domenico desapareció el día que ella se fue y Massimo se comportaba como si no hubiera pasado nada. Trabajaba, recibía a algunas personas y me buscaba todo tipo de tareas para que no pensara en lo sucedido. Fui con Maria a comprar adornos para la casa y probé los platos navideños del cocinero. Incluso me envió a Palermo de compras, pero, sin Olga, ni siquiera eso me alegraba. Me hacía el amor noche y día, como si eso pudiera aliviar mi añoranza, pero por desgracia no era así. Entonces me di cuenta de la situación: estaba total, absoluta y desesperadamente sola. La gente normal, al casarse, solo pierde su libertad sexual, pero yo había perdido toda mi vida.

Llamaba a mi amiga, pero ella me hablaba como si fuera una zombi o quizá estaba borracha. Traté de contactar con Jakub, pero él también tenía su vida. El único consuelo era el hecho de que el bebé se desarrollaba con normalidad y que el embarazo iba bien. Sin embargo, el mundo aparentemente idílico que me rodeaba no me hacía feliz, así que el día anterior a Nochebuena sentí un abrumador deseo de estar sola.

—Massimo, me voy un día a Messina —dije mientras desayunábamos.

Black dejó los cubiertos y se volvió lentamente hacia mí. Por un momento me pareció como si estuviera revisando las pestañas de un archivo en mi cabeza.

—¿A qué hora quieres irte? —preguntó sin apartar la vista.

Me quedé con la boca abierta. Estaba enfadada, contenta y confundida por su respuesta. Esperaba que hubiera peleas, preguntas o preocupaciones comunes; en cambio, mi marido acababa de tomar nota de ello.

—Enseguida —gruñí al levantarme de la mesa.

—Le pediré a Maria que te prepare comida; no quiero que mi hijo vuelva a alimentarse de pasteles y helados.

Entré en el Bentley mientras mis guardias de seguridad cargaban toneladas de comida en el SUV. Los miré por el espejo retrovisor preguntándome quién se iba a comer todo aquello.

En menos de una hora llegué a la entrada de nuestra casa; aquellos hombres tristes lo descargaron todo, lo dejaron en la cocina, y me acosté en el sofá de la sala. Empecé a mirar el techo, la chimenea y el árbol de Navidad hasta que comprendí que estaba tan frustrada que debía compartirlo con alguien. Saqué mi portátil, lo encendí y busqué a amigos con los que conversar; finalmente, admití con dolor que no existía persona alguna con la que pudiera desahogarme.

Cuando estaba a punto de cerrar el monitor de golpe, me vino a la mente otra persona con quien podía hablar. En el buscador de Facebook, escribí el nombre y el apellido de cierto luchador de Varsovia. Apareció inmediatamente, indicando que ya éramos «amigos». Durante unos instantes me pregunté a qué milagro se debía, pero, al no encontrar explicación, le di a la pestaña de mensajes. Mi dedo tecleó en el ordenador mientras me preguntaba qué podía escribirle y por qué debía hacerlo. ¿Qué me empujaba a hablar con él? ¿Era el despecho de mi subconsciente por mi marido o solo era que quería hablar con él? En un momento dado, mi dedo resbaló y apareció un símbolo sin sentido en un mensaje ya enviado.

—¡A tomar por culo! —maldije golpeando el ordenador.

Segundos después, en la pantalla apareció la indicación de que Damian me estaba llamando por vídeo y la aplicación comenzó a emitir unos extraños y chirriantes ruidos. En un instante de pavor, intenté apagarlo y... respondí por error.

—¿Estás bien? —preguntó Damian mirándome.

Me quedé sentada, estupefacta, observándolo, sin saber qué decir, pues se suponía que era yo quien debía preguntarle si todo iba bien.

A pesar de los moretones de su cara, Damian tenía un aspecto muy seductor, y sus grandes labios parecían serlo aún más a causa de la hinchazón. Estaba acostado, con la cabeza apoyada en una almohada blanca, y me miraba con atención.

—Laura, ¿estás bien? —repitió como respuesta a mi silencio.

—Oye, g-guerrero —tartamudeé un instante después—. ¿Cómo te encuentras?

Sonrió, se encogió de hombros y frunció los labios.

—Si esto fuera el resultado de una pelea, me sentiría mejor, pero en la situación actual… —Suspiró y apartó los ojos de la cámara.

—¿Quieres contarme qué pasó?

—No puedo decírtelo. —Miró directamente a la cámara y apretó los labios hasta formar una fina línea.

—¡Joder, Damian! —gruñí molesta por su respuesta—. ¿Qué significa que no puedes? Si mi marido te está amenazando, quiero saberlo, porque…

—¿Tu marido? —me interrumpió—. ¿Massimo Torricelli es tu marido?

Asentí con la cabeza, corroborando sus palabras, y se quedó inmóvil varios segundos.

—Pero, chica, ¿en qué te has metido? —Se irguió un poco más y se cogió la cabeza con las manos—. Laura, ¿sabes que ese hombre es…?

—Sé exactamente lo que hace —le interrumpí—. En serio, no necesito lecciones de moralidad, especialmente de ti. He oído que tampoco eres un santo. Además, ¿cuál es la diferencia? Me casé y estoy embarazada. Intenté decírtelo en esa velada en la que luchabas; pero bueno, no tuve ocasión de hacerlo.

Sus ojos se agrandaron de una forma desmesurada y me miró con la boca abierta. Pasaron varios instantes y yo me preguntaba si debía decir algo, colgar o golpearme la cabeza contra la pantalla. Finalmente, habló:

—¿Vais a tener un hijo?

Asentí con la cabeza y sonreí al escuchar esa pregunta.

—¡Hostia puta! Ahora lo entiendo todo.

Le dirigí una mirada interrogante.

—Si lo hubiera sabido, nunca habría actuado así; no soy un suicida —respondió a mi silenciosa pregunta—. Y debería dar gracias por el estado en que me encuentro.

Lo volví a mirar con los ojos como platos, esperando una explicación.

—Verás, Laura, después de aquello, bajé a la calle y al rato apareció la gente de Karol, que me requería para que fuera a hablar con él. Fui allí y, sin tener ni idea de con quién me había pegado en el pasillo en presencia de mi primo, quise desafiar a mi oponente a un duelo, pensando que no habíamos resuelto el asunto. Karol estaba tan furioso que llamó a Massimo y este aceptó con gusto mi propuesta para terminar lo que habíamos empezado. Nos encontramos en la propiedad de mi primo y, como niños, salimos a la calle a pelear. —Suspiró y sacudió la cabeza—. Había hielo en el suelo, nevaba, tuve un mal resbalón, me caí, me torcí el pie y me rompí el brazo, qué pena... —masculló—. Tu marido se aprovechó de ello y me acorraló hasta el final, pero me perdonó la vida, por lo que le estoy sinceramente agradecido, y más desde que supe con quién había tenido el placer de luchar. En circunstancias normales, me habría pegado un tiro.

Estaba sentada en aquel sofá mullido, cada vez más consciente del significado de las palabras de don Massimo al decirme que no todo era como yo pensaba. En ese momento no supe si estaba enfadada con uno o con otro, aunque tal vez no tuviera razón alguna para estar molesta. La voz tranquila de mi ex me arrancó de mis pensamientos.

—¿Y tú cómo te encuentras? —Me lo preguntó con una preocupación exagerada.

—Genial, a no ser por el hecho de que mi marido totalitario siempre intenta matar a alguien por mi culpa. —Me reí al verlo de buen humor—. Ahora vivo en Sicilia, en Taormina, pero actualmente me estoy dando un pequeño respiro en mi otra casa. —Me encogí de hombros—. Estaba sentada aquí sola y quería hablar con alguien.

—¿Me enseñas el lugar? —preguntó juntando las manos detrás de la cabeza con una gran sonrisa en la cara.

Era tan encantador que no podía negarme. Cogí el ordenador y le di la vuelta para que la cámara captara la imagen que había delante de mí. Caminé por todas las habitaciones y plantas hasta que al final llegué al jardín, donde me senté en uno de los enormes sillones blancos. Me puse las gafas de sol y abrí una botella de vino espumoso sin alcohol que había cogido antes de la cocina.

—Y aquí es donde vivo. En realidad, me he escapado, pero...

—¿Bebes alcohol? —gruñó cuando me puse la copa en la boca.

Me eché a reír.

—Es vino sin alcohol; sabe igual, pero eso es todo. No tiene efecto alguno, por desgracia. Si Massimo me viera beber, me pasaría el resto del embarazo en el sótano.

—¿Y... nunca te hartas de él? —preguntó titubeante—. ¿No te gustaría volver a tu vida normal, a nuestro país?

Aquella pregunta se quedó flotando en mi mente unos instantes. En realidad, era algo en lo que solía pensar durante los últimos días. Sin embargo, ahora que alguien esperaba que dijera lo que sentía y quería, las palabras se me atravesaron en la garganta.

—¿Sabes, Damian? No es tan simple. Aparte del hecho de que soy la esposa de un hombre poderoso que no me dejaría ir tan fácilmente, llevo a su hijo dentro de mí. Y ningún tipo normal tendría una relación con una mujer que lleva tanta carga consigo.

—Un hombre normal puede que no, pero uno que deja que le rompan los brazos por ella… —Tras esa frase se produjo un silencio incómodo—. Sé que es una propuesta un tanto sorprendente, pero…

—Lo amo —lo interrumpí, porque pensé que iba a hablar más de lo debido—. Estoy locamente enamorada de ese hombre, y ese es tal vez el problema. —Me encogí de hombros y tomé otro sorbo—. Muy bien, querido, ahora hablemos de ti. O mejor dicho, de lo que haces para Karol.

Le clavé una mirada inquisitiva, me crucé de brazos y esperé. Pasaron los segundos, pero él solo se revolvía entre las sábanas.

—En realidad, ya no hago nada para él. —Hizo una mueca—. Ya sabes cómo es esto. Era joven cuando me ofreció el puesto de portero en uno de sus clubes. Había empezado a entrenar, era grande y estúpido, así que acepté. El sueldo estaba bien y el trabajo no era muy exigente. Después resultó que yo era bastante inteligente, así que empecé a supervisar el trabajo de los demás. Si no hubiera sido por el contrato en España, lo más probable es que hubiera conocido a Massimo en circunstancias diferentes a las de ahora.

—Espera… —Levanté la mano—. Entonces, cuando estábamos juntos, tú eras…

—Era, como tú dices, «un chico malo», sí.

—¿Cómo es que nunca me di cuenta de eso?

Se rio y se dio un golpe en la cabeza con el brazo enyesado.

—¡Ay! —Se frotó el lugar donde se había golpeado—. Laura, querida. —Empezó a reírse—. Bueno, no podía empezar la relación con un «Hola, formo parte de una banda de criminales, pero en el fondo soy un buen tipo».

—Espera un segundo —dije al ver que los clones Rocco

y Marco, mis seguratas, venían corriendo por el jardín. Miraban a su alrededor nerviosos; los observé como si fueran idiotas mientras tomaba otro trago—. No hables —dije con un tono misterioso, girando la pantalla para que la cámara apuntase a ambos tipos—. Mira lo que tengo que aguantar —susurré, y luego cambié con fluidez al inglés—. ¿Qué pasa, señores? ¿Se han perdido? —Mi sarcasmo hizo reír a mi ex, que se quedó callado.

—Señora Laura, las cámaras del jardín todavía no están conectadas. ¿Puede volver al interior?

Los miré con incredulidad y resoplé desaprobando sus palabras.

—¿Tienes a mi marido al teléfono? —pregunté, señalando al aparato que llevaba en la mano. El hombre asintió, mirando al suelo—. Por favor, pásamelo.

—Massimo, no exageres —dije antes de que pudiera hablar—. Hoy es un día cálido y necesito respirar. —Entonces tuve una idea estupenda—: Tu hijo quiere respirar, así que detén a tus gorilas.

En el auricular siguió reinando el silencio hasta que escuché la voz tranquila de mi esposo al otro lado:

—Desde donde están, no saben si todo anda bien; tal vez sea mejor que Rocco se quede contigo.

Miré hacia la pantalla y a la conversación oculta con mi ex, y entendí que el gorila troglodita seguramente se interesaría por la voz masculina que saldría del ordenador.

—Cariño… —dije con dulzura, esperando a que aquello funcionara—, si quisiera tener compañía, habría elegido la tuya; así que, por favor, refrena tu paranoia y déjame estar sola. Me encuentro bien, no me pasa nada y voy a comer. Si quieres, te llamo cada hora.

—Estoy a punto de empezar una reunión que puede durar hasta esta noche. —Se hizo un silencio en el teléfono, y luego se oyó un fuerte suspiro—. Los guardias de seguridad te echarán un vistazo de vez en cuando para asegurarse de que estás bien.

Casi aplaudí con alegría al oír sus palabras.

—Te quiero —susurré cuando terminamos la conversación, encantada por su relativa flexibilidad.

—Yo también te quiero, hasta mañana. Ahora pásame a Rocco, por favor.

Suspiré y le di el teléfono al segurata, dirigiéndole una radiante sonrisa. Él me miró serio y desapareció lanzando algunas palabras al móvil.

—Ya estoy —dije reabriendo la ventana de la conversación—. Bueno, así ando. —Extendí los brazos y me encogí de hombros—. Control, control y más control.

Damian se echó a reír y negó con la cabeza para mostrar su incredulidad.

Pasamos una o dos horas hablando de recuerdos, diferentes lugares, situaciones y conocidos comunes. Charló sobre su vida en España y sobre los sitios que había visitado gracias a crecer como luchador y entrar en organizaciones cada vez más grandes. Habló de las personas que había conocido y de los entrenamientos en Tailandia, Brasil y Estados Unidos. Lo escuché encantada; me alegraba de haberle enviado por casualidad aquel mensaje con un simple símbolo sin sentido. Por un lado, me dio mucha pena la lesión que había sufrido por mi culpa; por otro, gracias a eso había vuelto a hablar con él.

—Tengo que dejarte —dijo al oírse un ruido en su habitación—. Sebastian ha venido con provisiones. —Le sonreí con ternura—. Laura, ¿puedes prometerme algo? —preguntó tímidamente.

—Sabes que odio ese tipo de preguntas, pues no sé qué prometo.

—Prométeme que hablarás conmigo de vez en cuando. A mí me lo han prohibido. —Hizo una mueca y movió la cabeza con resignación—. Si yo hablo contigo, Karol me romperá los pocos huesos sanos que me quedan. O tu marido me pegará un tiro.

—Te adoro, guerrero. Eso sí puedo prometértelo. ¡Y buen provecho!

Damian besó la cámara del ordenador y al instante volví a quedarme sola.

Aquella bebida espumosa me sentó un poco mal, y recordé que no había comido nada desde la mañana. Entré en casa y estuve en la cocina unos quince minutos para prepararme una buena comida. Luego la fui sacando fuera hasta que, media hora después, todo estuvo listo. Me senté a la mesa masticando una aceituna y volví a hundirme en el abismo de internet.

—Señora Torricelli… —Al oír aquellas palabras, salté del asiento con la mano en el pecho—. Lo siento, no quise asustarla.

Levanté los ojos, protegiéndolos del sol, y vi a un hombre parado frente a mí que, al desplazarse un poco, salió del resplandor. Me quedé con la boca algo abierta cuando vi a un tipo sonriéndome. Era totalmente calvo y tenía la cara casi cuadrada. Sus afilados rasgos estaban cubiertos por una barba rubia de unos días, a lo que se sumaban unos grandes labios. Sus ojos verdes me traspasaron divertidos cuando me tendió la mano.

—Soy su jardinero, Nacho. ¡Encantado!

—Un nombre nada italiano —dije sin sentido, pero fue lo único que me vino a la mente.

Le tendí la mano, un tanto flácida, y estreché la de mi interlocutor.

—Soy español. —Enarcó las cejas aún más divertido y se colocó casi por completo a la sombra para que pudiera examinarlo de cerca.

«¡Oh, Dios mío!», clamé mentalmente cuando vi que todo su cuerpo estaba cubierto de tatuajes de colores. Los dibujos formaban algo parecido a una camisa de manga larga. Comenzaban en las muñecas y terminaban donde empezaba el cuello. Era evidente que hacía mucho ejercicio porque su cuerpo delgado y musculoso no tenía ni un gramo de grasa; no era enorme ni demasiado fornido, sino más bien fibrado, como un futbolista o un atleta. La camiseta de tirantes apenas cubría su pecho totalmente afeitado, y sus vaqueros claros le colgaban un poco de las nalgas, dejando a la vista su ropa interior. Si no hubiera sido por su cinturón de herramientas, lo más probable es que se le hubieran caído y hubieran mostrado una zona bastante interesante. En un momento dado, me percaté con ansiedad de que se me caía la baba al ver a aquel tipo atractivo y me di de bofetadas mentalmente.

—¿Tienes sed? —pregunté poniendo los ojos en blanco, e inmediatamente volví a regañarme por aquel intento de coqueteo. Sediento, mi subconsciente siguió dándose golpes en la cabeza, machacándose con irritación. «Tú eres la que tiene sed, aunque no tengas ganas de beber», pensé.

El hombre sacó un pañuelo oscuro de detrás del cinturón y se limpió la cabeza antes de sentarse en el sillón de al lado.

—Sí, tengo sed, gracias —respondió, y se sirvió agua.

Me sorprendió su desparpajo, pues la gente de la mansión era bastante cortés conmigo.

—¿Cuánto tiempo llevas trabajando para mi marido? —le pregunté, masticando una aceituna y empujando un plato de comida en su dirección.

—No hace mucho. En realidad, solo me ocupo de esta casa —dijo cogiendo una tajada de melón—. Don Torricelli deseaba un diseño concreto en el jardín. ¿Puedo discutirlo hoy con él?

—Lo dudo. —Me encogí de hombros y resoplé resignada—. Primero, trabaja hasta tarde y, segundo, me he venido aquí escapando de él. —Levanté con sarcasmo la copa de vino que me acababa de servir para brindar—. ¿Te apetece una copa sin alcohol?

Mi respuesta complació visiblemente al hombre, o eso creí. En cualquier caso, se relajó, miró el reloj y cogió otra tajada de melón.

—Bien, hablaré con él la próxima vez. —Se levantó como si hubiera empezado a buscar algo en el cinturón de herramientas. Sin apartar la vista de lo que estaba haciendo, preguntó—: ¿Por qué bebe vino sin alcohol?

—Porque estoy embarazada —dije sin pensar.

El melón casi se le cayó de la boca y sus ojos mostraron un poco de miedo. Dejó caer las manos, que buscaban algo a tientas en el cinturón, tras cerrar la cremallera de la riñonera que llevaba a un lado.

—¿Massimo Torricelli va a tener un hijo?

Su comportamiento era cada vez más extraño, y su curiosidad y atrevimiento me molestaron.

—Nacho, ¿qué tiene que ver eso con el jardín?

—Nada, señora Torricelli, pero para usted sí. Bueno, y también va un poco conmigo. Mi hermana también está embarazada. Eso cambia las cosas. Que tenga una buena tarde.

Me besó en la mano y desapareció tras echar un vistazo a la entrada de la mansión.

Segundos después, Rocco apareció en la puerta de la entrada, me miró, observó a su alrededor, asintió con la cabeza y entró.

«Un tipo extraño, este jardinero —pensé, y seguí comiendo y felicitando las fiestas navideñas a mis amigos—. Seguro que se dopa con algo o tal vez las plantas que cultiva sean narcóticas. La gente normal no suele mostrarse tan feliz o, al menos, no habla de ciertas cosas hasta el punto en que él lo hace.»

16

La mañana de Nochebuena desperté después de las once, cuando el sol ya asomaba al dormitorio principal. Me reprendí por no haber bajado las persianas y, como castigo, me levanté de la cama sin ser consciente de que, en realidad, ya era muy tarde. Los italianos no celebraban Nochebuena, solo Navidad, pero teniendo en cuenta mi cultura, Massimo había decidido adaptarse.

Bajé las escaleras y vi una caja enorme en la encimera de la cocina. La abrí y empecé a mirar su contenido con curiosidad. En la parte superior había un pequeño sobre rojo con una tarjeta dentro: «El coche vendrá a por ti a las tres en punto». Negué con la cabeza y seguí examinando el contenido del paquete. «Chanel.» Esa inscripción me confirmó lo que iba a encontrar debajo: un traje negro de satén combinado con seda, y unos maravillosos zapatos de aguja con punta estrecha. Aplaudí, lo saqué todo y me lo puse. El escote era recto y dejaba los hombros al descubierto; las mangas anchas acabadas con un ribete apretado lo sujetaban todo en su lugar. La parte superior no quedaba ajustada, sino suelta, pero se estrechaba en la cintura. Gracias a eso, los pantalones marcaban sexualmente las nalgas sin apretarlas, mostrando todas sus curvas. Era ideal. Cogí el teléfono, marqué el número de la peluquería y concerté cita para la una. Colgué el traje, desayuné y fui a ducharme.

Quince minutos antes de la hora, ya estaba lista y sorprendida al descubrir que el coche que debía venir a por mí ya estaba allí. Me subí a la limusina de alquiler y cogí el móvil. Quería llamar a mi madre y desearle unas felices fiestas, pero no sabía qué decirle. Para empezar, ¿debía disculparme o esperar que ella lo hiciera? Me quedé mirando fijamente la pantalla, pero unos segundos más tarde lo metí en la pequeña funda de tela.

El coche se detuvo frente al camino de la propiedad y vi a Massimo parado en el umbral, apoyado en la pared. El día, aunque soleado, no era tan caluroso como el anterior, incluso me atrevería a decir que hacía frío. El termómetro marcaba once grados a la sombra, y me alegré de que Massimo se dirigiera hacia el coche al verlo aparecer. Cuando abrió la puerta y me ofreció una mano para ayudarme a salir, me arrojé a sus brazos, llevada por un extraño anhelo. Sentí que su rostro, acurrucado en su suéter negro, sonreía mientras me acariciaba el pelo y me besaba en el cuello.

—Feliz Navidad, cariño —susurró, y se apartó de mí—. Entremos, o te resfriarás.

Levanté los ojos para mirarlo y me flojearon las piernas; estaba guapísimo. Suave y lentamente, puse la mano en su pelo, lo atraje hacia mí y nuestros labios se encontraron en un beso apasionado. Lo besé tan intensamente y con tanta pasión como si fuera nuestra última vez.

—Olvidémonos de la cena. —Le mordí el labio y le cogí

la entrepierna sin sorprenderme de que su polla sobresaliera como un cañón—. Fólleme navideñamente, don Torricelli.

Black gimió y se soltó de mi abrazo con dificultad.

—Me encantaría, pero los invitados esperan. Vamos —dijo arreglándose esa zona de los pantalones tan vulnerable, arrastrándome por el pasillo hacia el fondo de la casa.

Desde el comedor principal, al que en realidad no iba mucho, llegaban voces, risas y villancicos polacos. Me asombró, pero entendí que, aunque nuestros invitados fueran italianos, mi marido deseaba reproducir el ambiente de mis fiestas. Al pensarlo, le apreté la mano con fuerza y lo miré agradecida. Entonces, ante el umbral de la puerta, él se volvió hacia mí y me besó en la frente.

Lo primero que vi fue un árbol de Navidad gigante y, debajo de él, montañas de regalos. Después reparé en la maravillosa mesa dispuesta con miles de velas y adornos. Cuando giré la cabeza hacia las voces que se habían callado, me quedé sin palabras.

—¡Feliz Navidad, cariño! —Massimo me abrazó con fuerza y me besó en la parte superior de la cabeza.

Alcé los ojos hacia él totalmente incrédula y volví a mirar a la gente congregada allí; luego a Massimo varias veces y, al final, las lágrimas fluyeron por mis mejillas.

Al verlo, mamá se me acercó, me arrancó de los brazos de mi marido y me atrajo hacia ella con fuerza.

—Perdóname, hija —susurró.

No pude responder porque me estaba ahogando en mi propio llanto. Cuando mi padre se unió a nuestro abrazo, me puse aún peor, y me parecía que no podía respirar por las lágrimas. Permanecimos así y noté cómo mi esmerado maquillaje se desdibujaba por mi rostro.

—Al parecer, cuando las embarazadas lloran, el bebé nace llorón. —La voz de mi hermano me devolvió a la realidad.

—Hola, jovencita —dijo apartando un poco a mis padres; me abrazó con su mano libre mientras sostenía una copa de vino en la otra.

Eso fue demasiado para mí.

—Tal vez tendríamos que ir al baño —dijo Olga al acercarse.

Asentí con la cabeza sin pensar y todos se rieron sinceramente divertidos por mi asombro. Al pasar junto a mi esposo, su mano rozó suavemente la mía. Lo miré.

—¡Sorpresa! —dijo alegremente guiñándome un ojo.

Me limpié los ojos, las mejillas y, en general, toda la cara. Me senté en el diván del baño y miré a mi amiga.

—Estoy pensando en cómo hacer la pregunta para que no suene rara, pero... ¿Qué hacéis todos aquí?

—Ellos no lo sé, pero creo que a mí me secuestraron. —Empezó a reírse—. Bueno, en serio... Vino a buscarme a casa de mis padres, pidió, suplicó, lloró. —Olga suspiró—. Cuando pasé de él, fue a buscar a mi padre y se lo ganó. ¿Sabes? No le costó nada poner de su parte a un profesor de inglés. Lo sedujo con la imagen de mi bienestar perpetuo, su amor ilimitado por mí e impresionantes visitas a Sicilia. —Se encogió de hombros—. Luego hizo algo aún peor: lo convenció para conspirar juntos y asestarme el golpe definitivo.

—¡Dios mío! ¿Qué pasó? —Tenía los ojos como platos.

—Domenico alquiló un teatro. —La miré inquisitivamente—. Joder, alquiló un maldito teatro con escenario. —Empezó a mover las manos dibujando en el aire qué aspecto tenía—. ¡Un teatro! —gritó como si estuviera sorda—. Bien, al menos sin público. Papá me llevó engañada. ¿Y qué me encontré...? Un coro y una orquesta. —Asintió con la cabeza—. Sí, querida, docenas de personas interpretando *This I Love* de Guns N' Roses. Y en medio de todo ese espectáculo, él... Tan guapo, tan fuerte, tan bien vestido. —Sus ojos se iluminaron y suspiró—. Y empezó a cantar, y eso era otra cosa que no sabía de él. ¡Lo hizo de puta madre! Tanto, que no pude rechazarlo. —Extendió la mano con un hermoso anillo y me lo pasó por debajo de las narices—. Y acepté.

Estaba sentada, mirándola alternativamente a ella y al diamante; tenía la boca abierta y me preguntaba cómo era posible que mi petición de matrimonio hubiera tenido lugar en un dormitorio. Siempre había soñado con una pedida de mano espectacular que me dejara sin aliento, y desde luego sí hubo una que me dejó así, pero no fue la mía. Al instante volví en mí y la abracé.

—Y en medio de tanto idilio, mientras daba gato por liebre a tus padres, ¿no mencionó que pertenece a una familia mafiosa?

—Sí, empezó con eso. —Soltó una carcajada—. También añadió que había tratado de matarme, que había destrozado la casa y que había hecho picadillo un coche que valía cientos de miles de dólares. Pero ya sabes, papá es flexible y no le importan esas tonterías. —Se dio con los nudillos en la cabeza—. Pero, mujer, ¿qué dices? Él cree que tiene un yerno que es un ángel, un artista y todo un caballero italiano.

—En lo esencial, no se equivoca. —Levanté el trasero del asiento y le tendí la mano—. ¡Es genial! Vamos.

Volvimos al comedor con toda mi familia, sentada a la

mesa, que estaba absorta en una conversación. Cuando entré, escuché a mi madre sollozar y vi que las lágrimas asomaban a sus ojos de nuevo. Me acerqué a ella, la besé y le pedí que no se echara a llorar porque, si no, iba a seguir sus pasos. Se calmó, abrazada por mi padre, y se limpió los ojos con un pañuelo.

Massimo hizo una señal con la cabeza al camarero y, al momento, empezaron a servir la cena. Me sorprendió cómo habían combinado los platos de Nochebuena de mi país insertando detalles italianos. A medida que aparecían más manjares en la mesa, el ambiente se relajaba. No sé si fue el resultado de las sucesivas botellas de excelentes vinos o si todos habíamos necesitado un tiempo para acostumbrarnos a los demás.

En un momento dado, Jakub, papá y don Massimo desaparecieron en una habitación contigua, de donde empezó a salir olor a puro un rato después. ¡Dios! ¡Qué cinematográfico! Concluida la cena, copa y puro. Olga había secuestrado a mamá y recorrían la residencia, y yo agarré del brazo a Domenico cuando fue a reunirse con mi marido.

—Hablemos —dije seria mientras tiraba de él hacia el sofá grande—. Domenico, ¿estás seguro de lo que haces? —le pregunté mientras me aposentaba y lo sentaba a él a mi lado.

—Eres una hipócrita. —Tenía la vista fija en mí y sus labios apretados formaban una fina línea—. Te recuerdo que te casaste con mi hermano un mes después de conocerlo, si no me equivoco.

—Pasado un mes y medio —gruñí, y bajé la vista hacia la alfombra—. No tuve elección, por si no lo recuerdas. Massimo me secuestró.

345

—Pero no forzó la boda —me interrumpió—. Ni te obligó a que te quedaras embarazada. —Lo miré con sorna—. Vale, bueno, el bebé puede haber sido culpa suya, pero, Laura, verás…, ¿a qué debo esperar? Estoy enamorado de ella, quiero que esté conmigo; no pierdo nada, solo puedo ganar. Siempre podemos divorciarnos; pero siento que es ella. —Apretó los puños con fuerza y sus ojos ardieron de rabia—. Además, lo que hizo por mí demuestra que siente lo mismo que yo.

Asentí en silencio a lo que había dicho. En realidad, probablemente yo era la última persona que debía sermonearle en ese momento. Le tendí la mano para indicarle que me abrazara.

—¡Oye, es mi prometido! —dijo una voz, y sentí que mi amiga me empujaba.

Olga se sentó en el regazo de Domenico y le dio un beso desvergonzado en los labios, sin preocuparse por la presencia de mi madre.

—¿Por qué no están tus padres aquí? —le pregunté mirándola.

—No podían dejar a la abuela y ella no podía venir. —Se encogió de hombros.

El resto de la noche lo pasamos junto a la chimenea. Cantamos villancicos, cada uno los suyos, lo cual creó cierta confusión, y abrimos los regalos. Olga recibió un coche rojo, un maravilloso Alfa Romeo Spider descapotable. Por supuesto, aprovechó para hacer un agudo comentario acerca de si aquel auto también sería destrozado en caso de cabreo, por lo que le di a Olga una fuerte colleja. No esperaba que los regalos de mi marido fueran baratos, pero cuando vi lo que recibieron mis padres me quedé sin aliento. El abrigo de piel de marta rusa que mi madre sacó de la caja dejó mi cerebro sin oxígeno, y creo que el suyo también. A papá, en cambio, le encantó descubrir que tenía un velero en el puerto de Masuria y casi se echó a llorar porque siempre había soñado con eso. Miré a Massimo con desaprobación y me di con los nudillos en la frente.

—Exageras, cariño —le susurré al oído—. Nadie espera regalos así, sobre todo porque no tenemos cómo corresponderte.

Black sonrió, me besó en la frente y me estrechó contra él.

—Nena, pero ¿a quién debo dárselos? Además, no espero que me correspondáis. Abre tu regalo. —Me empujó hacia el árbol de Navidad para que buscara lo que había preparado para mí.

Escudriñé entre las ramas en busca de ese algo y, al no encontrar nada, me senté en el suelo y puse morritos. Massimo se levantó con aire divertido y alargó la mano hacia la rama que estaba encima de mí, de la que colgaba un sobre negro. Me lo entregó, se quedó delante de mí y esperó. Me sorprendió y, al mismo tiempo, me horrorizó: odiaba los sobres porque me recordaban la noche en que me anunció que me había secuestrado. Di varias vueltas al papel entre los dedos mientras miraba a mi marido, que seguramente ya había leído en mis ojos lo que yo estaba pensando y sacudía la cabeza.

—Puedes abrirlo. —Sus labios desvelaban una suave sonrisa.

Arranqué el sobre y saqué los documentos que contenían. Empecé a leerlos, pero, por desgracia, todo estaba en italiano.

—¿Qué es? —Fruncí el ceño sin tener ni idea de lo que había recibido.

—Una compañía. —Se arrodilló a mi lado y me cogió la mano—. Quería ofrecerte algo mío y, al mismo tiempo, dejarte hacer lo que te gusta. Vamos a crear una marca de ropa para ti. —Cuando lo dijo, me quedé muda de la impresión—. Tendrás un taller en Taormina; Emi te ayudará a elegir los diseñadores. Tú decidirás si…

No le dejé terminar. Me arrojé a sus brazos, lo que provocó que don Massimo se cayera al suelo y que yo, a mi vez, lo hiciera sobre él con un indecente y largo beso. Sus manos encontraron mis nalgas sin vergüenza y empezaron a manosearlas. Ni siquiera el elocuente gruñido de mi madre sirvió de nada. Era el mejor regalo que podía ofrecerme y algo que no esperaba: trabajo.

—Te amo —susurré cuando por fin me separé de su boca.

—Lo sé. —Me cogió, me levantó y me colocó junto a él.

Mis padres nos miraban y parecían contentos. Agradecí a Dios aquella calma y que no pasara nada. Pero sabía que las fiestas duraban más de un día y, conociendo mi suerte, seguro que algo pasaría; sin embargo, preferí no pensar en ello. Me alegró que mis padres no tuvieran ni idea de que estaban en la residencia de un mafioso, custodiada por docenas de guardias de seguridad, y que su yerno le había pegado un tiro a un hombre en la entrada meses atrás.

—Yo también tengo un regalo. —Me aparté de él y me puse de pie para que me vieran todos—. Es difícil hacerle un regalo a alguien que lo tiene todo —dije en dos idiomas, y acaricié suavemente la parte baja de mi vientre. Los ojos de mi marido se volvieron gigantes y negros—. Te daré algo que realmente quieres… —Mi voz se quebró, así que respiré hondo—. Te voy a dar un hijo. —Massimo se quedó de piedra—. Es un niño, cariño, y ya sé que no queríamos saberlo, pero…

Los grandes brazos de Black me alzaron en volandas y un chillido se escapó de mi boca cuando sobrevolé a mi familia. Don Massimo sonrió amplia y triunfalmente mientras me dejaba en el suelo y me besaba.

—¡Te lo dije! —gritó al chocar los cinco con Domenico—. Te dije que habría un sucesor, un Luca Torricelli.

Le lancé una mirada colmada de rayos y truenos, pero él no se inmutó y siguió recibiendo felicitaciones. «Por encima de mi cadáver será tu sucesor y mafioso», pensé.

Cuando los invitados empezaron a bostezar y fueron manifestando su cansancio, propuse que nos retiráramos. Massimo tuvo la prudencia de alojar a mis padres en el ala más alejada de nuestra habitación y de todos los puntos neurálgicos de la residencia, lo cual podía revelarles otros rostros de Black diferentes al que conocían.

—¡Cariño! —Cuando entramos en el vestidor para quitarnos aquella ropa de etiqueta, me volví hacia mi marido y le acaricié la mejilla—. ¿Cómo lo hiciste? —Me miró sorprendido y sonrió—. Mis padres… —le expliqué al ver que no entendía qué le estaba preguntando—. ¿Cómo llegaron aquí?

Black me rodeó con los brazos y se rio con picardía.

—¿Recuerdas que tenía que hacer algo el día que arrestaron a Domenico? —Asentí con la cabeza para confirmárselo—. Pues bien, había quedado con tus padres para hablar. En cierto modo, les expliqué la situación y les manifesté mis sentimientos e intenciones hacia ti. Me disculpé por todo lo sucedido, me eché la culpa y le prometí a Klara una segunda boda y celebración. —Me acarició el pelo como si quisiera calmar mis pensamientos—. Por supuesto, me abstuve de ponerles al corriente acerca de lo que hago.

—Eres el mejor marido del mundo. —Mi lengua intentó penetrar en su boca, lamentablemente sin éxito.

—Necesito hablar con Domenico —dijo Massimo, y me besó en la frente—. Volveré antes de que salgas de la ducha.

Hice un gesto ostentoso porque esperaba que se quedara conmigo, pero, por desgracia, las expectativas de satisfacer mi exuberante libido se hicieron añicos. Don Massimo volvió a besarme, esta vez en la mejilla, y desapareció por las escaleras. Me quedé de piedra, plantada en el suelo, y me sulfuré en silencio sabiendo que una ruidosa cólera no me ayudaría. Cuando la puerta de abajo se cerró, dejé escapar un rugido salvaje, pataleé un rato y me metí en la ducha.

Me tomé mi tiempo. Tenía que depilarme, lo que más odiaba en el mundo, y lavarme el pelo, lo cual aborrecía aún más. La cantidad de laca que mi peluquero me había echado aquel día era mortal. Decidí aplicar a mis puntas dañadas una intensa regeneración e ideé un tratamiento tras otro bajo el agua caliente. Casi una hora después, ya estaba limpia, perfumada y sin rastro de vello en mi cuerpo.

Salí del baño envuelta en el albornoz negro y grande de Massimo, con el cabello chorreando. Entré en el dormitorio y me detuve en lo alto de las escaleras que conducían a la sala de estar. Mi marido estaba echando leña en la chimenea mientras se tomaba una bebida de color ambarino. Al verme, se dio la vuelta, metió la mano en el bolsillo y tomó otro sorbo. Permanecimos parados, como hipnotizados, el uno ante el otro; sus largas piernas estaban ligeramente separadas, iba descalzo y llevaba la camisa blanca medio abierta.

Cogí el cinturón del albornoz y lo desaté. Al verlo, Massimo empezó a morderse el labio inferior y se enderezó un poco. Dejé caer el cinturón y separé las dos mitades de aquel paño oscuro, deslizándolo desde los hombros. Cuando el albornoz cayó, di el primer paso hacia mi marido. Él se quedó de pie, con los ojos entornados y casi pude ver cómo sus pantalones se hinchaban por la entrepierna.

—Deja el vaso —dije desde el último escalón.

Black, obediente aunque sin prisa, cumplió mi petición: se inclinó sobre la mesa de centro y dejó allí su bebida ambarina. Cuando se enderezó, me detuve a unos centímetros de él. Le desabroché el resto de los botones y le quité los gemelos de los puños; al final lo dejé sin camisa y acaricié su piel desnuda. Él seguía de pie, con los labios entreabiertos, mientras besaba cada cicatriz de sus hombros, pecho y vientre. Seguí besándole el cuerpo hasta que quedé arrodillada a la altura de su bragueta. Tragó saliva cuando comencé a desabrocharle el cinturón y sus manos recorrieron mi rostro. Sin apartar la vista de sus ojos, luché con la hebilla y luego con la cremallera. Esa situación lo excitó porque, antes de que se la hubiera bajado del todo, tenía delante de mis ojos la palpitante erección que sobresalía de sus pantalones. Las manos de Black se desplazaron suavemente hacia la parte posterior de mi cabeza y, con un movimiento decisivo, me empujó hacia su polla ya preparada.

Le sorprendió mi resistencia, así que dejó de presionarme y le bajé los pantalones hasta el final.

—¿Por qué no llevas ropa interior? —pregunté fingiendo enfado mientras me levantaba del suelo.

Sin disimular su regocijo, se encogió de hombros y, desnudo, cogió el vaso que antes había dejado. Me di la vuelta y, guiada por su mirada, me acerqué al sofá, me senté en él y separé muy bien las piernas.

—Ven aquí —le ordené señalando con el dedo el hueco en el suelo que había entre mis piernas.

La sonrisa del rostro de Massimo se volvió un tanto astuta. Mi marido se terminó su bebida y se postró de rodillas frente a mí. Lo agarré por el pelo y se lo apreté con fuerza y, antes de tirar de él hacia mi húmeda raja, lo miré. Sus ojos ardían con vivo fuego mientras sus labios resecos se tensaban de vez en cuando. Se removía impaciente mientras lo reprendía por haberme dejado sola en la ducha. Moví el pulgar sobre su boca y se lo introduje. Él intentó liberar la cabeza, señalándome que quería empezar, pero lo ignoré.

En un momento dado, no pudo seguir soportando la tortura y, tras cogerme por los muslos, tiró de mí hacia abajo para que mi coño quedara justo bajo su barbilla. Esperando un contraataque, me agarró del cuello y me lo clavó en el asiento. Su lengua se coló entre mis resbaladizos labios con un rápido movimiento y empezó a acariciarme con ansia. Grité en voz alta agarrándome al sofá. La boca de Massimo seguía chupando mi clítoris hinchado, y pensé que me correría antes de que él llegara a su momento álgido. Separó los labios de mi coño con los dedos y, al llegar al punto más sensible, vio cómo mi cuerpo se retorcía de placer. Intenté mirarlo, pero su imagen me volvía loca, así que cerré los ojos y empecé a morder un cojín de felpa. Añadió los delgados dedos a aquella enérgica tortura; me los introducía de un impulso. Los metía y los sacaba al ritmo de su hábil lengua. Gemía, me agitaba y me retorcía debajo de él, mientras me los clavaba más y más. No tardé en sentir el calor y los escalofríos sacudiendo mi cuerpo. El orgasmo llegó a tal velocidad que, mientras se aproximaba, ya no podía coger aire. Exploté apretándome alrededor de sus dedos y aceleró el ritmo. Cuando terminaba uno, me venía otro; tras el tercero, lo aparté, incapaz de soportar más placer.

Massimo tiró un poco más de mí desde el sofá, de modo que acabé tocando el suelo con los pies, y me la clavó de golpe. Entró entera, casi sin fricción, porque mi raja mojada por su saliva estaba dispuesta a aceptar su grosor. Estuve semiinconsciente mientras restregaba sus caderas, primero con un movimiento pausado y luego acelerando sistemáticamente. Con los dedos aún húmedos, me estrujó un pezón, retorciéndolo y pellizcándolo.

—Quiero sentirte más intensamente —jadeó, y me deslizó un cojín bajo el culo y mi espalda se arqueó—. Mejor —gruñó con placer, y empezó a follarme tan fuerte que ni siquiera pude gritar.

Los restos de orgasmos que se extinguían en mi interior enseguida se reavivaban por los despiadados empellones de sus caderas. Abrí los ojos y me encontré con la mirada llena de locura de mi marido. A través de sus labios entreabiertos pude ver sus dientes apretados con fuerza; su estado era frenético. Las gotas de sudor corrían por su pecho y apenas podía coger aire. Esa visión, su olor y lo que me estaba haciendo impidieron que siguiera luchando conmigo misma.

—Más fuerte —grité mientras le daba una bofetada, al tiempo que mis músculos se apretaban ante la poderosa ola de placer que me inundó.

El golpe que le di hizo que se corriera con un poderoso rugido, en una explosión simultánea a la mía. Al principio, sus caderas no ralentizaron la velocidad, y siguió gritando y temblando, pero luego cayó sobre mí exhausto.

Nos quedamos acostados sin aliento, tratando de recuperar la respiración. El pecho sudoroso de Massimo se agitaba arriba y abajo mientras revolvía su cabello con las manos temblorosas. Besé con ternura su barba arreglada con esmero y fui recorriendo su áspera superficie con mi boca. Contemplé su piel absolutamente lisa y perfecta; era impecable.

—¿Por qué no llevas tatuajes? —pregunté tumbándome de espaldas.

—No me gustan. ¿Para qué marcar y herir tu propio cuerpo? —Se dio la vuelta y me miró—. Además, soy bastante conservador en ese sentido. Para mí, los tatuajes son cosa de presidiarios, y no quiero que nada me asocie con un lugar como ese.

—¿Y por qué contrataste a un jardinero cubierto de tatuajes en nuestra nueva casa? Pensé que...

—¿Jardinero? —Massimo me interrumpió, y la alegría desapareció de su mirada.

Sorprendida por su reacción, abrí los ojos y fruncí el ceño preguntándome qué le pasaba.

—Nacho, el jardinero rapado y tatuado español. Ayer quería verte para hablar del jardín.

Black respiró hondo y tragó saliva ruidosamente. Se sentó y me atrajo hacia él.

—Cariño, ¿de qué estás hablando? —dijo con calma, aunque vi que temblaba de ira por dentro.

Esa imagen me asustó. Me levanté sacudiéndome sus manos, que descansaban sobre mis hombros y, molesta, empecé a dar vueltas a su alrededor.

—Quizá tú puedas decirme qué pasa.

Se quedó callado unos instantes sin apartar su mirada de mí, con el labio inferior oprimido por sus dientes.

—Aún no he contratado a un jardinero —respondió serio, levantándose—. Y ahora, Laura, quiero escuchar despacio y con todo detalle la historia completa de ese «jardinero».

Al oír lo que me dijo Massimo, empezaron a flojearme las piernas. «Pero ¿cómo? ¿No hay jardinero?», pensé. Había hablado con él; era agradable, atractivo y un poco raro, pero no parecía que quisiera hacerme daño.

Me senté en el sofá mientras Massimo se arrodillaba junto a mí. Luego escuchó mi breve relato sobre el hombre calvo. En cuanto terminé, cogió el teléfono y, cuando alguien contestó al otro lado, le habló unos minutos en italiano mirándome de vez en cuando. Al acabar, arrojó el aparato contra la pared con tal fuerza que lo hizo añicos.

—*Shit!* —gritó en inglés, arrastrando el monosílabo.

Me acurruque en el sofá al ver su furia. Segundos más tarde, cuando su ira lo quemaba por dentro con una llama casi perceptible, me levanté y me acerqué a él.

—Massimo, ¿qué pasa? —Apoyé las manos en sus hombros tensos, que se agitaban arriba y abajo. Callaba. Por un instante no dijo nada, como si quisiera digerir lo que había escuchado y pensara en cómo decírmelo.

—Era Marcelo Nacho Matos, un miembro de la familia de la mafia española y... —Se le atragantaron las palabras y supe que lo que estaba a punto de escuchar no me gustaría—. Laura, querida... —Black se volvió hacia mí y me cogió la cara con las manos—. El hombre que conociste es un ejecutor.

—¿Qué quieres decir con «ejecutor»?

—Un asesino. —Empezó a comprimir su mandíbula rítmicamente—. No sé por qué se presentó si sigues... —se detuvo y me entraron escalofríos.

—¿... si sigo viva? —Suspiré—. Es lo que querías decir, Massimo, que te sorprende que siga viva.

El maravilloso ambiente que reinaba entre nosotros se echó a perder y sentí que don Massimo explotaría de rabia en pocos segundos. Pasó por delante de mí sin decir ni una palabra y se fue al vestidor para volver en chándal un minuto después. Estaba sentada en el sofá, bien tapada con una manta, observando el fuego. Se detuvo, me miró, se sentó y colocó sobre su regazo mi cuerpo envuelto en la manta. Me acurruqué en su pecho; sus manos me rodeaban con fuerza y me ofrecían una gran sensación de seguridad.

—¿Por qué quería matarme? —pregunté apretando los párpados.

—Si hubiera querido matarte, estarías muerta, así que sospecho que pretendía algo diferente. —Sus manos me oprimieron tan fuerte que gemí—. Lo siento —susurró, y aflojó su abrazo—. Hace meses se produjo cierta tensión con su gente. —De repente se quedó en silencio, como si pensase en algo—. Laura, no irás a ningún lado sola, te lo digo en serio. —Me miró con sus ojos fríos como el hielo y me asustó—. Tendrás doble protección y no viajarás sola a Messina —volvió a interrumpirse—. Sería mucho mejor que te enviara a algún lugar...

—¡Estás loco! —grité indignada—. Tu gente no es capaz de vigilarme. Nunca me ha pasado nada estando contigo, pero siempre pasa algo cuando me dejas con ellos. —Quería liberarme de sus brazos, pero no me dejó ir, así que me rendí—. Massimo, no quiero ir a ninguna parte. —Los ojos se me llenaron de lágrimas—. ¿Y mis padres?

Black aspiró con fuerza.

—Mañana saldremos de crucero con el *Titán*; y después de Navidad, cuando vuelvan a Polonia, Karol los protegerá. Prometo cuidarlos. —Su tono serio me aseguró que sabía lo que estaba haciendo—. Están a salvo; nadie intenta cazaros a vosotros. Los españoles solo quieren lastimarme a mí, y la única manera de hacerlo es a través de ti. —Me giró la cabeza de tal modo que nuestros ojos casi se tocaron—. Te garantizo que me libraré de todo lo que tengo y sacrificaré mi vida antes que dejar que os toquen un pelo a ti o a mi hijo.

Cuando me calmé, Domenico llamó a la puerta, le informó de algo y desapareció. Me acosté y me pasé la noche luchando con pesadillas en las que el protagonista era el español sexy. No podía entender cómo ese hombre feliz que había conocido en el jardín podía ser un asesino a sueldo. Sus ojos alegres contradecían lo que Massimo decía. Repasé todo nuestro encuentro, lo que hizo y dijo, pero no llegué a conclusión alguna. Como en una película rayada, en mi mente perversa solo fluía una pregunta: ¿por qué no me había matado? Al fin y al cabo, podía haberlo hecho, incluso varias veces, durante nuestra conversación. ¿Por qué se dejó ver y se presentó? ¿Tal vez consideró que todo me parecería tan irrelevante que no se lo mencionaría a mi esposo? Quizá quería matarme y lo hubiera hecho, pero algo lo detuvo. Tal vez el remordimiento o a lo mejor le gusté. Cansada de pensar y de despertarme convencida de que oía algo, al final me quedé dormida.

La mañana de Navidad me desperté sola en la cama, como de costumbre. Las sábanas del lado de Massimo estaban intactas, lo que quería decir que esa noche no había dormido o que no quería dormir conmigo.

Cuando terminé de prepararme para el desayuno y bajé las escaleras, la puerta se abrió y apareció mi agotado marido. Me quedé parada en el penúltimo escalón, sin decir palabra, y lo miré sin pestañear.

—Tuve que organizar la seguridad y revisar la finca —balbució.

—¿Personalmente?

—Cuando se trata de tu seguridad, lo hago personalmente. —Pasó junto a mí y subió las escaleras—. Dame media hora y estaré con vosotros.

Entré en el comedor y vi a un grupo de invitados sentados a la mesa. Todos estaban contentos y hablaban animadamente en, por lo menos, tres idiomas. Cuando me vieron, centraron su atención en mí. Mi madre casi me alimentó a la fuerza con todo lo que había en la mesa, y mi padre nos habló por septuagésima vez de cuando mamá estaba embarazada de mí. Una vez más, escuché la historia de cómo a mamá se le había antojado chocolate en mitad de la noche, lo que no era fácil de conseguir en una época de largas colas y cartillas. Papá removió cielo y tierra para conseguirle aquel dulce que ella quería por encima de todo; sin embargo, cuando dio el primer mordisco, vomitó y dijo que aquello no era lo que quería. Toda la historia la contó en polaco, así que Olga se acurrucó en el brazo de su futuro esposo y le tradujo en voz baja toda la anécdota.

—Laura, ¿puedo hablar contigo? —preguntó mi madre, de pie, desde el lado opuesto de la sala.

Me levanté y me dirigí a ella mientras Olga, con un cigarrillo en la mano, miraba por la ventana junto a la terraza.

—¿Quiénes son esas personas? —dijo señalando con el dedo a los seguratas apostados a la entrada de la playa, y luego a otros dos más que veía desde allí.

—Los guardias —murmuré sin mirarla.

—¿Por qué hay tantos?

—Siempre hay muchos —mentí sin titubear, pero temiendo mirarla—. Massimo tiene manía persecutoria. Además, la finca es enorme, así que en realidad no hay tantos. —Le acaricié la espalda y casi corrí hacia la mesa, temiendo más preguntas.

«¡Dios mío! —pensé mientras me sentaba—. Me da un miedo atroz que se den cuenta de la situación.»

Me preguntaba por qué Black los había traído a casa. Podría haber planeado las fiestas en Polonia y ahorrarme aquellos nervios. En el fondo rezaba para que él bajara y se uniera a nosotros y, aún mejor, para que todos estuviéramos en el *Titán* y navegáramos lejos de allí. Aunque el clima no era el mejor para la travesía, prefería congelarme en un yate antes que ponerme paranoica en casa. Sin embargo, no tenía derecho a quejarme porque el cielo despejado y los quince grados a la sombra resultaban un agradable cambio ante las nevadas de Polonia y las temperaturas bajo cero.

—Querida —dijo Massimo al entrar en el comedor—, me gustaría anunciar algo.

Casi me di con la frente en la mesa al sentirme aliviada porque, en primer lugar, él estaba allí, y, además, se los iba a llevar a todos. Empecé a traducir del inglés al polaco con entusiasmo para que mis padres lo entendieran.

—Esta tarde vamos a Palermo para participar en un baile de Navidad.

—¡Joder! —me quejé, y me di con la cabeza en la mesa.

Mi madre casi saltó de la silla, pero mi padre la agarró con suavidad por el hombro y la sentó de nuevo. Confundida, me volví hacia mi marido y, con una bonita sonrisa artificial, me pegué a su oreja.

—Pero ¿no nos íbamos de crucero?

—Los planes han cambiado. —Me besó en la punta de la nariz.

Dios, cómo deseé en ese momento que mi vida fuera ordenada y normal, estándar y, sobre todo, aburrida. Me habría gustado sentarme en el sofá, comer todo el día y beber vino. Me habría gustado ver *Solo en casa* y disfrutar de no hacer nada.

—¿Qué te pasa, cariño? —La voz inquieta de mi madre me taladró los oídos—. No tengo nada que ponerme. Además, es una noticia bastante inesperada.

—Bienvenida a mi mundo. —Abrí los brazos con una irónica sonrisa en la cara.

Massimo sintió el nerviosismo de mi madre, lo cual no me sorprendió, porque, para no sentirlo, tendría que haber estado sordo, ciego y, como mínimo, cerca del muelle. Entonces cambió al ruso con fluidez, se volvió hacia ella y le ofreció una sonrisa que vi por primera vez. Klara Biel le dio las gracias pestañeando, y me pregunté qué rollo le habría metido. Poco después estaba sentada radiante, acariciando el brazo de mi padre, que se mostraba del todo desinteresado.

—¡Solucionado! —susurró Massimo apretándome el muslo con la mano—. Vamos.

Se levantó, lo cual sorprendió a todos los reunidos, y me arrastró con él.

—¡Volvemos enseguida! —grité con una sonrisa antes de desaparecer por el pasillo.

Me arrastró por sucesivas habitaciones y ni siquiera pude preguntar qué sucedía. Cuando pasamos otra puerta más y llegamos a la biblioteca, Black la cerró de golpe y se aferró a mí con un beso apasionado. Sus labios, dientes y lengua recorrieron mi rostro, ganándose con ansia cada pedazo de él.

—Necesito adrenalina —jadeó— porque la cocaína está fuera de toda cuestión.

Sus manos se colaron bajo mi vestido más bien corto y, tras cogerme de las nalgas, me levantó en volandas. Caminó por la habitación, me bajó cerca del escritorio y me apoyó en él. Confundida, lo miré, sintiendo que mi corazón latía excitado. Las manos de Massimo desabrocharon el cinturón y bajaron la cremallera. Puso los pulgares tras la cintura del pantalón y de la goma de sus calzoncillos, y, con un solo movimiento, se los bajó hasta el suelo y liberó su polla empalmada.

—Arrodíllate —gruñó, y apoyó las manos en el borde del escritorio—. ¡Chúpamela! —me ordenó cuando mis rodillas tocaron el suelo.

Sorprendida y confundida, levanté la vista, lo miré y me encontré con unos ojos casi negros, llenos de deseo salvaje. Cogí su pene entre los dedos despacio y, sin prisa, me lo acerqué a la boca. Los labios de Black se separaron para coger bocanadas de aire cada vez más rápido, y un silencioso gemido emergió de su interior. Con la mano, fui recorriendo su miembro desde la base hasta la punta sin apartar los ojos del rostro de mi marido.

—¿Cómo lo hago, don Massimo? —pregunté con tono seductor, que él ignoró por completo.

—Rápido y fuerte. —En la cara de Massimo se podían ver gotas de sudor y las piernas le temblaban ligeramente.

Reuní saliva en mi boca y la escupí en su polla cada vez más dura para asegurarme de que estuviera resbaladiza. Un rugido escapó de su garganta y una de sus manos fue a la parte posterior de mi cabeza, obligándome a tomar su palpitante erección en mi boca. Lo esperaba. Abrí la boca y lo tomé por completo, en toda su largura, y me recompensó poniéndome la otra mano en la nuca. Sus caderas salieron al encuentro de mis movimientos y poco después no era yo quien se la chupaba, sino que él me follaba la boca. Gemía en voz alta y murmuraba algo en italiano mientras lo tomaba cada vez más rápido, dejando que la parte favorita de mi marido penetrara más en mi garganta. Mis innecesarias manos recorrieron sus nalgas y mis uñas se clavaron en lo más profundo de su suave piel. Le encantaba; quería no solo ofrecerle sensaciones fuertes, sino recibirlas a cambio. El dolor era parte integral de nuestra vida erótica, pero nos estimulaba de la misma manera, así que ninguno se resistió. Sentía cómo su pene rebotaba en mi garganta mientras le clavaba los dientes en el vientre. Empecé a ahogarme, a asfixiarme, y quise retroceder, pero me sujetó con más fuerza. Se me llenaron los ojos de lágrimas y el aire se me obstruyó en la garganta. Clavé aún más las uñas en la piel de Black y sentí el líquido caliente que inundaba mi boca. Sus manos se detuvieron, pero su polla siguió atascada en lo más profundo de mí. Intenté tragar cada gota, pero apenas podía respirar. Entonces me apartó un poco y comenzó a mover sus caderas lentamente, dándome la oportunidad de respirar.

Terminó y volvió a apoyar las manos contra el borde de su escritorio. Poco a poco, fui sacando su pene todavía duro de mi boca y me limpié las mejillas mojadas por las lágrimas. Lo agarré con la mano derecha y, mirando con lascivia a los ojos de Massimo, lo fui lamiendo hasta que quedó limpio como una patena.

El pulgar de Black me acarició la mejilla mientras le subía el bóxer y los pantalones. Le abroché la cremallera y el cinturón, me puse delante de él, le alisé la camisa y se la remetí.

—¿Estás despierto? —le pregunté, arqueando las cejas y limpiándome el rímel, que se me había corrido.

—Sí, estoy despierto y encendido —susurró besándome en la frente.

A don Massimo no le gustaba el sabor del esperma, lo cual era bastante obvio, pero me encantaba desafiarlo y superar ciertos límites. Mientras sus labios se alejaban de mí, le cogí la cara con las manos y le metí brutalmente la lengua entre los labios. El cuerpo de Massimo se puso rígido, pero no me apartó. Se quedó de pie y esperó a que terminara, mientras trataba de traspasarle todo el sabor posible.

—¡Eso por haberme corrido el maquillaje! —siseé, y le besé varias veces en los labios, en los cuales apareció una sonrisa maliciosa.

Nos arreglamos y pasamos el resto de la mañana plácidamente: hablamos, caminamos por la finca y recordamos mi niñez, por desgraciada. Mis padres no desaprovecharon la oportunidad de contarnos cómo me gustaba comer arena de pequeña, a lo que Black respondió que tenía un pozo de grava y me ofreció un almuerzo que consistía en un sabroso montículo.

Durante el paseo, mi madre no entendió por qué siempre nos seguían cuatro hombres, pero decidí ignorar su curiosidad, temiendo hablar más de lo necesario. Si no hubiera sido por el aumento de protección, me habría olvidado de mi encuentro con el jardinero y del peligro que, según mi marido, me acechaba tras cada esquina. Sin embargo, estaba convencida de que, por lo que respectaba al asesino español, no corría gran peligro. La forma en que me había mirado no había mostrado deseo alguno de lastimarme, así que aquella vez, de forma excepcional, no compartía la paranoia de Massimo.

17

Eran sobre las tres de la tarde cuando tres peluqueros y maquilladores llegaron a la mansión. Papá y Black respiraron aliviados y se fueron a hacer la siesta, y mi madre, Olga y yo nos arreglamos un poco. Mientras me peinaban, me enteré de lo que mi marido le había explicado a mi madre con aquella sonrisa tan radiante. Resultó que le había hablado de los vestidos que había en el vestidor de su habitación y que esperaba que eligiera el que más le gustase. Al escucharlo, llegué a la conclusión de que, o mi hombre me había mentido, o su poder era omnipotente, lo cual incluiría la brujería y la predicción. Se suponía que iba a ser un crucero en un yate, y ahora era un baile aparentemente inesperado, pero Black estaba preparado para cualquier eventualidad. Extraño. Cuanto más lo pensaba, más lógico era que el viaje en el *Titán* fuera desde el principio una bobada para calmarme la noche anterior. No quería enfadarme con él porque nos esperaba la fiesta, y conmigo como brazalete en el papel principal, así que decidí no calentarme demasiado los cascos.

Cuando entré en el vestidor, Massimo estaba de pie frente al espejo, poniéndose la pajarita. Me detuve en el marco de la puerta vestida con un fino albornoz, y observé el divino espectáculo. Llevaba pantalones de esmoquin grises y una camisa blanca; su pelo estaba peinado con esmero hacia atrás y alisado. Parecía un mafioso siciliano. Terminó la tarea en la que estaba concentrado y, antes de que sus manos descansaran a lo largo de su cuerpo, me lanzó una oscura mirada. Sus ojos observaron mi reflejo y sus dientes se mordieron lentamente el labio inferior. Se dio la vuelta, sacó una chaqueta de la percha, se la puso y se la abrochó con un vigoroso movimiento. Se ajustó los gemelos mientras me atravesaba con los ojos tranquilos en los cuales acechaba una sorpresa.

—He elegido un vestido para ti —dijo parándose a pocos centímetros de mí.

Impregné mis fosas nasales de su abrumador aroma, lo cual hizo que me diera vueltas la cabeza y me preguntara cómo podía zafarme de la fiesta y quedarme en la cama con él el resto de mi vida.

—¿No puedo ir así? —Agarré el cinturón del albornoz, lo aflojé y dejé que cayera al suelo. La mandíbula de Black se tensó y sus pupilas se dilataron cuando vio la ropa interior de encaje rojo en mi cuerpo—. Tengo una propuesta para ti. —Cogí un botón de su chaqueta y lo desabroché—. Me pones en la encimera del baño y me lames un rato. —Le quité la chaqueta por los hombros y la coloqué en el respaldo del sillón, mientras observaba cómo sus labios se separaban cada vez más—. Cuando me corra, me das la vuelta, miras mi reflejo en el espejo y me la metes por detrás…

Le cogí del cinturón y él me agarró las manos.

—¿Por dónde? —Esa pregunta fue como el corte de un cuchillo—. ¿Por dónde te la meteré?

—Por el culo —susurré, y le pasé la lengua por la barbilla, por los labios, y penetré en su boca.

Black gruñó y me alzó en brazos mientras me besaba con locura. Sentí que sus dedos entraban en mí y propagaban la humedad en mi interior y en mi clítoris hinchado.

—No puedo. —Esas palabras fueron como un duro golpe en el pecho. Mi marido se apartó de mí y, al pasar, me dio una palmadita en las nalgas desnudas—. No necesitarás esa ropa interior. Vístete, tenemos media hora. —Luego se lamió con lascivia los dedos que acababa de sacar de mi interior.

Sabía lo que hacía. No era la primera vez que su crueldad era casi palpable. Apreté los puños y, por un momento, temblé de rabia y mentalmente grité todas las palabrotas que conocía; luego respiré hondo y me dirigí hacia la funda con la ropa preparada.

Abrí la cremallera de la funda con el logo de la marca polaca la Mania y me quedé sin aliento. Era un vestido claro, casi blanco, con aplicaciones de plata, como hechas de telaraña. Delicado, ligero y muy sexy, abierto por ambos lados del pecho, abrochado en la parte trasera del cuello, con la espalda descubierta. Algunas partes eran transparentes; otras, de flores de color gris plateado. Aquel diseño, estrecho por la parte superior y muy acampanado por la parte inferior, me miraba desde la percha. Al verlo, comprendí lo que Massimo había querido decir con lo de que no necesitaría ropa interior. El sujetador quedaba excluido y el tanga debía ser microscópico, de color carne. Cuando lo saqué de la percha, descubrí otra funda donde había una capa gris plateada. Tom Ford había introducido esa tendencia en su colección de 2012, pero por entonces ni siquiera se me pasó por la cabeza que algún día llevaría algo tan deslumbrante.

—Los coches nos esperan —dijo Black, y entró en el vestidor veinte minutos después—. Vamos, reina —añadió al verme con aquel cautivador diseño.

Me cogió la mano y me la besó, mientras contemplaba fascinado mi silueta. Mi aspecto era realmente impresionante. Llevaba el pelo divinamente moldeado con un corto y refrescante *bob*, mi maquillaje gris ahumado combinaba a la perfección con los elementos más oscuros del conjunto, y los zapatos de punta corta de Manolo Blahnik perfeccionaban el atuendo. Cogí un pequeño bolso de mano de Valentino y me volví con aire despreocupado hacia mi marido.

—¿Vamos? —Lo desafié con actitud ambivalente.

Mi sublime hombre mostraba una sonrisa de oreja a oreja, dejando ver sus blancos dientes. Ni siquiera dijo una palabra, pero agarró con más firmeza la mano que sostenía y me llevó hacia las escaleras.

—¿Cuánto tiempo tardaremos en llegar? —pregunté mientras nos dirigíamos a la salida.

—Vamos al aeropuerto y el avión nos dejará allí en unos minutos.

Al oír la palabra «avión», le apreté aún más la mano, pero al acariciarme el dorso de la mía con su pulgar, supe que se ocuparía de mí, a pesar de la presencia de mis familiares.

En el enorme pasillo, frente a la puerta de salida, me encontré con el resto del alegre equipo, cuyo estado de ánimo había mejorado tras tomarse unas copas. Los cinco tenían un aspecto increíble. Los caballeros, de esmoquin negro, parecían estrellas de cine; pero la que más atrajo mi atención fue Olga. Era la primera vez que no apostaba por el estilo putero. ¿Quizá Domenico había elegido su ropa? Su vestido negro, ajustado, largo hasta los pies y sin hombros, enfatizaba sus formas redondas, y un pequeño bolero de piel cubría sus hombros delgados.

—¡Por fin estamos todos! —La voz de mi madre me atravesó como una daga. Me di la vuelta para mirarla.

Al verla delante de mí con un vestido de color carne y un hombro al aire me quedé con la boca abierta. La observé unos instantes y luego recordé que mi esposo le había hecho ese regalo, así que lo miré y le mostré una ligera desaprobación. Black, por su parte, se encogió de hombros e indicó el camino hacia los coches.

—Cuando tus padres están con nosotros es como si volviéramos a secundaria —susurró Olga cuando bajamos de los coches frente al histórico hotel de Palermo—. ¡Tengo que ser tan correcta, agradable y jodidamente educada...! ¡Y todo el mundo entiende la maldita palabra *fuck*!

—Por lo que sé, mañana vuelven a Polonia —dije cogiéndola de la mano. Ya estaba harta de aquel ambiente tenso y del miedo constante a que ocurriera algo que los pusiera en alerta y que adivinaran quién era Massimo.

—Por cierto, olvidé preguntarte algo... —Olga bajó la voz—. ¿Por qué de repente hay tanta protección en casa? Domenico no quiere decirme nada.

—Oh, porque... —empecé, y entonces apareció Black.

—¿Lista? —Señaló con la cabeza a los fotógrafos que se encontraban en la entrada y a la multitud de personas que se amontonaban allí.

«¡Dios mío! Nunca estaré preparada para esto ni me

sentiré cómoda.» Me apreté fuerte al brazo de mi marido y él puso su mano en la mía; entonces se multiplicaron los gritos. Los fotógrafos se empujaban para acercarse y tomar la mejor foto posible. Massimo se quedó quieto, con su máscara de indiferencia, y yo intenté abrir los ojos cuando millones de destellos de flases me cegaron.

—¡*Signora* Torricelli! —continuó el griterío.

Levanté la cabeza y les ofrecí la más radiante de las sonrisas que tenía en mi amplio abanico de gestos y falsas expresiones faciales. Poco después, don Massimo asintió con la mano y entramos tranquilamente.

—Cada vez lo haces mejor. —Black me besó la mano y cruzamos el vestíbulo hasta el salón de baile.

Cuando nos sentamos a la mesa, me alegré de que no hubiera extraños con nosotros, aunque sabía que al final aparecerían los caballeros tristes. Eché un vistazo a los monumentales alrededores. El techo, a la altura de un tercer piso, estaba ricamente decorado, y las columnas que lo soportaban estaban rematadas con unos arcos tallados que dejaban sin habla. Había velas encendidas por todas partes, hermosos y gigantescos árboles de Navidad y decoración navideña. Las mesas lucían cubertería de plata y los bufés, de los que al menos había una docena, estaban abarrotados de delicias internacionales. Los camareros iban de frac blanco y servían canapés, y volví a preguntarme qué hacía allí. Lo más seguro era que mi madre pensara algo totalmente diferente, ya que ella se sentía como pez en el agua en situaciones como aquellas en las que llamaba la atención de la mayoría de los hombres. Papá se quedó sentado, orgulloso e impasible ante el hecho de que a mi madre la hubieran invitado a bailar seis veces desde que habíamos llegado, y de eso hacía no más de cinco minutos.

—¿Qué tipo de fiesta es? —le pregunté a Massimo inclinándome y acariciando ligeramente su muslo.

—Benéfica —dijo—. Y deja de provocarme.

Llevó mi mano a su entrepierna y acarició con esta el duro bulto que había entre sus muslos.

—No llevo bragas. —Sonreí radiante porque me di cuenta de que mi madre nos estaba mirando.

La mano de Black apretó la mía casi aplastándola y sus ojos negros se clavaron en mí.

—Mientes —carraspeó suavemente, y alzó la copa de champán en dirección a Klara, como señal de brindis.

—Llevo un vestido abierto por detrás. Mete la mano por mi espalda y compruébalo. —Enarqué las cejas e hice un gesto a mi madre con un vaso de agua.

Sentí cómo la mano de mi esposo se deslizaba más abajo, se colaba por debajo del vestido y, finalmente, se quedaba quieta. Al ponerme la ropa interior en casa había descubierto que, por desgracia, se transparentaba; en el último momento decidí quitármela tras asegurarme de que no mostraría nada sin ella.

Don Massimo siguió sentado rígido como un palo y, con un dedo, comenzó a acariciar con suavidad el lugar donde empezaban mis nalgas. Suspiró profundamente y puso ambas manos sobre la mesa. «Te tengo», pensé.

Bajé la mano derecha hacia el suelo fingiendo arreglarme el zapato y, tras levantar las varias capas de tela de mi vestido, di con mi coño mojado. Jugueteé con él durante un tiempo y, cuando estuve segura de que había extraído todo mi aroma y sabor, me lo froté con los dedos, saqué la mano y se la ofrecí a Massimo.

—Bésame y siéntelo. —Le mordí el lóbulo de la oreja.

Cumplió mi orden pasando los labios con suavidad sobre mis dedos húmedos. Sus pupilas se dilataron y su respiración se aceleró mientras inhalaba el aroma y lo saboreaba.

—A mí… no se me… puede rechazar. —Susurré cada palabra por separado y aparté la mano.

Don Massimo ardía con más intensidad y claridad que las velas de la mesa, pero miró a mis padres, que se estaban divirtiendo, tomó un sorbo de vino y apoyó la espalda en el respaldo del asiento. Su pecho empezó a moverse con mayor regularidad a cada segundo, y cerró los labios entreabiertos antes, dejando en ellos la sombra de una sonrisa. Me habría asombrado su autocontrol si no hubiera sido por el hecho de que su polla casi le estaba destrozando la cremallera de los pantalones.

—Estos tacones de Louboutin acabarán conmigo —dijo Olga y, tras tres horas de fiesta, se dejó caer en la silla de al lado—. Domenico no sabe bailar y yo tampoco soy el no va más, pero se ha dedicado a arrastrarme por la pista de baile como si esto fuera *Bailando con las estrellas* y estuviéramos en la final. —Puso los ojos como platos y levantó las manos.

La miré compasiva. Sabía cómo se sentía: en el festival de Venecia me había hartado de él después de dos piezas. Miré a Massimo, que estaba discutiendo furiosamente sobre algo con Jakub, y me alegré de que al menos él fuera un excelente bailarín. Aquella noche, mi marido no dio un paso sin mí. No sé si era por mis progenitores o por no llevar bragas, pero se me pegó como una lapa.

Mis padres se retiraron antes de la una y un guardia de seguridad de Massimo los escoltó a su habitación. Entonces un hombre mayor se sentó a nuestra mesa. Saludó a todo el mundo, incluido a mi hermano, y poco después los cuatro estaban absortos en una conversación.

—¡Oh, lo que faltaba! —le murmuré a Olga, que seguía masajcándose los pies.

—Mierda, Laura, ¿qué esperabas? —Se encogió de hombros—. Vamos a dormir.

Su propuesta parecía la mejor opción, así que le pedí a mi marido que nos fuéramos a la habitación. Por desgracia, me topé con la resistencia y la mirada irritada de un Massimo cansado.

—Nos vamos —dije levantándome.

Black hizo un gesto a dos seguratas que estaban pegados a la pared, y segundos después ambos se alzaron como un muro ante mí. Puse cara de insatisfecha, giré la cabeza y nos dirigimos a la salida.

Los gorilas conocían el camino a mi habitación, así que los seguí obediente. De repente me di cuenta de que había olvidado el teléfono en la chaqueta de don Massimo, pues mi bolso era demasiado pequeño.

—Vuelvo enseguida —gruñí a los seguratas; ellos se detuvieron a medio camino y me di la vuelta. Uno de los hombres me siguió, pero le hice señas para que no lo hiciera—. ¡Si voy sola, iré más rápido! —grité.

Entré en la sala y me preocupé al descubrir que nuestra mesa estaba vacía. Me quedé un momento junto a la silla, mirando a mi alrededor, hasta que vi al camarero que nos había atendido. Me acerqué y le pregunté si sabía adónde habían ido los hombres que estaban allí hacía cinco minutos, y me señaló una puerta al final de la sala. Fui hasta allí y giré el pomo.

Tras aquellas puertas de madera reinaba una completa

oscuridad y solo unas pequeñas lámparas colgadas en las paredes iluminaban el camino. Caminé apoyándome contra la pared hasta que me topé con otra puerta. Escuché voces, así que la abrí y entré. Había una pequeña habitación con varios hombres sentados a una mesa; entre ellos estaban los que buscaba.

—Joder —gruñí al ver a Massimo inclinado sobre la mesa, esnifando una raya de polvo blanco.

Cuando acabó, dejó el billete enrollado y me miró, como todos los demás.

—¿Te has perdido, cariño? —masculló, y me hizo sentir náuseas.

Rodeada por una ola de risas, me acerqué a él y le tendí la mano.

—Dame el teléfono. —Massimo metió la mano en el bolsillo, sacó el móvil, se inclinó sobre la mesa y me lo dio—. Jódase, don Torricelli.

En la habitación se hizo un silencio sepulcral y los hombres sentados a su lado le miraron de modo expectante.

—Sal de aquí —gruñó señalando con la mano, y uno de aquellos caballeros tristes me abrió la puerta.

Le lancé una mirada llena de odio y apreté la mandíbula para no romper a llorar. Giré sobre mis talones y salí de allí con la cabeza bien alta. Cuando me fui, Black dijo algo en italiano y todos los que estaban sentados volvieron a reírse.

Estaba furiosa. Sabía que delante de los demás debía hacerse el duro, pero ¿por qué demonios tenía que drogarse? Crucé la sala a la carrera, aún reprimiendo el llanto, y me dirigí hacia donde había dejado a Olga.

Mientras iba por aquel pasillo del hotel lleno de puertas, me di cuenta de que me había equivocado de salida.

—¡La madre que lo parió! —maldije pataleando como una criatura enrabiada.

La orientación nunca ha sido mi punto fuerte, pero la furia hizo que aquella noche me superara a mí misma.

Me di la vuelta para regresar y sentí un sabor ligeramente dulce en la boca.

18

Me dolía la cabeza, como si tuviera resaca, pero estaba embarazada y no bebía alcohol desde hacía días. Abrí los ojos poco a poco. En la habitación reinaba un brillo desagradable y la luz no era el mejor remedio para una migraña como aquella. «¡Dios mío! ¿Me he vuelto a desmayar?», pensé sin poder recordar los hechos de la noche anterior. Gemí, me puse de lado y me tapé la cabeza con el edredón. Mientras trataba de envolverme con él, pasé una mano por mi cuerpo y me quedé de piedra. Llevaba un bóxer de algodón, cuando ni siquiera me había puesto ropa interior. Abrí los ojos, intentando ignorar el dolor de cabeza. Dejé caer la ropa de cama, me asusté y miré hacia abajo.

—Pero ¿qué mierda pasa? —dije arrastrando las palabras.

—No sé polaco —escuché una voz masculina y casi se me detuvo el corazón—. Si te encuentras mal, tienes píldoras para el corazón al lado de la cama.

Sentí que mi ritmo cardíaco aumentaba y se aceleraba mi respiración. Cerré los párpados y respiré hondo mientras me giraba en la dirección de donde provenían aquellas palabras.

—¡Hola! —dijo Nacho sonriendo radiante—. No grites.

Traté de respirar, pero sentí que el estado que más odiaba se acercaba a pasos agigantados. Cogía aire, pero el oxígeno no quería fluir hacia mis pulmones.

—Laura… —El hombre se sentó en la cama y me sujetó de la mano—. No te haré daño. No tengas miedo. —Cogió un frasco del medicamento y sacó una pastilla—. Abre la boca.

Lo miraba aterrorizada mientras oía un silbido en mis oídos. Colocó la pastilla bajo mi lengua y me acarició la cabeza con una mano que aparté enseguida.

—Me advirtieron de que harías esto. —Su voz era tranquila y alegre.

Cerré los ojos tratando de calmarme. No sé si me quedé dormida o los abrí poco después, pero cuando lo hice, cegada de nuevo por la luz, él seguía sentado frente a mí.

—Nacho —susurré mirándolo—, ¿me vas a matar?

—Soy Marcelo, pero puedes llamarme Nacho. Eres estúpida si crees que voy a hacerlo. —Me cogió la muñeca y me tomó el pulso—. ¿Por qué te salvaría, si quisiera matarte?

—¿Dónde estoy?

—En el lugar más bello de la Tierra —dijo sin apartar la vista del reloj—. Y vas a vivir. —Volvió a clavar sus ojos en mí. Su alegría no me asustó en absoluto.

—¿Dónde está Massimo?

Se rio y me ofreció agua tras levantarme un poco la cabeza para que pudiera beber sin mojarlo todo.

—Es probable que esté loco de rabia en Sicilia. —Sonrió mostrando los dientes y se estiró—. ¿Cómo te encuentras?

Su pregunta me pareció, como mínimo, fuera de lugar. Le quité el vaso de las manos y lo aparté.

—Eres un asesino. Y yo estoy viva.

—Una observación valiosa y cierta. —Se apoyó en el colchón y colocó la mano junto a mí—. Anticipándome al resto de tus preguntas y para hacerlo más rápido, te diré que… —su cara se puso seria, pero sus ojos aún sonreían—, has sido secuestrada, aunque eso no es nuevo para ti. —Se encogió de hombros—. No pienso hacerte daño. Solo cumplo órdenes. Si todo va como debería, volverás con tu marido en unos días. —Se levantó de la cama y miró el reloj—. ¿Alguna pregunta?

Me quedé con la boca abierta y pensé que debía ser una broma. El hombre de la camiseta blanca al que yo miraba no se parecía en nada al cruel criminal del que hablaba don Massimo. Se subió un poco los vaqueros caídos, me sonrió y metió los pies en las chanclas.

—Si no tienes más preguntas, me voy a nadar.

—¿Y yo? —Dejé el vaso—. ¿Dónde estoy y cuánto tiempo llevo encerrada? —pregunté, ya instruida por el primer secuestro.

—Desapareciste hace dos días. Estamos a veintisiete de diciembre, en las islas Canarias; concretamente, en Tenerife. —Se puso las gafas de sol y fue hacia la puerta—. Soy Marcelo Nacho Matos, hijo de Fernando Matos, quien ordenó que te trajera aquí. —Se dio la vuelta—. Y para que no te quepa duda, estás a salvo, nadie te matará. Solo tenemos que aclarar algo con tu marido y te irás. —Cruzó el umbral de la puerta y, cuando ya la estaba cerrando, volvió a asomarse al interior—. ¡Ah! Y por si se te ocurre huir, recuerda que estás en una isla, lejos del continente, y que el tobillero que tienes en el pie es un transmisor. —Me palpé el tobillo y noté que llevaba una pulsera de goma—. En todo momento sé dónde estás y qué estás haciendo. —Se quitó las gafas y me miró—. Si intentas contactar con tus seres queridos sin mi permiso, los mataré.

Cerró la puerta y desapareció.

Me quedé acostada, sin creer lo que estaba sucediendo. Agradecí a Dios el estar casada y embarazada porque, cuando pensé que aquella primera situación enfermiza podía repetirse, sentí una gran presión dentro de mí. Miré fijamente al techo y empecé a digerir todo cuanto había escuchado. Estaba cansada, quería llorar y, para colmo, justo antes de desaparecer, mi marido me había tratado como una mierda, lo cual tampoco me hacía feliz. Me puse de lado, oculté la cara en la almohada y me quedé dormida.

Por la noche, me despertó el hambre. Me sonaban las tripas, y eso no me dejaba dormir; entonces recordé que estaba embarazada. Me levanté de la cama y encendí una lámpara colocada en la mesilla de noche.

El interior era moderno, luminoso y sencillo. Predominaban el blanco, la madera, el lino y el vidrio. Buscaba algo de ropa, así que me acerqué al armario corredero y, cuando abrí una de sus puertas, se abrió ante mis ojos otra pequeña habitación: un vestidor. Había chándales, chanclas, pantalones cortos, camisetas, ropa interior y trajes de baño. Cogí una sudadera larga de capucha con cremallera y unos pantalones cortos para taparme el trasero. «Demasiado pequeños», pensé cuando me los subí por las piernas.

El aire caliente entraba por la ventana abierta y se oía un ruido monótono. Salí al balcón y vi el océano. Estaba casi negro y muy tranquilo; miré hacia abajo y me sorprendí al descubrir que no estábamos en una casa, sino en un edificio de apartamentos. En una planta por debajo de la que estaba se extendía un pequeño jardín con un *jacuzzi*, alrededor del cual crecía la hierba.

Me acerqué a la puerta e intenté girar el pomo. Estaba abierta, lo cual resultó ser un cambio agradable con respecto a la otra vez, cuando tuve que esperar a que Domenico apareciera. Salí al pasillo; el frío de las baldosas de vidrio me despejó aún más. Vi unas escaleras, bajé por ellas, pasé junto a varias puertas y al final me encontré en la cocina.

—¡Una nevera! —gemí, y abrí su doble puerta que conducía al país de las delicias.

En su interior descubrí con alegría quesos, yogures, mucha fruta, embutidos y bebidas españolas. Puse todo lo que me apetecía sobre la encimera y cogí varios de los bollos que estaban bajo una campana de cristal.

—Si tienes hambre, te calentaré la paella. —Aterrorizada por el repentino sonido, solté el plato, que se estrelló contra el suelo—. No te muevas.

Nacho se arrodilló a mi lado, recogió los trozos de cristal y los tiró a la basura. Cuando entendió que había demasiadas esquirlas, me llevó en volandas y me dejó a un metro de distancia. Luego barrió los restos. Lo miré con incredulidad.

—Mira, hay algo que no entiendo. —Me crucé de brazos—. Me cuidas, te preocupas por mí e incluso diría que te importo, pero ¿me has secuestrado?

El hombre se levantó y se enderezó mirándome a los ojos.

—Estás embarazada y tu problema es que te casaste con el tipo equivocado. —Cuando dejé de mirarlo, me alzó la barbilla con el pulgar—. No me has hecho nada, no eres culpable de nada y, encima, estás buenísima, así que, ¿qué no entiendes?

Se sentó en la encimera y me di cuenta de que solo llevaba un bóxer.

—Laura —continuó—, solo eres un medio para un fin,
no tenemos nada en contra de ti. —Suspiró y se apoyó con
las manos en la parte superior de la encimera, estirándose
un poco—. Si fueras un hombre, estarías en el sótano del
chalé de mi viejo, encadenada a una silla, tal vez desnuda.
—Sacudió la cabeza—. Pero eres una mujer embarazada, así
que estás aquí, y yo estoy limpiando ese plato hecho añicos
para que no te hagas daño. Además, ya sabes… —Se inclinó
un poco—. No queremos una guerra con los Torricelli. Solo
queremos que se inicie un diálogo.

Saltó al suelo y se plantó a mi lado.

—Bueno, ¿qué? ¿Paella?

—Joder, qué extraño es todo esto… —murmuré sentándome en un taburete alto.

—No digas nada más. Preferiría dirigir una escuela de
surf y *kitesurf* que disparar a la gente en la cabeza. —Guardó
todo lo que había dejado en la encimera y sacó una sartén
grande—. Es de arroz con marisco, sazonada con azafrán,
la he hecho yo mismo. —Volvió a lanzarme una cautivado-
ra sonrisa.

Lo miré fascinada ante los coloridos dibujos de su cuerpo. Los llevaba por todas partes: en la espalda, en el pecho,
en las manos y quizá en las nalgas. El tatuador solo había
salvado sus piernas.

—¿Qué dice tu mujer de todo eso? —le solté, y de inmediato me regañé por aquella pregunta.

Nacho puso el recipiente en el fogón y lo encendió.

—No lo sé, no tengo —dijo sin mirarme—. ¿Sabes? Mis
expectativas hacia la mujer son muy altas: debe ser inteli-

gente, bonita, brillante, atlética, y lo mejor es que no tenga ni idea de quién es mi padre, aunque vivo en una isla muy pequeña. —Sacó dos platos del armario—. Y en el continente son todas tan... —se tomó unos segundos—, en español decimos «locas»... ¿Sabes a qué me refiero?

No tenía ni idea, pero asentí porque mostraba un aspecto estupendo manejándose en la cocina.

Lo observé mientras preparaba la comida y me di cuenta de que no me daba miedo. Pero mi sentido común me decía que tal vez de eso se trataba y que precisamente ese era el objetivo de su comportamiento. Debía relajarme, sentirme a gusto y luego él atacaría. Durante un rato, mi mente me fue ofreciendo diferentes escenarios, hasta que un plato repleto de maravillosos aromas apareció ante mí.

—Come —dijo. Se sentó a mi lado y cogió un tenedor.

Estaba tan rico que ni siquiera sé cuándo me comí las dos porciones o me sentí llena. Me levanté de la silla, dejé el plato en la mesa, le di las gracias por la comida y me dirigí a las escaleras.

—Son las ocho de la tarde. ¿Vas a seguir durmiendo? —preguntó cuando aún no había puesto el pie en el primer escalón.

—¿Solo son las ocho? —abrí los ojos con sorpresa.

—Podemos ver una película. —Señaló con la mano un sofá blanco y sencillo que estaba en el salón.

Lo miré asombrada, incapaz de comprender cuál era mi situación.

—Nacho, me has secuestrado, me amenazas con mis seres queridos, y ahora ¿te crees que vamos a pasar una tarde entre amigos? —Mi tono era un tanto demasiado agresivo.

Sin esperar respuesta, subí las escaleras.

—Pues vas a tener un hijo con el último tipo que te hizo lo mismo —dijo sin quitar los ojos del plato.

Me quedé de piedra. Estaba a punto de contestarle de malas maneras al insolente canario cuando me di cuenta de que tenía razón. Me mordí la lengua y volví a mi habitación. «¡Qué situación tan enfermiza!», pensé mientras ponía la televisión y me enterraba entre las sábanas.

Cuando abrí los ojos, todavía estaba oscuro. Casi salté de la cama, aterrorizada por el hecho de haber dormido otro día entero. No quería que mi bebé pasara hambre otra jornada. El televisor blanco que estaba colgado delante de la cama indicaba que eran las siete y media. «A esa hora, ni siquiera en Polonia está tan oscuro», pensé, y me metí bajo el edredón satisfecha de que, a pesar de todo, fuera tan pronto.

Me despertó de nuevo el resplandor de la luz que entraba en la habitación. Me estiré y, con los pies, fui apartando el edredón hasta el final de la cama.

—¿No me engañas con ese embarazo? —Aquella voz masculina casi me provocó un infarto—. Estás muy delgada.

Me di la vuelta y vi a Nacho, que estaba tomando algo de una taza. Como el día anterior, estaba sentado junto a la cama. «¿Dormirá en ese sillón?», pensé.

—Estoy a principios del segundo trimestre, espero un niño —refunfuñé mientras me levantaba—. Explícame algo. —Me detuve frente a él y su descarada mirada se posó en mi vientre—. ¿Qué querías de mí aquel día en Messina? —Me crucé de brazos y esperé una respuesta.

—Lo mismo que en Palermo. Secuestrarte. —Se rio burlón—. Esos idiotas a los que Massimo llama guardaespaldas ni siquiera se habrían dado cuenta si me hubiera sentado encima de sus caras. —Sacudió la cabeza con un gesto sarcástico—. Pero no sabía que estabas embarazada. El anestésico que quería usar podría haberte puesto en peligro. Más bien dicho, a él... —Señaló con la cabeza hacia mi barriga—. Bien, basta de cortesías matutinas. —Se levantó y sacó el teléfono del bolsillo—. Ahora llamaremos a Massimo. Dile que estás bien y a salvo; eso es todo.

Marcó el número y, cuando escuchó una voz del otro lado, cambio con fluidez al italiano. Habló unos instantes en un tono bajo y tranquilo, y luego me pasó el móvil. Lo agarré y corrí al otro lado de la habitación.

—¿Massimo? —susurré aterrorizada.

—¿Estás bien? —Su voz tranquila era solo una tapadera, porque, a pesar de los miles de kilómetros que nos separaban, sabía que estaba loco de ansiedad.

Respiré hondo y, mirando a mi torturador, decidí arriesgarme.

—Estoy en Tenerife, en un edificio de apartamentos con vistas al océano... —Dije las palabras a la velocidad de una ametralladora.

Nacho, enfadado, me arrancó el teléfono y colgó.

—Sabe dónde estás —gruñó—. Mientras mi padre no lo permita, tu marido no podrá presentarse en la isla. —Se metió el móvil en el bolsillo—. Te has arriesgado mucho, Laura. Espero que estés contenta. Que tengas un buen día —y se fue dando un portazo.

Me quedé unos instantes con la vista fija en ninguna parte, sintiendo que la furia me poseía. La impotencia que me embargaba se convirtió en ira, y esta no iba a ser la mejor consejera. Giré el pomo y fui por el pasillo hacia las escaleras.

Cogí aire y, antes de verlo, empecé a gritar:

—Pero ¿qué pensabas? ¡¿Crees que me voy a sentar aquí a esperar a ver qué pasa?! —Bajé corriendo las escaleras, mirando con cuidado bajo mis pies—. Si crees que...

Me detuve al ver a una joven junto a Nacho. Me miraba con la boca muy abierta, que cerró tras un instante de silencio, y luego se dirigió a él en español. Estuvieron hablando un momento y yo me quedé parada en el último escalón como una estatua, preguntándome qué estaba pasando.

—Amelia, esta es mi novia, Laura. —El Calvo me cogió, tiró de mí para que bajara al suelo y me apretujó contra él—. Llegó hace unos días y por eso yo no estaba disponible. —Me besó en la frente mientras intentaba apartarme de él, y añadió—: Acabamos de tener una pequeña pelea. Danos un momentito.

Sus largas manos tatuadas me agarraron y me llevaron en volandas escaleras arriba.

—Soy Amelia. —La chica me saludó con sorpresa y una brillante sonrisa mientras Nacho seguía subiendo los escalones conmigo.

Traté de separarme, pero no sirvió de nada, porque sus manos me mantenían inmovilizada. Entró en el primer dormitorio, cerró la puerta y me puso en el suelo. Cuando mis pies notaron la alfombra y sentí que tocaba tierra firme, me abalancé contra él, pero mi mano no alcanzó el objetivo. Mi torturador logró esquivar el golpe, lo cual me irritó todavía más; me dirigí hacia él agitando las manos como una loca, pero él me evadía. Acabamos en la pared, me agarró las muñecas con una sola mano y me apoyó contra ella, bloqueándome toda posibilidad de movimiento. Metió la mano en el cajón del armario que teníamos al lado y, segundos después, puso el cañón de un arma tocando mi sien.

—Los dos sabemos que no puedes matarme... —mascullé mirándolo con odio.

—Es cierto —dijo mientras quitaba el seguro—. Pero ¿estás segura de eso?

Pensé en mi situación y al poco rato me mostré derrotada. Relajé las manos y, cuando sintió que no iba a luchar con él, me dejó ir. A continuación, guardó la pistola y cerró el cajón.

—La de abajo es mi hermana, que no tiene ni idea de a qué me dedico. —Se alejó de mí unos centímetros—. Me gustaría que todo siguiera así. Cree que dirijo una de las empresas de mi padre y que tú eres mi novia de Polonia. Nos conocimos hace unos meses en una fiesta, cuando yo fui a Varsovia por negocios...

—¿Estás jodidamente loco? —lo interrumpí, y se alejó un poco—. No voy a fingir ser quien no soy, y mucho menos tu novia. —Levanté las manos y me dirigí hacia la puerta.

Nacho me agarró, me empujó a la cama y se sentó a horcajadas sobre mis piernas.

—...y en esa ocasión nos acostamos, así que ahora estás embarazada —finalizó—. Nuestra relación es un poco tempestuosa, pero, a pesar de nuestras diferencias, tiene algo de gran amor. ¿Entiendes?

Me eché a reír. Él se mostró confundido y me soltó las manos. Me crucé de brazos sin parar de reírme.

—No —jadeé mientras me ponía seria—, no voy a ayudarte.

El Calvo se inclinó como si fuera a besarme y yo me quedé paralizada por miedo a no tener a donde huir. Noté su aliento en mis labios y un incontrolable escalofrío recorrió mi cuerpo. Sentí el chicle de menta que masticaba y su colonia fresca o su gel de ducha. Tragué saliva con fuerza mientras lo miraba fijamente.

—Por lo que he llegado a saber y he observado, tus padres no tienen ni idea de lo que hace tu marido —susurró mirándome con sus ojos verdes y sonrisa de chulo—. Por tanto, estamos en una posición similar. —Se quedó en silencio un rato, oliéndome—. Como puedes ver, tu posición es un poco más comprometida. Hagamos un trato: yo no les digo que su yerno es el famoso don Massimo Torricelli y tú no le dices a Amelia que su hermano es un secuestrador y un asesino. —Se apartó hacia atrás, se levantó y extendió la mano derecha hacia mí—. ¿Trato hecho?

Lo miré con resignación, dándome cuenta de que tenía las de perder. Tendí mi mano y se la di.

—Trato hecho —le dije haciendo una mueca cuando tiró de mí para que me levantara.

Sus ojos se volvieron divertidos e infantiles de nuevo cuando se ajustó la camiseta y luego hizo lo mismo con la mía.

—Perfecto. Vamos, cariño, olvidé que Amelia venía a desayunar. —Me cogió de la mano y se dirigió hacia la puerta; cuando intenté soltarme, añadió—: Somos una pareja que acaba de hacer las paces; muéstrame afecto.

Bajamos las escaleras cogidos de la mano y, cuando nos detuvimos frente a la hermana de Nacho, él me dio un jugoso beso en los labios. Me enfadé de nuevo, pero sabía que lo más importante era que guardara el secreto ante mis padres y ahorrarles aquel golpe, mucho más que abofetearle. Le tendí la mano a la hermosa chica de ojos azules que estaba sentada en un taburete alto.

—¡Soy Laura! —Sonreí amistosamente—. Y tu hermano es un imbécil.

Amelia mostró unos dientes blanquísimos, asintiendo con la cabeza a lo que acababa de decirle. Al sonreír, era igual que Nacho, a excepción de que tenía el pelo largo y claro y no llevaba tatuajes a la vista. Sus rasgos faciales y claros daban la impresión de que era seca y altiva, pero si te fijabas en sus alegres ojos, te dabas cuenta de tu error.

—Mi hermano es un imbécil y un egoísta. —Se levantó y le dio a una palmadita en la espalda—. Se parece a su padre, pero al menos sabe cocinar. —Lo besó en la mejilla.

Uno junto al otro, eran hermosos, pero no recordaban en absoluto el estereotipo de los españoles.

—¿Sois de origen español? —pregunté un poco confundida—. No parecéis sureños.

—Mamá era de Suecia y, como puedes ver, sus genes superaron a los de mi padre.

—Y no somos de España, sino de Canarias —me corrigió Nacho—. ¿Qué van a comer estas damas? —preguntó con alegría mientras se acercaba a la nevera y nos señalaba un lugar junto a la isla de la cocina.

Ambos hermanos hablaban entre ellos en inglés para que pudiera entender la conversación, aunque no me concerniera. Conversaban sobre las fiestas y los amigos que irían allí para fin de año. Se comportaron de un modo muy desenvuelto, lo cual relajó un poco la tensión del ambiente.

—Cariño, me ha impresionado mucho tu italiano —me dirigí con sarcasmo a Nacho—. ¿Cuántos idiomas conoces?

—Varios —contestó removiendo algo en la sartén.

—Hermano, no seas tan modesto. —La chica se volvió

hacia mí—. Marcelo habla italiano, inglés, alemán, francés y ruso —afirmó orgullosamente.

—Y japonés, desde no hace mucho —añadió, de espaldas a nosotras, con la cabeza dentro de la nevera.

Estaba impresionada, pero no tenía intención de mostrárselo, así que asentí con la cabeza y seguí escuchando cuando entablaron otra conversación superficial.

Amelia tenía razón, su hermano era un cocinero estupendo. Poco después, la mesa estaba llena de delicias. Todos nos pusimos a comer. Hasta que no vi lo mucho que tragaba mi compañera, no me di cuenta de que ella también estaba embarazada.

—¿De cuánto estás? —Le señalé la barriga, y ella se la tocó feliz.

—De mes y medio. —Sonrió radiante—. Se llamará Pablo.

Ya iba a compartir mi propia alegría con ella cuando miré a Nacho y vi que giraba suavemente la cabeza hacia un lado.

—Y ojalá se parezca a su madre —añadió él devorando el tomate—. Su padre es un imbécil integral y un troglodita más parecido a un moco que a otra cosa. —Me reí al escuchar lo que había dicho e inmediatamente me disculpé con la chica por mi comportamiento—. Pero es cierto —continuó él—. Fue a dar con un auténtico paleto, flaco y, por si eso fuera poco, italiano. No sé por qué mi padre lo quiere tanto.

En ese momento, todos los músculos de mi cuerpo se tensaron. No me sentía mal, eran como unas vacaciones, pero aquella palabra me recordó qué hacía allí. Dejé los cubiertos y miré a Nacho.

—Me encantan los italianos, son grandes personas —dije.

Amelia levantó la mano, asintiendo con la cabeza.

Nacho se inclinó sobre la isla de la cocina y me echó una mirada salvaje.

—No, querida, a ti te encantan los sicilianos. —Su sonrisa sarcástica exigía una réplica.

—Tienes razón. Incluso podría decir que los amo —respondí con un gesto irónico.

Amelia nos miró alternativamente a uno y a otro hasta que finalmente rompió el silencio:

—¿Vas a ir a nadar hoy? —Se volvió hacia su hermano y él asintió—. ¡Genial! ¿Vamos a la playa? —preguntó mirándome—. No hace tanto calor, debemos estar a unos veintiséis grados. Tomaremos el sol y veremos surfear a Marcelo.

—¿Practica el surf? —me sorprendí y miré al Calvo.

—Por supuesto, mi hermano ha sido muchas veces campeón internacional. ¿No te lo ha contado? —Negué con la cabeza—. Bien, entonces tendrás oportunidad de ver lo que puede hacer. El pronóstico es de olas altas y viento fuerte. —Aplaudió—. Genial. Comeremos en la playa. Te recogeré antes de las tres. —Me besó en la mejilla y luego se despidió de su hermano—. ¡Adiós! —gritó en español mientras desaparecía cerrando la puerta.

Permanecí sentada mirando cómo Nacho repiqueteaba con el cuchillo en su plato vacío, evidentemente pensativo.

—Me gustaría hablar… —empecé, sin soportar aquel repiqueteo—. ¿Cuánto tiempo estaré aquí? —Él alzó los ojos hacia mí—. Dijiste que teníamos que esperar a tu padre, pero no cuándo iba a venir o por qué debíamos esperarlo. —Él no dijo nada. Se puso más serio que antes—. Marcelo, por favor. —Se me saltaron las lágrimas y me mordí el labio inferior tratando de detener el llanto.

—No lo sé. —Escondió la cabeza entre las manos y suspiró—. No tengo ni idea de cuánto tiempo estarás aquí. Mi
padre ordenó que te secuestrara antes de Navidad, pero,
como sabes, hubo ciertas circunstancias. —Me señaló la barriga—. Más tarde, él tuvo que irse y, desgraciadamente, no
suele compartir sus planes conmigo. Solo tengo que retener-
te aquí y mantenerte a salvo hasta que él regrese.

Clavé los ojos en la isla mientras me mordisqueaba los
dedos.

—¿A salvo? —pregunté irritada—. Pero si vosotros sois
los únicos que me amenazáis, y el único peligro es que Massimo me encuentre y me saque de aquí.

—Tu marido tiene más enemigos de los que crees. —Se
apartó de la isla y metió los platos en el lavavajillas.

Terminada la conversación, que no aportó nada, regresé
a mi habitación. Entré en el vestidor buscando alguna prenda adecuada y, cuando recordé las palabras de Amelia, todo
me quedó claro. Las camisas de colores, las chanclas, las
sudaderas y los pantalones cortos que habían reemplazado
mi vestuario de marca eran del gusto de un surfista como
Nacho. Lo más seguro era que hubiera ido de compras y
hubiera apostado por lo que más le gustaba y lo que él mismo llevaba.

De pie en aquel pequeño espacio interior, llegué a la conclusión de que no valía la pena sufrir o luchar contra lo que
me estaba sucediendo. Recordé que la primera vez, cuando
decidí aceptar la situación, todo había sido más fácil. Cogí
unos vaqueros cortos claros, un bikini arcoíris y una camiseta blanca con una puesta de sol. Dejé la ropa en la cama y
me fui al cuarto de baño.

Ya había descubierto con horror que solo había un baño

en la casa y que tendría que compartirlo con aquel hombre. Nacho se ocupaba de mi comodidad tanto como podía. Sus cosas estaban a un lado del doble lavamanos, y las mías en el otro. No eran muchas, pero las suficientes como para satisfacer mis necesidades básicas. Crema facial, loción corporal, cepillo de dientes y, sorprendentemente, mi perfume favorito. Tomé la botella de Lancôme Trésor Midnight Rose con interés y contemplé mi reflejo en el espejo. ¿Cómo se había enterado?

Me lavé los dientes y entré en la ducha. Cuando terminé, me hice dos trenzas de raíz y me puse crema en la cara. No pensaba maquillarme, porque no tenía con qué hacerlo y porque estaba en un lugar donde existía la posibilidad de que me diera un poco el sol.

Llamaron a la puerta, así que me puse el albornoz que colgaba junto al espejo y me acerqué a abrir.

—Solo tenemos un baño. —Nacho me miró a través de la rendija de la puerta—. Y, como veo, un único albornoz.

Una amplia sonrisa asomó a sus labios.

—Date prisa.

Seguí tomándome mi tiempo para acabar lo que estaba haciendo. Entré en el dormitorio, me vestí y bajé al salón tras pasar junto al cuarto de baño, que ya había sido ocupado por mi torturador.

El televisor estaba encendido y había un portátil abierto en la mesa de centro de cristal. Agucé el oído unos segundos y me di cuenta de que el sonido del agua de la ducha no se había detenido, lo cual me confirmó que todavía contaba con unos minutos. Corrí hasta el ordenador y pulsé el botón que puso en marcha el equipo. Tamborileé nerviosamente en la parte superior, como si así pudiera encenderlo más rápido. En la pantalla apareció una solicitud de contraseña.

—¡Maldita sea! —gruñí golpeando la pantalla.

—Es un equipo muy sensible —escuché a mi espalda, y de nuevo maldije mentalmente—. Necesito algo.

Me volví hacia Nacho y me quedé de piedra: estaba de pie en las escaleras, desnudo y goteando agua. Debería haber mirado hacia otro lado, pero no pude. Tragué saliva y sentí que esta se volvía más espesa. Con la mano derecha se cubrió el miembro, sosteniéndolo en la palma de la mano, y con la otra mano se apoyó en la pared de cristal. «Necesito algo.» Esas palabras resonaron en mi cabeza como el sonido de una campana, y me pregunté qué pasaría entonces. ¿Bajaría más, mostraría su miembro y me lo metería en la boca, o quizá me follaría en la encimera de la cocina, tumbada de espaldas para que yo pudiera admirar aquellos cautivadores tatuajes?

—Has cogido mi albornoz —me informó.

¡Pues no! Mi imaginación acababa de darme una poderosa bofetada como castigo a la infidelidad mental hacia mi marido. No podía hacer nada ante el hecho de ser una mujer joven, sana, desbordada de libido por el embarazo, ni porque me gustara cualquier hombre del planeta. Ignoré lo que había dicho y seguí mirándolo llena de asombro. Mientras permanecí en silencio y sin apartar la vista de él, se rio, se dio la vuelta y subió las escaleras. Cuando vi sus nalgas tatuadas, un gemido silencioso salió de mi boca y en mi mente resonaron varias oraciones para infundirme la fuerza de volver la cabeza.

—¡Lo he oído! —gritó, y desapareció.

Me dejé caer de costado en el mullido sofá de color claro

y me cubrí la cara con una almohada. Odiaba que, de repente, aparecieran tantos tipos atractivos en mi vida. ¿El embarazo hacía que todos me gustaran? Me parecía imposible que, de golpe, vivieran en el mundo hombres sexis y divinamente fornidos. ¡Qué drama! Tras unos instantes de desesperación, me levanté y cogí el mando de la televisión.

Empecé a zapear y se me ocurrió algo fulminante. A esas alturas, mis padres ya sabrían a qué se dedicaba Massimo, a menos que de alguna manera misteriosa no se hubieran enterado de mi secuestro y de la muy probable furia de Black. Me levanté y me senté. La idea que me había pasado por la mente me daba una aparente ventaja y una oportunidad de negociar. Mientras trazaba un plan, escuché pasos en las escaleras y, cautelosa por temor a otro ataque de desnudez, no volví la cabeza. Nacho, vestido con unos pantalones cortos y una sudadera con cremallera, se sentó a mi lado.

—Hablemos —dije.

Él ocultó la cara entre las manos.

—¿En serio? —dijo—. ¿Hay algún tema que no hayamos discutido aún? —Abrió dos dedos en forma de V, sin apartar las manos de la cabeza, y me miró divertido.

—Mis padres ya saben a qué se dedica Massimo. Es probable que se hayan enterado gracias a mi secuestro. —Me levanté del sofá, amenazándolo con un dedo—. Ahora dame una buena razón para no decirle a tu hermana que estás matando a gente por encargo, porque la anterior ya ha perdido su poder.

Sus manos cambiaron de posición al situarlas bajo la cabeza; sonrió mientras se tumbaba en el sofá.

—Continúa —resopló conteniendo la risa—. O quizá yo tenga algo mejor…

Se sentó y cogió el ordenador. Escribió la contraseña tan rápido que incluso si hubiera sabido lo que escribía pulsando varias teclas, no habría sido capaz de seguir el ritmo de sus dedos.

—Llamaremos a tu madre. —Dio vuelta a la pantalla que mostraba la página de inicio de Facebook—. Entra y comprueba lo que saben tus padres. —Se acercó lo suficiente como para que pudiera oler su fantástico y fresco aroma—. ¿Te arriesgas?

No sabía si estaba fanfarroneando, pero me daba la oportunidad de hablar con mi madre y de confirmarle que estaba bien. Pulsé algunas teclas y entré en mi cuenta. Desgraciadamente, mamá estaba desconectada.

—Por lo que sé, tu marido, antes de subirlos al avión, les explicó un buen cuento acerca de por qué no te habías despedido de ellos. —Volvió a darle la vuelta al ordenador, me desconectó y lo apagó—. No habría sido conveniente para él que Klara Biel se hubiera asustado y hubiera implicado a la policía. —Me guiñó un ojo—. La charla ha estado bien, pero tengo que irme. Recuerda no ponerle demasiado al día a mi hermana sobre nuestras vidas.

—¿Qué sabe ella?

—Básicamente todo menos el embarazo, porque creo que no se ha dado cuenta de eso. —Puso los ojos en blanco y se levantó—. Pero si solo soy yo el que no la ve y ella descubre esa barriga microscópica, cuéntale la versión acordada. —Salió a la terraza y volvió con una tabla bajo el brazo—. Recuerda, tuvimos un desliz y, cuando te enteraste, te viniste aquí. Hasta luego.

—Oye, genio, ¿y cómo le vas a explicar mi desaparición cuando me vaya? —pregunté parpadeando con dulzura.

Se detuvo a medio paso y se puso las gafas arcoíris.

—Diré que tuviste un aborto natural.

Cogió la bolsa que estaba junto a la pared y se fue.

Me quedé sentada en el sofá, con la mejilla apoyada en el reposacabezas, reflexionando sobre lo irracional de aquella situación. Nacho tenía respuestas para todas las preguntas que le hacía, un plan para cada detalle. Me preguntaba cuánto tiempo le habría llevado preparar aquella operación. Concluí que mucho, era lo más probable; para variar, todo eso distrajo mis pensamientos acerca del motivo por el que estaba en su casa. Me escurrí por el sofá y me acosté de espaldas, respirando con cierta dificultad.

Mirando al techo, empecé a pensar qué estaría haciendo Massimo. Quizá ya hubiera matado a la mitad de los seguratas por no vigilarme. Tiempo atrás, esa idea me habría provocado un infarto, pero ya no había nada en el mundo que me sorprendiera, aterrorizara o extrañara. ¿Cuántas veces más me podrían secuestrar y qué extrañas personas conocería en un futuro?

Me acaricié el vientre, que, en mi opinión, ya era gigantesco.

—Luca —susurré—, papá nos llevará a casa pronto. Mientras, estamos de vacaciones.

En ese momento, alguien llamó a la puerta. Luego, ese alguien abrió con llave. Amelia se detuvo en el umbral.

—Pero ¿por qué llamo? ¡Tengo llaves! —Se dio con los nudillos en la cabeza—. Vamos, ¿dónde está tu bolsa de playa?

—No tengo. —Di un respingo—. Es que… cogí el vuelo

de una forma bastante inesperada. —Me encogí de hombros.

—¡Está bien! ¡Vamos! —Tiró de mí tras cogerme de la mano—. Llevo unas gafas de sol en el coche; el resto lo compraremos.

19

Salimos del apartamento y subimos a un ascensor de cristal que nos llevó varios pisos abajo. Caminamos por un enorme vestíbulo casi absolutamente transparente y, tras pasar junto a la recepcionista, salimos y nos detuvimos en la acera. Poco después, un joven nos trajo un BMW M6 blanco a la entrada, bajó y esperó con la puerta abierta a que Amelia se sentara al volante. El interior de cuero burdeos combinaba a la perfección con la brillante carrocería, y la caja de cambios automática facilitaba su manejo.

—Odio este coche —dijo cuando nos pusimos en marcha—. Es muy ostentoso, aunque hay coches más llamativos en la costa Adeje. —Se rio mirándome—. El de mi hermano, por ejemplo.

«Costa Adeje —me repetí mentalmente—. ¿Dónde diablos está?» Miré a mi alrededor mientras pasábamos por el pintoresco paseo marítimo. Amelia me habló de su familia y de cómo había perdido a su madre en un accidente de coche. Me enteré de que tenía veinticinco años y de que Marcelo era diez años mayor que ella. Por lo que me explicó, concluí que conocía parcialmente el negocio de su padre y que no tenía ni idea de lo que hacía su hermano.

Era una persona muy abierta, y seguramente pensaba que era el amor de la vida de Nacho, lo cual hacía que quisiera acercarme a su familia. Se mostraba emocionada al hablar del regreso de su padre, desde el continente, para pasar la Nochevieja con su familia y amigos. El hecho de que supiera cuándo regresaba el cerebro de mi secuestro me demostró que su hermano me había mentido. Asentía sin interrumpirla; solo intervenía de vez en cuando con alguna que otra pregunta porque esperaba enterarme de más.

—Hemos llegado —dijo aparcando delante de uno de los hoteles—. Tengo un apartamento aquí para cuando Flavio se va. —La miré de forma inquisitiva—. Mi marido se fue con mi padre y me gusta estar cerca de Marcelo; aquí lo estoy. —Se dirigió a la entrada—. Las condiciones en la playa de surf son espartanas, así que he pedido dos tumbonas y más cosas. —Se encogió de hombros—. Aunque pareceremos turistas o grupis, pero no me importa: si me tumbo en el suelo me estallará la columna vertebral, así que no me voy a tirar ahí.

Tras recorrer el hotel, atravesamos el jardín, salimos al paseo marítimo y llegamos a la playa. Era increíble. El océano se mecía con calma en la orilla mientras que en la playa, que medía unos cientos de metros, las olas alcanzaban una altura increíble. Docenas de individuos sobresalían del agua como boyas, sentados en sus tablas, esperando a que la ola perfecta los elevara. En aquel paisaje había algo mágico: por un lado, el sol; por otro, la cima nevada del Teide, encumbrado sobre la isla. Había gente en pequeños grupos, sentada en la playa, bebiendo vino, riendo y fumando hierba, a juzgar por el olor a sudor de mujer obesa con que yo asociaba el hedor a cannabis.

No era difícil predecir dónde nos sentaríamos. Había dos enormes tumbonas tapizadas (¡gracias a Dios!) a un lado. Junto a ellas, una gigantesca sombrilla cerrada, una mesa, una cesta de comida, una manta y, a mi parecer, un camarero que hacía las veces de guardaespaldas. Al menos tenía la decencia de estar sentado en una silla plegable a un metro de distancia, por detrás de toda aquella parafernalia. No vestía de modo tan oficial como los nuestros de Sicilia: llevaba pantalones de lino claro y una camisa abierta. Cuando nos acercamos, nos saludó con la mano y me imagino que siguió mirando al océano. Era difícil saberlo, porque no podía ver sus ojos a través de sus gafas oscuras.

—¡Qué bien! —Amelia suspiró, se desvistió y se recostó con su traje de baño en la tumbona.

—¿Tomas el sol embarazada? —le pregunté sorprendida mientras me quitaba los pantalones cortos.

—Por supuesto, solo me cubro el vientre. —Se quitó el pañuelo y me miró a través de las gafas—. El embarazo no es una enfermedad. Además, como mucho, me saldrán algunas manchas hormonales. Oye, ¿por qué llevas esa pulsera? —preguntó señalando mi tobillo, donde había algo parecido a una banda ancha de goma negra.

—Es una historia larga y aburrida. —Moví la mano, me quité mi atuendo y me tumbé en una suave almohada a su lado. Miré a la derecha y me di cuenta de que me estaba observando con la boca abierta. ¡Joder, se había dado cuenta!

—¿Estás embarazada? —Seguí callada—. ¿Ese niño es de Marcelo?

Me metí el dedo en la boca y empecé a morderme la uña.

—Por eso estoy aquí… —gimoteé y cerré los ojos dando gracias a Dios por llevar aquellas gafas oscuras—. Tuvimos un desliz cuando él estuvo en Polonia; me enteré de que estaba embarazada y, cuando se lo conté, me secuestró para cuidarnos.

Cuando terminé de hablar, se me subió la bilis a la garganta y sentí que estaba a punto de vomitar. Alcancé una botella de agua para tragarme aquella sensación.

Amelia estaba sentada con la boca abierta, que pronto se convirtió en una maravillosa sonrisa.

—¡Genial! —gritó dando saltitos arriba y abajo—. Los niños tendrán la misma edad… ¿De cuánto estás? ¿De cuatro meses? —Asentí sin escucharla hasta el final—. Es un comportamiento muy del estilo de Marcelo. Siempre ha sido muy responsable y cuidadoso. —Asintió con la cabeza—. Cuando éramos niños, siempre…

En ese momento solo podía oír el sonido del océano; observaba su ritmo y notaba que mis ojos se estaban llenando de lágrimas. Echaba de menos a Black, quería que me abrazara, que me follara y que nunca más me apartara de sus brazos. Solo con él me sentía segura y solo con él quería compartir la alegría del embarazo. No me gustaba fingir ser la mujer de otro hombre y, a cada segundo que pasaba, estaba más y más cabreada. Lo que más me irritaba era mentir a alguien tan dulce como Amelia para que no salieran más secretos a la luz.

—¡Ahí está Marcelo! —gritó señalando con el dedo. Miré hacia aquella dirección y vi a un hombre de pie sobre una tabla—. Es ese, el de las mallas de color celadón. —Se estremeció.

Eran unas mallas terribles, pero destacaban sobre las demás en aquel fondo aguamarina. La mayoría de los surfistas llevaban trajes de neopreno grises de manga larga, hasta el cuello; en cambio, él no llevaba nada en su desnudo y colorido pecho, solo unos deslumbrantes pantalones que permitían verlo de lejos. Cruzaba las olas y parecía como si se apoyara en ellas con una de las manos al mantener el equilibrio. Sus rodillas dobladas eran como resortes; equilibraba el cuerpo a la perfección, sin importarle que la ola empezara a romperse y a cerrarse tras él.

Cuando saltó agarrando la tabla con una mano, casi todos los demás lo miraron con admiración y lo vitorearon.

—Yo también quiero —susurré aturdida y encantada al mismo tiempo.

—Hoy las olas son demasiado grandes y no creo que Marcelo te permita aprender estando embarazada, pero puedes practicar surf de remo. Incluso yo lo hago a veces, aunque no me gusta mucho el agua salada.

Me volví hacia el océano y vi que el hombre colorido y calvo caminaba hacia nosotras con su tabla bajo el brazo. Tenía un aspecto sobrenatural con esos pantalones y los tatuajes mojados. Si no hubiera sido porque era un secuestrador, un asesino y que yo tenía marido y estaba embarazada, me habría enamorado de él en ese instante.

—¡Hola, chicas! —Tiró la tabla y se acercó a mí. Supe enseguida lo que iba a hacer, así que me sacudí el aturdimiento, volví mi cara a tiempo y sus labios acertaron en mi mejilla. Sonrió con picardía y se quedó quieto junto a mi oreja—. ¡Empatados! —susurró, y luego se acercó a su hermana.

—¡Felicidades, papá! —Ella lo abrazó y, cuando él me miró, me encogí de hombros a modo de disculpa.

—Ya te dije que se notaba, pero no me creíste. —Suspiré, y tomé otro sorbo de agua.

—Estoy tan feliz... Vamos a tener niños de la misma edad. —Ella hablaba por los codos y lo besaba de vez en cuando—. Deberíamos celebrar una fiesta cuando regrese papá, o mejor, lo anunciamos en Nochevieja... —Incluso saltó de la tumbona—. Me encargaré de todo. No tenemos mucho tiempo, pero podemos hacerlo. ¡Estoy tan contenta! —Sacó el teléfono del bolso, se alejó unos pasos y se concentró en su conversación.

—¿Quién se lo dirá, tú o yo? —Me di la vuelta y me quité las gafas—. ¿Sabes qué? Es tu problema, así que afróntalo tú. —Le lancé una mirada de odio—. ¿Cómo puedes herir a tu hermana de esta manera? —Me miró inquisitivo—. Sí, herirla. ¿Sabes lo que experimentará cuando yo... aborte? ¿Y cuando, encima, desaparezca? Me trata como a un miembro de la familia... No tienes corazón... —Me di la vuelta y expuse mi rostro al sol.

—Mato a la gente por dinero —dijo una voz suave y tranquila junto a mi oreja—. No tengo nada parecido a un corazón, Laura. —Volví la cabeza y vi una mirada que no había visto antes en él. Entonces aquel hombre arrodillado en la arena encajaba a la perfección con la descripción de Massimo. Era un hombre frío, obcecado y carente de conciencia—. Toma el sol un par de horas más; me voy a surfear. Luego volveremos a casa y no verás más a Amelia.

Tomó la tabla bajo el brazo y se dirigió hacia el agua.

Cuando Amelia regresó, le sugerí que pospusiera sus planes para celebrar el embarazo. Le expliqué que tenía un problema cardíaco, que corría cierto riesgo y que podía perder al bebé en cualquier momento. Se quedó muy preocupada, pero entendió que no quisiera anunciárselo a todo el mundo. No lo hice por Nacho, solo quería evitarle una decepción a su hermana, pues me parecía muy sincera y entrañable.

Nacho siguió en el agua unas dos horas y, cuando el sol empezó a ponerse, tiró la tabla en la arena junto a nosotras y se secó con una toalla.

—¿Cenamos juntos? —preguntó Amelia mirando a su hermano.

—Tenemos una cita —respondió él.

Me vestí y ella se quedó sentada en la tumbona, envuelta en una fina manta, mirándolo decepcionada. Me sentí responsable de su insatisfacción, aunque el Calvo debía de sentirse incómodo con la situación. Ignoró que su hermana estuviera de morros, sacó la sudadera de la bolsa y vino hacia mí.

—Póntelo. Puede que tengas frío en el coche.

Nos despedimos de Amelia y, tras acompañarla a su apartamento, bajamos al aparcamiento de la playa. Nacho metió la tabla en el coche de uno de sus colegas, luego me agarró por la muñeca y me arrastró por el paseo marítimo.

—¿No la llevas a casa?

—Tengo que elegir. Te llevo a ti o la tabla. ¡Sube, por favor! —dijo abriéndome la puerta del coche.

—¿Qué es eso? —Me quedé mirando el coche más increíble que había visto en mi vida.

—Corvette Stingray, 1969. ¡Vamos! —Su tono un tanto molesto me impulsó a subir en aquella joya negra.

Era brillante, único, con unos neumáticos que tenían letras blancas. Amelia acertó al decir que su hermano tenía un coche más ostentoso que ella. Arrancó el motor y el ruido vibrante rugió tan fuerte que sentí que me temblaba hasta el esternón. En mi rostro se dibujó una incontrolable sonrisa que no escapó a la atención de Nacho.

—¿Qué? El siciliano seguramente conduce un Ferrari gay, ¿no? —Enarcó con regocijo las cejas y pisó el acelerador.

Se oyó un gorgoteo mientras cruzábamos las estrechas calles del paseo marítimo. Estaba oscureciendo y yo me habría sentido casi feliz de no haber sido por el hecho de que no estaba en el país que debía y con el hombre con quien quería estar.

Miré hacia la izquierda, a Nacho, cuya cabeza se movía al ritmo de *I Want to Live in Ibiza* de Diego Miranda. La melodía fluía con suavidad y él tamborileaba el ritmo en el volante, cantando para sí. Ahí estaba mi torturador, secuestrador y asesino, empatizando con una delicada pieza house que encajaba tanto con él como yo con el repiqueteo de un martillo. Era asombroso lo mucho que no lo temía. Incluso cuando intentaba ser desagradable o francamente terrible, mi subconsciente se reía de él.

Entró en la casa y arrojó la bolsa al suelo en la entrada; sacó una toalla y salió a la terraza. Yo no sabía qué hacer conmigo, así que me senté en la encimera de la isla y empecé a mordisquear uvas de un cuenco. Amelia tenía tanto apetito que nuestra comida había durado tanto como la natación de Nacho, así que no tenía mucha hambre.

—Me mentiste. ¿Por qué? —dije cuando recordé lo que su hermana había dicho en el coche.

Él se apoyó en la otra parte de la encimera, casi recostado, y me miró sonriendo.

—¿De qué mentira hablas?

—¿Tantas hay? —Arrojé la fruta a medio comer en el cuenco.

—Muchas, considerando a qué me dedico y las circunstancias por las que estás aquí.

—Amelia me dijo cuándo vuelve tu padre. Es raro que tú no lo sepas. ¡Trabajas para él! —Alcé la voz y su sonrisa se ensanchó—. ¿Por qué me cuentas rollos, Marcelo?

—No me gusta cuando me llamas así, prefiero Nacho. —Se volvió hacia la nevera y la abrió—. Dentro de dos días serás libre. —Me miró—. Es lo más probable.

—¿Lo más probable?

—Bueno, ya sabes, siempre puede ser que un volcán entre en erupción y tu príncipe siciliano no venga. —Puso una botella de cerveza en la encimera—. O que lo mate y te quedes conmigo para siempre. —Dio un trago y se quedó callado, entornando un poco los ojos.

Confundida, lo observé mientras seguía bebiendo y mirándome inquisitivamente.

—Buenas noches —dije; aparté la silla y me dirigí hacia las escaleras.

—¡No has dicho que no te gustaría! —gritó, pero yo no reaccioné—. ¡Buenas noches!

Cerré la puerta del dormitorio y me apoyé en ella, como si quisiera bloquear con mi cuerpo la entrada a la habitación. Sentí el fuerte latido de mi corazón y un extraño hormigueo en las manos. ¿Qué me pasaba? Me cubrí el rostro con ellas y cerré los ojos tratando de calmarme. Quería llorar, pero mi cuerpo no tenía ganas de hacerlo. Minutos más tarde, me di la vuelta y me fui a la ducha. Dejé que corriera el agua fría y, cuando cesaron aquellos extraños sentimientos, me lavé y me puse crema corporal. Salí corriendo del baño porque no quería encontrarme con Nacho, me metí bajo el edredón y me abracé a la almohada. Estuve acostada un tiempo a oscuras pensando en mi esposo y recordando todos mis bellos momentos con él. Quería soñar con él; incluso mejor, abrir los ojos y verlo allí.

Pasos. Me despertaron unos pasos; más bien, un suave crujido en el suelo provocado por un movimiento. Me daba miedo abrir los ojos, aunque instintivamente creía que Nacho se iba a colar en mi cama. Antes de acostarme había bajado las persianas, así que la habitación estaba totalmente a oscuras. La madera del suelo volvió a crujir con suavidad y me quedé paralizada esperando a ver que hacía. Después de confesar aquella noche que mataría a Massimo para que me quedara con él, podía imaginarme qué deseaba de mí. Medio despierta, traté de pensar en cómo reaccionaría si mis temores se confirmaban y él me metía la mano en las bragas. Todos los músculos de mi cuerpo se tensaron cuando escuché su respiración entrecortada en el silencio sordo de la noche. Estaba cerca, de pie, como si esperara algo, y entonces oí el estruendo de un forcejeo.

Aterrorizada, salté de la cama, me alejé de aquel ruido y estiré la mano hacia la lamparilla de noche que estaba al otro lado. Pulsé el interruptor, pero no funcionaba. Cuando me deslicé de la cama y me arrastré de rodillas por el suelo hasta tocar la pared, mi corazón latía a toda velocidad. El estruendo de la lucha no se detenía y me dio la impresión de que estaba a punto de morir. Con la mano, reconocí a tientas la puerta corrediza del armario y me arrastré hasta su interior, me senté en un extremo, bajo las perchas, y me acurruqué con las piernas dobladas contra el pecho. Estaba asustada, y lo peor era que no tenía ni idea de lo que estaba pasando. Apoyé la frente contra las rodillas y empecé a balancearme rítmicamente adelante y atrás. De repente reinó el silencio y luego vi la pálida luz de una linterna; me entraron ganas de vomitar.

—¡Laura! —El grito de Nacho casi me hizo llorar—. ¡Laura!

Quería responder, pero, a pesar de mis esfuerzos, no salía sonido alguno de mi garganta. Entonces la puerta se abrió y unos delgados brazos me alzaron en volandas. Me abracé a su cuello, aspiré su fresco aroma y mi cuerpo empezó a temblar.

—¡Las píldoras para el corazón! ¿Las necesitas? —preguntó dejándome en la cama.

Negué con la cabeza y miré la habitación iluminada por la pálida luz de la linterna. Todo estaba destrozado: la lámpara caída y rota, las velas por el suelo, la alfombra desgarrada, las cortinas despedazadas y… junto a la salida al balcón… un cadáver. Mi cabeza empezó a retumbar y se me subió a la garganta todo cuanto tenía en el estómago. Volví la cabeza y empecé a vomitar; estaba débil, mareada, sintiendo que me moría. Al instante, mis convulsiones cesaron, y casi caí muerta sobre mi almohada.

Nacho cogió una manta y, mientras envolvía mi cuerpo semiiconsciente, me agarró la muñeca y examinó mi pulso. Luego pasó las manos por debajo de mí y me llevó abajo, donde, después de presionar algunos interruptores, la luz volvió a brillar.

—¡Venga, ya está! —Sus manos me seguían abrazando y hacían que me sintiera segura.

—Él... está muerto —dije sollozando—. Está muerto.

Sus manos me acariciaban el pelo y sus labios me besaban la cabeza mientras me sostenía sobre las rodillas y se balanceaba delicadamente.

—Quería matarte —susurró—. No sé si hay alguien más; he encontrado la alarma desconectada. Tengo que sacarte de aquí. —Se levantó y me colocó en la encimera—. Ve a casa de Amelia, dile que nos hemos peleado; iré a buscarte cuando sepa qué sucede. El guardia de seguridad de mi padre la vigila veinticuatro horas al día. Además, allí nadie te irá a buscar. ¡Eh! —Me agarró la cara con las manos cuando vio que no reaccionaba—. Te lo dije, estoy aquí para asegurarme de que no te pase nada. Vuelvo enseguida.

Quería detenerlo, pero no tenía fuerzas para suplicarle que se quedara. Tuve la sensación de que seguía durmiendo y que todo lo que había pasado era una pesadilla que estaba a punto de terminar. Me di la vuelta y me tumbé de lado, con la cara pegada a la fría encimera. Las lágrimas fluían por mis mejillas y mi respiración se iba regularizando.

A los pocos minutos, Nacho volvió vestido con un chándal oscuro y, antes de que se abrochara la sudadera, vi que llevaba debajo unas sobaqueras con dos pistolas. Seguía acostada, como si estuviera muerta, moviendo solo los ojos, mientras él, frustrado, trataba de arrancarme alguna palabra.

—Laura, estás en *shock*, pero se te pasará. —Un grito de impotencia salió de su garganta—. Está claro que así no puedes ir a casa de mi hermana. ¡Vamos!

Volvió a cogerme en brazos y, envuelta en una manta, me sacó del apartamento. Al salir, cerró dando un portazo.

Cuando bajábamos al garaje, me puso en el suelo y me apoyó contra la pared; se desabrochó la chaqueta y le quitó el seguro a una de las pistolas. Después de comprobar que el camino era seguro, me tomó de nuevo en brazos, me colocó en el asiento y me abrochó el cinturón. El motor rugió y el coche se puso en marcha.

No sé cuánto tiempo estuvimos allí. Escuché al Calvo hablar por teléfono varias veces, pero el español me resultaba tan extraño como el italiano, así que no tenía ni idea de qué iba la conversación. Cada pocos minutos, él comprobaba mi ritmo cardíaco y me apartaba el pelo de la cara para ver si seguía viva. Definitivamente, debía parecer que estaba muerta porque no parpadeaba y miraba embotada el volante.

—Ven aquí. —Me sacó del asiento del pasajero y empezó a caminar.

Primero solo vi la arena, luego el océano y, cuando se dio la vuelta, una pequeña casa en la playa. Subió tres escalones y segundos después estábamos dentro. Cerré los ojos. Noté que me recostaba en un suave colchón y, al instante, me abrazó. Me quedé dormida.

—Hazme el amor. —Su susurro era como una invitación—. Hazme el amor, Laura.

Sus coloridos brazos recorrían mi cuerpo desnudo cuando los primeros rayos de sol entraron en la habitación. A través de mis párpados abiertos, apenas podía ver los delgados dedos que agarraban mis pechos con fuerza. Gemí y abrí las piernas mientras él se deslizaba entre ellas. Nuestras bocas se encontraron por primera vez, y sus tiernos y firmes labios acariciaron sin prisa los míos. No usaba la lengua, sino que tomaba mis labios con los suyos, disfrutando lentamente de su sabor. Sentí impaciencia por esa lenta tortura, pero al mismo tiempo aumentaba mi excitación. Se arremolinaba en la parte baja de mi vientre, evidenciándome cada vez más que ya era hora de aliviar la tensión. Sus caderas rozaban mi muslo y yo sentía lo duro y dispuesto que estaba su miembro. Sus dedos se entrelazaron con los míos y se apretaron cuando le metí la lengua en la boca; respondió inmediatamente, restregándose contra mí. Era sutil, lo hacía de forma rítmica y con cariño. Entonces levanté un poco las caderas y él, sin esperar otra invitación, entró en mi centro húmedo y dispuesto. Grité fuerte, amortiguada por un beso, y su cuerpo se tensó sobre mí. La cara de Nacho bajó hasta mi cuello, que mordió, lamió y besó con dulzura, mientras me la metía y me la sacaba perezosamente...

—O tienes una pesadilla o es sexo —escuché su murmullo en mi cabeza mientras abría los ojos.

Se acostó a mi lado jadeando un poco y sonrió radiante. Poco después, cerró los ojos y rodó ligeramente tras apartar la mano con la que me abrazaba.

—Entonces ¿sexo o pesadilla? —Me quedé callada—. Por el grito, deduzco que era sexo. —Abrió un ojo mirándome—. ¿Conmigo o con Massimo? —Su verde mirada estudió mi reacción a sus palabras.

—Contigo —respondí sin pensar, con lo cual lo sorprendí por completo.

—¿Estuve bien? —preguntó con una expresión descarada en el rostro.

—Dulce —suspiré, dándole la espalda—, muy dulce —y me estiré.

Hubo un silencio y volví a cerrar los ojos, tratando de despertar con calma. Instantes después, la imagen sexual del sueño fue reemplazada por los acontecimientos de la noche anterior. Me sentí como si alguien me golpeara con todas sus fuerzas en el diafragma y el aire se me atascó en la garganta ante la imagen del hombre muerto en mi dormitorio. Tragué saliva y, cuando abrí los ojos, vi a Nacho inclinado sobre mí.

—¿Estás bien? —preguntó cogiéndome por la muñeca otra vez.

—¿Cómo sabes que ese tipo trataba de matarme? —Lo miré un poco aturdida mientras él contaba los segundos.

—Tal vez porque, cuando me lancé a estrangularlo, estaba parado al lado de tu cama con una jeringuilla llena de una sustancia que te habría causado un paro cardíaco. Sospecho que querían fingir una muerte natural. —Me soltó la muñeca y apartó el pelo de mi frente sudorosa—. ¿Conoces a este hombre?

—¿Cómo pudiste ver algo en la oscuridad y qué hacías en mi dormitorio? —le pregunté cuando me di cuenta de lo que había dicho.

—Ese idiota fue primero a mi habitación… Qué aficionado… —Sacudió la cabeza—. Así que, cuando salió y me vi aún con vida, supe que iba a por ti. Me coloqué un dispositivo de visión nocturna y lo seguí. —Se sentó en la cama—. ¿Sabes quién era?

—No recuerdo cómo era —dije.

Alcanzó el teléfono y me enseñó una foto del cadáver. Me entró flojera.

—Es Rocco —me sofoqué y me cubrí la boca con las manos—, el guardaespaldas de Massimo. —Se me saltaron las lágrimas—. ¿Mi marido intenta matarme? —Ni yo creía lo que acababa de decir.

—Me encantaría que fuera verdad, pero no lo creo. —Se levantó y se estiró—. Alguien lo sobornó y creo que hoy averiguaré quién fue. —Se detuvo junto a la ventana, la em-

412

pujó por el cristal para abrirla y el aire fresco del océano entró en la habitación—. Si hubieras muerto, habría estallado la guerra, así que los enemigos de mi padre pueden haber contratado a Rocco.

Salté de la cama y me puse delante de él, ardiendo con una rabia casi palpable.

—Al parecer, sin el consentimiento de tu familia, nadie podría aparecer en la isla —dije—. Al parecer, estáis al corriente de todo. —Apreté los puños—. ¡Una mierda es lo que sabéis! —grité, me di la vuelta y salí de la habitación; crucé otra puerta e, instantes después, estaba en la playa.

Me senté en los escalones del porche. Las lágrimas inundaban mis ojos; me eché a llorar con todas mis fuerzas. Aquello no era un llanto, sino desesperación, y se parecía más al aullido de un animal salvaje que al sonido de un humano. Durante mucho rato golpeé las escaleras de madera con las manos, hasta que me empezaron a doler. Entonces Nacho pasó junto a mí sin decir una palabra, vestido con su traje de neopreno con cierre en la espalda, sosteniendo la tabla bajo el brazo, y se dirigió hacia el agua. Vi cómo se alejaba para, al instante, arrojar la tabla al océano y desaparecer tras una ola. Era descarado y, cuando la conversación no iba por donde él quería o escuchaba algo que no le gustaba, huía. ¿Había algo que no quisiera decirme?

Volví a entrar y me preparé un té, me senté a la mesa y empecé a mirar todo cuanto había en la habitación. Era un espacio abierto con una pequeña cocina, un salón con una gran chimenea, un televisor encima de esta y un comedor. Todo era muy minimalista, pero predominaban los tonos tierra y daba la impresión de ser un hogar acogedor. Junto a la puerta había una tabla apoyada en la pared y otra en la esquina, junto al comedor. Miré a mi alrededor y descubrí que había otras más. Estaban colgadas en perchas o sobre estantes. Con algunas de ellas, probablemente antiguas, habían construido muebles: un banco, una mesa, una estantería. En el suelo, alfombras del color de la madera animaban la habitación, y los enormes y mullidos sofás invitaban al descanso. Tres lados de la casa tenían ventanas que daban al océano. Toda la casa estaba rodeada por una terraza.

Abrí la nevera y me sorprendió descubrir que estaba llena de comida. Era imposible que él hubiera planeado ir allí... ¿O sí? Saqué embutidos envasados al vacío, quesos, huevos y demás, y empecé a preparar el desayuno. Cuando terminé y lo dispuse todo en la mesa, busqué el baño. Estaba al lado de la puerta del dormitorio, donde habíamos pasado la noche. Me duché y, envuelta en una toalla, fui al armario que vi junto a la cama. Lo abrí y descubrí un orden inusual. Saqué una de las camisetas de colores de Nacho, me la puse y volví al baño. Me acerqué al lavamanos y tomé el cepillo de dientes que estaba en él. Luego busqué otro en todos los armarios, pero a los pocos minutos me di por vencida.

—Solo hay uno.

Me di la vuelta y vi a Nacho chorreando agua, de pie en el umbral de la puerta, con un bóxer. Para mi desgracia, eran blancos y estaban mojados, por lo que transparentaban lo que intentaban ocultar. Se me acercó cuando me volví hacia el lavamanos y se puso detrás de mí.

—Tendremos que intercambiar nuestros fluidos corporales. —El reflejo de sus alegres ojos verdes en el espejo distrajo mi atención de su entrepierna.

Abrí el agua, puse la pasta en las coloridas cerdas del

cepillo y me lo llevé a la boca. Luego incliné la cabeza y, sin mirar el reflejo, comencé a cepillarme los dientes.

—Como un matrimonio —escuché una voz divertida y, cuando levanté la vista para ver lo que quería decir, vi que el Calvo se metía en la ducha desnudo.

El cepillo de dientes cayó de mi boca y golpeó la superficie de piedra, en tanto que la pasta que fluía de mí empezó a recordarme a la espuma blanca de las fauces de un animal rabioso. Tan rápido como pude, clavé la mirada en el granito negro del lavabo y me enjuagué la boca. Mientras estaba inclinada, consideré mi posición y cómo salir de aquella encrucijada lo más rápido posible. Lavé el cepillo y lo puse en la taza de la que lo había cogido; luego, dando la espalda a la ducha, me dirigí hacia la puerta. Ya estaba asiendo el pomo cuando el sonido del agua se detuvo.

—¿Sabes por qué huyes de mí de ese modo? —preguntó, y escuché el chapoteo de sus pies mojados en el suelo—. Porque tienes miedo. —Resoplé y me volví hacia él. Estaba de pie, justo a mi lado.

—¿De ti?

Lo miré a los ojos con una sonrisa burlona mientras él envolvía sus caderas con una toalla. Por dentro, respiré aliviada: «¡Gracias, Dios mío, por habérsela tapado!».

—De ti. —Enarcó las cejas y se inclinó hacia mí—. Has dejado de confiar en ti y prefieres ser cauta en lugar de hacer algo que te apetece cada vez más.

Di un paso atrás, pero él dio uno adelante. Volví a retroceder, pero él me siguió. A cada centímetro sentía cada vez más pánico porque sabía que en cualquier momento me toparía con la puerta en la espalda. El dorso de mi cuerpo golpeó la madera. Ahí estaba. Me vi atrapada. Nos quedamos en silencio, rodeados por nuestra respiración, cada vez más acelerada.

—Estoy embarazada —susurré sin sentido, y él se encogió de hombros, como si quisiera indicarme que no le importaba.

Las manos de Nacho descansaban a ambos lados de mi cabeza y su rostro se encontraba peligrosamente cerca del mío. Sus verdes y alegres ojos me atravesaron y me provocaron un estremecimiento.

Entonces algo inesperado vino a rescatarme: el rítmico sonido de su móvil diluyó aquel ambiente tan hormonalmente denso. Me aparté para dejar que abriera la puerta y fuera al salón. Respondió, salió y se dejó caer en un sillón mullido que había junto a la entrada.

—Mañana —gruñó impasible, sentado a mi lado en la mesa—. Mañana llegarán los sicilianos… Pásame el yogur, por favor. —Su mano colgaba a la altura de mi rostro mientras esperaba que yo hiciera lo que me había pedido—. Gracias. —Se levantó con agilidad y agarró el tazón con su viscosa sustancia.

Estaba sentada, tan rígida como si me hubiera alcanzado un rayo, pero me sentía tan contenta que giraban peonzas en mi cabeza. «Mañana veré a Black, mañana me abrazará y me sacará de aquí.» No pude contenerme, di un brinco en el asiento y, tras un breve abrazo a Nacho, empecé a saltar y a correr como una loca. El español sacudió la cabeza y siguió echando cereales en el yogur. Abrí la puerta y salí corriendo a la arena, suave y todavía fresca. Seguí botando un rato y, al final, me tumbé de espaldas y contemplé el cielo azul y sin nubes.

«Vendrá a por mí, llegarán a un acuerdo y todo será como

antes.» Pero ¿era seguro? Me senté y miré en dirección a la casa, donde Nacho estaba apoyado en el marco de la puerta con el tazón de cereales en la mano, vestido con unos pantalones cortos de surfista. Su cuerpo tatuado estaba relajado y masticaba cada bocado con calma sin apartar su vista de mí. «Tras conocer a este crío atrapado en el cuerpo de un hombre, ¿podré volver?», me pregunté.

Nos miramos fijamente sin razón, incapaces de apartarnos la vista. Entonces, en la parte baja de mi abdomen, sentí un gorgoteo y un giro. Me agarré el vientre con las manos y empecé a acariciarlo para sosegar aquellos ruidos. No era la primera vez que mi hijo me amonestaba y me recordaba su existencia. Me levanté, me sacudí la arena del cuerpo y me dirigí al porche.

—¿Nos damos un baño? —Nacho sonrió radiante mientras dejaba a un lado el tazón—. Te enseñaré a surfear con remo. Amelia me dijo que querías hacerlo. —Me cogió de los hombros y me sostuvo—. No te preocupes, no os pasará nada.

Me trató en plural por primera vez. Lo miré y asentí con la cabeza.

—No tengo bañador. —Me encogí de hombros, a modo de disculpa.

—No es un problema. No hay ni un alma en varias docenas de kilómetros. —Me di con los nudillos en la frente y negué con la cabeza, mostrando desaprobación—. Puedes nadar con ropa normal o bien con un traje de neopreno. Te encontraré uno de tu talla. —Entró en la casa—. Además, ¡ya te he visto desnuda! —gritó mientras desaparecía por una esquina.

Me quedé mirando el punto por donde él se había desvanecido y, aterrorizada, barajé mentalmente los momentos en que aquello podía haber sucedido. Entré en la cocina, me di un masaje en las sienes y reflexioné, mordiéndome nerviosa el labio inferior.

—La primera noche —respondió como si estuviera leyendo mis pensamientos—. Bueno, no esperaba que no llevaras ropa interior bajo el vestido. —Colgó el traje de surf en una silla que estaba a mi lado—. Tienes un coño muy dulce —susurró con una sonrisa, inclinándose sobre mí. Luego se fue hacia el fregadero.

—¡No tiene gracia! —le grité, y le apunté con el índice—. Esta broma no tiene gracia, Marcelo.

Puso los platos sobre la encimera, se volvió hacia mí y se cruzó de brazos.

—¿Y quién ha dicho que sea una broma? —Entornó los párpados y, tras esperar unos segundos, como un puma, acortó la distancia de un salto, poniéndose a mi lado y cogiéndome con fuerza por los hombros—. No pude resistirme al verte inconsciente. —Sus ojos verdes recorrieron mi rostro, desde la boca hasta los ojos—. Estabas tan mojada. —Me tocó la nariz con el labio inferior—. Te corriste en voz alta y un buen rato, a pesar de que tenías un sueño profundo por los sedantes que te había dado. Te estuve follando media noche… La tienes tan estrecha… —Hizo que retrocediera y que acabara apoyando la espalda en el refrigerador—. Te la metí de un modo lento y suave, por eso en tu sueño sabías cómo lo hago. —Su entrepierna comenzó a restregarse rítmicamente contra uno de mis lados.

Escuché lo que decía y sentí una explosión de horror creciendo dentro de mí. Aturdida por sus palabras, me quedé plantada en el suelo, sin posibilidad de moverme. Se me llenaron los ojos de lágrimas al pensar que había traicionado a mi marido. No había sido conscientemente, pero ya no me sentía limpia. Además, su hijo había sido profanado. Massimo no sobreviviría a aquello.

Me invadieron varias oleadas sucesivas de miedo y, en un momento dado, sentí que me debilitaba. Nacho percibió mi desesperación y me dejó ir, retrocediendo un poco.

—Soy un buen mentiroso, ¿verdad? —Enseñó los dientes al sonreír y sentí ganas de matarlo. Esa vez no pudo escapar cuando mi mano abierta lo abofeteó en la mejilla con tanto ímpetu que su cabeza saltó hacia atrás.

—Lo haces de puta madre —gruñí, cogí el traje de neopreno y, con las piernas flojeando, me dirigí al baño.

Me puse la camiseta de tirantes con la que dormía y el traje de surf. No podía creer lo fácil que le había resultado engañarme. Maldije entre dientes y me llevé por delante todo cuanto tenía a mi alcance.

Sacudiendo la cabeza con incredulidad, me detuve frente al espejo y solté el traje que me había puesto hasta la mitad porque ardía de furia. Me hice dos trenzas y me puse crema en la cara. «¡Qué imbécil es!», pensé resoplando.

Nacho estaba engrasando las tablas en el porche, vestido con unos pantalones sintéticos ajustados de color azul. Su pequeño culo empinado en mi dirección reclamaba un buen puntapié.

—No te lo aconsejo… —dijo cuando comencé a balancear el pie—. Coge cera y engrásala.

Me arrodillé a su lado, cogí un pequeño disco, observé lo que él hacía y traté de imitarlo.

—¿Para qué hacemos esto? —pregunté moviendo la mano.

—Para que no te caigas. No tengo botas para ti, así que prefiero no arriesgarme. —Dudó un instante y se volvió hacia mí—. ¿Sabes nadar?

Puse una cara enfurruñada que todavía le divirtió más.

—Tengo el título de salvavidas júnior —dije con orgullo.

—Tal vez de sanitario —replicó con sarcasmo; puso la tabla en posición vertical y dejó caer la cera—. Es suficiente. ¿Preparada para aprender? —Cogió las dos tablas bajo el brazo y se dirigió hacia el agua—. Hay algunas cosas que debes recordar —dijo cuando llegamos allí y las tiró en la arena.

La instrucción teórica fue corta y bastante concisa, pues la actividad que debía realizar tampoco parecía complicada.

Afortunadamente, no había olas altas, pero Nacho me explicó que hay horas en las que aparecen y desaparecen, como el viento. Las islas Canarias eran extrañas, predecibles y hasta manejables. En nada parecidas a mi compañero.

Después de casi una docena de intentos en el salado océano, finalmente empecé a controlar el tema del equilibrio. Me escocían los ojos y tenía ganas de vomitar porque había tragado agua; no sabía muy bien por qué, pero me sentía orgullosa y feliz. Nacho no me metía prisa, pero nadaba a mi lado y sus musculosos brazos desplazaban el agua.

—Dobla las rodillas y no te pongas al lado de la ola. —Logré escuchar su consejo de oro cuando una de las olas vino y me tiró de la tabla.

Me caí al agua y me entró un ataque de pánico. Allí ya estaba muy hondo; perdí la orientación y no sabía dónde estaba la parte superior ni la inferior. Traté de nadar, pero otra ola se alzó y me volteó de nuevo bajo el agua.

De repente noté que unas manos delgadas me ceñían por debajo del pecho y me empujaban a la superficie. Cuando me apoyó en la tabla, entendí que había estado a punto de ahogarme, y no era la primera vez aquel día.

—¿Estás bien? —preguntó inquieto, y yo asentí con la cabeza—. Volvamos a la orilla.

—Pero no quiero —dije con la voz entrecortada y tosiendo—. Es genial, y por fin he tenido la oportunidad de surfear.

Me subí de nuevo a la tabla, me senté a horcajadas y, decepcionada, le miré mientras se aferraba a uno de los lados de la tabla y seguía flotando en el agua. El sol brillaba calentándome y las maravillosas vistas de las largas y negras playas hacían que nada me importara.

—¡Por favor! —Puse una cara dulce que no funcionó—. Me lo debes por esa despreciable mentira.

Lo golpeé con un remo mientras me ponía en pie.

Se rio, saltó sobre su tabla y logró apartarse un poco.

—¿Y cómo estás tan segura de que te mentí? —me preguntó ya lo suficientemente lejos como para que no pudiera volver a golpearlo—. Tienes una pequeña marca en tu nalga derecha, parece una quemadura. ¿De qué es?

Cuando escuché eso, me tambaleé y estuve a punto de caer en aquellas saladas profundidades. ¿Cómo demonios sabía lo de la cicatriz? No me había paseado delante de él en tanga porque no había ni uno en mi cajón lleno de calzoncillos de fustán. Furiosa, empecé a remar como una loca, tratando de alcanzarlo, y él, al darse cuenta de que me acercaba, se dio a la fuga. Nos perseguimos como dos niños hasta que finalmente sentí lo agotador que era aquel deporte y volví a la playa.

Me desabroché la tabla del tobillo, la dejé en el agua y me dirigí a tierra firme. Me bajé la cremallera de la espalda y tiré del traje hasta la mitad; cuando entré en el porche, me lo quité por completo y lo colgué en la estaca preparada para ello.

Nacho salió del océano cargando las tablas, subió a la casa y las apoyó contra la barandilla. Alzó la vista y me miró con la boca abierta, pero una astuta sonrisa reemplazó esa expresión de su cara que yo aún no había visto. Miré a mi alrededor y me pregunté qué lo habría dejado tan estupefacto y, al bajar la vista, lo entendí. Debajo del traje me había puesto la camiseta blanca de tirantes con la que había dormido la noche anterior y, como estaba mojada, transparentaba.

—Echa a correr —dijo serio, sin apartar sus salvajes ojos verdes de mis protuberantes pezones.

Di un paso atrás y él me siguió. Eché a correr en dirección al otro lado de la casa. Entonces me agarró por la muñeca, me atrajo hacia sí con un solo movimiento y su lengua penetró en mi boca sin previo aviso. Me soltó la mano y me cogió la cara para besarme con ansiedad. No sé por qué me sentía incapaz de defenderme, no quería, no podía o tenía ganas de estar con él. Mis brazos colgaban inertes a lo largo de mi cuerpo mientras su lengua bailaba con la mía y sus labios me acariciaban apasionadamente, pero con delicadeza. Pasaron unos segundos y seguí de pie, con la cabeza levantada, sintiendo cómo una ola de deseo crecía en mi bajo vientre. En un momento de lucidez, cerré la boca; él se detuvo y apoyó su frente contra la mía, apretando los ojos.

—Lo siento, no he podido resistirme —susurró mientras el viento apagaba sus palabras.

—Sí, ya lo veo. —Podía sentirse la irritación en mi voz—. Suéltame.

Me quitó las manos de encima. Giré sobre mis talones y, sin mediar palabra, me dirigí hacia la puerta. Me temblaban las rodillas y los remordimientos que acababan de aparecer en mi mente me dejaron sin respiración. «Pero ¿qué demonios estoy haciendo? Estoy en el desierto con el asesino que me ha secuestrado y voy y traiciono a mi marido, que seguro que se está volviendo loco de ansiedad», pensé.

Después de cerrar la puerta del dormitorio, me quité la ropa, me puse el bóxer y la camiseta que había encontrado en el armario y me acurruqué bajo el edredón. Me cubrí la cabeza y sentí que el agua salada aún fluía de mi pelo hasta mi cara. El ruido del pomo me hizo contener la respiración para escuchar atentamente lo que pudiera suceder.

—¿Estás bien? —preguntó Nacho sin acercarse.

Gimoteé afirmativamente sin sacar la cabeza y escuché que la puerta se cerraba de nuevo. Me quedé dormida.

Me desperté horas más tarde, cuando el sol ya se estaba poniendo; me envolví en una manta y salí de la habitación. La casa estaba vacía y, a través de la puerta abierta, una suave música de guitarra llegaba de fuera. Salí y vi a Nacho bebiendo una cerveza junto a la barbacoa. Llevaba unos vaqueros rotos que le caían por el culo y dejaban ver su bóxer elástico y blanco con la inscripción «Calvin Klein». A su lado había una pequeña hoguera. La melodía *I See Fire* de Ed Sheeran venía del teléfono conectado al altavoz.

—Estaba a punto de despertarte —dijo dejando la botella—. He preparado la cena.

No estaba segura de si quería estar en su compañía, pero el zumbido de mi estómago me hizo darme cuenta de que no tenía otra opción. Me senté en un mullido sillón, no muy lejos de él, me recogí con las rodillas tocándome la barbilla y me tapé con la manta.

Nacho acercó una mesita y otro asiento para que estuviéramos uno frente al otro. Miré lo que había en la mesa y, al ver aquella cena verdaderamente romántica, asentí con admiración. En una pequeña cesta de mimbre había pan recién horneado y al lado había aceitunas, tomates picados y cebollas marinadas. Todo estaba iluminado por el brillo de las velas colocadas de modo casual sobre la mesa. Nacho sirvió un plato delante de mí y otro enfrente de él, y se sentó.

—¡Buen provecho! —dijo pinchando la comida con un tenedor.

El olor del pescado a la parrilla, el pulpo y otras delicias despertó en mí un hambre de mil demonios. Sin pensármelo, me lo zampé todo acompañado de un maravilloso pan con aceitunas.

—Este es mi asilo —dijo mirando a su alrededor—. Aquí es donde huyo de todo y donde me encantaría vivir... —se detuvo—. Con alguien... —Levanté los ojos del plato y vi cómo la mirada de Nacho se transformaba influida por la mía—. Él nunca llegaría a saberlo. —El Calvo se estiró en el sillón y su maravillosa sonrisa desapareció—. Estamos solo tú y yo... —Levanté la mano para que se detuviera.

—No me interesas. —Por supuesto, eso no era cierto, pero traté de ser lo más convincente posible—. Amo a Massimo, es el amor de mi vida y nadie puede reemplazarlo. —Mi voz sonaba como si quisiera convencerme—. Estoy impaciente por que nazca Luca. Massimo os matará a todos si intentáis alejarnos de él. —Asentí con la cabeza, plenamente convencida, pero mi discurso de amor solo divirtió al español.

—¿Y dónde está él ahora? —Enarcó las cejas, esperando una respuesta—. Te diré dónde está tu amado esposo. Está ganando pasta. —Puso la botella en la mesa—. Verás, mi querida ingenua y embarazada Laura, lo que más ama en el mundo Massimo Torricelli es el dinero. Se le ha metido en la cabeza no sé qué visión y, para satisfacer su egoísmo, te ha metido en su puta vida. —Se inclinó un poco y me acercó la cara—. ¿No irás a decirme que, antes de conocerlo, te secuestraban cada dos por tres? —Se quedó en silencio otra vez, esperando a que yo reaccionara, pero no lo hice—. ¡Lo imaginaba! Y encima no puede cuidar de aquello de lo que se hizo responsable. Pero, si quieres, puedo disipar tus dudas sobre él. —Entornó los ojos y se inclinó hacia mí—. La decisión es tuya: puedo mostrarte material que te dirá la verdad sobre él y la fantasía en la que has estado viviendo durante meses. Puedo desenmascararlo, basta con que digas que quieres que lo haga…

—¡Estoy harta de escucharte! —dije gruñendo y poniéndome de pie—. No trates de cargarte al hombre que amo. —Me di la vuelta y me dirigí hacia la puerta—. ¿Qué? ¿Tú eres mejor? —Le lancé una mirada de odio—. Me has secuestrado, me chantajeas y ¿encima esperas que me enamore de ti y me arroje a tus brazos?

Me miró con los ojos entornados hasta que de pronto su cara se transformó y volvió a aparecer una amplia sonrisa en ella. Cruzó los brazos por detrás de la cabeza y se estiró.

—¿Yo…? No, solo quería follarte. —Enarcó las cejas moviéndolas ligeramente.

Extendí la mano, le enseñé el dedo corazón y luego crucé la puerta.

—¡Maldito hijo de puta! —me fui repitiendo en mi lengua materna—. ¡Eres un mierda!

Murmuré durante un rato hasta que me calmé y me duché. Luego cerré la puerta del dormitorio con llave y me acosté.

20

Al día siguiente, tras un silencioso desayuno, fuimos a la ciudad. Nacho hizo varias docenas de llamadas y no me dirigió la palabra, aparte de un «Vamos» cuando estuvo listo para salir. Entramos en el garaje subterráneo del edificio de apartamentos y recordé los acontecimientos sucedidos dos días atrás.

—¿Qué pasó con Rocco? —pregunté sin salir del coche.

—Bueno, no irás a creer que todavía sigue ahí, ¿verdad? —Dio un portazo y se dirigió al ascensor.

Cuando giró la llave en la cerradura y cruzó la puerta, empecé a encontrarme mal. Me costaba respirar y no podía conseguir que mis piernas dieran un paso. El español vio que algo andaba mal y me cogió de la mano.

—La casa es segura. —La alegría que contenía traspasaba sus indiferentes ojos verdes—. Mi gente la limpió esa misma noche. Vamos. —Me arrastró hacia dentro—. Me voy a cambiar porque tengo que ir a casa de mi viejo. Te aconsejo que hagas lo mismo. —Se fue por las escaleras y desapareció detrás de una pared de cristal.

Subí los escalones con lentitud, como si no creyera en

sus palabras. Sin embargo, el sentido común me decía que no podía ser tan cruel como para dejar el cadáver en la habitación. ¿O tal vez sí?

Cuando agarré el pomo sentí que, del miedo, todo cuanto tenía en el estómago se me subía a la garganta. Miré a través de la rendija de la puerta y me sentí aliviada al descubrir que todo estaba arreglado y ordenado, y que no había ni rastro del siciliano estrangulado. Fui al armario y busqué la ropa más adecuada. Ese día, después de casi una semana secuestrada, iba a ver a mi amado de nuevo y quería lucir de un modo digno, no como la novia de un surfista tatuado, sino como correspondía a la esposa de un capo. Vestirme no fue fácil porque tenía la opción de elegir entre pantalones cortos o pantalones cortos, pero al final encontré algo menos colorido. Teniendo en cuenta aquel surtido, la máxima elegancia eran unos vaqueros grises desgastados y una camiseta blanca de manga corta. Me puse unos mocasines claros, me lavé el pelo y me lo modelé, aunque tal vez eso sea mucho decir. Encontré rímel entre las cosas del baño y me alegré de que mi piel estuviera bronceada porque no había base de maquillaje.

—Vamos… —escuché una voz que gritaba desde abajo—. Laura, vámonos.

Miré la habitación por última vez y comprobé que no me dejaba nada. Al instante comprendí que no podía haberme llevado nada porque aquello no habían sido unas vacaciones, sino que había ido a parar a aquella isla después de un rapto. Bajé las escaleras y me quedé de piedra en el último escalón. Nacho estaba de pie en medio de la sala, vestido con traje. Su piel bronceada y su cabeza rapada combinaban a la perfección con su camisa blanca y su chaqueta negra. Llevaba una mano en el bolsillo y la otra con el teléfono en la oreja; se volvió hacia mí y me miró de arriba abajo sin interrumpir la conversación. Aquel atuendo le quedaba extraño, pero era un cambio agradable y, de un modo misterioso, hacía que aquel arrogante gilipollas se viera jodidamente guapo.

—Estás muy guapa. —Trató de no sonreír, pero no pudo, y me mostró sus blancos dientes.

—Bueno, tú más, y con diferencia —dije, y en mi rostro se dibujó una sonrisa que yo tampoco pude reprimir.

—Vámonos ya; quiero deshacerme de ti lo antes posible —balbució, y de nuevo mostró su rostro impasible.

Cabreada por su comentario, entorné los párpados y, aunque sabía que no era más que un juego de apariencias, me sentí mal. Él no pensaba así, pero quería que yo creyera que solo era trabajo. Y entonces me di cuenta de algo... Aquel hombre me gustaba. A pesar de todos sus defectos y, sobre todo, a pesar de que fuera un secuestrador y un asesino, me gustaba. Por un lado, me alegraba que Massimo me sacara de allí; por otro, no podía soportar la idea de no volver a ver a Nacho. De haber considerado aquella situación en términos normales, es decir, eliminando el hecho de haber sido secuestrada, iba a perder a un amigo increíble, a un tipo que me impresionaba y con quien tenía mucho en común, que me divertía, me hacía rabiar y con quien me gustaba pasar el tiempo. Aunque solo sea durante una semana, cuando se pasan con alguien casi las veinticuatro horas del día, uno puede acabar acostumbrándose a esa persona.

El Corvette se lanzó por la autopista a toda velocidad y le agradecí a Dios que el Calvo hubiera puesto la capota porque, de lo contrario, no habría quedado ni rastro del peinado que me había hecho con esmero. Subimos cada vez más alto por un camino estrecho y sinuoso. De repente se detuvo.

—Vamos, te enseñaré algo —dijo mientras salía del coche. Me cogió de la mano y me llevó por una callejuela hasta que llegamos a una barandilla—. Los Gigantes. —Señaló el sobrenatural paisaje que se extendía ante nosotros—. El nombre del pueblo proviene de estos altos acantilados; alguno de ellos mide hasta seiscientos metros. Se puede nadar a sus pies y solo entonces te das cuenta de lo enormes que son. —Lo miré y escuché como si estuviera encantada—. Hay ballenas y delfines en estas aguas; quería mostrarte también el Teide, pero…

—Te echaré de menos —susurré interrumpiéndolo; las palabras que acababa de pronunciar lo dejaron atónito—. Qué injusto es haber conocido a un hombre tan increíble como tú en estas condiciones. —Apoyé la frente contra su cuerpo inmóvil—. En otras circunstancias podríamos haber sido amigos, practicar surf juntos. —Pronuncié esas palabras llenas de pesar, y sentí cómo le latía el corazón bajo la camisa.

—Puedes quedarte —susurró.

Me levantó la barbilla y me obligó a mirarlo, pero cerré los ojos.

—Nena, mírame.

Oír esas palabras me hizo pedazos. Aquella era la forma favorita de Massimo para llamarme. Un torrente de lágrimas se acumuló bajo mis párpados y brotó con la fuerza de un volcán en erupción. Metí la mano en su bolsillo y saqué las gafas de sol. Me las puse, me escondí detrás de ellas y volví al coche sin decir ni una palabra.

La casa de Fernando Matos solo podía describirse de una manera: era un castillo. Situada en una roca con vistas al océano, parecía una fortaleza imposible de conquistar. Detrás de la gran muralla había un jardín monumental, como si fuera un parque. En los árboles se posaban loros chillones de colores y los peces nadaban en un estanque. No tenía ni idea del terreno que ocupaba todo aquello, pero me equivocaba si creía que la propiedad de Taormina era grande.

Aparcamos junto a la puerta tras pasar al lado de varios hombres armados que estaban apostados en la entrada. Salí del coche vacilando, sin tener ni idea de cómo debía comportarme, y me acerqué a Nacho, que me esperaba. Dos hombres aparecieron en la puerta y me rodearon. El Calvo les habló en un tono bastante agresivo durante unos momentos y luego comenzó a gritarles. Aquellos hombres grandes con trajes oscuros seguían allí de pie, con la cabeza inclinada, pero era evidente que no iban a rendirse. Nacho, molesto, me cogió por el codo y empezó a arrastrarme por unos pasillos colosales.

—¿Qué pasa? —pregunté confundida.

—Quieren llevarte; mi labor ha terminado aquí. —Estaba serio e increíblemente enfadado—. No te entregaré a ellos. —Al oír esas palabras, se me hizo un nudo en el estómago—. Te entregaré yo a mi padre.

Cruzamos un enorme vestíbulo que, al final, tras una puerta enorme, daba paso a una sala. Era fabulosa, de unos cuatro metros de altura, y sus ventanales se abrían al océano. No había nada que entorpeciera la vista, porque esa parte del castillo era como si levitara sobre el agua, pues sobresalía unos metros por detrás del acantilado. Ese panorama terrible y encantador a la vez distrajo mi atención del resto de la sala.

—¿Así que eres tú? —dijo una voz masculina con un fuerte acento.

Me di la vuelta y, junto a Nacho, vi a un hombre mayor con el pelo largo. No se podía negar que era español o canario, como se llamaba a los lugareños. La tez nevada, los ojos oscuros y otros rasgos característicos no dejaban lugar a duda. El hombre era viejo, pero se notaba que tiempo atrás debió de romper el corazón de muchas mujeres, pues era muy atractivo. Llevaba unos pantalones de tela clara y una camisa del mismo color.

—Fernando Matos. —Tomó mi mano y la besó—. Laura Torricelli —dijo asintiendo con la cabeza—. La mujer que amansó a la bestia. Siéntate, por favor.

Me indicó una silla y él se sentó en otra. Nacho, nervioso, se sirvió para beber algo transparente que había en la mesa, se quitó la chaqueta y dejó al descubierto sus sobaqueras y las dos armas que había en ellas. Apuró de un trago todo el contenido del vaso y se sirvió otro, esa vez sentado en el sofá, dándole vueltas en la mano.

—Señor Matos, muchas gracias por cuidarme, pero me gustaría volver a casa —dije en un tono tranquilo y educado—. Nacho me ha cuidado muy bien, pero si ya han terminado de jugar a los mafiosos, me encantaría…

—Ya sabía que eras descarada… —Se levantó—. Pero verás, querida, tu amado esposo parece que no se mata por venir aquí. —Abrió los brazos—. He oído que su avión no ha despegado. —Se volvió hacia su hijo—. Marcelo, sal de aquí.

Nacho se levantó obediente del asiento, dio un último trago y dejó el vaso en la mesa; luego cogió la chaqueta y salió de la estancia tratando de no mirarme. Me sentí sola y aterrorizada. No sabía cuáles eran las intenciones del hombre que estaba a mi lado; al menos, el que acababa de salir me transmitía una aparente sensación de seguridad.

—¡Tu marido me ha tratado como si fuera basura, se ha burlado de mí! —gritó, apoyando las manos a ambos lados de la silla en la que yo estaba sentada—. ¡Y uno de vosotros pagará por ello!

De repente, la puerta de la sala se abrió de nuevo, pero no pude volver la cabeza. Clavada en la silla, vi con horror cómo el viejo se alejaba y desaparecía a mi espalda para saludar a alguien. Hubo una conversación en español de la cual solo entendí el nombre de mi marido, que mencionaron varias veces. Entonces se callaron. Al oír la cerradura, me sentí aliviada, creyendo que me había quedado sola.

—¡Estúpida zorra!

Una mano grande me agarró del pelo, me levantó de un tirón y me lanzó contra el suelo. Al caer, me golpeé la cabeza contra una pequeña mesa de centro y sentí que la sangre empezaba a fluir por mi sien. Me llevé la mano a esa zona y levanté los ojos. Frente a mí había un hombre de la edad de Nacho que me miraba con asco. Con una mano extrañamente rígida, se arregló el pelo negro que llevaba peinado hacia atrás, y se dirigió a mí. Me di impulso con los talones para escapar de él, pero ni siquiera había conseguido levantarme cuando me dio una contundente patada en los riñones. Me cubrí el vientre con las manos para proteger al niño de aquel loco que me atacaba. Sentí que la angustia me provocaba náuseas y que me zumbaban los oídos, pero entendí que no debía perder el conocimiento. Solo Dios sabía lo que aquel hombre que estaba a mi lado quería hacerme.

—¡Levántate, perra! —gritó, y se sentó en el sillón.

Cumplí su orden. Me puse en pie tragando saliva, apoyándome en mis manos temblorosas, mientras él me indicaba la silla de enfrente casi con galantería.

—¿Te acuerdas de mí? —preguntó cuando me senté y me limpié la sangre de la cara.

—No —gruñí.

—¿Te acuerdas del Nostro? —Levanté los ojos y fruncí el ceño—. Un club de Roma, hace unos meses. —Se rio burlonamente—. No es extraño que no te acuerdes porque ibas como una cuba, como una puta cualquiera.

Cuando dijo eso, una vaga imagen de aquella noche resplandeció ante mis ojos.

—¿Y te acuerdas de esto, perra? —Saltó de la silla, me abofeteó y me mostró las dos manos cogiéndome por el pelo—. Tu muchachito me disparó en las manos. —Miré sus manos con dos cicatrices redondas casi idénticas.

En ese momento, como recorriendo el espacio-tiempo, volví a la noche del Nostro y recordé cómo, después del baile en la barra, uno de aquellos hombres pensó que era una puta y me agarró, y Massimo... Al recordarlo, me tapé la boca. Le disparó a las manos.

—Sufro paresia en la derecha y la izquierda me ha quedado casi inútil. —Las giró sin mirarme—. ¡Humillado por una puta! —gritó de nuevo, y se levantó del sillón—. Durante mucho tiempo me he preguntado qué podía hacerte. Pero luego llegué a la conclusión de que prefiero cargarme al bastardo de tu marido.

Se me acercó, me volvió a abofetear y noté que me salía sangre del labio que acababa de partirme. «Me atormentará hasta la muerte», pensé acurrucándome en el sillón.

—Primero quería que esa cretina de Anna acabara contigo, pero por desgracia, y a pesar de que confío plenamente en sus habilidades para conducir, o más bien para embestir, fracasó. —Se acercó y se inclinó sobre mí—. No quería involucrar a la familia Matos en esto. Prefería hacerlo yo, pero ese pendejo de Anna sucumbió al encanto de los Torricelli. —Golpeó el respaldo de mi sillón con las manos y cerré los ojos aterrorizada—. Por suerte, antes la embauqué para que pusiera al hermano de Massimo en su contra y para que le informara de la muerte del feto de su hijo. —Resopló burlón—. Me reuní con Emilio y se lo dije, como en una fiesta, cuando tu don Massimo andaba más bebido de la cuenta y se había tomado una raya demasiado larga; y se alegró del aborto y de la falta de problemas. Eso enredó más la situación. —Caminaba por la sala divertido, contándolo todo como si se tratara de una buena anécdota que hubiera escuchado en la mesa de Navidad—. Más tarde, todo mejoró cuando intentaron matarse y se pegaron un tiro el uno al otro, aunque tu marido volvió a tener mucha suerte. —Se dio la vuelta y se detuvo frente a mí—. Al menos me ha librado de Emilio, lo cual ha permitido que Matos entre en Nápoles.

Se sirvió con torpeza un vaso de la misma bebida transparente de la jarra y bebió un sorbo, moviendo el vaso sobre la mesa, casi sin levantarlo.

Me dolía la cabeza por el golpe, pero la sangre seca había formado una especie de tapón y ya había dejado de sangrar. Sentí que se me hinchaba el labio, pero lo que más me preocupaba era el bebé.

—¿Qué harás conmigo? —pregunté con la voz más segura que pude.

El hombre se levantó con calma y, en silencio, volvió a golpearme en el mismo lugar, por lo que mi boca casi reventó de la sangre. Grité al sentir un dolor inimaginable.

—¡No me interrumpas, perra! —gritó, se restregó contra mí y volvió a sentarse—. Aquí puedes gritar todo lo que quieras, que la sala está insonorizada. Si te disparara, nadie lo oiría. —En su rostro apareció una sonrisa triunfal. Tras unos instantes de silencio, continuó—: Observé a Massimo y comprendí que nada le haría tanto daño como perderte; además, es culpa tuya que ya no pueda coger ni un vaso de agua. —Levantó la mano derecha, que se mantenía rígida—. Tuve que aprender a usar la otra. Tras aquel disparo, la paresia de mis manos es tan fuerte que apenas puedo usarlas. Tuvieron que hacerme un arma especial con la que puedo apretar el gatillo. —Se rio de un modo repugnante—. Como verás, son buenas para el placer. Antes de matarte, disfrutarás tanto conmigo que vomitarás a ese bastardo que llevas dentro.

Oí un silbido en mis oídos y empecé a rezar para tener fuerza. De repente sentí un dolor y un ardor en el pecho. No podía pensar con claridad debido al terror que me embargaba.

—Y ya que tu marido ha decidido no venir a arriesgar su vida, le grabaré nuestra noche juntos, la última que disfrutarás. —Estiró su mano aún hábil y me acarició la pierna, que yo retiré de inmediato—. Y luego le enviaré a ese bastardo en una caja. —Apuntó la cabeza hacia mi vientre cubierto por mis manos—. Por cierto, no pensé que a Marcelo le resultara tan fácil. Intentamos secuestrarte muchas veces, pero Massimo siempre estaba en guardia. —Su tono irónico me jodía cada vez más—. Mi gente provocaba peleas en sus clubes y hoteles para distraerlo y atraerlo. Puse a la mayoría de las familias en contra de tu marido, pero él te protegía tan bien que el secuestro no iba a ser una tarea fácil. —Levantó un dedo—. Entonces pensé en Marcelo. Es el mejor en el sector, despiadado y ciegamente devoto de su padre, y Fernando confía en mí. —Se rio—. Ese hombre ungido de colores que tanto me odiaba no tenía ni idea de lo que pensaba hacerte.

—Massimo te encontrará y te matará, pedazo de mierda... —le espeté.

—Oh, lo dudo —dijo él divertido—. Toda su furia caerá sobre Marcelo; él te secuestró. Torricelli vendrá primero a por él, y luego a por el viejo, pero para entonces ya seré el capo de la familia Matos, me ungirán para este cargo como yerno. —Empecé a reírme histérica y él estrelló el vaso contra la pared con furia—. ¿Qué te resulta tan gracioso, perra? —gritó.

—¡Claro! ¡Tú eres el que parece un moco! —Recordé la historia burlona de Nacho sobre el marido de Amelia—. Por supuesto, Flavio... ¿Cómo no te reconocí tras una descripción detallada y que encaja tan bien contigo? —Su mano salió de nuevo disparada hacia mi cara y sentí que la hinchazón empezaba a cubrirme también el ojo.

Mis torturas fueron interrumpidas por una llamada que sonó en su bolsillo. Sacó el teléfono y respondió; escuchó un rato, terminó la conversación y volvió a guardar el aparato en el mismo lugar.

—La situación se ha complicado —gruñó—. Tu maridito ha llegado a la mansión.

Al oír esas palabras, casi se me salió el corazón del pecho. Las lágrimas de alivio y alegría fluyeron por mi cara.

Cerré los ojos. «Está aquí, me salvará», pensé. En mi rostro se dibujó una sonrisa que Flavio ya no vio porque estaba buscando algo en el escritorio.

Hubo un ruido y, de repente, Massimo irrumpió en la sala como un tornado, seguido por Domenico y una docena de personas más. Dios, era tan hermoso, tan poderoso y mío... Rompí a llorar y, cuando los ojos de Black se posaron en mí, lo vi a punto de reventar de rabia. Estaba parado a unos metros de mí y, lleno de dolor, miraba mi rostro. Sacó el arma con un grito salvaje y apuntó a Flavio. Entonces se abrieron las dos entradas laterales y varias decenas de personas entraron corriendo en la sala, incluido Nacho, que se quedó de piedra al verme.

Al final, lenta y dignamente, con un cigarro en la mano, como en una película de gánsteres, entró Fernando Matos.

—Massimo Torricelli —dijo mientras todos se apuntaban unos a otros—. ¡Qué bien que aceptaste mi invitación!

Sentí que alguien me observaba y, como había tenido los ojos fijos en Black, empecé a mirar hacia todos lados. Nacho me miraba con los ojos llenos de dolor y desesperación mientras sostenía un arma en cada mano. Entendí que se sentía culpable por el estado en que me encontraba. Entonces uno de los hombres de Matos me puso una pistola en la cabeza y le quitó el seguro.

—Soltad las armas —dijo Fernando— o lo que viniste a buscar acabará salpicando la pared.

Massimo susurró algo a los hombres que estaban con él y todos guardaron las armas. Los otros también obedecieron, menos el que estaba a mi lado.

Por orden de Fernando Matos, todos los guardias de seguridad comenzaron a salir de la sala. Nacho caminó por la habitación y, adoptando una máscara de indiferencia, se detuvo a mi lado, le dio unas palmaditas en el hombro al tipo que me apuntaba e intercambiaron los papeles.

—Laura —susurró mientras el cañón volvía a apoyarse en mi sien—. Lo siento.

Las lágrimas corrían por mis mejillas y el nudo que tenía en la garganta comenzó a ser insoportable. Massimo y Domenico estaban de pie frente a Flavio y Fernando, y yo me preguntaba si alguien saldría vivo de allí.

Los cuatro hombres hablaron un rato, quietos como piedras en sus respectivos lugares. Tras observar sus caras, pensé que quizá llegaran a un acuerdo. Poco después se escuchó la voz tranquila de mi marido:

—Ven conmigo, Laura.

Nacho bajó el arma al entender toda la conversación, y yo empecé a andar en dirección a mi marido, sin casi poder sostenerme sobre las piernas. Cuando el Calvo me agarró para ayudarme a caminar, las mandíbulas de Massimo se comprimieron.

—No la toques, hijo de puta —gruñó mirando a Marcelo, que me dejó ir y se alejó.

Antes de llegar junto a Black, con el rabillo del ojo vi cómo Flavio sacaba el arma del cajón, apuntaba a Fernando Matos, apretaba el gatillo y este caía. Al mismo tiempo se oyó un segundo disparo y también un tercero. Flavio cayó muerto junto al escritorio. Mi esposo me agarró y me escondió tras él; estaba quieto, con el arma apuntando a Nacho, que acababa de disparar a su odiado cuñado, quien, un segundo antes, había matado a su padre.

Pegada a la espalda de Black, sentí que la adrenalina fluía por mis venas y que mis piernas se debilitaban. Estaba a salvo, mi cuerpo sabía que podía dejar de luchar. Don Massimo sintió que me escurría tras su espalda, así que volvió a colocarme delante de él y dejó a Domenico y a Nacho el uno frente al otro, apuntándose con sus armas.

Entonces hubo una explosión. Sentí como un golpe y, de repente, una ola de calor se extendió sobre mi cuerpo. No podía respirar y empecé a ver cada vez más borroso el rostro de Massimo. Noté que mis piernas se volvían gelatinosas y fui resbalando hasta el suelo junto con él. Lleno de terror, me miró a la cara y me dijo algo, pero no oí ni una palabra. Movía la boca y levantaba la mano llena de sangre hacia mi cara. Mis párpados se volvieron pesados, sentí un infinito cansancio y, finalmente, la felicidad. Black me besó en los labios y tal vez gritó algo. El abrumador silencio que me rodeaba se hizo cada vez más profundo hasta que todo desapareció. Cerré los ojos...

—¡Massimo! —La voz de Domenico me arrancó de mi estupor—. No pueden esperar más. —El tono tranquilo y calmado de mi hermano me pareció un grito.

Estaba junto a la ventana y me di la vuelta hacia la habitación. Miré al grupo de médicos que estaban frente a mí.

—¡Hostia puta! ¡Tienen que salvarlos a los dos! —dije con los dientes apretados, temblando de rabia, sin apenas contener las lágrimas—. O los mataré a todos ustedes.

Me llevé las manos llenas de sangre al cinturón del pantalón para sacar el arma, pero mi hermano me detuvo.

—Hermano —susurró con lágrimas en los ojos—. Estás tardando demasiado, no pueden salvar a Laura y al bebé, y cada minuto...

Levanté la mano para que se callara, y poco después me dejé caer de rodillas y escondí la cabeza entre las manos.

No sabía si podría criar a mi hijo sin ella, si la vida sin ella tendría sentido. Mi hijo… Una parte de ella y de mí, mi heredero y sucesor. Un millón de pensamientos pasaron por mi cabeza, pero ninguno pudo consolarme.

Miré a los médicos y respiré profundamente.

—Salven a…

Agradecimientos

Quiero expresar un enorme agradecimiento a mis padres. Mamá, papá, sois mi inspiración, mi amor y mi mundo. ¡Os quiero mucho y no puedo imaginar la vida sin vosotros! Gracias porque, incluso cuando me han asaltado las dudas, os habéis mantenido rebosantes de orgullo.

Todo mi agradecimiento al hombre que me ha demostrado que los años no importan; que la edad adulta es un estado mental, no un número. Maciej Buzała, querido, no hay palabras para expresarte mi gratitud por tu paciencia, atenciones y compromiso. Estos meses han sido los más difíciles de mi vida; sin ti, me habría dado por vencida. ¡Te quiero, chaval! ¡Gracias por estar ahí!

Quiero dar las gracias a Ania Szuber y a Michał Czajka por la imagen tan perfecta que me habéis dado en la portada. ¡Vuestro trabajo es divino, y vuestras habilidades gráficas son infalibles! Y sois mucho más baratos que un cirujano plástico.

Pero, sobre todo, gracias a ti, lector, quienquiera que seas. Gracias a que tienes mi libro entre las manos puedo cambiar el mundo. Espero que la segunda parte haya sido mejor que la primera, y que ya estés impaciente por leer la tercera. Porque la tercera parte... ¡será una bomba!

©Maciej Dworzanski

Blanka Lipińska es una de las autoras más populares y una de las mujeres más influyentes de Polonia. Su obra nace más del deseo que de la necesidad, de modo que escribe por diversión y no por dinero. Le encantan los tatuajes y valora la honradez y el altruismo.

Molesta porque hablar de sexo siga siendo un tabú, decidió tomar cartas en el asunto y comenzar un debate sobre las diferentes caras del amor. Como ella suele decir: «Hablar de sexo es tan fácil como preparar la cena».

Con más de 1.500.000 ejemplares vendidos en Polonia de su trilogía, Blanka apareció en el ranking de la revista *Wprost* como de una de las autoras mejor pagadas de 2019. En 2020, la misma publicación la consideró una de las mujeres más influyentes de su país. Una encuesta entre los lectores de la Biblioteca Nacional de Polonia la encumbró en el top 10 de las escritoras más populares de Polonia, y la revista *Forbes Woman* la situó en lo más alto de las marcas femeninas.

Su novela superventas *365 días* fue objeto de una de las películas emitidas por Netflix más exitosas del 2020 en todo el mundo. El film se colocó en el primer lugar de las listas durante diez días y se convirtió en la segunda película más vista de la historia de la plataforma.